筑梦宁波教育

行走的新闻：我的中国梦

走进宁波教育新闻报告2013卷

THE
WALKING
JOURNALISTS

何倩 刘建民 主编

ZHEJIANG UNIVERSITY PRESS
浙江大学出版社

序一

我的中国梦：筑梦宁波教育

宁波市教育局局长　沈剑光

实现中华民族伟大复兴的中国梦，是每一个中华儿女共同的民族情结、社会理想和心灵归宿。作为智力资源的强力支撑，教育救国、教育兴国、教育强国，一直是一代又一代中国人的愿望和梦想。“教育是一个民族最根本的事业”、“必须坚持把发展教育事业放在突出的战略位置”、“科教兴国”、“人才强国”、“强国必先强教”。教育是国家富强的力量源泉、是民族振兴的重要基石、是人民幸福的根本途径，实现“中国梦”，离不开教育的助力。

那中国的教育梦是什么呢？2013年3月7日，教育部部长袁贵仁在全国政协教育界别联组会议上回应政协委员的提问时，用四个词表明自已心中的“中国教育梦”：有教无类、因材施教、终身学习、人人成才。他说：“我们教育的孩子应成为一个堂堂正正的中国人，成为能够适应21世纪世界发展潮流需要的有用人才。”

培养优秀的人才，教师是关键。教师是教育发展的推动者和实践者，他们共同铸造着国家的教育事业，辛勤耕耘，诲人不倦，教师的能力态度和生存现状是教育现状的重要表现。教师强则教育强，一支师德高尚、业务精湛的高素质、专业化教师队伍，是推举教育梦的关键基石。教师梦是教育梦的真正主体。多年来，宁波的教育从业者走在追求“教育梦”实现的路上，通过各种教育改革，为中华民族的复兴贡献力量。

据统计，至2012年年底，宁波市有教师88642人，专任教师67846人。全市中小学教师中，已有986名教师拥有研究生学历或硕士学位。中小学教师学历合格率和高一级学历已高于全省平均水平。宁波已经形成了一个从教坛新秀到学科骨干、市名师、省特级教师及享受教授级待遇的中学高级教师的骨干教师梯队。

为了真切感受教师的教育梦想，让更多的人领略教师的风采，体验教师的治学态度，领悟教师的教学精髓，从而感受宁波教育的发展变迁。宁波市教育局组织了浙江大学宁波理工学院传媒与设计学院的80余名学生，对改革开放30多年来，宁波市教育系统各级各类先进典型人物共50人进行系列访谈，抒发教育情怀，畅谈教育梦想。《行走的新闻：我的中国梦——筑梦宁波教育》就是这次访谈的成果。

50名典型人物，有的常年在教学一线默默耕耘，有的为教育事业奉献一生赤诚，有的站上国际舞台显示中国力量……教育梦体现在每个人的奋斗经历和实际行动中，立场坚定、业务精湛、道德高尚是他们共同的符号。

50名典型人物按年龄进行划分，从20世纪30年代一直到70年代。年龄最大的81岁，最小的37岁。从不同年代的讲述者口中，希望真实地反映出当时宁波教育的发展状况，伴随时代的变迁，进而体味宁波教育在改革创新道路上迈出的新步伐。唯一不变的是，这群老师始终坚定地行走在弘扬、传播教育之梦的征程上，他们一步一个脚印，扎实筑起了宁波教育的美好未来。

教师们诠释的教育梦想多种多样，有着多重含义。有竭力培养人才的“教育之梦”，希望培养的学生能够成为栋梁之才；有关注社会现实的“科研之梦”，用渊博的知识为社会解决和探索各种问题；有超越现实的“畅想之梦”，这是一种建立在社会责任与家国情感之上的教育理想……

我们相信，只有每一个教师都敢于有梦、勇于追梦、勤于圆梦，教育梦才有具体的执行者、发展者、探索者。只有每一个教师都致力于自身职业梦的圆满实现，学生才能在教师的引领下，编织好、丰富好、实现好自己的人生之梦。本书中每一位宁波教师的梦想故事都会以独特的个性和鲜明的形象给宁波教育的发展带来有益的启示，办人民满意的教育梦定会离我们越来越近。

序二

行走的新闻：走进宁波教育新闻纪实报告

宁波市教育局副局长　胡赤弟

在全省教育现代化中，宁波要率先实现；在全市现代化建设中，教育要率先实现——从“十二五”的起始之年到今天，宁波全力推进教育“两个率先”发展，全市各级各类教育呈现出良好的发展姿态。

“行走的新闻”作为浙江大学宁波理工学院传媒与设计学院自2007年开始推出的专业实践活动的品牌工程，几年来结合宁波教育发展实际，确立不同主题，选取不同角度，精选采访对象，深入现场采风，已完成了三部“行走的新闻：走进宁波教育新闻纪实报告”：“宁波高等教育服务型教育体系寻访录”（2011卷）、“走近宁波教育管理名家”（2012卷）、“我的中国梦：筑梦宁波教育”（2013卷）的调研与采访，并由浙江大学出版社正式出版。

“宁波高等教育服务型教育体系寻访录”充分挖掘了近年来宁波市16所高校的地方服务能力，展示高等教育在服务型教育体系构建方面取得的成绩和经验。“走近宁波教育管理名家”选取宁波教育管理名家培养工程的20位培养对象，探索本土教育家型校长的养成之路。“我的中国梦：筑梦宁波教育”对改革开放30多年来，宁波市教育系统各级各类先进典型人物共50人进行系列访谈，抒发教育情怀，畅谈教育梦想。

这些作品集无不真实地反映了宁波教育的发展状况，展现了宁波教育在改革创新道路上迈出的坚实步伐、取得的丰硕成果。更可贵的是，其中蕴含着人们积极、坚定、持续追求的一种教育精神。这种教育精神包含了教育理想、教育信念、教育品格等意识层面的内容，拥有勇敢、坚定、坚强、不屈、热爱、高尚等毅志和情感素质。无论是个人的教育精神、集体的教育精神，还是历史的教育精神、现实的教育精神，都将对教育的进步和社会的进步发挥富有历史意义的引路和启蒙作用,必将有效地启迪我们今天的教育改革发展。

“行走的新闻:走进宁波教育新闻纪实报告”记述的是宁波教育的发展篇——基础教育方面,宁波学前教育快速发展,中小学素质教育扎实推进,特殊教育稳步发展,外来务工子女接受教育权利得到切实保障;高等教育方面,宁波高校办学条件明显改善,高等教育规模适度增长,结构持续优化,学科专业建设取得突破性进展,高校师资队伍水平明显提升,高校科研能力大幅提升,高校教育开放合作深度推进;职业教育上,宁波投入力度、监督力度不断加大,加大基础能力建设,办学条件更加坚实,校企合作不断深入,教师专业素养更加丰富,职业教育成果更加显著;成人教育基础能力整体跃升,社区教育蓬勃发展,企业职工培训稳步发展,外来务工人员教育培训提升;民办教育事业蓬勃发展,政府鼓励支持民办教育,推进民办教育地方立法……

“行走的新闻:走进宁波教育新闻纪实报告”描绘的是宁波教育的改革篇和开放篇——深化办学体制改革,完善教育管理体制,深化招生评价制度改革,探索建立现代学校制度。扩大国际(境外)交流合作,积极引进国际优质教育资源,中外合作办学成效显著,积极搭建国际和地区合作交流平台,积极开展国际(境外)学术交流活动,积极开展师生国际(境外)交流,围绕宁波投资软环境建设,加强国内交流合作,推进教育资源开放共享……

“行走的新闻:走进宁波教育新闻纪实报告”宣讲的也是宁波教育的服务篇和保障篇——在服务上,构建有利于服务型教育体系建设的政策导向和经费保障机制,构建有利于沟通整合学校与社会资源的开放式公共服务平台,打造校企合作的人才培养和实习实训基地。保障教育投入、队伍建设、教育科研和教育信息化……

展望未来,宁波教育的进一步发展,在促进教育公平,实现教育高位均衡发展,提升教育服务能力,创新教育体制机制,提高教师队伍素质,强化教育保障机制等方面还会创新举动不断。“行走的新闻:走进宁波教育新闻纪实报告”将围绕教育服务平台建设、特色学校建设等主题,陆续推出最新的“行走的新闻”纪实报告。

宁波教育,行进在发展的辉煌之中。“行走的新闻”追逐着宁波教育的脚步,一直在路上。

目录

MULU

筑梦者之20世纪60年代

筑梦者之 20 世纪 70 年代

筑梦者之20世纪30年代

朱敦礼 / 改革派中稳健派，稳健派里革新派 /

人物名片

朱敦礼，男，1933 年 9 月生，镇海城关人。初中就读于镇海中学，高中就读于效实中学。朱敦礼老师在校期间即是校学生团组织负责人。根据团中央和教育部关于抽调优秀学生直接参加教育工作的指示，经组织动员留校担任教师和团委书记。1959 年始，先后成为学校副书记、副校长并长期兼任教务主任，负责教学工作。1984 年四化改革后先后担任书记和校长职务，成为效实中学的党政一把手，至 1996 年 2 月退休。他退休后积极发挥余热，在万里国际学校担任中学校长及万里教育集团的教育总监，后又担任明州高级中学校长。朱老师勇于开拓，不断进取，老当益壮，精力充沛。在 2003 年以近 70 岁的高龄，攻读北京师范大学教育经济管理专业研究生课程，取得了硕士研究生同等学力证书。

他从教五十余年，所获荣誉丰富。曾获聘浙江省宁波市教育学院校长培训班、校长高级研修班兼职教员、宁波市人民政府特聘督学。1959 年被授予“浙江省文教战线社会主义建设积极分子”，1987 年被评为高级教师，1995 年被授予“全国教育系统劳动模范”荣誉称号。2009 年适逢国庆六十周年，被评为“为宁波建设做出突出贡献的先进模范人物”。

畅谈教育理念，筑梦宁波教育

◆ 科学发展，持续前进

朱老师从教五十余年，教学经历丰富，谈起教学经验来分条缕析、头头是道。泡一杯龙井茶,啜饮一口,他便开始和我们谈起他的教学经验。根据他几十年从事教育工作的看法和体悟,他认为中国教育要正确理解和处理政治性和科学性的关系。政治性,即方向性,也包含科学性,但政治性常多反复性。科学性,就是规律性,规律性具有稳定性,但有时在中国需要服从政治性。政治性在中国教育中起决定作用。中国教育的特点是科学性要服从政治性。朱老师根据他几十年来从事教育工作的理解和体会,认为一定要准确完整理解和处理好政治性和科学性的关系。

朱老师把新中国成立后的教育分为三个时期:

(1) 新中国成立后到1978年12月十一届三中全会,是政治性与科学性相结合,政治性占主导地位的时期,如土改、三反五反、整风运动、大跃进、"文化大革命"等。这一时期的教育方针是教育为无产阶级政治服务,教育与生产劳动相结合。明确提出教育是无产阶级专政的工具。当时有人提出学校可以直接为政治运动服务,也可间接通过培养学生为政治服务。在大多情况下,这种观点也是不被接受的。

(2) 改革开放以后初步形成了政治性与科学性相结合相统一的时期。改革开放后实现了教育领域的拨乱反正。邓小平提出培养人才,进行"四化"建设就是最大的为无产阶级政治服务。从思想、组织、教育体制、教育风气、知识分子政策上,都采取了一系列的措施,回到正常发展的轨道。进入到20世纪90年代特别是21世纪以后,教育更进一步深化了改革,使两者的结合更趋成熟完善。

(3) 教育展望:未来几十年宁波教育发展蓝图

经过几十年以后或更长的时期,教育将进入政治性与科学性相结合,以科学性为主的时期,即主要探讨怎么适应时代和未来,怎么提高民族素质,以及怎么使人才获得科学成长的规律。

朱老师语重心长地告诫我们,如果对教育科学性和政治性的关系把握不牢,将要碰得头破血流,注定要失败。

◆ 教育平等,适度竞争

朱老师认为,从事教育还要正确理解和处理好绝对性和相对性的关系。绝对性是存在的,但往往是暂时的,相对性是长期的。就像真理有绝对性,但又是相对的。教育需要平等是绝对的,但又是相对的,做不到绝对的平等。过去做不到,现在做不到,将来也做不到。关于教育均衡也是这样,朱老师概括了四句话:公正凭是非,公平容竞争,平等非平均,均衡非均等。

实现教育公平,政府采取了相应措施,如就近入学,电脑派位和大量推荐生。世界各国也有就近入学的制度。国外公立学校就近入学,另有一个很大的出口是私立学校,允许有经济能力的、兴趣爱好不同的、成绩好的学生到私立学校去念书。国外存在很多私立学校,往往是最好的,中国则不然,往往不太理想。国外学生有较广的出路,但中国学生缺少选择。我国的公立学校应通过考试和就近入学相结合,考试与推荐相结合。单纯用户口代替考试并不公平，单纯用推荐的方法也是不好的，很难做到公平。

我国在解决教育公平问题上所制定的政策与实际执行效果存在反差。许多地方仍然在搞不是重点的重点，名牌学校办民营学校。国家政策不允许这种现象的存在，但不少地方都在这样做，而且已纳入教育体系，对义务教育实在是一种讽刺。关于教育公平和教育均衡的理解和执行分三种情况：(1) 机械理解，严格执行，均衡拉平；(2) 重点适度淡化，资源有所拉平；(3) 承认差别，重点坚守，带动提高。从结果来看，一最差，二其次，三最好。许多地方和宁波都说明了这点。

教育平等、教育均衡必须坚守，但又必须承认经济、城乡、地域间不平衡导致的差异。有差异就有竞争，但竞争和差异应掌控在一定幅度和合理范围内，单靠行政去调控是很不够的。思想的混乱将导致政策的混乱，后果是措施也必然混乱。

朱老师认为，就事情的绝对性和相对性来说，还有个统一性和差异性、共性与个性、普遍性与特殊性的问题。就学生培养来说，还有全面发展与个性发展、全体学生与因材施教的问题。为此，教育部门和学校采取了很多措施，作了很大努力，也有一定成效，但如果要从根本上解决，则需作长期艰苦的工作，对教育体制、结构和形式等作总体性设计，如学期制和学年制，学科制和年级制，固定学制与弹性学制，学分制与毕业制，必修课与选修课，年级制与跨年级修课制，学段制与跨学段(大学、高中、初中)修课制，集体教学与分组教学、个别教学，课堂教学与其他形式教学，学校考试和社会等级考试，一次与多次、教与考分离，以及教师教(主导作用)与学生学(主体作用)的关系等等。根据我国政治、经济、科技发展水平和我国教育发展状况，立足本国，立足现实，消化吸收国外教育，积极改革，稳妥处理是很有必要的。

◆ 推进教改，循序渐进

朱老师认为，理想教育与现实性教育的关系要处理好。理想教育是目标，现实教育是立足点。

(1) 改革与稳定的关系要处理好

教育必须改革，不改革没出路。但不要盲目改革，需遵循事物发展规律。改革也不能频繁，需有一定的稳定期，然后再在新的基础上进行改革。对此，朱老师简练地作了五言句："改革循规律，开放纳信息。继承育创造，稳定孕革新。相对非绝对，今是忌昨非。辩证合唯物，矫枉不过正。"

(2) 传统教育与现代教育

传统教育要继承发扬，优秀的要坚持，落后的要摒弃。要取其精华，弃其糟粕。现代教育方向是正确的，但要有一定的条件并吸取传统教育的精华加以消化实施，不然是要失败的，即使方向对也是要失败的。

(3) 国内与国外的教育关系

应该进行信息交流，消化吸收，发展创新。对中国教育不要轻率否定，它也有不少好的一面。中国学生勤奋好学,是耕读传家几千年来的传统文化的影响。中国学生基础知识夯实,而外国更注重个性化的教育,突出个性化的培养,在制度设计上应承认差异,因材施教。中国一个高一成绩中等的学生在英语好的前提下到美国去读书往往就是好学生。朱老师幽默地提出了一个公式,即“中国高一学生＋英语好＝美国高中好学生”。

同时,朱老师还认为明天的东西不要急于在今天解决。教育改革是社会改革,要逐步进行。不能改革太频繁,要循序渐进。比如,教科书的变动不要太频繁。改革的原则万变不离其宗。过去、今天、将来皆如此。

朱老师认为处理三对关系,或是五对、十对关系,其核心可以用适度性来概括。至于六四开,还是五五开,还是四五与五五之比,是另外的事情,幅度不能太大,要走中庸路线。办事情一定要有分寸,要适度。学校教育、管理工作都要遵循适度性原则。在某一段时间强调一个东西是可以的,但这并不是全部。强调德育时,德育并不是全部;强调生产劳动时,生产劳动并不是全部;强调智育时,智育并不是教育全部,做事要有分寸。朱老师评价自己是改革派里面的稳健派,稳健派里面的革新派。他认为,不改革绝对没前途,改革太激烈则会危害社会,产生折腾。中国教育折腾太多,需要相对稳定。我们要抓住机会,在适当的时候进行改革,在改革的主要措施出台后,就要相对地稳定一段时间,加以充实、修正,理顺、巩固关系,积累一定时候后再酝酿新的改革。盲目大改大革必然导致大起大落,注定要失败。

把脉宁波教育,促进教育发展

◆ 对高考制度改革的意见和建议

朱老师认为,进行高考改革首先要明确目的性,即进行高考的原因:(1) 选择优秀的学生,利于培育人才。(2) 利于中学导向,促进中学教育。(3) 实施双向选择,扩大校生双方选择自主权。目前高考改革中关于提前自主招生,已显出弊端。首先是变了花样掐尖子生。早在 1984 年浙江大学重点中学校长会议上,朱校长就提出要搞推荐保送生,直接上大学,模仿效实中学新中国成立前同浙江大学关系密切,全校前三名直接升大学的制度。浙大校长当即表示赞成,一个月后省教育厅批复推行,一年后,教育部也发文推行。几年来,由于人数较少,无须大学再行审核选拔,多方都较满意。其次是负担加重,不利于学校的正常教学。再次是出的题目花样百出,海阔天空,既无法合理测试学生,也使中学师生无所适从,无法应对。上述弊端不符合高考的根本目的,也不符合教育部高考改革的本意。高考改革只学到国外表面上、形式上的东西,没学到实质性的东西。

朱老师认为,按目前的情况,最简单有效的方法是把考前推荐改为考后推荐,既使负担减轻,又不添乱,真正优秀的学生不会被遗漏。高考、中考制度的改革,核心是双向选择,扩大学校与学生自主选择权。

目前的高考制度尽管问题多多，但仍然是中国目前和将来一个时期相对合理无可替代的选拔制度，要予以坚持、改革和完善，并予全方位的科学设计。关于推荐生，每年可按考生（如800万人）的千分之一二三，在品德、科技、社会学、体育、艺术等方面特别出色的学生予以推荐，并予公示，当他们未被录取（大多都已录取）时，予以推荐降分录取。甚至只对奇才、怪才、偏才设置推荐生，少设或不设底分，破格录取。

改革是探索规律，走出路子。教育改革是探索人才成长规律，走出具有中国特色社会主义教育路子。判断改革不能依据旗子举得高或低，不是花样玩得新或旧。

◆ 学生课业负担重的现状及对策

课业负担重与升学率是分不开的，课业负担重说明升学压力大。升学之争，背后是大学毕业后的就业之争，即为了将来有好的工作。这是家长和学生正当而合理的愿望，也是他们被迫付出的代价，逆向而行的动力。社会是不可能充分满足每个人的需求的，于是就产生矛盾，需要竞争，这就是根源。现实情况是减负减了几十年，未基本好转，表现在：(1) 校内负担减轻校外补。(2) 教育局和学校家教措施限制，社会机构补。(3) 课业负担重到其他都重。(4) 家长除课业负担重外，经济负担也重。(5) 政策减负实际重。(6) 一切负担学生挑。

原因在于：(1) 家长和学校都希望学生、子女成绩好，加重了学生负担，但他们是被逼的。(2) 教育部门要求太全、太急、太高、太死，他们只做加减法，做行政限制。试想，培养要求、考试要求、升学压力不减的情况下，学校学习时间又减少，期望谁来减负，学生又如何能减呢？(3) 社会就业形势，社会人力评价和考试，岗位少，求职多，什么都要考试，过度注重学历。自主招生的推行，对减负起的是负面作用。

朱老师认为，现在城市里的普教，实际已存在全日制学校教育与社会上培训教育的双轨制与两个教育市场。据说，宁波市中小学生至少有70%～80%在不同时段、学科、形式获得过社会培训和家教，让人深思感喟！

怎么办？朱老师头一摇，手一摊：“难，我辈谈不了！”接着，他还是平静地谈了起来。

一是统一几个思想：(1) 长期性，综合性，急不得，但也应认识现实性，必要性。(2) 对学校、对学生要求适当降温，现在是太高、太全、太统、太急。要承认差异，区别对待，适度竞争，往往可以化解矛盾。(3) 要引导，科学筹划，不迷信行政限制——堵！

二是期望社会减压。存在决定意识。随着人才选用制度、收入分配制度、福利医疗制度的改革和升学与就业通道的拓宽，人们生活期望值基本得到满足，升学和学业压力也将逐步趋缓。

三是教育部门就学校教育作整体规划，科学发展。像上面提出的区别对待几个关系能选择性地逐步实施。事实上，像浙江省有一些地方已在推行。还有一刀切问题应得到调整，负担和压力将得到相应解决。

四是坚持并完善高考制度。高考必须坚持：(1) 有利于教育公平；(2) 有利于承认差异，适度竞争；(3) 有利于育人；(4) 有利于国家建设；(5) 缓解矛盾，最为大众接受。

要完善高考制度：如高考社会化，与中学分离，研究国外SAT、雅思等考试，允许多次考试。

要实施考试基本形式与少数推荐结合的制度，不搞考前推荐，采取考后推荐制度(材料等应事先完成)，让特、奇、偏、怪才破格(不设或较低的基底分)录取。

要政策调整：调整各省、市、自治区之间，城乡之间等招生人数和分值，以减缓矛盾。

◆ 正确处理学生素质教育与应试教育的关系

育才与升学的关系。素质教育以育人为出发点，应试教育以升学为出发点。朱老师认为，关于素质教育与应试教育的关系可分为五种类型：(1)、(2)、(3)类是奉行素质教育的，是多数。

(1) 无需考试升学率，只考虑育人，占2%～3%。如国家和省、市、自治区教育部门和相关教育专家所提倡的。

(2) 既考虑育人，又考虑升学，占7%～8%。如地方的某些教育局和某些专家、少数中小学校长持这种观点。效实中学长期坚持认为：既重育人，亦重升学。育人是一切工作的出发点和归宿，升学是自然结果。

(3) 先升学，也必然融入育人，两者是统一的，应把精力放在前者，有了前者才有后者。它是主流思想，大多数重点中学和其他较好的学校以及地方教育局和家长持这种观点。约占50%。

(4) 基本考虑升学，育人带过，约占30%。

(5) 一切追求升学，不择手段，约占10%。

朱老师人为，在他主校期间，效实自改革开放以来，始终奉行"坚持方针，遵循规律，打好基础，培育人才"的办学方向；明确全面、均衡、大面积、高质量的教学目标。强调学校教育应该基本抓紧，不要过头，注意适度；在教学上提出"三抓，二不"，即抓平时，抓六(五)天，抓课堂；不突击，不加班。推崇"勤奋，厚实，灵活，新巧"之风。

积极提升素质教育，应重视协调培养学生的四个方面：

(1) 全面发展和发展个性；

(2) 全体学生和因材施教；

(3) 特色教育和一般教育；

(4) 教师教和学生学。

效实在1984年即提出培养目标是：培养能适应三个面向需要的，德智体美劳协调发展的具有个性的社会主义建设者。

学校就上述四个方面和培养目标(含个性发展)，在当时条件下，主动自觉地作了实践和探索。

为加强德育，朱老师建设性地提出了"一个地位，两个要求，三个目标，四个依据，五个内容，六个关系，七个经验，八条措施”的德育教育实施方案。在教学方面：抓三个基础、三个衔接、三个新，优化教材教法，改革考试方法，实施分层教学，因材施教；活跃学生社团，开展课外活动。学校体育方面，朱老师认为有五个要素，即运动、环境、卫生、作息、营养，相互作用，互为因果。开展体育运动的目的是：增强体质，提高技能，形成良好的运动习惯。关于体育运动教育，他制定一个星期四节体育课，三个教师两个班，课程是必修课与选修课相结合、竞技体育与娱乐教育相结合的制度。率先在高中开设音乐、美术课，并推行音乐、美术选修制度。美术学素描、色彩，音乐学识谱、欣赏。并进行一个月一次的才艺表演。他在1982年开始率先推行劳动技术课程教育。高一学计算机，高二学化学分析，高三学电子技术。

朱校长视教育如生命，他把自己的整个生命紧紧地与效实的质量和声誉联系在一起。为了学校的发展，他以一颗教育家的头脑，创造性地提出了创设“国际部”，创办宁波外国语学校。成立蓝天艺术团、白云艺术团，大大激发了学生参与活动的兴趣，并且有效提高了学生综合素质，使学生的精神风貌更上一个层次。效实的“唯素质不唯升学率论”的悠久传统开始形成。正是在朱敦礼校长主校的时候，效实的全面素质教育初步形成了体系。

◆ 为人师表，高风亮节

朱敦礼校长信仰真理，不畏权势，求适务实，创新进取。他是一个正直无私、刚正不阿的人。为了确保效实生源，维护社会公正，他经常坚持原则，抵制招生中的不正之风。也正因为他的坚持，效实的“进口”质量得到了充分的保证，也难怪“出口”质量持续排在全省前列。可以说，20世纪80年代后，效实的品牌是朱校长用毕生的心血打造出来的。正是由于以朱校长为首的学校领导，视学校为生命的高度责任心和事业心，以刚正不阿的风格，才让效实顶住了一个个压力，时刻保持着强大的生命力和竞争力，成为省内最顶尖的学校之一。

朱校长只讲奉献、不谈回报。如果说他也讲究回报，那这个回报就是效实的美誉度逐年上升，并名扬省内外。正因为他自己是这样的一个人，所以他对教职工在生活琐事上就关心很少。他对教师的关心，更多地体现在事业上的信任和培养。他把自己的一生无私奉献给了宁波的教育事业。

◆ 兴趣广泛，多才多艺

朱老师还热情地向我们介绍了他最近游山玩水的经历，让我们深切感受到他不服老的精神。精神矍铄的朱敦礼老校长还曾在一次茶话会上自告奋勇，以一曲自编的融入了众多宁波元素的“马灯调”将回忆推向了高潮。不仅如此，朱老师还喜欢文学、音乐、美术、史地和国际时事，他自嘲说：“兴趣广泛，一无专长。”

后记

在不知不觉中，三个小时很快过去了，我们的采访也接近了尾声。朱老师愉快地接受了和我们一起合影的请求。在本次采访中,朱老师对教育独到而丰富的看法让我们大开眼界。朱老师的话不仅让我们了解了宁波教育的风雨苍茫,更让我们看到了其生机盎然的明天。最后怀着对朱老师的不舍与敬佩,我们离开了朱老师的家。

在此,我们送上深深的祝福,祝朱老师身体健康,万事如意!

文/图:汪鸿珅昊　胡凤阳　韩　宁

指导老师:聂晶磊

陈守礼 / 上我心爱的数学课 /

人物名片

陈守礼，男，1938年8月生，宁波人，中共党员，省特级教师、教授级中学高级教师、享受国务院政府特殊津贴专家。1959年毕业于南开大学数学系。先后在浙江省地质学校、奉化溪口中学（现武岭中学）、宁波中学任教，曾任宁波中学校长、党总支书记等职。1999年退休后受聘到宁波华茂外国语学校任教。累计任教时间长达50年，获得过“全国教育系统劳动模范”、“宁波市有杰出贡献科技工作者”、“全国苏步青数学教育奖一等奖”等荣誉。

言传身教，以身作则

看到陈守礼老师的简介时，我们采访小组的小伙伴们都惊呆了。不禁问自己，初出茅庐的我们真的可以完成这次采访任务吗？怀着忐忑的心情我们拨通了陈老师的电话，电话那头的陈老师显得亲切随和。在协调好时间之后，我们如约来到陈老师的家中。一进家门，陈老师便为我们沏上一杯热茶，瞬间缓解了我们紧张的情绪。房间里的陈设十分朴素，窗台的盆景倒多添了几分生气。陈老师的孙子正做着作业，老伴儿忙着家务，一切都是这么的平和。我们在沙发上坐定之后，书桌上的数学书本便映入眼帘。几行公式、几笔运算，我们还没有开口采访，便已知晓，这就是陈老师如今的生活了。

谈及生活，陈老师没有过多的描述，平静的生活本来就是没有波澜的。“看书、去老年大学唱歌，早上走路锻炼。现在课不上了，他们（华茂外国语学校）也希望我去，一星期去两次,听听课,做做作业,回答回答他们的问题。”和许多退休后的老人一样,陈老师的生活是平淡的。如今的陈老师已经不再奋战在教书育人的前线,从一线退下来的他,依旧醉心于自己数十年的伙伴——数学。数十年的数学教育使得陈老师做事尤为细心,细致到为我们准备的拖鞋、喝的茶杯,他都全部亲力亲为,采访时还特意把电风扇转向我们。可以想象,数十年来陈老师的学生也都是在他这样悉心的照顾和教育中成长起来的。

说到老伴儿,陈老师眼中充满了感恩。和陈老师同为宁波中学教师的赵庆玲老师,多年以来一直都在生活和工作上给予陈老师无条件地支持和帮助。陈老师也在采访中时不时地流露出对老伴儿的感谢。采访期间,赵老师在房间里进进出出,手中的活儿没有片刻停歇。工作上他们是互相帮助、互相进步的同事,生活上他们是相互扶持、相守一生的夫妻。

孩子是每一位父母最骄傲的艺术品,陈老师也不例外。对于子女的教育,陈老师有自己的一套。

两个儿子都是在我们工作的中学完成中学教育。我们做老师每天都是从天亮忙到天黑,他们也就是这样(和普通同学一样)在学校里学习生活。所以,我是不太赞成课余辅导的。家长请这个家教那个家教,我们做老师的也没有给他们搞什么家教。现在的很多父母对小孩子过分关怀,家长过分的关怀其实对小孩子是不利的。家长把很多自己没有完成的理想、心愿强加于孩子身上,比如自己没有上大学就希望小孩子能上大学,自己想上什么大学就希望小孩上什么大学。这样就会被动地让孩子学一些他不喜欢的东西。我觉得,最主要是让孩子懂得为什么要学习,还有就是家长要为孩子营造出一个良好的学习氛围。不要自己在看电视却让孩子学习。在孩子学习时,家长应该在一旁读书看报,使自己在精神层面上和孩子保持一致,传递给孩子一个信息:你在学习时我也在学习。我就是和孩子一起成长的,现在两个儿子都长大了,一个成了一名医生,另一个已经是人才开发处的处长了。我也没有特意培养孩子们往这些方面发展,一切都是孩子的选择,我们做家长的,要做的就是以身作则。

那些年,我教数学的日子

“哈哈哈……”聊起自己,陈老师总是会很自然地发出爽朗的笑声,在陈老师看来,美满的家庭加上热衷的事业是他幸福的源泉。陈老师拿起那古色古香的茶杯,轻呼一口气后,轻轻地抿了一口茶水,又一次张口讲述道:

我小时候上学条件相比同龄人稍微好一些,当然没有现在的孩子条件那么好。那个时候,我在上海复旦实验中学读书,那是一所私立学校。我最崇拜的老师就是那个时期的班主任张老师。张老师是我的伯乐,发现了我在数学、物理方面的特长。那个时候私立学校的特点是,教师上完课就都离校了,老师组织团支部团员与差生结对学习。就是这样,我早早当上了小老师。每当见到自己的辅导对象成绩有所提高，及格了、升级了，心里很有成就感。因此，我就有一个梦，希望将来能够成为一名光荣的人民教师。1959 年，我考进了大学。那个时候提倡向科学进军，也宣扬了一些科学家的事迹，像华罗庚等，我很崇拜他，因此我选择了数学系，开始了我漫长的数学生涯。

1959 年 7 月，我从南开大学数学系运筹学专业毕业。毕业后，被分配到浙江省地质学校任教。在那里，我生活了三年。那是一个中专学校，学生很多都来自农村。那个时候，我跟学生就像兄弟姐妹一样，甚至有些学生还比我年长很多，所以在备课的时候，我尝试角色转换，努力让自己站在学生的角度备课，每次上课的时候，让自己融入学生当中，跟他们一起讨论、一起学习。一直到现在，还有很多人还记得我这个最年轻的数学老师。之后，由于自然灾害严重等原因，学校被迫解散。1962 年 4 月，我被分配到奉化溪口中学，来到宁波，来到自己的故乡。我从 1962 年一直工作到 1988 年，在溪口工作了 27 年，一直生活在那边。1981 年，我被评上特级教师，1984 年被评为全国首届教育系统劳模，同年走上领导岗位，成为复校后的武岭中学首任校长。

我还是坚持上我心爱的数学课，负责一个重点班，一个普通班。作为校长，我不教普通班，别的老师会有压力，而且高考压力太大，不带重点班也说不过去，所以，我仍然能够频繁地跟学生接触。但是，那个时候我年纪也慢慢大起来，跟学生也有点距离了，学生一般都比较尊重我，或者说有点怕我。之后，就是在 1988 年，我调到宁波中学当校长。我深知，校长是领头雁，不仅要认清方向，还要率先飞行，所以我一直都在上课。其实我很喜欢上数学课，那种跟同学互动，向同学讲解的感觉我真的很享受。所以在 1999 年退休以后，当华茂外国语学校邀请我去任教时，我跟他们约法三章，不担任任何职务，只是为了上我心爱的数学课。那个时候学生都喜欢叫我爷爷老师，或者是严峻爷爷，我也把他们当成自己的孙子，私底下跟他们聊聊生活，也会给有需要的学生开开小灶。教学 50 年，我跟学生的关系就是从亲近到敬而远之，但是我最欣慰是，我的教学生涯能够拥有两个百分百：学生 100%的满意率和 100%的高评价，让我觉得我实现了自己的梦想——成为一名好的数学老师。

在陈老师的讲述过程中，我听到最多的一句话就是“为了上我心爱的数学课”，当我们问起他，教了数学 50 多年，数学对他来说意味着什么？他说：“数学是我的一剂良药，学习数学能够让我聪明，让我保持清醒的头脑。”他还开玩笑地说：“我不用担心会得老年痴呆症了。”没错，数学之美就在于可以让人不断去寻找正确的答案，陈老师的人生也正如解答一道道数学题一般，每一个步骤都走得有理有据，而最后的正确答案，正是他那颗平凡却又伟大的育人之心。

取其精华，去其糟粕

每个老师，都会有自己的教学方法，但是不同的方法所带来的效果是截然不同的。陈老师之所以能够当上特级教师,一定是有他的过人之处,于是我们就询问他如何做一名好老师,如何创立一个好的教学方法。听到我们的询问,陈老师很腼腆地笑了一笑,他说:

"我的教学方法不特别,其实很多老师的想法都是差不多的,私下多跟学生交流,上课努力吸引学生,引起学生学习的兴趣,我其实也不例外。只不过,我可能更会从深层次的方面去引发学生的学习积极性。我是数学老师,就拿数学举例子吧。我呢,把数学的精神用三个词总结。第一个词为严谨,这一点,是学生觉得数学枯燥的主要原因。第二个词则是规范,数学的语言表达很规范,规范的好处是就算解答不出题目,也能够拿到基本分,用这一点去吸引学生,学生一般都会努力学好数学语言,那么这对学好数学是会有很大帮助的。第三个词就是简练,把复杂的东西简化是数学最主要的特征,在学习数学的过程中,这一特点能够让人思维简化,不那么复杂。就像我,我当校长做报告、写文章都比较简练,跟学生交流也都很直率,从不拐弯抹角,学生都比较喜欢我这一点,也乐于跟我交流。从我自身方面,我相信简练这一点绝对吸引学生投入到数学之中,体会到数学的魅力。所以说,无论老师教得多好,学生有兴趣最重要,兴趣是最好的老师。即使负担很重,只要自己愿意做,自然不会觉得压力大。就像男生打篮球,全身都是汗,你问他累吗?他肯定说不累。总的来说,好的教学方法的最终目标就是启发学生的学习兴趣,不是单纯说这门课多么好,多么有趣,而是要从每门课深层次的精神层面去吸引学生,这点应该是我跟别的老师不一样的地方吧。"

"另外有一点就是,我在20世纪90年代初创立的'目标思维教学法'是我教学方式的一个总结,同样适合于各门学科。什么是目标思维教学法呢?目标思维教学法,就是上每堂课都确立好每堂课的教学目标,在教学中观察,这样站得比较高。因为我总觉得现在我们很多老师都喜欢体验战术,体验战术有一个优点,能够增强实践能力,题目做得多了自然就会熟能生巧了。但是,它也有一个致命的缺点,就是时间都浪费在重复的工作上面,体验战术就会变成做无用功。因为类似的题目,在高考复习过程中做了不止十次,但是真正高考的时候却不一定会考到,因为题目是千变万化的,但是思维方法却是类似的、简洁的。就比如说,我在上课的时候,首先会拿例题来讲解,告诉学生们解题思维,以及解题的关键点;之后,就会变换题型,让学生们尽量用刚刚教的思维方法去解决,让学生在拿到题目的时候,不是想我有没有做过这种题,而是想我能不能用这种思维方法去解题。所以目标思维法的目的就是提高学生的思维素养,举一反三,以不变应万变,做到'授人以渔'而不是'授人以鱼',学会了这一点,相信对老师们的授课效率会有很大的帮助。"

聊起教学方面的话题,陈老师总是会有很多见解。在陈老师将电风扇角度再次调整到我们这边之后,他又张口讲述道:

"前面我有提到过我的高中班主任张老师,其实,我在当老师期间有很多方面都是在向他学习。我印象最深的就是那个时候张老师教英语与物理,上课生动,深入浅出,很受我们的欢迎。一次物理测验,他拿英文原版的大学物理教材在黑板上直接译写了几道题,试题很灵活，全班只有3个人及格，我也不及格，十分沮丧。第二天上课时张老师不但不批评我们，反而心情沉重地自责是他没有教好大家。这在我年幼的心灵里深深烙下了印记。而且，那个时候他跟我们年龄差距大，就像爷爷一样，非常关心爱护我们。如何成为一个好老师，从张老师身上就能找到答案。要做一个好老师，不仅业务水平要精湛，而且要对学生有爱心，要懂得如何去亲近学生。一个老师光有较高的业务水平，却不知道如何跟学生交流、如何鼓舞学生，那么学生只会觉得你的课枯燥。但是光有爱心，没有一定的业务水平，学生学到的就会只是皮毛，不会举一反三，学到实质性的东西。所以，业务精湛与具有爱心两者缺一不可，只有兼具才能成为一个真正的好老师。”

笔者和陈老师合影

55年的教龄，55年的光阴，陈老师用自己半辈子的时间见证了中国教育从“文革”时期的保守封闭走到改革开放时期的创新进步，再到如今的深度发展。

“中国在中学数学教育方面有一个很有名的专家，来自华东师范大学，名叫张奠宙，是联合国教科文组织11个理事之一，经常会和外国的专家交流。他就觉得，在基础教育上，西方做的和我们中国做的各有长处，西方主要是自由地发挥，非常重视学生的自学能力，中国则侧重老师的灌输。他认为，最后的结果就是互相贯通，中国向西方学习，西方也向中国学习。就比如说英国，最开始，英国没有什么严格的考试，他们就觉得学生存在一种天性，希望他们能够在学校里自在地度过，后来发现，这样导致国家在世界的竞争中落后，所以他们开始向中国学习，开设全国性的统考。只有在教师引导的过程中发挥学生的主体作用，才能让中国教育获得成功。这点也是目前我们中国教育的不足之处，现在的教育方式都偏重于教师引导，学生总是跟着老师的节奏，常常死记硬背，无法切身体会，如果这时候能够发挥学生的主导作用，相信一定会事半功倍。尤其是大学，我觉得更加需要向西方学习，为什么西方好的大学比我们多，从这个问题上可以看出我们中国大学的缺陷。所以，大学需要延续‘教师引导，学生主导’的教育方式。只有这样，才会有利于我们中国人才的培养。”

我和你的中国梦

半个世纪，三所中学，一门学科，陈老师一路走来都关注着教育，关注着中国的成长，也在努力实现自己真正的梦想。

“在南开,我永远不能忘怀的是听敬爱的周总理的报告,他站在领操台上,足足讲了一个小时。他说,中国每年出生1500万人,但只录取15万名大学生,因此你们每一个人都是百里挑一,为人处事,不能只考虑自己,必须想想99个同龄人,你是他们的代表。他又说,国家培养一名大学生不容易,要两百户中农一年的收入,你们要向清华大学马约翰教授学习,健康地为祖国工作五十年。是这些话,在我最迷茫的时候照亮了我的人生征程。‘为了九十九个人,做一名好教师,健康地为祖国工作五十年’便是我的中国梦。”

梦想是一个可大可小的词语,它可以虚无缥缈,也可以脚踏实地。你也许会把梦想藏在心里,但是陈老师却把梦想照进了现实。“上我心爱的数学课”——用我的梦想照亮你们的梦想。

文/图:林　倩　王宇飞

指导老师:周　浩

杨象富 / 把"人"字写得顶天立地,对称美丽 /

人物名片

杨象富,男,浙江宁海人,1934 年 8 月生。1952 年 7 月宁海中学高中毕业即留校任教数学,工作了 42 年。先后担任过班主任、教务或教导主任、教学副校长、校教科室主任。1986 年 1 月任中国数学奥林匹克首届冬令营浙江省领队,1989 年 12 月被授予中国奥林匹克高级教练员称号。1990 年 3 月受国家教委聘请参加全国高考命题工作,1993 年 6 月受聘参加全国高中数学联赛命题工作。1994 年 12 月退休后,被省内多所中学聘为教育顾问、首席顾问等。1998 年被宁波市人民政府聘为督学。

在路上的梦想——"有些梦想,并不是天生就有"

杨老师出身于教师家庭,但最初的梦想并不是当一名教师,在那个年代,杨老师和许多人一样想通过高考这个跳板来实现人生最有成就的梦想。但现实与梦想往往事与愿违,我们聆听了杨老师踏上教师道路的故事,感受到虽然错过了最初的梦想,但杨老师仍然在他的教育事业上发光发热。

"我高中毕业是 1952 年,那个时候,高中毕业生很少。1949 年新中国成立,那些农民的小孩子没什么条件念到高中。1952 年,我高中毕业,便踏入了教师这个行业。起初的想法是当一两年的老师,就准备考大学。"杨老师告诉笔者。

当他知道自己的同学都步入了考大学这条路,作为班级里学习委员的他,想参加高考的这份心愿更是迫切。而且当年对于高中毕业生，大学的招生名额还是挺多的。在当时的社会大背景下，经济刚刚恢复，大学需要人才、需要发展，解放军、小学老师、机关干部，凡是有能力参加高考的都动员参加。这么说起来，考大学是第一政治任务。

那么又是什么原因导致杨老师最后与高考这条路失之交臂的呢？

杨老师回忆道：说起原因啊，一方面，我一直从事教育工作，这条路走下去是很难令人停止的；另一方面，我看到自己教出来的学生也考大学了，如北京大学、清华大学、复旦大学等全国名校，我就已经很高兴了。”

我们从杨老师爽朗的语气中听出老师当初心里的这块疙瘩已经放下了。年轻时候的梦想换了一种方式得以实现，杨老师从未后悔自己当时的决定。记得他还打趣道：“那时有个老先生还批评我，人民教育事业这么重要，为何老想着念大学？这不，我就一直在教育岗位上坚持到现在。”

杨老师是奥数方面的专家，但在交谈过程中，我们意外地得知杨老师成为奥数老师也是阴差阳错。

“我从初一到高三都是学习委员和外语课代表，那时候最擅长的其实是外语课。但后来没有机会出国进修，学习外语也没什么希望。而且那时市面上的外文书很少，我想自学也不太可能。当时就觉得，学习数学应该比较容易。于是我就钻研进去，一两年之后，我就把本科文凭拿到了，顺其自然地就成了一位数学老师。”

在每个人的发展道路上总会有指引你前进的人。杨老师的教育道路也少不了一个指路人，老师回忆道：“我当初也不想当老师，可是没办法啊，高考体检不过关回到学校，我的校长就来跟我谈话，他对我说，你成绩这么好，也有高中文凭，不妨尝试去教初一学生的外语、数学。”杨老师爽朗一笑，“我当时想，既然校长都发话了，那我只能去试试，自己钻研怎么教学生。后来越教越来劲，带出了一批不错的学生。”

就这样，杨老师从一开始教初一，再教初二、初三，然后慢慢开始教高中一年级，后来就一直带高三毕业班。而且杨老师在任职副校长、校长，直到退休期间，都一直坚持在一线教课。对于现在的校长、副校长一挂上头衔就不教课的情况，他表示反对。“我常说，苏步青忙不忙啦，人家是中国科学院院士，回到学校也要讲课啊。”

梦想并不会按照既定的轨道运转，过程中的改变永远是个未知数，对此杨老师深有体会：“有些梦想呢，也不是天生就有，也同环境有关系，受它影响。人啊，总是社会关系的总和，你的梦想总会受到其他因素的影响。”

杨老师展示当年学生的来信和学习资料

呵护学子梦——"羊跪乳,鸦反哺"

每个人说到自己的班主任,一般都有自己的看法,比如对待学生的态度严格或是亲切、教育方式的独特等等,杨老师教育学生也是有自己的方式。

杨老师津津乐道地说:"我非常喜欢当班主任,虽然辛苦,但这样的感情往往是最深的。我对学生不算严格,我很关心学生。记得当时我已经是校长了,去北京参加高考命题。等我回到学校后,学生吴伟标就拿了一沓厚厚的学习资料给我,他说:杨老师,请你看看我做的题。我说:'你是哪个班呀?''六班。'他答,'你是六班的嘛,找六班的数学老师,我是教一班的,而且因为去北京落下了很多课程,现在距离高考只有 45 天了,同时学校工作又这么多。'他着急了,连忙补充说:'不行,杨老师,这一定要你看。'我拗不过,就晚上带回去看,发现小吴把当年数学冬令营的题目进行创新,很独特。就是看重这一点,我决定培养他。"

我们体会到了老师当时内心所下的决心——一种对学生负责到底的决心。

不久,吴伟标获得了数学竞赛一等奖。各个学校都争着招收他。

而后来,因为吴伟标家中的一个变故,使得师徒两人的感情更加增进了一步。

"那时候,小吴家里出了事,他的爸爸被诬陷打人。小吴一知道爸爸被关进去后,就号啕大哭啊。后来,我得知后,就以校长的身份出面帮他解围。当时我也是人大代表,花了半年多时间把事情解决,他爸爸才放出来。事情解决好后,小吴打算出国留学,在他临行之前,家里父母、舅舅以及村里的 8 个党员,一起到我家里,想让我收他做义子。当时我没在家,正在西安讲课,家里是周老师(杨老师的妻子)接待的,被劝说得没办法了,不答应就不走,只能说先答应,等杨老师回来再商量。"杨老师向我们娓娓道来。

"后来,在他出国时,周老师把他春夏秋冬的衣服都准备好,她已经把他当成义子了。我自己从来没穿过西装,周老师帮他把厚的薄的西装、毛衣都准备好,还有皮鞋。家里仅有的美金,当初帮台湾人出书给我的 1500 美元,从中国银行里取出来给他。所以,现在这小孩会忘记我们吗?不会忘记。"语气是如此的笃定并带着宠溺,我们能感觉得到,杨老师和周老师是真的把他当作自己的孩子。他又继续说道:"所以作为老师,对学生表示关心,不靠你嘴巴上讲讲,而是要有实际行动。"

不停止的文学梦——"好的演讲是情理相融的"

说到尽兴之处,杨老师饶有兴致地邀我们参观他的书房,其实杨老师的每间屋子都整整齐齐地摆放了很多书,连卧室都像是一间标准的书房,但最彰显文人雅兴的房间当属"三余书斋",房间的门楣上挂着一个牌匾,上面的题字大气俊美。

杨象富与笔者在他的书房门口合影

杨老师给我们解释道:“这个牌匾是一位宁海中学的老先生帮我题字的,‘三余’来自于一句言:学足三余,持之以恒。‘三余’,对教师来说,寒暑假是学期之余,节假日是周月之余,深夜是凌晨之余。”

跟随老师走进书房参观,古朴的书柜格调给人一种醇厚的文化沉淀,在古老棕黄的木质书架上,书籍的布置显得干净利落。杨老师小心翼翼地打开书架的玻璃门,给我们介绍起他的书来:“我的书都是分门别类放置好的,名人卷的柜子里有周恩来、钱学森、吴敬梓,等等,另外还有专门放教育理论、数学名著以及学生给我寄来的藏书……”我们听着杨老师的讲解,走进他的藏书天地,不得不赞叹杨老师虽然是个资深的数学老师,却博览群书,看重自身的文学修养,不断突破自己的文学造诣。

杨老师虽然从事的是数学教育工作,但他的书房里很大一部分是有关于文学、化学之类的书籍。

杨老师告诉我们:“我各种各样的书都会看,而且好的摘句、感想都记录了下来。读书,靠的是平时积累。”杨老师拿出最近的一本笔记本,上面字迹娟秀清晰,段落分明,可见是老师潜心整理出来的。

杨老师还向我们讲了一段经历。

有一年,宁海举行“徐霞客开游节”庆典活动。杨老师很直爽地对台上发言的领导讲:“我从你们的发言中能感觉到你们这些领导人没有一个人把《徐霞客游记》看完了。”

“啊,杨老师,怎么可能看得完,稿子别人写的,我们念一下就可以了。”领导们回答道。

“所以,我一听到你们讲话,听到你的思想感情,思想表达,就知道你们是不是真的看过这本书。如果让我讲的话,我一定能够脱稿讲上五分钟、十分钟,观众一定很喜欢听。”杨老师自信地说,“我把两本游记看了3遍,记了好多笔记,精神上领会了,即兴演讲也能吸引人。我好多讲课顶多就带一张小小的纸条,塞在衬衫兜里。”老先生指了一下他的白衬衫右上方的兜。

几年前,我的一本书——《我的教育故事》出版发行,我因此受邀去宁波讲课,那时我身体不大好,本来安排演讲半小时,但当时有300多人来到我的课堂,下面听讲的老师啊、学生啊,一阵笑声接着一阵掌声,我演讲的兴致也被他们调动了,结果讲了90分钟还没结束。

杨老先生对自己的讲课做了一番总结:"真的吸引人的好的演讲,都是情理相融的。其实就好像讲故事一样的,别人就算不关心,也会被你吸引来。但如果你讲的是空话、套话,你自己会喜欢听吗?越是好的演讲,越是感人的、简单的。

中国的奥数梦——"创造性能力和魄力是一种高质量"

中国的中学生频频在国际奥林匹克数学竞赛上获奖,但其中很少人能成为数学大师级人物,更没有获得更多原创性学术成果,其中的原因何在?

杨老师说,中国人逻辑思维好,擅长奥数。但为什么成不了大师级人物?他觉得是教育方法还存在一些问题。

"如果思维停滞,没有创造力,哪里还有精力去钻研更高深的数学成果啊!所以我一直强调,只有站在伟人的肩上,才能登高望远。这是学好奥数的精髓。"

杨老师有个学生叫小朝,他是广州大学数学系的一名副教授,专门研究奥数的平面几何题,国际奥林匹克 IMO 有些题目部分是他提供的。

"我当时跟他讲:小朝啊,你不能一直陷在这种讨巧的数学题目上,不能仅仅注重于学生训练鸡兔同笼问题、追及问题,这样你的奥数水平是得不到发展的。"

杨老师说,我当时的想法是想让他去钻研更高深的数学,希望他能在更高的领域有所成就。但他没有听进去,一直在钻研鸡兔同笼这些初级的奥数问题。并不是说这样就是不好的,但我觉得明明有能力去往更高处研究,为什么要这么大材小用呢?到后来,真的到评职称,他只会辅导用于考试的奥数,最高只能评到副教授。毫不夸张地说,这是资源的一种浪费。他原本可以在高等数学上有很高造诣的,结果却被鸡兔同笼这些问题拖累了。什么是好的数学,什么是没有意义的数学,他还没有分清楚。我们要成就中国的奥数梦就不该局限于初级奥数上,要懂得钻研创新。

"成就中国的奥数梦,很大一部分需要我们现在人的魄力。不要怕难,相信自己可以往上爬,可以成功。只有做到这一点,我们中国的奥数,才能培养出人才,站在世界的巅峰。"

杨象富(右一)在宁波万里国际学校指导调研

尊重家人的梦想——“就让下一代人自己选择喜欢的事业”

杨老师告诉我们:家里差不多都是老师,我爸爸是小学校长,我的姐姐、哥哥都是老师,我弟弟也是。但下一代人要怎样,想成为怎么样的人,都要让他们自己选择,自己喜欢就好。

尊重家人的梦想,不古板地按部就班为家人铺排就业道路,这是因为杨老师吸取过经验教训的。

他说,我的弟弟非常喜欢美术。我当时觉得理科类保险,美术属于兴趣,就没让他考。他当时就很消极,第一年没考进,让他再考,第二年校长就找我谈话:“这是杨象宪的志愿啊,不是你杨象富的志愿啊,你怎么能限制他啊,他有艺术方面的才华!”

讲到这,杨老师叹息仰靠在沙发上,看上去有点累了,但他又继续补充道:“那时我的弟弟写信给国画大师潘天寿,他是我爸爸的同学。潘天寿回了一封信,说他赞成我弟弟考美术,同时也支持他主攻写意花鸟。但就当时的形势,写意花鸟好像是封建阶级的产物,是拿来消遣的。当时主流的都是人物画啊,解放军、劳动模范一类,家里人就很反对。”

他的弟弟因此反抗,曾几度吃安眠药自杀。在这之后,杨老师便不反对让他们自己选择未来的事业。“你不要他画画,他都走上了自杀的道路,吃了很多安眠药。那时我真的被吓怕了。后来我也不那么反对他了。”

“他自己选择的梦想也是成功的,画得很好,作品也出了很多,是曲阜师范大学美术系教授。”

我们采访前了解到,杨老师的弟弟杨象宪已经于2011年3月18日在济南去世,但在整个采访过程中,谈及杨老师的弟弟,杨老师谈吐间都是满溢的温情,或许曾经对于反对弟弟从事美术有过歉疚之情,但这丝毫不曾影响他们的兄弟情深。

尾声

这就是我们了解到的杨老师,只有具有这样志趣和深情的教师,才会几十年如一日孜孜不倦地工作着,在平凡的岗位上不断地做出新的贡献,也正因为如此,所以有些二三十年前的学生还与杨老师保持着密切联系,常常从省内外、海内外来信慰问致意,忆旧励今。

文/图:方含琰　陈敏哲

指导老师:薛丛川

筑梦者之20世纪40年代

应畏之 / 做好本职最重要 /

人物名片

应畏之，男，1940 年生于上海。1964 年毕业于浙江师范学院，终身从事于教育事业，2000 年退休。先后担任宁波市江北区文教局局长、宁波市教委政策研究室主任、宁波市教科所所长、宁波市教研室主任等职务。负责编写了职工业余中等学校初中课本《代数》、《几何》(人民教育出版社)，主编了《中小学生安全教育手册》、《中小学生自我素质教育手册》、《入学儿童家长必读》(浙江教育出版社)，参与了上海成人中等专业学校试用教材及教学辅导书的编写；在《人民日报》、《文汇报》、《宁波日报》、《新民晚报》等十余种报刊发表近两百篇文章。最大的特点是特立独行，始终保持独立的人格和自由的精神，敢于思考，惯于思考，善于思考，乐于思考，并且直言直书，供世人分享。

我的梦想火种，我的“海燕”

20 世纪六七十年代，全国都在流行知识分子“下海”，在这样一个浪潮下，应老先生却选择了教师这一行业，而且一干就是一辈子。“当初之所以选择教师这一行业，我想与我母校宁波二中的语文老师徐子祥的教诲是分不开的。他是我一生中最钦佩和爱戴的老师。”

在应老先生眼里，这位徐老师就像是照耀他人生旅途的灯塔，每每提起，总是双眼炯炯有神，神采奕奕。“上徐老师的课是一种艺术享受，他用他的生命诠释着他的职业，尽管他的身体十分虚弱，但是只要他站在讲台上，呈现给学生的永远是最好的、最有精神的一面。他善于引导学生积极开动思想机器，使得课堂效果活跃，达到很好的教学效果。”

可以说，应老师的教育梦想火种就是来源于这位徐老师的言传身教。“记得一次上作文讲评课，他一上台就点了我的名，让我在十分钟内讲讲自己的作文。这有点让我手足无措，但是徐老师鼓励我，说我的文章有特色，思想性很强，让我想到什么讲什么，不用拘束。于是我就大着胆子讲了十分钟，当了一回“小老师”，我讲完之后就热闹了，许多同学都抢着来发表各自的想法与意见，我也因此悟出了老师的用意，他是想让我抛砖引玉，调动大家的积极性，这在我看来实在是一种很好的教学方法，到现在仍能受用。而我也因此萌发了报考师范大学的想法。”

“除此之外，我还记得有一次，我和一名同学参加学校举办的作文比赛获了奖，徐老师把我们叫了去，我原以为他会对我们说一些鼓励的话，结果他直截了当地对我同学说：‘虽然你的文章写得很好，但是字里行间流露出一种消极低沉的情绪，但不管遇到什么挫折，我们都要相信党，相信社会会进步、会发展。’后来我的同学告诉我，这学期因为他家的社会关系复杂，他被免去了班长的职务，而徐老师早就观察到了他的情绪变化，在当年‘左’的思想盛行的时候，徐老师能如此关怀我们，鞭策我们，真的是很不容易。”徐老师的这些行为为应老师走上教育事业，如何做好一名教师提供了宝贵的经验与财富。

除此以外，应老师还与我们分享了他高中所在班级的一些难忘往事，据说这个班级被称作为“海燕班”。这不禁让我们想起了高尔基的那首《海燕》：“在苍茫的大海上，狂风卷集着乌云。在乌云和大海之间，海燕像黑色的闪电，在高傲地飞翔。”谈到这个“海燕班”，应老师抿了口茶，向我们娓娓道来。“1957 年年末，我们的班主任把我们几个班干部叫进了办公室并且十分慎重地和我们说了一个消息。原来，当时学校正准备搞学生自治的试点，让学生自己管理自己。从那时起，我们的班主任便从此卸任退居二线，和我们并肩作战了。那个时候，我们是军事化编班，每班称为排，下面有四个班，其中一个班清一色都是女生。虽然男女分开，但是男女之间都非常有爱、互相尊重。这在现在看来是十分不可思议的，但在当时确实是发生了。学生自己管理自己，这种模式更加锻炼了我们的能力，让我们对自己负责，对自己的行为负责，这段经历成了我们今后生活中一笔宝贵的财富，而这种经历和自我管理的能力却是当下学生最缺乏的。这个自治的制度一直延续到了 1960 年‘海燕班’毕业。”毕业，意味着离别，也意味着新的起点。“海燕班”毕业的学生，三分之二的学生上了大学，还有三分之一的学生去了农村参加劳动。在每年的假期，这帮“海燕”同学都会不约而同地从各地飞回宁波参加班级聚会，一起谈论当年的班级和同学，都十分有感触。这也体现和巩固了“海燕班”无坚不摧的凝聚力。试想，现在有几个班级能坚持每年都聚会，每次参加的人数过半，并且坚持了几十年呢？

教育不在于过去，不在于现在，而在于未来

在采访的过程中，应老师十分感慨于我国各个阶段教育方针的变化，着实给我们上了一堂新中国成立以来我国的教育政策发展课。睿智的双眼、严谨的逻辑思维、清晰的表达掩盖了岁月在应老师身上的痕迹。“我出生在 1940 年，也就是新中国成立之前，到如今，可以说我是看着教育制度一步步发展完善到现在这个状态的。1949 年，教育部召开第一次全国教育工作会议，明确了新中国教育工作的目的，‘为人民服务，首先为工农服务，为当前的革命斗争与建设服务’。在这一教育方针的指引下，我们年轻的祖国接管和改造了旧教育。1957 年，毛泽东同志在《关于正确处理人民内部矛盾的问题》中提出，‘我们的教育方针，应该使受教育者在德育、智育、体育几方面都得到发展，成为有社会主义觉悟的有文化的劳动者。’至 1958 年又补充了教育的方向与途径，即‘教育必须为无产阶级政治服务，必须同生产劳动相结合’这样由教育方向、途径和培养目标组成了完整的教育方针。这一方针沿用至‘文化大革命’结束，虽然在‘文化大革命’中教育片面强调为无产阶级服务，过分强调形式，但总体的方针没有改变。后来先在教育方向上和培养目标上做了本质上的改变，即教育必须为社会主义经济建设服务，培养德智体美全面发展的社会主义建设者和接班人。至党的十七大，教育方针阐述得更科学、更全面。这些教育方针的完善体现了我们社会的发展和认识的进步。”

“到现在党的十八大，我觉得是把教育翻开了新的一页，除了继承党的十七大的主要思想外，还第一次把教育事业提高到民生的高度，第一次把‘立德树人’作为教育根本任务，第一次把培养学生社会责任感放在创新精神和实在能力之前。我认为这是每个教育者都应该深刻思考和努力实践的。现在我们的追求是把立德树人作为教学的根本任务，让人民满意我们的教学。以前我们的目标是‘教书育人’，而现在的‘立德树人’内涵更加丰富、广泛。以前的‘教书’是老师的工作和任务，‘育人’也是老师的工作与任务，而现在的方针要求我们尊重学生的本性。在我看来，现在的教育方针更多地要求学生要有社会责任感，有创新意识和实践能力。教育不在于过去，不在于现在，而在于未来。我去过英国等欧洲国家，可以说现在我们国家的教学硬件设施比一些世界一流名校还要强，那么是什么导致他们的学校培养出更多各界精英呢？我想区别就是我们的学校培养出来的学生少了一些社会责任感、创新意识和实践能力。在应试教育的压力下，学生缺少个性发展，缺少培养他们创新意识和实践能力的机会。不过可以看到，我们的国家意识到了这种不足，并在一步步改进我们的教育方针，但改变不是一蹴而就的，它必定需要一个漫长的过程。事实上，在我们国家曾经出现过一所世界一流名校，那就是西南联大，可以说那是中国教育史上最有名的一所学校。在当时国内知名高校合并并且集体西迁的时代背景下，大浪淘沙，最后留下来的都是精英。可以说，现今中国在国内、国际都有名的大家基本上

都出自于西南联大。”

“教育决定民生，教育决定民族的未来。党的十八大将教育和民生紧密地结合在一起，这展示了党和政府对教育和民生工作的高度重视。但是，民众对我们的教育产生了信任危机，我想这是目前最紧迫的问题，中国经济的高度发展使人们的生活水平提高很快，一些人一有钱就送自己的子女出国留学、深造，这种风气已经在中国散播出来，致使大量人才流失，也造成公众对中国教育的不信任。所以我认为我们国家的教育梦还任重而道远，但我相信它必定会随着时代的发展、社会的进步、人们素质的普遍提高等因素而得以实现。”

“要实现我们的教育梦，社会的整体氛围至关重要。改革开放30多年来经济的高速发展造成了社会群众普遍的急功近利心理，整个教育观念就是学习看成绩，课外还补习，分数高就代表一切，整个社会都在给孩子压力。我发现中国的家庭普遍存在着望子成龙、望女成凤的现象，但我们不仅要望子成龙，更要防子成虫。有些年轻的夫妇，在孩子未出世时，就早早为孩子设计了成‘龙’的途径，从读什么幼儿园到读什么重点大学，很少有家长会去想，万一孩子成不了‘龙’，那他会不会成‘虫’呢？说到底，真正出类拔萃的人毕竟是少数，更多的是平凡人，如果教育能够让一个平凡的人做好他的本职工作，感受得到知识的乐趣，不去做有违社会公德的事，我想教育在某个程度上来说已经很成功了。成长固然需要从小抓起，不成坏人也是要从小开始防范。只有社会氛围跟上了，家庭教育进步了，才能构建我们的教育梦。”

我的教育路，我的教育梦

2000年，应老师退休。他曾先后担任了宁波市江北区文教局局长、宁波市教委政策研究室主任、宁波市教科所所长、宁波市教研室主任等职务。可以说应老师的一生和教育事业是分不开的。“我看着教育界的风风雨雨，看着它不断地前进，就像和一个同龄的伙伴一起经历着我们的童年、青春、中年和不惑之年。”

应老师和我们谈了很多他经历的一些有关于教育的事情。其中就谈到了高考扩招。“我记得当年同龄青年中考上大学的不到百分之一，因为多数人没能读到高中毕业，毕业了也不是个个参加高考。而且你去参加考试了，录取比例也很低。高考扩招使大学生的人数急剧增加，大学生就业越来越难，使得现在有一部分人开始质疑这个政策的合理性，但是我们也要看到，高考扩招使更多的人能够享受到高等教育，体现了教育的公平性，而且更多的人享受高等教育也能在一定程度上提高全民的素质。”不被旁人的观点所迷惑，始终保持独立的人格，应老师对一些教育政策始终有着自己睿智的看法。

“在这条筑梦的路上，有许多事让我记忆犹新。‘文革’结束后的一些年，我看到了当时‘文革’十年给人们带来的文化空白，但在当时并没有很多人看到或者说是在意这种现象，没人认识到解决这个问题的急迫性，于是我在心底开始酝酿一项行动，使人们和政府看到这十年的文化断层所造成的影响，于是我在一些部门的支持下开始在宁波范围内组织了 5 万人参加的'青年文化摸底考试'，主要是考语文和数学的一些基本常识，考试的结果让我们震惊，两门考试的平均分都是不及格。政府部门看到这个结果也震惊了，于是掀起了全市职工文化补习高潮，他们的初高中文凭是补课考试合格后，由市教育局直接发给的。宁波还担当了编写全国职工业余学校数学教材的任务，那时全国各地来甬学习考察的人很多，这项活动得到了各局和社会各界的支持。这项活动过后，各省、市、自治区纷纷开始更加重视文化教育工作，开始'补文化'。"

"在教育路上，我也接到过十分困难的任务，管理整治宁波十三中，也就是现在的宁波外事学院。在当年，宁波十三中被称为宁波最垃圾的学校。接到任务上任后我首先抓德育并从制定和实施中小学生行为规范入手，把十三中作为试点，在时任校长王惠训和其他教师、家长的共同努力下，一步一步慢慢抓，最终彻底改变了学校的形象，摆脱了垃圾学校的称号。管理整治的成功，我想和当时的老师、家长的支持是分不开的，其中时任校长王惠训尤其功不可没。"

"我是去年(2012 年)下半年由市教育局返聘至市教科所，任筹建中的宁玻教育博物馆主编，目前我的目标就是把宁波教育博物馆建起来，宁波教育博物馆内的许多东西都是宁波市民捐献的记录宁波教育发展片段的旧物，可以说非常有纪念意义，当你看着这些旧物，就感觉自己在时光穿梭机中触摸历史发展的痕迹。但是建一个博物馆不是那么容易的，凭借我的一己之力恐怕是很难实现的，需要各方的努力和协调，不过我相信不久以后，宁波一定会有一个承载着许许多多宁波教育工作者心血的、展现宁波教育发展历程的博物馆，这一天不会太远的。"

宋庆龄女士曾经说过："学校对年轻人的发展也起着重要作用，但是在一个人的身上留下不可磨灭的印记的却是家庭。"在家庭教育上，应老师可是个不折不扣的严父。"当年我的女儿中考少了一分，我也坚决不去走后门，而是让她去读中专。我这么做，就是不想让他们有优越感，让他们懂得靠努力来换取成果。我对子女的要求就是人要向好的学。高考恢复后，我和爱人曾培养两户亲戚家的孩子上大学，因此，我家也被誉为'大学生的摇篮'。后来，我开办了'家庭教学班'，把我的女儿和侄子、侄女三人组成一个班级，在家里专门腾出一个房间作为他们的学习室，当时还给他们制定了两个规矩、三项制度。我很少在学习上辅导他们，主要是在严格执行制度上，天天给他们打分，公正、合理，绝不马虎，给他们创造生活有序，安宁和谐的教育环境。可喜的是，这几个月'家庭教学班'的生活经历，使三个孩子都养成了良好的学习、生活和劳动习惯，至今还能巩固下来。"工作之余，应老师还喜欢旅游，走南闯北，领略不同的自然风光、异域风情。除了青海之外，中国所有的省份都有应老师的足迹。应老师还经常走出国门，向西方学校讨教教育经验和管理经验，既增长见闻，又便于开展日常工作。

这么多年来,应老师一直在教育岗位上从不懈怠。他说他最基本的目标就是把本职工作做好,不求最好,只求更好。在他看来,“每个人,只有在完成本职工作的情况下才能追求更高,才有资格向更高的地方发展。宁波的教育梦,是我们追求的目标,而且宁波也有着很好的教育基础和教育环境,只要每个人都勤勤恳恳,做好本职工作,并且有所追求,终将实现我们的宁波教育梦。”

文/图:姚国琴　王麒程　洪迹婷

指导老师:王　啸

周国胜 / 殚精竭虑为"关工" /

人物名片

周国胜，男，现任宁波市江东区教育局关工委主任。在教育系统工作43年。1990年至2002年在江东区文化教育局(1996年改为教育委员会，2002年改为教育局)担任局长兼党委书记，2002年上半年改任调研员，2006年下半年退休。在职期间，周国胜由于健康方面的原因，领导让他上半日班，但他仍坚持按时全日上班，下班还比别人晚，多数双休日也用于办公。两次被区委、区政府评为"人民好公仆"。

退而不休：从教育局长到关工委主任

周国胜在教育系统工作了43年，1990年至2002年在江东区文化教育局担任局长兼党委书记，2002年上半年改任调研员，2006年下半年退休。在职期间，他的工作态度、创新能力远近皆知。快退休时，一些单位和个人针对他那种强烈的争先创优精神和一丝不苟的工作态度，尤其是他在宁波七中教过的一些学生，知道他退休后在家闲不住，都想高薪聘他担任负责人或顾问，甚至代理外资，但他克服了高薪的诱惑，谢绝了他们的好意。当我们问及他这么做的原因时，他坚定地说："我在教育系统工作了43年，我要履行一辈子忠诚党的教育事业的诺言。"于是他一天也没有休息，服从局党委安排，担任教育局关工委主任。

万事开头难，提到刚接手关工委这摊工作时，周国胜调侃说自己是"光杆司令"一个，工作该如何着手是一个棘手的问题。他冷静下来，整理了一下思绪，认为他应该做三件事:第一件事是学习。他跑到市教育局关工委夏明华主任、王德尧秘书长处,向老关工请教,初步了解了关工委的性质、任务、工作方针、工作内容和工作方法等。然后他认真学习部、省、市教育系统关工委负责同志近期讲话材料,明确了上级的要求。接下来他上网浏览了大量关工委网站,学到了许多关工先进经验。通过学习,他对如何做好关工委工作心中初步有了谱。第二件事是调研,找退休教师协会兼管关工的同志了解局关工委基本情况和活动开展情况,到各中小学了解在职领导对关心下一代工作的思想认识和关工机构组成、活动情况。通过调研,他了解到许多在职党政领导对关心下一代工作的认识与上级要求有很大差距,因此,全系统关工机构都有名无实,关工活动基本上没有开展。他想他得重起炉灶,在一张基本空白的纸上绘新图了。第三件事是思考,理清工作思路。他想他应该把工作重点放在提高党政领导和老同志对关心下一代工作重要性和必要性的认识上,尤其要开发领导层。至于具体工作,则应从建立机构、配备人员、健全制度、扩大队伍、开展活动入手,努力做到有人管事、有人干事、有钱办事、有章理事。

为此,关工委系统上下编制了一个严整的网络,聘请一大批人(包括退休老同志)为德育辅导员、讲师团成员、社团活动顾问等"十大员",形成一支能让老同志发挥余热和特长的关工骨干队伍。他把工作思路向局党委主要领导和分管领导做了汇报,得到了他们的支持。同时,他创建了8个工作协理组:德育、学生社团活动、家庭教育、社区教育、青年教师教育培养、教育督导、流动人口子女学校管理、党建工作等,经各学校推荐,聘请169位老同志担任工作协理员。这一下,教育局关工委立马配上了8只"轮子"。基层30个关工机构的"十大员"与这8只轮子一起转动,不到半年,经常性参与关工工作的老同志达到了40%以上。周国胜再也不是"光杆司令"了。他还争取到了一次机会,让他在全系统校长书记会议上宣传关心下一代工作的重要意义及关工委的性质、工作方针、主要任务等,并提出了把关工工作作为学校整体工作一部分列入议事日程及建立机构、配备人员、落实经费、开展活动等具体要求上,会后他又代党委草拟了文件发至基层。从此,全系统关心下一代工作拉开了新的帷幕。

无私奉献:"当关工委主任和当教育局长一样忙"

周国胜上任后,各项工作有序进行。笔者问他:"上任后各项工作都步入正轨了,接下来的工作就轻松多了吧?"他笑着摇了摇手:"当关工委主任和当教育局长一样忙,有时工作难度还要超过局长。"上任不久,他拟定了《与有关方面密切配合制度》、《学习培训制度》、《工作例会制度》、《重大活动登记及台账资料管理制度》、《对基层单位关心下一代工作评估制度》等10项制度,汇编成册,发到基层,要求各校关工委参照制定相应的工作制度。他还制定了《江东区学校关心下一代工作评估标准》,在局党委支持下,从7个方面25条指标要求,对各校关心下一代工作进行目标导向指导。至2011年,经考核验收,全区已有 81.5%的学校达标。

周国胜十分重视调查研究，为在职领导当好参谋。上任几年来，他多次组织较大规模的调研，并亲自动手汇总数据，撰写调研报告。如 2007 年，他对全区 5 所民办外来务工人员子女学校的办学情况及 4388 名外来务工人员子女的家庭情况进行深入调查，还走访了 20 多户学生家庭。通过对上万个数据的汇总分析，在调研报告中明确提出“占江东区劳动力总数 50%以上的外来务工人员，为江东的经济和社会发展做出了重大贡献，理应受到社会的尊重；外来务工者及其子女是社会的弱势群体，理应受到党和政府的特殊关怀；让全区所有符合条件的外来务工者子女共享优质义务教育的同一片蓝天，是江东区各级领导包括教育行政部门和学校领导义不容辞的职责。”他呼吁各级领导对外来务工人员子女学校“统一思想，提高认识；统筹规划，转换机制；平稳过渡，强化管理”。他的建议得到了领导的高度重视，近几年，江东区教育局把所有符合条件的外来务工人员子女都安排到公办学校就读，还开办了一所国有民办的外来务工人员子女学校，让基本符合条件的外来孩子到该校入学就读，这就减少了数万名“流守儿童”。

2012 年年底，温州的新阳小学校长多次联系周国胜，请关工委的老师到温州做客。2013 年，周国胜和局关工委的几位搭档商量后，准备请几位“爱心助教团”的优秀退休教师一起去听课、评课、作讲座，权当临时“支教”。

温州的学校怎么会知道宁波江东区教育局的关工委呢？这里还有一个故事。那是 2007 年，周国胜建议局领导帮助民办的流动人口子女学校改善办学条件，提高管理水平和教学质量。为此，他针对外来务工人员子女这一弱势群体，开展“春晖关爱工程”。关工委联系公办学校及一些单位捐助课桌椅、图书、电脑和办公设备，平时经常去民办学校慰问，发动老同志与特困生结对；协调、帮助解决旧村改造学校撤销后符合条件的孩子到公办学校就读等。在关爱学生的同时，他们还十分关爱那些学校的青年教师。2007 年中秋节，周国胜策划了一个“第二故乡欢度中秋”活动，邀请全区 5 所民办学校的 140 多位教师联欢、赏月。教师节前，周国胜给那 5 所学校所在地的乡镇、街道负责人一个一个打电话，请他们拿出一笔钱，给每位老师发一个红包，钱不用多，一两百元也行，主要是表示第二故乡对他们的感谢。那些民办学校的教师感动得热泪盈眶。他们说，没想到关工委会关心到孩子们的老师身上，真的是“十万分感谢”。

这样的每年一次中秋联欢、教师节慰问，此后就列入了周国胜的工作计划。联欢形式年年不同，或是陪民办教师参观北仑港、高教园区，或是请他们到附近景点旅游、漂流。新阳小学的校长也曾多次参加。虽然后来学校搬到温州去了，但周国胜和江东区教育局关工委的关爱，深深铭刻在他们心中。

另外，关工委在继续关爱流动人口子女学校师生同时，把工作着眼点和着力点逐步转向关爱公办学校中借读的外来务工人员子女。从 2010 年年底起，关工委着手对全区各公办小学中 7611 名借读生的家庭情况、行为习惯、学习习惯等进行全面、深入的调研，同时总结各校关爱外来务工人员子女的经验及做法，周国胜把这些数据汇总起来并撰写了调研报告，联合相关部门召开关爱帮扶外来务工人员子女研讨会。此外，他还协调区委老干部局，联系了2所公办学校，努力使用好“江东区老干部爱心资金”，不仅每年为结对的22名贫困外来学生每人送上500元现金和一批学习生活用品，而且还组织离退休老同志与他们一起活动，发挥“五老”的德育优势。

周国胜担任关工委主任后，把家庭教育指导作为关心下一代工作的重要内容。他经常关注家庭教育文章，积累相关资料，也经常受邀到小学家长学校义务授课，参与学校家庭教育指导活动，一般每学期都有几次。每次下课后，总有一批家长围着他问长问短，提出自己孩子存在这样那样的“症状”，希望他“对症开处方”，周国胜总是不厌其烦地一一解答。有一次，他接到一个家长电话，那个家长一开始就自我介绍：“我是××学校×××学生家长，上次在学校举办的家长沙龙上，听了您的发言很受启发。近来，我发现孩子写作业老是拖拖拉拉，您说该咋办？”周国胜记起来了，那次家长沙龙后，那个家长又留下和他谈了一个多小时，请教了不少问题。这次，周国胜又在电话里花了半个小时，详细地回答了家长提问。那个家长非常满意，再三道谢。

周国胜担任关工委主任期间，他几乎天天一早出门，晚上六七点钟才回家，基本上没有双休日，连休息的时间都很少。说到这里，周国胜饶有兴趣地向我们讲述了两个小故事。

有一天晚上，周国胜刚放下饭碗，就有人按门铃，他打开门一看，是个陌生人。那人自我介绍是“海曙区××学校五年级学生家长，因为孩子不堪过重的学业负担，对学习丧失兴趣，成绩急剧下降，经别人推荐，冒昧上门前来讨教办法。”尽管周国胜与那个家长第一次见面，但他还是热情地接待，介绍了许多正反面案例，提出了许多办法，两人促膝长谈了近3个小时。

还有一次，一名省一级重点名校高一学生家长到周国胜办公室来，说是他的孩子初中时学习成绩一直名列班级前茅，但最近一次考试，成绩位居班级倒数第三，为此，孩子把自己关在家里，不肯去上学，要求家长办理转学。周国胜一听就觉得这是孩子心理抗挫折能力较弱的问题，于是，在详细了解情况后，他跟着家长上门做工作。结果，被学生关在房门外。周国胜隔着房门耐心劝导。然后，他跑到学校找校长、心理健康辅导教师，共同商讨办法。经过多方努力，终于让这个孩子重振精神，回校上课了。

我问周国胜，要当好关工委主任最重要的是什么，他说：“最重要的是要有强烈的事业心和责任感。工作上也要开拓进取、务实创新、争先争优、勇创一流。我这个人工作作风有几个特点：一是‘高’，即目标定得高，总想一年做完两三年的工作，总想力争上游，力争第一，走在前列。二是‘严’，即工作要求高，许多工作往往限时间、求质量。多年来我一直以‘最好’要求自己，目前虽然年岁大了，思维迟钝了，但我对各项重大活动往往都亲自把关，印发的文件及每月一期工作简报都亲自校对，力争无病句错字，不能算‘最好’，但还是

'较好'的。三是'实',即工作求真务实,我最反对搞形式主义,也不想媒体多宣传报道,始终扎扎实实,低调行事,更不浮夸虚报,欺上瞒下。"

周国胜牵头编写的一套三册的家长学校教材

2009 年,周国胜牵头编写了一套三册的家长学校教材:分别取名为《为孩子成才奠基——江东区婴幼儿家长读本》、《与孩子一起成长——江东区小学生家长读本》、《让我们做得更好——江东区初中生家长读本》。三本书一共近 40 万字,周国胜亲自列提纲,并提出编写要求,他发动江东区幼儿园、小学到初中的 80 多位优秀教师、保健医师撰写,并找 10 位专家征求意见,他自己亲自修改每一篇文章,亲自校对,两年多的业余时间全耗在这三册书中了。教材发到各校试用后,反响非常好。2011 年,宁波市关工委在江东区召开"学校、家庭、社会三结合教育工作现场会",该书再次印刷,与会者争相阅读。

鞠躬尽瘁:"一辈子忠诚于党的教育事业"

2012 年 2 月,周国胜经一家医院核磁共振检查,发现前列腺内有一个直径 1 厘米的结节,医生怀疑是前列腺癌,要他住院做穿刺,做进一步检查。单位领导和同事们都劝他听医生的话,放下工作,好好休息一段时间。但周国胜没听劝说,而是换了一家医院,找了一位专家,先按炎症治疗、观察,做到治疗工作两不误。他照样很迟下班,双休日仍然加班,像没有病一样。

同年 12 月,周国胜连续发高烧半个月,一半时间都在 39°以上,躺在床上起不了身。经三次门诊,疗效不明显。第四次,医生开出住院单,要他做全面检查,但周国胜考虑到老年大学学委会即将换届,作为学委会主席,工作报告还未起草,于是,他没有听从医生住院的建议。待高热稍退,他就拖着浑身无力的身子,坚持起草工作报告,还叫妻子陪着他到学校向领导汇报,听取意见。

2013 年春节前的一天,局关工委召开各校关工委常务副主任及理论学习中心组成员会议,周国胜在会上做总结,提出新一年的工作思路。他还在《江东区教育局关工委 2013 年每月工作初步安排表》上列出了 12 个月 42 项活动内容,供大家讨论。他的神情像平时一样,只是脸色不大好,疲惫、憔悴。后来人们才知道,开会前夜,他的母亲刚刚逝世。他

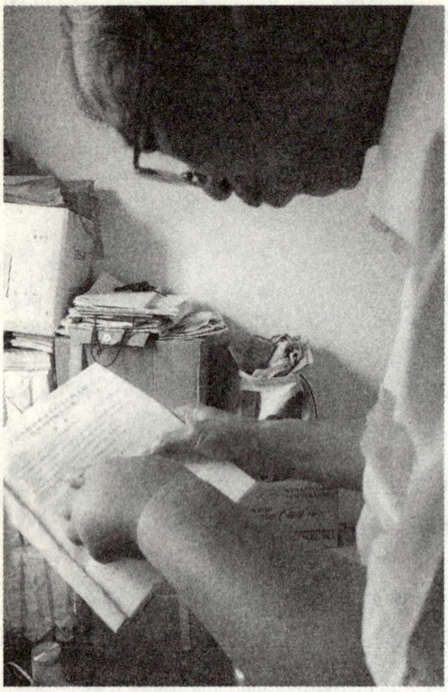

由于当年动过手术,体液、血脉回流不畅,他的左手臂、手背肿得如同发酵的馒头

要陪伴老母,又要处理家事,几乎一夜无眠;会议一结束,他赶紧回家处理母亲的后事……

由于当年动过手术,体液、血脉回流不畅,在采访过程中,我们注意到他的左手臂、手背肿得如同发酵的馒头。再加上长期伏案写作,颈椎、胸椎、腰椎间盘突出,影响到右手也发酸发麻。

我问他为什么这样"玩命",他动情地说:"我认为疾病并不可怕,可怕的是一个人缺乏理想信念,不能保持良好的心态。我始终牢记着我们这代人都非常熟悉的名人名言,并把它作为座右铭,如'共产党员应该是特殊材料铸成的人'、'小车不倒只管推'、'人的生命是有限的,可是为人民服务是无限的,我要把有限的生命投入到无限的为人民服务之中去'等等。我始终认为,一个人在职工作、领导职务可以退休,但共产党员履行义务是没有退休的。"

他还说:"有时我会因上级文件精神得不到很好的贯彻落实或有的工作得不到领导的支持和基层的理解而苦恼,甚至下半夜失眠,对此,我只能用'做任何事情总不可能是一帆风顺的'、'矛盾是无时不有、无处不在的'来安慰自己,而不影响工作的积极性。"

许多学校领导知道,请周国胜到家长学校讲课是不用付报酬的。有一次,一所小学的政教主任总觉得过意不去,拿出400元钱,说这是近两次讲课费。周国胜还是婉拒了,说:"学校为我们提供了关心下一代的工作平台,我们老同志感谢还来不及呢,如果你一定要支付讲课费,那你就把这笔钱拿去,放入学校的扶贫资金,用到家境困难的孩子身上去吧!"那位政教主任最后还是把钱收回去了。

周国胜与记者合影

最近,周国胜被评为宁波市优秀离退休干部党员,当区委老干部局局长电话告诉他这一消息,并说有1200元奖金时,周国胜立即说,把这笔奖金捐给区老干部爱心资金,用到关爱贫困学生上去。

在周国胜的努力下,江东区教育局关心下一代工作走上了常态化、序列化的轨道,并取得了丰硕的成果,2011年被评为全国教育系统关心下一代工作先进集体。但周国胜并不满足，展望未来，他谦虚地说："我的工作与上级领导和时代要求还有很大的差距，教育的科学发展观，主要体现在立德树人上，为了把孩子培养成中国特色社会主义合格建设者和可靠接班人，我要更加认真地学习、勤奋地工作，为关爱下一代继续努力探索学校、家庭、社会三结合的教育模式，以达到'1+1+1>3'的良好教育成果。"为此，他将殚精竭虑，将余生贡献给关心下一代的工作。这就是一位年近 70，身患近视、散光、白内障、颈椎间盘 5 节突出的癌症康复病人周国胜将为之奋斗一生的"教育梦"。

文/图：陈静纬

指导老师：吴　彦

夏真 / 创作丰富教育，教育推动写作 /

人物名片

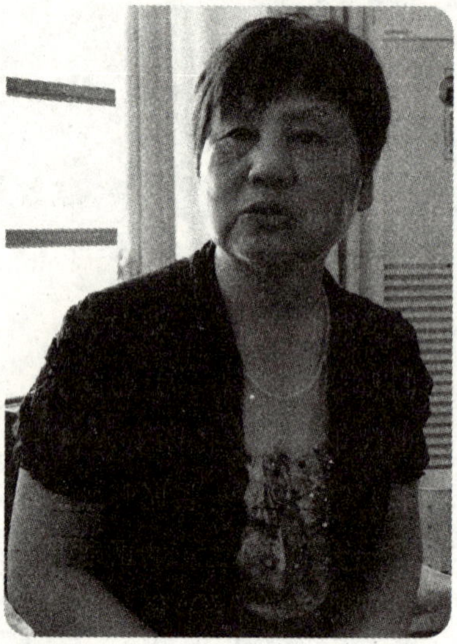

夏真，女，1946 年 1 月生，著名作家，二级教授，享受国务院特殊津贴专家。现为宁波教育学院人文分院院长、教授。著有长篇小说、中篇小说、长篇报告文学等多种题材文学作品。她的不少作品被翻译或原版输出，作品曾 50 余次获国家级、省、市级奖，其中长篇报告文学《生命之歌》获全国“五个一工程”奖。作为高校写作学教授，她将丰富的写作经验带进了课堂；致力于课程改革，将课上得生动活泼，深入浅出；致力于潜能的开发和创造力的培养，让学生望而生畏的写作课充满了令人愉快的惊喜和趣味，写作课成了学生到课率最高、反响最热烈的课程之一。她是一个富有社会责任感的作家，同时也是一名出色的教育家。

一直以来，写作都是生活中不可或缺的生命元素

◆ 从小养成的读书兴趣

我出生于一个军人家庭，从小在部队长大，走上作家这条道路与从小受到的家庭教育有很大关系。那时候我的父亲在部队里是负责政治宣传工作的，因此家里有很多书籍。记得在小学二年级的时候，其他同龄小孩还在玩耍嬉闹，我已经开始看很厚的书了。四年级的时候由于一场大病，我不得不休学一年。在家里的这一年时光当然也没有荒废，那段期间我专心地看了很多书，至此形成了一个相对于其他同龄人而言更扎实的基础。加上

平常自己就爱看书写作，于是后来走上了创作的道路。对于自己的子女，我当然也是提倡多看书的，况且家里的文化氛围还不错。说到这里的时候，夏真老师谦虚地笑了，回忆起往事的她对自己从小受益于家庭教育环境，后来走上创作文学的道路这件事一直很感激。

◆ 坎坷求学路上的创作契机

1964 年，我考入杭州大学中文系，1966 年的时候恰好碰上了“文化大革命”。当时学校乱了一段时间，一度停课，看书都靠自己。在其他人都出去玩闹、逛西湖的时候，我还是坚持每天都按照自己的计划去图书馆看书，因此也与图书馆的阿姨交情很深，还被同学称为“驻图书馆大使”。看书和写作是密不可分的两个共同体，那时养成每天去图书馆的习惯让我的文学创作有了更扎实的基础。大学的学习得靠自己自觉，不管是以前还是现在都是。

1970 年的时候，因为当时的时事环境不佳，学校里延迟分配。“我小学、中学、大学每个时期都读了六年，还好我读书读的早，不然读出来都老了!”接受采访时，夏真老师开玩笑说，后来又补充道:“在农场两年的再教育历程可以说是对我的一个历练吧，是促进我写作愿望的一个历程。”那时候有些人喜欢“形式主义”的假象，白天该工作的时候偷懒休息，晚上熄灯后就打着手电筒在看《毛泽东选录》。而我喜欢白天看书，晚上熄灯了就睡觉，在对的时间干对的事情。“现在回想起来，当时也是蛮有趣的，白天要和农场的人斗，晚上还要暗斗，哈哈哈。”说到这里老师自己也很开心地笑了，她描述的画面很生动，但是我想，从喜欢读书到走上作家之路，这一路的艰辛恐怕只有老师自己知道。

那时在部队农场里我的思想算是比较活跃的，也是从那个时候起我发现自己并不适合留在部队。部队的规则是绝对服从命令，是怎么说就怎么做的规整化风格，但是我喜欢自由，喜欢创造性的东西，比如写作。

后来平反后，夏真老师因其先进活跃的思想，被授予“反潮流英雄”的头衔，而在采访中，夏真老师是这样描述自己的:“我只是个思想比较活跃的平凡人。”这是她令人敬佩的一面，处事冷静，不以物喜，不以己悲。

◆ 创作文学与人生伴侣的邂逅

因为写作文学，我与丈夫相遇相知。上大学的时候，流行写诗，我也学着写了一些。有的同学会把这些诗刻写出来张贴，而我的一首诗刚好被贴在丈夫寝室门对面的墙上。丈夫打开门看到我写的诗句，一下就被吸引住了，于是记下了我的名字，偶然在路上遇到我的时候打个招呼，后来就开始追求我。刚开始我觉得他没有什么特别之处，直到一天他也拿来了他写的一些诗集散文与我交换。他的诗很特别，很有文采思想，有独到的见解，于是我也开始注意他。在和闺蜜坦白后，我们一致认为“可以培养”，于是我和我的丈夫才开始了心的旅程。

“写作”不仅融入了夏真老师的教育工作，也丰富了夏真老师的感情生活，成为她生活里不可或缺的一种生命营养元素。

“偶遇”教师职业,成为教育工作者

◆ “被迫”走上教学之路

等到分配工作的时候,我与丈夫分配在一处,去嘉兴平湖当一名教师。当时还是存在一些派系的,介绍工作的人和负责管理的人分属两派。我坚持说要从事写作方面的工作。“我那时的愿望很有趣,想在现代广播站当编辑,我和负责的人说,可以让我去试试看,觉得实在不行了可以换。”说到这里,夏真老师表情真挚,写作是她一直深信不疑的信仰,我不禁有些许羡慕之情。然而负责的人也很固执,坚决让我当教师。就这样,我“被迫”当了教师。

◆ 爱上教师职业,与宁波“相遇”

成为一位高中教师后,我发现自己在当教师这方面也具有一定天赋,第一堂课就讲得非常精彩。那时候我说“第一节课到此结束!”铃声就刚好响起,时间控制得非常准确。后来在教学过程中,我和学生打成一片,当老师就成为我生命里很喜欢的一部分,这也是为什么我一直没有离开教育岗位的原因。我对学生像亲人、朋友一样,会关心、帮助他们,而他们也尊重、钦佩我。学生与我心心相通,学生喜欢我,我也喜欢我的学生。

后来在各种机遇下,我来到宁波教育学院,在宁波定居。

之后因为名声逐渐变大,市里也多次想把我调走,可是我舍不得离开讲台。我热爱我的职业,热爱我的学生,讲台是个充满挑战性和创造性的地方。“讲台是可爱的,学生也是可爱的。”夏真老师如是说。

◆ 成为老师后与学生的交流故事

莫言获得诺贝尔奖后,有人问我,夏真你有没有想过获诺贝尔奖,我说,没有。又问,你有没有想过写下不朽的作品留给后代,我说,没有。我不想这些,我当时就想,写作能够改变我,改变我的命运,这是我能够掌握在自己手里的东西。通过学习写作,很多学生都和我一样成为教育工作者或者作家,而这些也都是需要努力的,他们需要通过这种方式去掌握自己的命运。

曾经有个研究生问我,夏老师您投稿投出去,别人看到您的名字就会采用了,而我们就不一样了。我说,这样的看法是错误的,最初我投出去的稿件别人也是不知道我的,名声是靠自己努力积累得来的。

后来有幸回到母校杭州大学做讲座,是有关于我所教的写作学的。当时有个学生在听众席上提问:“夏老师您为什么要写作呢?”我当时回答他:“为了体现自己的价值。”于是下面掌声雷动。现在回想,其实不用证明自己的价值,只能说那样的回答很粗浅。如今我觉得写作是一种心理需求,是时代的使命感,是生命的一部分,而不是一种证明自己的工具。这就是写作的第二阶段,即自由阶段。

当“作家”遇上“教育家”

◆ 双重角色之间的融合

我具有双重身份，一个是“作家”身份，一个是“教育者”身份。在这里要走出一个误区，这中间并不是转换的关系，而是一种融合的微妙联系。我教学写作，是教育与写作相融合的途径，自己的创作灵感也来源于此。我觉得其实写作与教学两者是相辅相成、互相促进的，即“创作丰富教育，教育推动写作。”

成为一名老师实在是一件很偶然的事情，但是我慢慢地爱上了教育。我发现我的学生们能够给我带来快乐，教育能给我带来愉悦的心情，同时我又是作家，这一身份使我能够发挥更大的优势。我经常会把我创作的故事讲给他们听，深入浅出，激发他们的潜能，这也使我的课成为最受学生欢迎的课程之一。

我能从教育中获得许许多多的灵感，从学生当中获取很多灵感。写作之初，我的写作内容大部分都是与学生息息相关的，比如发表的文章《下辈子我还做教师》，写的是我从当初有些排斥教师这个职业到后来热爱这个岗位的故事；书籍《大写教育：来自宁波的报告》，是通过调查记录下宁波教育改革的过程(这是一部大写宁波教育的书，是一部探讨教育发展、教育规律的书。宁波教育的成就，探索出的有益的经验，高等教育发展的园区化路子，民办教育的多元化发展，职业教育与经济的互相支撑，保证教育公平、实现教育均衡化的全新举措，都在这本书里得到了很好的展现。这是夏真老师对宁波教育改革的看法，是她在2003年调查宁波教育状况时通过文章记录下历史镜头，系统阐述她对宁波教育的理解)。

◆ 用手中的笔记录宁波改革初期的历史镜头

1981年我到宁波生活。宁波开发区在纸头上划了一个圆圈的时候，我就到了那个地方，写下报告文学第一本书《大潮初起》。这本书由中国青年出版社出版，短时间内印刷5万册，创造了一个惊人的数字。这本书最大的特点是关注时代，具有很强的时代感。作为改革开放初宁波第一批引进的人才，作为一名老师，我并没有放下手中的笔，而是用手中的笔记录了改革之初宁波开发区的状况，记下宁波努力的样子。

◆ 写作与教学水乳交融

我在实践中积累了大量的创作经验，所以教学方式可以与众不同。我会将创作所积累的东西丰满地融入课堂，生动活泼，全力开发学生的潜能，培养他们的创造力，使本来让学生望而生畏的写作课充满令人愉快的惊喜和趣味，成为学生最受欢迎的课堂之一。“学校经常把我的课放在星期一，有些学生回家了就想晚点回学校，但是把我的课放在星期一呢他们就不得不回来，因为他们不想错过这堂课。”往事历历在目，夏真老师忍不住笑出声来，对于过去上课的经历，就算是现在退休了依旧记忆犹新，变成记忆里能够回想起的美好温暖的瞬间。

有时我会问我的学生："你们有没有意识到，当我走进这个教室，站上讲台的时候，就有一次机会摆在你们面前。"很多同学不明白，我就说我就是一个机会，做人要懂得把握机会，你写得好的文章我可以帮你拿去发表，发表得多了有名气了，我会亲自推荐你去作家协会，那对你们来说我是不是一个机会？我的学生就恍然大悟。

事实上，首先，我可以帮助他们提高写作方面的技能；其次，好的文章我能帮助他们发表。通过我培养、介绍进入宁波作家协会的人有很多。亲自推荐在《宁波日报》、学校报纸或者其他报业发表的文章不计其数，每期都有。有更出色的学生我还会为他们推荐工作。他们所要意识到的是这种机遇，看他们自己能不能把握。

作为一名作家，在提携和帮助青年作者上，夏真做得很出色。她给别人提供的创作经验和机会常常帮助了很多新晋作家。"她既是个教授，又是个作家，这使她的评论独树一帜，既有深度又很好读。"中国作协会员郑晓林评价道。

对宁波教育发展的前景，我认为是宽阔的，发展前景很好。宁波的职业教育做得很突出，将来整个教育体系会上一个更好的平台。

◆ 采访背后的故事

第一次打预约电话就出其不意地顺利，夏真先生在电话中听闻我们的目的后，很爽快地答应了，采访时间初定在星期五早上 9 点。"我们定在 9 点吧，我估计你们过来也需要一点时间。"她在电话里声音底气很足，也很为我们考虑。我们暗自庆幸遇到一位通情达理又体贴的采访对象，待人处事很是和蔼，这也给了我们莫大的鼓舞。

采访宁波教育界的精英，我们带着压力和紧张出发了。此时夏真教授给我们发了一条短信，只有简短的具体住址，我们便生涩地匆匆赶往。

对夏真教授最深刻的印象是热情可亲。采访时，她穿着一条素花裙子，早已出门迎接我们，很是好客热情。与我想象不同，夏老师看起来特别精神，也很爱笑。家中的摆设简单不失讲究，茶几上早已摆放好为我们准备的热茶和水果，给人贴心温暖的感觉。为了缓解我们初次采访的紧张感，夏老师总是以笑容相待，说我们之间既是采访者与被采访者的关系，也是新闻写作学老师与新闻专业学生的关系，可以畅谈。

而对于我们在采访过程中出现的失误，夏真教授也及时给予纠正与建议。例如，采访最好要遵守"早三晚四"的规则（其间肯定了我们在采访中没有迟到这一点，增加了我们的信心）；采访前要充分做好准备工作（比如对采访对象的大致了解、列出采访提纲等）；写作要生动不要干巴巴的，要注意描写细节；等等。

在谈及自己的写作和教育历程时，夏真教授真心流露出的那种对写作和教学的热爱之情言之于表。一个好的作家往往能把自己所经历的磨炼化为写作的源泉。在人物采访结束后，我们还请教了一些关于新闻写作的方法，以及教育中学校对个人与社会对个人评价体系的关系应该如何兼容等问题。

夏真先生既是作家，又是教育家，是颇有建树的人物。她对写作和教育的独到见解让人印象深刻。而她在生活中的亲切形象也同样让人钦佩，虽然在多个领域受过褒奖，却丝毫没有架子，心态平和，热情和蔼，好客可亲，与百度词条中跳出来的冷冰冰的褒奖词语形成鲜明的对比。她在教育学术上的建树也颇有成就，是与时俱进，富有激情，敢于创新，有探索精神和时代使命感、责任感的人才。

文/图：吴诗怡　陈阳迪

指导老师：郭　晶

筑梦者之20世纪50年代

王明祥 / 在激情中拼搏 在创新中超越 /

人物名片

王明祥，男，1956年10月生，中共党员，现任海曙区社区学院院长、成人学校校长、西郊学校校长、海曙区图书馆馆长。他从事过小学教育、初中教育、职业教育、成人教育、社区教育，在他的工作简历中真正体现了一名“构建终身教育体系的实践者”。作为多个岗位的领导干部，他还兼任中国成教协会社区教育分会常务理事、宁波市家庭服务业协会副秘书长、宁波“81890”服务业协会副会长，被宁波市质量监督局聘请为宁波市家庭服务业标准委员会成员。曾先后获得“宁波市首届五一劳动奖章”、“海曙区劳动模范”、“浙江省优秀教育工作者”、“宁波市优秀成人学校校长”等荣誉。

回首望过去，无怨无悔

海曙区社区学院王明祥院长的办公室没有太多的摆设：一张简单的办公桌，两张有点旧的皮沙发和几把椅子。这窄小的办公室反倒显得异常空旷。唯一比较鲜明就是办公桌上密密地摆放着各式各样的书籍、报纸和文件，那便是老院长整日伏案工作的地方了。

采访之前，王老师说：“你们要采访我也要采访我们学校的张老师，我的努力也就是她的努力。”说完就将我们撂下独自一人出去了。等回来时身边又多了位穿蓝色连衣裙的中年女性，她是海曙区社区学院副院长张雪琴。

“我从1975年参加工作开始，一直工作在教育的第一线，已经快40年了。因为时代的原因,我们那个年代大多出身农民,知识分子少,而教师算是不错的职业。所以我选择了这个职业。既然我当了教师,那么我就想,要么不当,要当就一定要把它当好,就这样我做到了现在。”

王老师曾投身于小学教育、初中教育、职业教育、成人教育,最终选择了社区教育。

当初社区教育刚起步,没有现成的教材和资料,为此王老师下了很多功夫,可以说是摸着石头过河。

海曙区社区学院副院长张雪琴老师是王老师多年的“作战”伙伴,在她眼中,王老师是一个有责任心、有创新精神的人,而且他做事一旦做了,那么就一定要做到最好。“2008年王老师患了甲状腺肿瘤,当时正值全省社区教育现场会在海曙召开,又恰好初中和小学招生,王院长在手术后住院一个星期就坚持要出院,医生嘱咐要休息三个月,但他出院仅仅休息了三天就投入到了紧张的工作当中,我们都劝他,难道学校比你的生命还重要?你这样做简直不要命了。但他却不以为然,依然坚持在第一线岗位上,对自己走过的路无怨无悔。”张老师的话语中带着几分心疼与敬意。

当下寻突破,敢为世人先

2003年,宁波市海曙区开始着手申报全国社区教育实验区,计划开办社区学院。当教育局领导找上门时,王老师毅然决然接受了此项“任务”——担任宁波市海曙区社区学院院长,同时兼任海曙区成人学校、西郊学校(公办民工子弟学校)校长等多项职责。

2005年1月,学院改建装修工程正式启动。此项工程任务重、时间紧,从设计到竣工必须在四个月内完成,同时还要保证14个初中班、6个职高班的正常教学和800多名师生的人身安全。工程启动后,他起早摸黑天天待在学校,没有双休日、节假日,妻子也有抱怨说:“家对你来说只是旅馆,你还是住在学校吧。”

尽管家和学校两头跑,但他还是丝毫没有半点松懈。“学生上课的教室换了三次,教学仪器、设施设备翻来覆去搬了五六次,稍有不慎就会危及人身安全。我是学校的校长,我应圆满完成这项工作,经过四个月的奋战,改建工程保质保量如期竣工,整个校园平平安安,没有出半点纰漏,如释重负。身边的领导和同事都夸我胆子大,事后想想确实后怕。”王明祥老师微笑着说。

学院改建完成后,领导要求在短期内明确办学方向,尽快将社区学院运作起来,王老师感到肩上的担子很重,压力更大。社区学院是宁波一项新兴的教育事业,办好社区学院,便成了他工作的重中之重。

白天没有时间,王老师就利用晚上时间努力学习社区教育理念,查阅全国各地有关社区教育方面的资料,了解国内外社区学院的办学模式,外出取经学习,深入调研,借鉴走在前沿的模式。还主动走访各部、委、办、局、街道、社区征求意见,了解社会和市民对教育培训的需求，又带领老师、工作人员到社区、建筑工地、学校发放培训信息和搜集资料。

梦寻社区教育，提升办学质量

王老师和他的团队在四年内一共开发了100多个培训项目，建立了社区心理健康教育服务基地、中国家庭服务业协会（宁波）培训基地等八大教育培训基地，开辟了"新市民大课堂"，培育了"星级家政员"、"社区专职工作者"等特色培训项目。他带领下的社区学院成为综合性、公益性、多元性于一体的办学实体。

在开辟培训项目时，王老师遇到了难题。他带领团队设计制定了一系列符合老百姓需求的"培训菜单"，可是，桌上的"宴席"都摆好了，客人却迟迟不来。于是，王老师就和团队定期组织人员以送教的方式把教学内容传达给需要的人，如趁外来务工人员子弟学校开家长会时把"培训菜单"送到家长手中，还会以校企合作的方式在外来务工人员较多的企业由负责人组织学习。

据统计，王老师的社区学院年培训人数达2万余人，办学效益在宁波市130多所成人学校（社区学院）中脱颖而出，为海曙区成为全国社区教育示范区做出了贡献。学院共承办了市级大型社区教育活动6次，作为全国级、省级会议的参观点3次，接待了省内外教育考察团和专家46批，并先后荣获了"全国家庭服务业先进培训单位"、"宁波市成人教育先进单位"、"宁波市治安安全单位"、"宁波市农村劳动力素质培训先进单位"、"浙江省示范性成人学校"等荣誉称号。

打响品牌，办好培训

王老师始终觉得社区教育是一种有着"区域个性"的教育，应该体现区域的社会历史文化特色，展示区域发展的精神风采。为了实现他的"海曙社区教育之梦"，王老师把"梦"付诸实践之中。

早在2005年，海曙区就提出：到2010年，进一步完善宁波中心商贸商务区和历史文化名城核心区的功能，全面建设经济更加发展、社会更加和谐、城市更加优美、民生更加殷实的现代化中心城区。作为宁波市的中心城区，随着经济的加速发展、生活水平的提高，越来越多的家庭要求社会提供形式多样、质量满意的家政服务。

于是，王老师想出了一个主意：让社区学院与宁波市"81890"服务协会携手，开展"星级家政员"培训。2013年上半年省委书记夏宝龙对家政人才培养培训做了重要批示："此项工程要尽快见到大效果，这是我天天想着的一件事，它既是一个产业，也是个大民生。"听到此消息，王院长的内心也乐开了花，自己这些年所花费的心血竟得到了省委书记的认可。

如今,“星级家政员”已成为响亮的教育培训品牌,当人们一说起“星级家政员”,就会联想到宁波的“81890”求助服务中心。王老师说到在他的教师生涯中最想致谢的人,除了为其出谋划策、支持、关心的上级领导、一起为社区教育奋斗的学院老师外,就非协作单位宁波市“81890”求助服务中心胡道林主任莫属了。“星级家政员”培训在他们的协调下开展,没有他们力所能及的帮助,就没有今天海曙区社区学院响亮的招牌。

除了“星级家政员”以外,“新市民大课堂”也被誉为是“开创了社区教育的先河”的项目。在这里,市民开始接受且愿意走进课堂进行学习,提高自身的思想道德素质和职业技能。每年平均1000多人次走入课堂参加技能培训并获得相关证书走向服务岗位,还有3000多人到社区学院旁听职业技能培训讲座,从社区学院出去的家政服务员、汽车维修工等在社会上享有较高的声誉。部、省、市领导分别给予“打出了新市民教育培训品牌”、“小学校办出了大教育、大效益”的评价。

2006年,在海曙区社区教育指导委员会的指导下,王老师在学院内部建立了海曙区社区教育指导服务中心,重点是对全区各街道、社区和企事业单位的社区教育工作进行业务上的指导和教育上的服务。他充分利用学院的物质、人力资源,与街道、社区的社区分院搭建合作、交流、指导、服务平台。

新市民“学习型家庭”创建活动就是其中之一。在王院长的带领下,老师们深入外来务工人员子女学校,指导新市民家庭开展学习型家庭创建活动,并制订印发《新市民学习型家庭创建方案》、《新市民学习型家庭评估方案》和《创建学习型家庭工作手册》,通过学校发动、教师推动、学生带动、合家齐动等多种形式,让更多的新市民积极投入到学习中来。

有所为,才会有所作为

这几年,在上级相关部门的关心支持下,王明祥老师在社区教育工作如何为区域经济和社会发展服务的理念指引下,带领他的团队不断尝试、深入研究,先后创下了“海曙模式”、“宁波品牌”、“全国领先”的新业绩。

王院长不满足于社区教育的区域特色,于是继续开发高层次、高品位的培训项目。2006年,他看到随着生活节奏的不断加快,社会竞争的日益加剧,人们的心理压力越来越大,对心理辅导的需要越来越迫切。结合市民的需求,社区学院成立了宁波市首家“社区心理健康教育服务基地”。他主持开通心理热线,建立心理咨询室,开展上门心理咨询和辅导服务。当下,社区心理康健教育服务已成为社区教育培训的一道亮丽的风景。

王老师始终认为,社区教育专职工作者队伍建设是学院管理中的一个永恒的主题。作为区社区学院院长和区社区教育指导服务中心的主要负责人,加强全区社区教育工作者队伍建设,他觉得责无旁贷。

作为社区领兵打仗的将军，他在每场战斗中都必须身先士卒，冲锋在前，身体力行，以身作则。在同行的眼中，他对工作一丝不苟，注重细节，常用“细节决定成败、细节影响全局、细节提高效率”来要求自己和学校的班子。“有所为，才会有所作为”，他常把这句话挂在嘴边，以提高社区教育工作者的素养。

翘首盼未来，筑梦社区教育

在海曙区社区学院副院长张雪琴老师的眼里，王明祥院长是一个有责任心、干劲十足、创新敬业、敢作敢为、乐于奉献的人。工作之余他依然惦记着社区教育，尤其喜欢到社区、企事业单位、有关部门走访聊天，关注时下的流行热点，探讨区域社会发展，看看广告，挖掘有用的信息，为下一步品牌项目的开拓做准备。回味过往的教育历程，放眼未来的社区教育之路，王老师更希望以后越来越多的市民能够主动、自愿地走进课堂，全情投入，全程参与社区教育。

“现在我已经正式退居二线了，但我依旧热爱这份工作，关心我们的社区教育，为社区教育出谋划策。现在我们学校的教育工作已经走在浙江省的前列，由于我们社区教育开办得早，因此取得了不错的成绩。但我们不能局限于此，现在社区教育要回到教育，培训，休闲，娱乐这 4 个重点之中，提高社区教育的知名度和加强重在参与的理念，多多开发有宁波当地特色的项目，居民所喜爱的项目，到外面进行项目学习。把社区教育做大做强，这就是我最大的心愿。”在王老师厚厚的镜片下，藏着对未来认识锐利的眼光，王院长用一生的教育事业告诉我们，走过的路，无怨无悔。

“为渠哪得清如许，为有源头活水来。”宁波市社区教育事业日新月异的发展，得益于王院长的改革创新思想和敬业精神。对于大家的赞扬，他摆摆手，深有感触地说：“这几年海曙社区学院的成功来之不易，成果不是靠我一个人取得的，而是靠上级领导的关心和指导，靠全体社区教育工作者的辛勤付出。”

一位已经退居二线的老教育工作者，仍然在他热爱的教育事业上奔波着，努力着，拼搏着，祝愿他和全体社区教育工作者一起，把海曙的社区教育推上一个新的台阶。

文/图：李奕瑾　陈　皓

指导老师：王　啸

李太武 / "让所有的孩子都找到好工作" /

人物名片

李太武，男，教授，博士生导师。本科、硕士毕业于东北师范大学生物系，1991年1月获华东师范大学理学博士学位，1993—1995年在中国科学院海洋研究所从事博士后研究工作，美国旧金山大学、新墨西哥州立大学访问学者。1998年获国务院特殊津贴，曾任宁波大学生命科学与生物工程学院执行院长，省部共建"应用海洋生物技术"教育部重点实验室主任，曾获得浙江省第五届高等学院教学名师奖。现任宁波城市职业技术学院院长，浙江省第十一届政协常委会委员，宁波市第十三届、十四届人大常委会委员；浙江省"海洋生物学"重点扶植学科带头人，中国海洋湖沼学会理事，中国水产学会理事，中国贝类学会理事，浙江省动物学会副理事长，宁波市海洋与水产学会副理事长。国家"973"、"863"、自然科学基金会议评审专家。

7月16日下午1点，在准备好一系列相关问题后，我们来到了宁波城市职业技术学院。推开校长办公室的门之后，李太武老师走过来欢迎，和善的笑容，让人心里顿觉安静。办公室里干净整洁，没有过多的装饰，只是摆了几个沙发和一个茶几。李老师很和蔼，白衬衫配上黑色西裤，显得很精神。在做了简单的自我介绍后，我们开始跟随李老师回到那充满理想的泛黄岁月。

逸仙图：敢说敢作敢为，无怨无恨无悔

“我是吉林省扶余县人，1977年恢复高考后我是第一批大学生。”从李老师那略带口音的话语中可以听出一个北方人的爽朗与自信。而且，李老师的教学生涯竟然在1977年之前就开始了。1975年，李太武老师高中毕业，随后便在家乡附近的一所民办小学教课。由于当地经济条件的限制，当时李老师被任命一人教授7门课。除了基础的语文、数学，还负责教孩子们音乐、体育等课程。在当时的环境下，孩子们的学习基础很差。李老师便自己掏钱买来蜡烛，在晚上把孩子们集中起来补习数学。“当时有些家长觉得很不理解，甚至不愿意让孩子来读书，觉得让孩子在家做农活更好。我就问他们：‘孩子多识点字不好吗？以后能算会写的总不会被人家欺负了吧。”每晚在帮孩子们补完课后，李老师还要步行几公里亲自送他们回家。农村晚上没有路灯，在路过大片大片的苞米地时，风吹得叶子呼啦啦地响，很吓人，但李老师心里却觉得这样做很值得，认真做好自己的事情就无怨无悔。

不久，在结束那难忘的小学教学生涯后，李太武老师参加了高考，进入东北师范大学生物系学习。从农村走出来的他，十分珍惜这来之不易的学习机会。那个时候，他中午从来舍不得花时间午睡，而是到图书馆借几本书在树下看书。李老师微微叹了口气，说：“小时候在农村长大，中学不开外语课，刚进大学的时候从英语字母开始学，所以经常在老师点名让我回答问题时反应不过来，受到同学讥笑。但我想想不能一直这样啊，于是我就向我当时的女朋友，也就是现在的爱人，借了台三洋录音机，每天听录好的磁带，有时间就听，睡前也听，反复听。终于一个多月后，我的听力进步很多。有的时候听不懂，就翻书看一下，看完接着听。总之那个时候没太多的想法，就想着读书改变命运，真的很投入。”

润物图：德高鸿儒博学，望重英雄豪杰

1999年，那时已经拥有教授职称的李太武老师，在宁波市实施“人才一号工程”时被引进宁波大学，担任生命科学与生物工程学院副院长、执行院长。作为学院里少有的北方老师，李老师一直无私无畏，与人为善，同时在教学上也十分认真负责。他当时在宁波大学开设了4～5门课，印象最深的是全校公选课。为了让文科同学也能听得懂，李老师就把海洋生物从简单的海葵分析到鲨鱼、鲸鱼，还介绍了海带、紫菜对人体的好处等等。同时，李老师还把自己曾经去美国访问学习的一些资料整理给同学们观看。说到这里，李老师就笑了起来，他说：“当年我还在辽宁师范大学上课的时候，那时候年轻，上课时声音抑扬顿挫，语言风趣，情绪高亢。夏天偶尔拿把小扇子，再捏个粉笔头，跟孩子们关系好啊，直到现在，那些孩子们连结婚生孩子都来跟我汇报一下，所以说对待学生一定要全心全

意,这样他们才愿意和你交朋友,才能调动其学习的兴趣。”

在治学科研上,李太武老师也十分认真严谨。他不管课上了多少遍,上课的前一天晚上再晚也要备课。在宁波大学开设的海洋生物学专业课,李老师专门负责讲授海洋生物。为了给学生们构建一个完整的体系,除了海洋生物分类以外,李老师还会把生物的形态、结构等知识再罗列一遍。甚至把细胞、分子生物学、基因组学也给他们普及一下。当然,这些都是需要前期抽出大量时间来准备。每次讲完课以后,他还会把这节课的内容全部横穿一下,横向纵向构建体系。“比如说消化系统我们都有,但是从动物上说是从哪个门类开始出现的,出现了以后又发生了什么变化。刚开始一根肠子从头到尾,有嘴没有肛门,后来出现分支,出现肝、胰脏、盲肠,等等。最后学生们发现,弄了半天,我们学的东西也不是想象中的那么多,这不都在黑板上了么。这样使学生学会将学到的知识融会贯通,也记得牢。动物的发展是从低级到高级,从简单到复杂,内胚层、外胚层、骨骼、肌肉……”听到这里,我们不禁感叹:李老师如数家珍般的讲述,背后是要付出大量努力的。这种严谨的治学态度,也应当是宁波教育始终贯穿的理念之一吧。

除了学习知识,李老师还注意培养学生的动手能力,让他们及时操练。生物学本身是一门认证学,需要进行认证,有的时候最好是先做实验然后总结。因此,空余时间,李老师还会带着一群学生去海边采集贝类,回来制作标本。而对于生物体内的结构,则通过仪器、视频进行教学,让学生加深印象,更容易接受。

这时,李老师又笑了,说:“所以每次讲完课我也会有自豪感、成就感。每次当学生都睁大眼睛看着你,眼神跟着你走的时候,真的感到很满足。所以说当老师真的是个很好的职业。那种所谓桃李满天下的感觉,真的很好。别人也说你没事做点啥不好,我当时也没想这么多,就希望把自己所有的知识都教给同学。”

回澜图:碧海蓝天白云,风吹日晒雨淋

给本科生、研究生乃至博士生上过课,这并不稀奇,最特别的是给农民上课!为了更好地了解水产养殖,向农民们传递科学养殖办法,李老师也曾多次到农村泥塘和海边浅滩去实验学习。说到这里,李老师望了望窗外,感慨道:“当年在辽宁师范大学,我上半学期就去育苗,什么梭子蟹、鱼虾、海参育苗,还有病害防治。有一年我忙得三个月没剃胡子,只好先去理发店剪短再剃。夏天穿个大短裤,光着个大膀子,像农民一样干活。因为我想着,你要想学到真的东西,必须深入进去,这一点你们以后也要记住,学习就是要潜下去、深下去,不然你飘在表面上是学不到真的东西的。跟工人们打成一片,经常有人来找我,问哪个是李博士,我也不吱声,因为穿得跟大家一样,所以他们有时候也发现不了我。”我们被李老师风趣的描述逗乐了,再看看眼前这个面带笑容,皮肤略黑的校长,我想也是他曾经风吹日晒的最好见证吧。

原来舟山附近居住的都是渔民，但近海由于污染严重、捕捞过度，已经没有多少鱼了，渔民自己也没有大船可以去远海，所以许多渔民开始从事水产养殖。后来通过调查，李老师发现原来渔民对于水产养殖的基本知识都不了解，比如饵料怎么投，养多大密度，有了病以后如何防治等等。对于像密度这类专业词汇，李老师尽可能地用通俗的语言向他们解释，有时候换算成每亩多少苗来讲解，他们就明白了。

有一次为了给农民们讲得更全面些，李老师协同其他三个教授找了一个大礼堂，三个老师轮流讲，后来还给他们留了手机号。于是经常半夜11点接到他们的电话，有时候他们方言口音很重，就让他们说得慢些。"'他说刚才去巡逻啊，我拿着手电筒去照，看见虾在蹦啊蹦。'我就说这是好事啊，说明虾很健康，那他又接着问，'那我要不要经常拿个手电筒去照？'我说不用不用，你经常去转悠，虾经常蹦对它的生长有影响，每天转一次就差不多了。"李老师笑着回忆道。

"还有个老先生看了书说大蒜素可以杀菌，说能不能给虾塘投点大蒜素。然后我就问他虾塘多少亩，他说有一千来亩。我和他解释道，如果要投估计得把全国的大蒜都弄来才够。而且这个大蒜素是要把蒜瓣拨开捣成汁才有效果。其实你可以给饵料里面拌点大蒜汁就可以，而不是把大蒜直接扔水里，这样是没有效果的。"虽然经常面临这样的问题，但李老师总是能耐心地为他们解释。他认为只有农民和渔民的技术、知识水平上去了，我们的教育才算是有了大的突破。而且这样我们平时餐桌上的美味海鲜佳肴也能更安全。

涨潮图：欲造贤才栋梁，半生思索远航

2009年，李太武老师告别了工作10年的宁波大学生命科学与生物工程学院，来到了宁波城市职业技术学院（以下简称城市学院）。刚来到这个新环境，李老师感觉很棘手。一方面，这和以往工作的环境不一样，高职和本科的发展重点差别较大。学校没有生物系，也没有设博士点；同时自己成为校长之后，身上的责任就更多了。

况且进来读书的孩子们是属于第三批次录取的学生，本来考试就没考好，心理压力大，基础也较差。面对这种情况，李老师认真地和几个校领导开会商议，最终决定让学校围绕"国际化"和"校企合作"两条路线，重新打造不一样的高职院校。

通过调查，李老师发现现在全省高校许多专业重复设置，比如市场营销、国际贸易、会计、旅游管理等等，都是现代服务业。因此如果也跟风就很难做强做精，没有特色。现在城市学院每年派出三个访问团，分别前往澳大利亚、新西兰、美国、加拿大和欧洲，去他们那里进行短期访问，了解国外办学特色、成功经验，联系合作办学。目前学校也已经有7个对外合作专业，如同美国西新墨西哥大学合作开展的"2＋1＋1"模式，即大学三年第三年去美国读书，美国承认我们这边前两年的学分，我们承认美国第三年的学分，学生毕业后美国授副学士学位，我们发大专文凭。学生在美国再读一年，成绩合格后可获得美国学

士学位、本科文凭,有条件的学生可以继续攻读硕士、博士学位。

现在除了中外合作办学以外,学校还有外国语专业、非英语专业的公共外语课。李校长和老师们商议后就让他们调整教学方案,不要花太多的精力抓语法,重点抓口语和听力。李校长强调说:"之所以这样做,一方面是因为学校培养的主要是应用型人才,他们以后主要是口语和听力要求较高,那我们就重点发展这一块。另一方面,通过真正把学生的语言能力提高上来,让他们有尽量多的出国深造机会,学到多一点国际知识,这样就业、创业机会也多。"

不仅如此,学校还积极招收留学生,营造更深的国际化氛围;并且建立了 TAFE 学院,购买澳大利亚的课程包,把国外的优质教学资源、教学内容、教学方法拿来实验学习;还为涉外专业的同学们配外教,为国际合作项目班提供专门的教室和校服等等。总之,一切都是围绕国际化这个理念进行的。

通过交流,李老师告诉我们:"宁波大学作为一本学校,它的重点是抓学科建设。而城市学院作为高职院校,应该因地制宜重点抓专业建设。况且宁波现在高速发展,大量的企业面临转型升级,往往更缺的并不是本科大学生,而是拥有一定技术技能的专业人才。这也应当是宁波教育应该突破的一个瓶颈。现在学校有 7 个二级学院,每个学院都成立了产学研联盟,由政府、企业、中职和高职院校等组成,有几个联盟也与一些本科院校进行合作。每个联盟里面有 20~30 家企业,我们学校的领导去当联盟的理事长。联盟成立后,这些企业部门与我们合作,学生实习就业也更方便。企业为学生提供实践的机会,甚至是毕业后的就业机会。我们的老师和同学帮助企业研发新产品,推动其转型升级。"不仅如此,城市学院还聘请企业老总做学校的兼职老师,为同学们带来第一线、最新的信息和技术,从而弥补书本上无法及时提供的信息。

学校还聘请了北京麦可思公司,针对学生对专业的认可度、满足度(觉得所学的知识够不够用)、重要性等等进行调研,其中还包括寝室条件等生活问题的满意度等,请专家到学校给全体教职员工解读分析,以便不断改进各方面工作。

学校方面要求学生最起码要拿双证——不仅有毕业证,最好还有会计证、导游证等等,这样学生毕业之后找工作就比较方便。学校就是理论和技术都进行教授,让学生们尽量多方面发展。

还有就是社会服务这块,学校利用各种资源,积极参加政府倡导的社会培训任务,每年培训各种人员近万人。

平潮图:胸怀万里世界,放眼无限未来

通过以上的了解,李校长身上也反映出这么多年来宁波教育的发展。当问起梦想中的宁波教育是什么时,李校长毫不犹豫地说:"就是让所有的孩子都能找到好工作!前提

是学校专业和企业最好能合作密切。”

李校长认为，现在我们很多专业要省教育厅批，若能改成让市教育局批，最好直接放权给学校，这样就可以根据企业的需要不断改善，当然也不能改得太离谱，最起码几年一次，可以采取及时调整专业的方向来应对社会需求。这样学生学的东西，可以学以致用。另外就是所谓的服务型教育，要加强实践教育。本科毕业找工作的学生必须有一技之长，现在很明显的就是高职院校学生找工作比本科生容易，当然他们起薪也低一点，但是他们可以马上上手，比本科生的机会更多一点。

现在整个宁波企业对于如何帮助高校应届毕业生进行实习的认识还有待提高。宁波是最早出台《校企合作促进条例》的城市，全国领先，但是现在高校积极性很高，企业积极性却不高。李老师呼吁：不要一味地只聘请低学历的工人，他们可能只会简单操作，要提高产品科技含量，产品不断升级，企业容易转型，就应该招收高职院校以上的学生，毕竟是大学生，专门训练了三年，有一定的理论和技能，有自己的想法，可以知其然并知其所以然，为企业可持续发展提供智力支撑。

如果宁波市企业员工大部分都是高职院校毕业的，对整个城市现代化都不是一般的推动，而就业问题也解决了，这才是老百姓想要的教育，包括用人单位也满意。

宁波市北仑区在这方面做得就比较好，北仑高职院校主要培养的是化工人才，北仑主要几个重大的支柱产业也是化工，正好符合当地需求。而且鄞州这这边本身经济条件就比较发达，有能力有条件，就应该让企业和高校开展密切的合作。企业请高校的老师去当员工，老师们学了最新的技术后回来传授给学生，这样再把学生推荐到企业，或者大公司的子公司，这样就业问题也解决了。当然这是理想化的了，相信用不了多久就一定能实现。

李太武老师向我们展示了他眼中未来的宁波教育，那是快乐学习的课堂，那是学以致用的工作，那是教育真正改变生活的一片美好景象。

文/图：谭青青

指导教师：王军伟

李永培 / 坚守教育　守望成长 /

人物名片

李永培，男，现任宁波中学校长，校党委书记，浙江省物理特级教师、教授级中学高级教师、宁波市名师，宁波市人大代表。兼任宁波市人大教科文卫专委会委员，宁波市物理学会常务副理事长、宁波市物理教学研究会理事长等职。曾获享受国务院“政府特殊津贴”专家、长三角“最具影响力”校长、宁波市劳动模范、宁波市有突出贡献专家等称号。

20世纪六七十年代，知识青年上山下乡。1976年，我也光荣地成了其中一员。两年后恢复全国高考，我又有幸成为“文革”后的第一届大学生。1982年大学毕业从教，从此开始了我长达30多年的教育生涯。

最初的体会：只要付出，孩子们都懂

一直以来，教育都是我的追求。教师这份职业是一个慢慢习惯的过程，从习惯做老师，喜欢做老师，到最终离不开教师岗位，回望在教育道路上迈出的每一个脚步，都渗透了我的付出和汗水，但也深深地积淀了我对教育这份事业的无限热爱。

记得第一次去新任教的学校报到，天还下着蒙蒙细雨，我走了很多路才找到学校，校园很小，四周十分安静。那天晚上，我独自漫步在校园，边走边问自己：“这就是我要工作和将要实现梦想与追求的地方吗？”

刚进入岗位，学校就安排我带一个高中毕业班，同时任教两个班的物理。那时离高考只有一个学期，凭着初生牛犊不怕虎的勇气，我马上投入了毕业班的物理教学与班级管理。当时的我并没有觉得压力大，还常常拿到一份课外试卷就跟学生们一同分享，当学生们流露出很佩服的神情时，我也总是沾沾自喜。他们是我的第一届学生，刚刚走出大学的我充满了抱负与理想，单身一人全身心扑在学生身上，上课、晚自习、课外活动……只要看到学生寝室里有个空床位，就躺下来跟他们一起睡，打成一片。因为比他们大不了多少，彼此又相处得很好，学生们索性喊我大哥。我觉得自己就是他们的主心骨，有一种同舟共济的精神把我们凝聚在一起。后来，这一届学生毕业了，我才发现原来这是学校里"最差"的两个班，但就是我的"不知情"和全身心投入，我的第一批学生，这个"最差"班的成绩令人惊讶，进步明显。

我的第二届学生只带了不到一年，到了高一下半学期面临分班，之后，我再没担任班主任。分班前我给学生上的最后一堂课是"万有引力"，那天课堂出奇的安静，我一进门全体学生就齐刷刷地站起来，我喊："同学们好，请坐。"便开始上课。临近下课前，为了跟学生告别，我试探性地说："今天的课就上到这里，我的物理课也上到这里。"没想到，居然有些同学低下了头，开始轻声地啜泣。我想大概是他们知道了我不再担任他们的班主任，一年的相处，足以让我们每个人都有一份特殊的感情，我安慰他们说："希望你们好好地在新班级里学习生活。"下课铃声响起，我整理好书，回头看着我的班级，看着黑板旁边贴着我们的班规，上面有我写给他们的勉励的话。我走过去，把班规拿下来，小心地夹在了我的备课本里面。学生们早已泣不成声，我带着一份感动和留恋，什么都没说就离开了。第二天，没想到学校黑板报上出现了两篇文章，都是关于我的，其中一篇就叫《最后的一课》。

刚开始走入教育生涯的五年时间，印象十分深刻，无数个记忆的片段至今烙在我的脑海中。有一次，学生想排一个反映我们班学习生活的独幕剧，我就跟他们说："我来帮你们写剧本，你们告诉我你们的想法。"然后一群学生在我的办公室里叽叽喳喳地讨论，最后我答应他们说："剧本，明天早上给你们。"当天夜里，我就趴在床上写，一晚上都拿着一个本子，边想边写。隔天把剧本给学生看的时候，他们激动地连说："太好了，怎么像电影一样呢！"看到他们欢欣鼓舞的样子，我也被鼓动起来，虽然连夜写的剧本并不那么规范，但学生给我的那种感觉真的很好。开始排演的时候，因为条件有限，学校里面只有一台录音机，还是香港的一个企业家送的，可学生们却如获至宝，一鼓作气把剧本全录了下来，包括对白、画外音，还有配乐。到现在那个旋律都始终在我的脑海里，虽然一直不确定音乐的名字，但模糊的记忆把这首音乐定为《光》，直至一次偶然的机会，在我们校园广播里听到了这熟悉的旋律，所有的记忆一下子就排山倒海地翻滚出来，我跑去我们的广播室，终于知道了那个曲名叫《罗密欧与朱丽叶》，后来我还特意请人把它录下来，当作回忆存放在我的生活里。

其实不管带班时间长短，孩子们都会一直留在我的心里。有一个带了一年的班级，虽然我对这些同学熟悉程度不深，但能叫出每一位同学的名字，记得他们的长相和个性，记得他们当时的座位,甚至记得他们写字钢笔所用的墨水是蓝黑的还是纯蓝的……带了这个班之后,我就被调到了宁波中学。之后和同学们失去了联系,从1987年到2005年期间一直没有再联系。后来有一天,一个已在工作上颇有成绩的女同学给我打电话:"李老师,我不是班长,但是大家都很想念您,我们能不能聚一次?"我说我也很想你们。没有联系,却很珍惜。

到了宁波中学后,我终于有机会当满一整届的班主任。我和学生们一起劳动、远足、课外活动,伴随他们一起成长,培养了他们浓厚的集体荣誉感,我也深刻地体会到,作为教师,只要付出,孩子们都会懂得。

过程与历练:让学生享受成长

当校长之后,有了更多的变化。班主任可以直接、具体地面对每一个学生,而校长要思考的是全校性的事务。我最希望和老师、同事们有更全面地接触、了解,虽然我们的工作是有分工的,但是相对平等。而且每个人都有个性优势和闪光点,要小心地呵护和发展他们的个性。

从事教育的这些年,我对当下的教育有了很多的感悟,教育中存在的问题,需要大家一起努力。现在的学生看起来很被动,学习压力大,强调个性发展。而在我自己的学生时代就不同了,我们可以趴在地上玩游戏,可以去河里游泳或是自由地玩耍。我们跟着老师做实验仪器,自行研究做实验。在高中时期,我成了学校的电工小组成员,还经常爬到楼顶检查线路,维护整个学校的照明设备。我们每天跑步5000米,嘴里还嘟哝着"长跑到北京向毛主席报喜",坚持跑步让我知道了什么叫毅力。

时代不同,要求自然提高了,孩子的发展也与时俱进了。多一把尺子,会多量出一部分人才来。前段时间看奥巴马的开学演讲稿,我最大的感悟就是"饱含勉励",鼓励一种锲而不舍的精神。现在我们应当减去学生过重的课业负担,培养他们的学习兴趣,探究他们的志趣和刻苦钻研的毅力,培养一种精神或者是锲而不舍的毅力,真正让"三百六十行,行行出状元"的格言成为努力的方式。我们迫切地需要走向公平,多一些衡量"好学生"的标准,让学生享受成长。"老陈校长"曾经对我说:"你们上山下乡这一代、知青这一代是社会的脊梁,你们懂得付出,你们懂得坚持,你们懂得锲而不舍,你们懂得吃苦。"我想这也是当今时代需要的东西。

关于孩子的教育问题,家庭教育也是重要的组成部分。作为一名父亲,我能更深刻地感受到一些"问题"学生大多跟家庭教育有些关系。但我们不能左右孩子的家庭教育环境。现在我们正在努力把家庭教育跟学校教育结合起来,学校老师每年都会进行家长会、家访,加强跟家长间的联系渠道和沟通方式,努力做得更全面。我们学校的班主任和任课教师都做了大量的工作,通过共同的努力,学校、家庭、社会三方合力,积极配合,给孩子的发展打造一个适合的定位，找到每个孩子的“最近发展区”，就可能让孩子有更好的发展。但如果一个家庭对孩子的教育要求太高、偏离了孩子的本身，就会给孩子带来巨大的压力，反而事与愿违；而家长对孩子太放松，或许会让无社会经验的孩子太过盲目。所以父母应当跟老师很好地配合，正确地进行引导。家庭对孩子的影响非常大，我们应该给孩子一种正确的方向，给孩子一个适合他们发展的环境。

在长期的教师生涯中，教育工作已经成为我生活的一大部分。我的妻子也是一名老师，所以除了在学校我关注教育和学生，在家里谈论的大多还是学生、教育，关于教育的话题，有太多的乐趣在其中。教师职业面对的是一个充满生机和活力的人的塑造，教师的职业生涯，充满了爱、研究与创造，才被称为“太阳底下最崇高的职业”、“人类灵魂的工程师”。同时教师工作又是平凡的，除了职业和生活的基本需求外，更多的是对成功、自我实现和生命质量的追求。只有当教师在平凡的工作岗位上闪耀出生命光亮的时候，基于对生命价值深深的感悟，才能让教师把自己的职业当作事业来追求，才能把教学当作艺术来孜孜以求，这才是学校内涵发展取之不尽的巨大动力。所以对于我来说，教师，它是一个职业，更是一项事业。

追寻教育境界：让人格完善成为人的最高学历

我一直都在努力促进学生、教师、学校的共同发展。我对自己的学校十分熟悉，也很有感情，甚至到了对学校的一砖一瓦、一草一木都了然于心的地步。在这个过程当中，每一个阶段都是一种积淀，必须务实地一步一个脚印地往前走。

在岗爱岗，在工作中了解工作、学习工作，一直是我的追求。我刚担任教务主任的时候，刚开学，学校教务处的老师就跑来跟我说：“李老师，这个东西比较急，需要马上处理。”因为刚接触这份工作，还处在熟悉阶段的我，立马了解了之前处理的方案，并请教了教务处的老师，这就是在工作当中别人教给我的学习方式。1989 年 12 月 9 日，我被任命为政教处负责人，一下子要面对整个学校的教务工作，压力可想而知。然而也正是这个比较困难的时机给了我“汲取营养”锻炼自己的机会，为了方便开展工作，我和几位老师商量，开始制订《宁波中学优良班集体量化考核方案》，第一次提出了《定性评议和定量评比概念和操作办法》。当时我和另外三位老师组建了一个四人团队，硬是把宁波中学对班集体的考核方案制定并实施起来。虽然在现在看来，当时的我们缺乏经验，但至少拓展了学习的空间。很多的学习机会其实都是平台。在我的学校，有平台，更有发展的空间。

其实我要感谢我的学生、老师和工作团队能给我一个平台和空间。在教育中，我常常会感悟教育，常常被教育感动，我始终无怨无悔地为教育付出自己。我要感谢我的同事，每一个岗位都给了我丰富、及时的“养分”。我现在所有的知识和成就，都是在平时的历练中一一得来的。

在很长一段时间里，我一直在思索着自己的心路历程，这里有对宁波中学百十年教育积淀的挖掘和感悟，有对近 30 年教育发展、学校发展的回顾，更多的是对近 10 年来教育改革和学校提升的整理和反思。我一直以为教育是一种手段或行为、是一种引领或推动。但有一次想着想着，突然"守望"两字跃然眼前，竟有种豁然开朗的感觉，我想，教育应当坚守一种本源，应当是一种对人生成长的设计，教育是一个不断建构着、丰富着的生态系统。

管理一个学校与管理一家企业不同，企业可以直接进行质的考核，要求产品必须达到指定标准；而教育不是，教育中每个孩子都是不同的个体，我们不能把一个活生生的人最后变成一个数字，学生需要的是我们的聪明才智，我们的沟通交流，心与心的碰撞，我们在课堂里建立了一个"场"，一个交流的"场所"。在课堂里教师要让学习发生，要让付出有效，一个发展性的教育效果跟一个可测量的形成性成果，对一个优秀教育的课堂而言都必不可少。所以教育是一个慢的艺术，是一个潜移默化的过程。

从某种意义上说，学校教育的最终目的在于最大限度地促进学生的全面发展和个性成长，充分释放教师专业成长的最大潜能，使他们主动追求和实现个人对未来社会的价值。但是，学校的发展依靠老师的发展，一个老师教育理念的实施及其教育效果都会对学生产生很大的影响。老师引领着学生的发展，老师推动着学校的发展。但与此同时，一个好的学校环境，会给老师带来更大的发展平台，也会给学生成长带来更大的发展空间。所以我现在的着眼点是老师。不空谈学校发展，不空谈学生发展，有了老师的发展，搭建一个好的平台，才会有学生的发展，这是我一直追求的教育理想。

教育需要一点理想，没有理想的教育好像人缺少了灵魂；教学必须脚踏实地，一步一个脚印才能有所收获。办学要有自己的个性，要学会守望教育。教育在做的是一个课程体系，指向创新培养，培养有文化素养，健强体魄，有竞争力的一代新人。在教育这片热土上耕耘了三十几年，回望自己的轨迹，始终如一，非常坚定，继而又看见往前走的路，依然很坚定，这使我十分欣慰。未来，我希望让学生能愉快地学习，老师能愉快地工作，我们的学校能更有品位地发展，让教育真正在完善人格上起到作用。因为，我坚信，人格完善才是人的最高学历。

文/图：俞夏冰

指导老师：邬雨帆

刘佳芬 / 为现实插上梦想的翅膀 /

人物名片

刘佳芬，女，1959 年 2 月生，宁波市达敏学校党支部书记、校长，全国创先争优优秀共产党员预备人选，1984 年 11 月入党。2010 年被评为“浙江省德育教育优秀教师”，2011 年被评为“全国教书育人楷模”，2012 年被评为“浙江省三八红旗手”、“全国妇女创先争优先进个人”。最初只为追求生活安定而选择教育事业的她踏上职场后坚持无悔，扎根特教事业全身心奉献。从教三十余年，她遇到的困难数之不尽，为工作奔波倒下多次，却始终保持乐观向上的态度，用自己的热情和爱心去教育学生，开创了特殊教育的一片天，被誉为“最美女校长”。

口中不谈梦想，并不代表内心没有

20 世纪六七十年代，中国人民是在生存而不是生活。在这种状态下成长的农村孩子，谈梦想太过奢侈，我就是这样一个例子。那时的农村并不像现在这样，饥饿、贫穷时刻陪伴在我们身边，要脱离这种生活，就必须拥有一份稳定的工作。于是，我去了宁波市象山县向农中学学习，那时学校在白岩山盐场，我们半天读书半天劳动，忙碌程度可想而知。但支撑我留下来的动力是，据说学校附近要建一个化工厂，毕业之后我可以留在那里做工人，这意味着我可以拥有一份养家糊口的稳定工作。只可惜，计划赶不上变化，毕业之后我并没有顺利成为一名工人，无奈之下只能回家待业。拥有一份工作都如此艰难，何谈梦想？

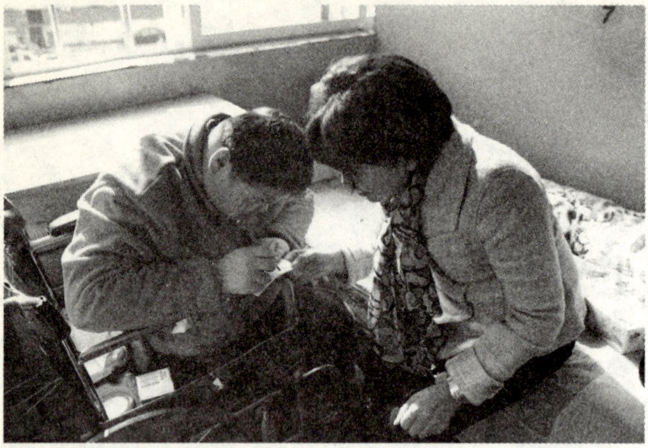
她是无数孩子的妈妈,她的爱无微不至

塞翁失马,焉知非福。当时公社里的民办初中——雅林溪初中正缺少一名教师,于是我去填补了这个空缺,成了一名代课老师。那是1977年,因为"文化大革命"而被迫中断了10年的高考制度在那年正式恢复,全国570万考生走进了久违的高考考场,其中也包括我。从公社到区里再到县里,一个一个环节我都坚持下来了,却在最后一场考试中因为几分之差而遗憾落榜。失败并不可怕,可怕的是放弃。因为现实,梦想好似很遥远;因为现实,梦想好像很虚幻。尽管那时我没有伟大的梦想,但我骨子里有种坚持催促着我不要放弃,继续前进。

现代人总说梦想是遥不可及的,那是因为大部分人都在"白日做梦"而没有付诸行动。而当时的我并没有时间去编织自己的梦想,只是被生活的压力催促,马不停蹄地往前走。当了三年代课老师之后,我有了参加全国统考的机会,幸运女神也在这时垂青了我。我顺利地考进了浙江省奉化县师范学校,毕业之后被分配到雅林溪中心小学成为正式老师。这是我的第一份正式工作,也是我教师之路的真正开端。我相信一个人口中不谈梦想,并不代表内心没有梦想。在我坚持着自己的信念和追求时,梦想或许早已悄悄在我心底扎发芽。只不过,那时候的我,并没有更多的时间去思考这些。

我的性格就是有困难就去解决

之后因为自己孩子上学的问题,我想进县城教书,于是又参加了考试,结果如愿以偿,我被分配到象山县实验小学教书,原以为生活就会这样稳定下来,却不想教育局重新分配,我被调到了聋哑学校教书,无限委屈顿时涌上心头。我从未接触过聋哑学生,对他们丝毫不了解,我该如何与他们相处呢?

初次面对这群特殊的学生,我就遇到了第一个困难——交流障碍,他们听不见声音,我就无法用言语和他们沟通,这让我一度陷入了困境。于是我赶去杭州培训手语,三个月的训练让我学会了用手语和学生们交流。他们强烈的求知欲深深打动了我,他们心灵手巧而且自强自立,这些品质让我对他们充满希望。我开始认真着手于学生们的教育问题,聋哑学生常常因为自己的缺陷而自信心不足甚至有些自卑。我觉得,首要目标就是树立他们的自信。我开始带着他们参加各种演出和书画展比赛,给他们展示的机会从而培养自信心。其中最让我记忆犹新的是一次全县的艺术节舞蹈比赛，学生们通过不断地努力练习获得了二等奖。这个比赛吸引了包括幼儿园到高中的很多学校参加，能得奖很不容易，我特别欣慰。

学生们一步步成长，高段学生们开始要步入社会，在为他们顺利毕业感到欣喜之余，我却发现学生们的未来并不开朗，他们多数人待在家中无所事事，很难找到合适的工作，为了他们将来能够自立生存，我想方设法帮助他们就业。

当然，在处理学生的就业问题过程中，困难是在所难免的，比如学生和就业单位存在沟通障碍，学生们在工作中情绪不稳定……当时我把十几个学生送到镇海的一家工厂工作，为了让学生们安心工作，取得厂方的满意，我坚持每个月都去厂里做跟踪教育，把厂方要求反馈给学生，再把学生需求传达给厂方。

当时往返象山和镇海之间的交通没有现在这么方便，来回需要一天，我一大早从象山出发，坐大卡车换轮船，再坐大卡车才能到宁波，在宁波下车之后还要坐船到镇海。通往厂里的路途非常曲折，记得那时还是沙石路，我本身体质又容易晕车呕吐，好几次晕倒在镇海码头。那年暑假，我照旧去厂里了解学生情况，上岸时已感到身体不适，当时马路上有载客三轮车，但为了节省学校支出，我还是决定步行前去，走到大街上我就开始呕吐，但我没有放弃，因为这样做可以帮助工厂员工和我们的学生和谐相处，即使有了矛盾，也能及时发现并解决。学生们离开家乡去工作，情绪难免有些波动，看见老师来了会很开心。其实万事只是开头难，我坚持每月跟踪教育，把第一批学生安抚好之后，下一批学生再进去，就有了大哥哥大姐姐们的照顾，这样传帮接代，也让我省心不少。学生们渐渐都有了稳定的工作，这让我感到很骄傲，我记得当时收入最高的一名同学月薪有1500元，这在当时已经是很可观的水平，家长很开心，厂方也满意。

对于特殊教育，我的梦想是实现全纳教育

在聋哑学校度过难忘的九年之后，我被调到达敏学校担任校长，我发现自己面对着一群完全不同的学生，较之聋哑学生只存在听力障碍，现在这批学生存在的是智力上的障碍，他们智力发育迟缓，尽管生理年龄已经达到7岁，而实际智龄可能只有几个月。聋哑孩子存在的交流障碍可以通过手语解决，而这群特殊的孩子呢？我遇到的困难比想象中多得多。很多知识学生们难以理解，学过也会很快忘记，我该如何改变这一局面？在这种课堂上学习，学生们即使学会了也不懂得如何运用到现实中。我决定带他们走出校园，在实践中学习。但学生们情绪波动，行动不便，难以控制等特殊情况都会为开放式教学带来难以预料的难题。身为一名特教老师，我并没有奢求他们能够功成名就、大富大贵，只简单地希望自己的学生能够正常生活，和身边的人融合在一起，但即便是这样的要求，对于他们而言也绝非易事。教育，要么就是改变我们的学生去适应环境，要么就创造一个环境

让我们的学生去适应,我能做的就是后者。改变学生适应环境我做不到,我们的智障孩子有困难,但是我可以创造一个环境让这些孩子和社会去接触,所以我决定把学生带出去。

实践中,困难接踵而至。多数市民们不接纳我们这群特殊的孩子,抱怨学生,抱怨老师。家长们生怕低智力孩子的行为会影响到自己的孩子,不允许自己的孩子和他们接触。在超市里,学生会把商品弄得乱七八糟,甚至把货架上的糖果拿来吃,保安和营业员看到后都十分反感。去大酒店参观,酒店担心生意受影响而拒绝学生们进入。各种糟糕的情况让我手足无措,我下决心不让孩子们再受伤,我要为他们争取平等和尊严。我开始寻找合作单位,希望社会各界能接纳这群特殊的孩子。不负众望,2005 年,达敏学校首届教育协作理事会正式成立,学生们有了被认可的实践课堂。

如今,与理事会合作的单位队伍日益壮大,包括 120 家单位,近 1000 名成员,还陆续有单位想要加入,这对学生们的成长是个巨大的帮助。如今,学生们能够在超市自由购买商品,有些学生甚至能在超市里收银,进入酒店,他们开始慢慢学会吃饭礼仪,做到安静不打扰别人。学生们一步步的改变,让我感觉越来越有希望。

别人总问我达敏成功的背后的秘诀是什么。我并不是什么智商特别高、能力特别强的人,一个人办学校是不可能的,我的背后有一个强大的团队——达敏学校的 26 名教师。他们是我坚强的后盾,从 1998 年开始编写教材的 15 年来,老师们日夜辛苦,亲手剪画粘贴,刻印装订,至今已编写了 44 册教材,其中 24 本以美工、劳技等为内容的九年义务教育段彩色印刷教材已应用于课堂教学,这些教材经浙江省中小学教材审定委员会审核通过也成了地方教材,全国许多特殊学校也据此范本开展教学活动。

2003 年,我大胆提出带学生们走出校门学习这一想法,他们不否定我的创新,反而是支持到底,带着学生们走进社区、超市、菜场,虽然受到了指责和辱骂,曾让他们一度很是委屈,但他们不放弃,承受一次次的挫折,却依然带领学生前进。老师们对我的支持是莫大的动力。我们在学校里进行的工作是课程改革,编写教材,让学生进行社会实践,学校进行开放教学,然后一步一步建立知识系统,让全社会都关注到我们这群特殊孩子和我们的学校,我其实特别希望建立一个全社会支持特殊教育的系统,对智障孩子而言,要关注的不仅仅是他们在学校的阶段,更包括以后漫漫的人生路程。在他们九年制义务教育毕业以后,无法升入到更高级别的学校时,我希望依然有人会像在学校里一样支持他们、帮助他们,让他们不特殊、不孤独。

实现全纳教育是中国特殊教育的梦想,也是世界特殊教育的梦想,那就是让正常人和特殊人融合在一起。我们把学生们带出校门学习,一方面让我们的学生了解周围环境,另一方面也让人们了解这群特殊的孩子,更重要的是让同龄人或者年龄更小的孩子从小就知道有这类特殊孩子的存在,让他们懂得应该从小就关注、尊重他们,如果我们国家能把这些孩子当作德育教育、品质教育的资源,那比简单的说教效果要好得多。学生们进步的同时,我惊喜地发现周围市民的态度也在发生变化,社会文明程度在提高,市民的认识在提高，现在带学生们去公园玩，许多孩子家长会马上引导自己的孩子和我们的孩子一起玩，这是一种可喜的改变。最初我们只是想让学生们学会玩，认识社区、使用社区。但是现在反过来呢，我们这个开放教学行为也间接提升了市民的文明程度以及整个社会文明氛围的形成，这是当初没有预料到的。这种意外之喜，让我对未来中国的特殊教育充满了希望。

我是个校长，也是个妻子、母亲

没有人有分身术，也没有人每天能够有 48 个小时。“每天天蒙蒙亮，她总是第一个到校；每天夜深人静时，她总是最后一个离校。”在达敏学校老师对我的描述中，这句话总是被提及。因此，人们自然而然地认为我是个“工作狂”，从而忽略了自己的家庭。但事实却并非如此。我爱我的学校，也爱我的家。我会充分利用工作时间，让自己做事更有效率，早点完成手头的任务，就能把剩余的时间投入到家庭中。许多人在拼搏事业的同时可能会忽略家庭甚至放弃家庭的一部分，鱼和熊掌不可兼得，但当两者都不能抛弃的时候我就必须两者兼顾，而且需要寻找一个平衡点让两者和谐共处。

在学校，我是个校长，在家里，我也很明确自己是个妻子、母亲。家，是爱的港湾；家，更是女人的梦想。孩子是我生命的延续。或许是自身经历的影响，又或许是从事教育的关系，我很注重培养女儿的独立性，在女儿上小学的时候，我几乎就没亲自接送过。记得有一次，外面雷雨交加，眼看着到了女儿放学的时间了，雨越下越大，我在办公室里徘徊犹豫了很久，但最终还是选择继续工作。人的一生中会经历很多风雨，女儿需要学会面对困难、战胜困难。在女儿高中的时候我就让她出国留学，一直读完研究生才回国。女儿不在的日子，我和丈夫的生活就更简单方便了，也让我拥有更多时间、更多精力去努力工作。“母亲”这个字眼，总是透露着母性的伟大光辉，无论你在事业上多辉煌，当你面对孩子的时候，你只是一个母亲。此时孩子健康成长与家庭美满幸福才是我实实在在的梦想，我也在为此而努力。

孩子的吻让刘佳芬绽开了笑容，孩子的快乐就是她的幸福

我强调家庭事业平衡，我待学校的老师和学生如亲人，同时也热爱着自己的小家庭。在学校里，我尽自己所能去为孩子、老师们创造一个更好的教学环境，我时常告诉自己有困难就

去解决,不要抱怨。在家里,我也努力做一个好妻子、好妈妈。我也是一个普通女人,我享受做家务,喜欢为家人做可口的饭菜。看着一家人吃着我做的饭菜,我的内心感觉暖暖的。这就是我平实的幸福,一个女人的幸福。我所追求和注重的,就是家庭与学校的双重和谐。

想做到家庭工作两不误,我觉得并不是很困难,只是自己时间安排的问题。

在教育梦想的航帆中不断前行

每个人的梦想都不一样,我的梦想是简简单单实实在在的。我认为梦想是分阶段的,就现在而言,我的大梦想——形成全社会特殊教育知识系统,已经基本实现了,达敏也被大家称为中国特殊教育样本。人在不断进步,梦想当然也在不停更新。正如达敏一样,它是在不断地创新和积累中进步。这就是达敏的精神。

现在已 54 岁的我,或许明年就要退休,离开工作的岗位。人会老去,但梦想不会变老。梦想也不会因为我的退休而止步。我们无法预期长远的事情,只能规划眼前的事情,达敏很快就要搬入新校区,我希望学校能够延续旧校区的校园文化校园内涵。此外,我和我的团队会努力把达敏的教学理念、教学方法和成果推广到其他地区,让其他学校的孩子也像达敏学校的学生一样能够走出去,融入周围的世界。

总是有人问我退休之后想干些什么。从忙碌的工作中抽出身来,压力也随之减轻了。我想好好享受生活,享受家庭乐趣,迎着早晨的阳光和家人一起晨练,然后准备一份营养美味的早餐,与家人一同享用,这就是幸福一天的开始。近几年因为工作关系,对家里的老人照顾略有减少,与亲戚朋友也有些疏远,我想在退休之后,去尽力改变这些状况,可以经常和亲戚朋友走访交流。我是个非常重情谊的人,亲情、友情让我感觉很温暖。现在我已经有了一个外孙女,我想将自己的教育理念和教育方法用在小外孙女身上。梦想,脱离不了教育和家庭。或许从我当老师的那一天开始,就注定在教育梦想的航帆中不断前行。

胜利的笑容在此刻定格,但梦想的前行永不停歇

后记

学生家长范建萍在她的感谢信中说:“在孩子入学的两年时间里,我看到了刘校长带领的团队的倾力奉献,看到了任课老师的辛勤耕耘,看到了孩子成长的点滴,我的内心深处充满了无限感激。”

“她身体力行告诉世人,教育并不仅仅是法律上的权利和义务,即使是被上帝造就的缺少‘美丽’的孩子也要有自己的未来!”这是达敏老师乔军芳对刘佳芬的评价。

刘校长说,家长的认可、同事的帮助、学生的成长总是给予她莫大的鼓励,让她一路坚持梦想不放弃。

英国天文学家普罗克特说,梦想一旦被付诸行动,就会变得神圣。而刘校长身上肩负的特教使命,本身就已经足够神圣。达敏,坚持以“生活自理、社会适应、自食其力”为培养目标,打造“恒爱”品牌。它不仅有了新的教育理念,新的教育方法,还即将搬入新的校区。昨天的梦想,是今天的希望,更是明天的现实,刘校长和她领导的团队在特殊教育领域的梦想有多大,达敏这群孩子未来的希望就有多大。

文/图　周楚倩　诸葛琼

指导老师:周　浩

言宏元 / 纺出人生真知　织进学生心坎 /

人物名片

言宏元，男，浙江纺织服装职业技术学院教授，职业鉴定中心主任，产业用纺织品研究所所长，国家技能人才培育突出贡献奖获得者，全国纺织职业教育先进工作者。从事纺织职业教育30余年来，一直坚守在教学科研和社会服务第一线，尽职尽责、敬业奉献。他主编了国家“十一五”规划教材《非织造工艺学》，在教学和科研上取得多项成果，但是他认为这是他应该做的，丝毫没有提及自己的荣誉。他用渊博的学识、先进的理念、高尚的师德影响着一届又一届学生。作为一位纺织专业的先驱，在30余年的教学生涯中，为宁波的教育事业编织了一幅美丽的图景。

一次难得的机会，让我们能有机会去采访一位杰出的宁波教育工作者。我们顺利地预约了言宏元教授，也顺利地进行了采访。但给我的感受，职业教育这条道路其实并不这么顺利。宁波的职业教育，甚至是中国的职业教育，都需要进一步的加强。

纺织厂出来的大学生

作为“文革”结束恢复高考后的第一届大学生，当时已在纺织厂工作五年的言宏元，考入了华东纺织工学院。在和我们的采访过程中，他这样述说着自己的故事：我小时候正好遇上“文化大革命”，不读书。但是我参加工作比较早，我当时在纺织厂当工人。一直在纺织厂工作了五年后才上的大学。和一般的高中毕业考大学有点不一样，当时的大学不是考试入学，而是推荐入学的，而且是内部推荐，我连续三年都没有被推荐上。直到 1977 年国家正式恢复高考第一次招生，于是我和几个年轻伙伴跃跃欲试，就突击复习。当时我是在纺织厂工作的，每天上班干活很忙，在这个情况下抽出时间复习，是很紧张的。先是县里预考，再去参加省里统考。填志愿时，我是在纺织厂工作的，我喜欢纺织，就填了纺织专业。当时第一志愿第二志愿全都填的县纺织院校。结果后来录取的是华东纺织工学院，现在叫东华大学。

"进了大学，在当时的同学里面，有年纪比我大的，'文革'前老三届的高中毕业生，他们的孩子都已经读书了；有比我小的，刚刚毕业的应届生也有。年纪小的十几岁的和年纪大的三十多的都有。那时候充满理想，觉得四个现代化要实现了，尊重知识、尊重人才的时代就要到来了。"

言宏元在谈及自己的大学经历时，饶有兴致地和我们聊开了。他看了看天花板，似乎是在回忆那段美好的求学经历，接着又给我们讲述那段时光里的故事。"在这四年里，同学们因为不是一个年龄层的，差异非常大。大多数都经历过农村、工矿、部队的磨炼，各个地方的人都有，混合在一起。但有个特点就是大家都非常用功，那时我们学习的热情是现在不能比的。我们那个时候读书，几乎每天晚上都去图书馆抢位子。每天晚上都抓得很紧，没有一天是放松的，'惜时如金'这也是我们 1977 级大学生特有的现象。虽然当时的工作是分配的，不用找，但是我们都珍惜这来之不易的改变命运的机会，如饥似渴地学习。想着要为中国做出一些贡献，当时大道理是这么讲的。对于我而言，既然我喜欢纺织，那我就钻研下去。在纺织方面，做出一些成就。"

在问及当时读大学时候有什么难忘经历时，言宏元并没有过多的讲述，因为当时的大学，同学不仅年龄差别大，也不像现在这么活跃。"校园里面没有找对象谈恋爱的。像我们班里一对男女恋爱的都没有过。而且，那个时候大学里面的人都比较独立，自己学自己的。有一部电影《高考 1977》看得我也比较感动，真的是这样的。我觉得在大学里，真的就是读书，全班的风气也都是读书读书。然后现在回头看看，同学们确实都很有成就。有的成了香港理工大学著名专家，也有在美国麻省理工学院当教授的，还有的已经当上了厅级领导干部或企业家。我只能算是中下游水平了，但我的自我感觉很充实，正所谓梦在心中，路在脚下。"

手上有机油　身上有技能

"当时我真没想到我自己我会当一名老师。"在被问道大学期间的梦想时，言宏元笑着跟我们说："我读的不是师范院校，我学纺织工程，最后居然当了老师，这是我真的没有想到的。刚刚毕业后，浙江省要办一所纺织工业学校，当时一起上大学的四个浙江同学被召回来工作，三个在这学校，还有一个是因为家人身体状况的问题，必须要有人在身边照顾，

1982年10月,言宏元(左三)指导学生实习

所以没去,要是没有这个原因,那么四个人全都在这个学校里面。这是国家分配的工作,要是不服从分配,按当时政策,五年内不得安排工作,所以我就去那里报到了。当时在姚江那边,挺荒凉的,在学校吃得很简单,住得也很简陋。我记得很清楚,当时学校有两个校名:浙江省纺织工业学校、浙江工学院宁波分校。

说着言宏元拿出自己早些时候的照片,照片中两块牌匾是一起放着的。“我就是感觉,当时一进来,我跟学生的年纪也差不了多少,他们高中毕业,我也刚大学毕业,我就比他们多读了几年书。专业老师紧缺,那我就带学生去厂里面去实习。”

其中一张照片里面,言宏元带着学生去工厂里面实践操作,他指着照片和我们说:“当时感觉蛮好的,老师带着学生一起下工厂去实践。我们那个时候工作服上全是机油,我工作服一穿就工作一天,晚上下班的时候把工作服一挂,然后走了,第二天和学生一起继续。所以我感觉,教授,就应该是手上有机油,身上有技能,我是这么总结的。可现在的教授不像是以前的教授,学校里面招的老师也都是通过考试进来的,缺少的是工厂经验和实践环节。如果职业学校的教授不实践,手上没有‘机油’,像教书先生一样,那是永远教不好的,学生也不会欢迎的。”

言宏元将这种风格保持到现在的教学实践中,实施“校企合作,工学结合”的教学模式,以企业真实的产品为载体,学生在老师带领下,边学边做,先“手把手”教学生进行纺织产品简单的模仿设计,再让学生进行改进设计,直到“放开手”让学生进行独立的创新设计,培养学生原料分析、工艺设计、产品创新设计的技能。让专业跟着产业走、教学跟着生产走,职业教育就应该这么干。

纺出人生真知　织进学生心坎

言宏元进纺校后担任了中专1982级棉纺专业的班主任,当时他当班主任后遇到的第一件事就是,班上有学生失踪了。他和班干部找了一天一夜也没找到,据判断可能回老家了;第二天,他和班长赶到她老家,终于找到了刚刚回到家里的女生,此时她已骑车骑了100公里。

他并不像其他优秀的人才培养者一样，有那么多先进教育方法。但他会抓住学生的心，是一个“纺出人生真知、织进学生心坎”的老师。

“但我现在也不能用当时的方法教现在的学生，那学生也不干的。单纯让他们换上工作服去厂里工作，谁去做呀！时代在变，企业在变，学生也在变，只有我们老师去适应这种变化，不可能让他们来适应我们。现在的学生需要我们去用心研究，对待现在的学生，首先要抓住他们的心，而不只是管管纪律就好了。要他们内心里面服你，才是最好的教育。现在的学生，他的个性，你也要尊重。高考一档一档下来，像我们职业院校是最后一批，如果不扩招的话，有些学生可能一辈子都没有机会上大学。对于这样的学生，不能按部就班地教学，不能把他们关在门外。对于这样的学生，怎样把他们教好，我特别关注。最关键的，还是要知道他们在想什么，抓住他们的心。每个学生都是一块璞玉，他们的价值需要教师用心去发掘、去打磨。首先你要给他鼓劲，打消他的自卑感，让他自信。不要总是说他们那里不好这里不好。要让学生在心理上接受你，这是特别重要的。”

在谈及教育方面，言宏元很热忱地和我们聊起来。谈话时他总是微笑着，是很自然又很自信的一种笑。让我感觉是一个成功教育家的经验之谈。

“主动接近学生，了解学生。如果不了解他们，反而会起反作用。首先，让学生没有自卑感，那么老师也就必须不能有自卑感。不能想到说，我这个职业教育比起人家的普通教育，好像普通教育的老师风光一点。我这方面的思想还是比较少的。职业教育要做好，不比普通教育来得容易，甚至更难。我的同学在国内一些著名大学里面当老师，但我从来没有感觉因为自己是职业教育的老师而低人一等。我自己这样想的话，我就会给学生鼓劲，也容易看到他们的闪光点。学生一进纺织专业，想到以后会做什么工作，他们的父母大都对此也了解不多。作为纺织职业教育老师的我，自然要给他们正确的认识，让他们感到我这个专业，是在解决人们的穿衣问题，这个工作本身是很高尚的，我们现代纺织业的发展成果是很辉煌的。就这么一点一点潜移默化地接受这个专业，激发对未来职业生涯和生活的热爱。所以我觉得如果要让学生喜欢这个专业，教师首先自己必须喜欢学生这个专业。如果连自己都不喜欢，这么能让学生去喜欢。”

可能是聊到了言宏元十分感兴趣的话题，言老师在聊天时，还时不时地做起手势。从言老师的眼神中，有一种肯定，一种坚持。

“要做到一个班级里人人成才，个个出彩。职教不比普教，普教要有几个拔尖人才，有考清华北大，或是读研考博的。但是职教有一个特点，就是人人成才，个个出彩。比如衣服设计得好、纱纺得好、布织得好，这都是出彩的机会。例如，我校学生优秀作品，有的就在企业直接投产，进入了市场。在职教这个舞台上，学生一定要有成才、出彩的地方，不能处处被别人压着。老师也要发现他们的潜能。进入企业里面，他们都是技能人才，搞工艺、搞设备、做营销的，没有人进去是直接当厂长的。从职教出来的，一开始都是一样的。好些学生，已在企业就业了，还不断地给我打来电话，有成功的，也有挫败的。作为教师，我见证了职教学生的成长。而在帮助他们追逐梦想的时候,我真切地感觉到,那其实也构成了我的'育人梦'。"

被人"看不起"的教育

中国梦,尤其是教育梦,言宏元认为职业教育前景是十分美好的。"你看,现在的中等教育,一半是普高生,一半是职高生。再看高等教育,普通高校和高职院校各占半壁江山,都是一半对一半。但是现在很多人,他们是看不起职业教育的,长期以来人们对职业教育有偏见,认为职业技术教育被看作是成绩不好、升学无望者的"二流教育",造成了职教的生源、地位和普通教育相比,确实相差非常大。但是,社会需要大量技能人才,职业教育的毕业生就业率要大大高于普通高校毕业生就是最好的佐证。一个很简单的事例,在美国,一个机械工人的工资水平与博士生待遇相当。再看我们许多职业院校的毕业生,在社会的大潮中成为企业精英、社会骨干和单位的中坚力量,为当地经济社会发展做出了突出贡献。所以说普教和职教,只有适合的教育才是最好的教育。事实上,大学生'就业难'已成为一大社会问题。而与此同时,通过职业教育培养出来的技能人才渐渐成为就业市场的宠儿,许多职业院校学生在校期间就被企业'预订一空'。尤其是我们纺织服装学院,有着重要的专业,'衣、食、住、行'的首位就是衣,纺织服装产业直接关系人们的生活幸福。"说到职业教育的社会现象时,言宏元的情绪相比之前有些略微激动,并不是感慨社会的不公以及自己作为职教老师的不公,更多的应该是希望职业教育,可以被世人正视、重视。

"我们身在职教的人,最知道职教的重要性。现在这个职业教育,跟国家的经济关系太密切了。它不是培养宝塔尖端的人才,出来的学生马上就能上手去企业工作。如果这批人没有培养好,就会影响社会发展。我去过德国,他们对于职业教育是非常重视的,他们的职业教育模式也是非常先进的。我们一些职业教育上的模式,是参考了他们的经验。记得我当时去德国一家纺织厂的车间,和一个纺织工人交谈,他感到很自豪。他说起工作来头头是道,对自己的职业很崇敬,总感觉到自己的工作很棒。不像我们这里,一进工厂,认为和公务员相比就一个天一个地。"

职业教育是学出来的,干出来的

职业学校有个特点,有钱有势的,他们是不会让自己的子女读职高的,想尽办法也要让他们读普通高中,这样一来,职高就有些平民化。高考录取时,高职院校也排在后面的批次录取。面对这样的学生,把他们培养好,这就是老师的本事。要是一直说是学生的缘故,这不是理由,为什么有的学生成为优秀人才?为什么有的学生教不好?三十多年来,言宏元感到教育学生是非常有意义的,花的精力比搞科研还要多。当然,作为老师,言宏元的压力也是很大的。“这个学生交给你，你要把他培养好，这个比教一个分数高、会读书的学生要难。”

言宏元在采访时说：“我们做老师基本上还是说好话鼓励为主，但现实还是不可否认的，现在有的大学生，真的像是在混日子。”

“现在的学生，他处的环境就和我们那个时代不一样，当时我们那个时候百废待兴，我们要用功念书；而现在经济发达了，他们想的大多是怎么找一份理想的工作。而真正为找理想工作努力的，是应该支持的。”

“这几年，我们学校和企业合作，办了很多‘订单班’，早在2003年，我们就和中鑫毛纺集团合办了一个中鑫班。我们按照企业的需求进行职业教育，为企业‘量身定制’高技能人才。所有实训和毕业设计，都出自中鑫毛纺的几十个课题，真刀真枪的训练。这样出来的学生，能很好地适应这个社会，找到自己的定位，真正做到了学生技能与就业岗位无缝对接。大部分学生在企业成长为部门技术骨干和业务骨干。”

“现在毕业了的学生感叹说工作难找，而企业那边又苦恼说招不到人。这不是一个笑话么？针对这个现象，应该鼓励学生学技能，要拿到一个以上的国家职业资格证书。这几年我一直在抓这个“双证”模式。学生出去的话，如果没学到多少技能，只有一纸文凭，那还怎么和普通院校大学毕业生竞争？而我刚才说的那个中鑫班有一个特点，就是他们人人都拿到了国家职业资格证书。这个班个个成才，已有三个学生目前已成为企业中层以上干部。当然，考证书也不能光搞形式，要真正学到技能、学到本领，这个也是我们职业学校的一个优势。”

言宏元说着拿出自己的一本职业资格证书给我们展示了一下。我们在问及对于未来的看法时，言宏元没有过多的表态。他的回答很淳朴，都是从自身的角度来看待教育，从自身出发来改善教育。

“我从自身教师身份来讲，一是要创新，创新教育，创新研发。要把学生吸引到我的课题里面。二是要强化人人成才的观念。说到人人成才，这不能只是口头讲讲。这个概念我以前是模糊的，一个班级、一个专业的学生交给你，如果轻轻松松混过去，那就过去了。但一想到人人成才这个观念，这个责任就重了。还有就是模式问题，老一套的教学模式应该也要改进。而作为一个公民，我更希望可以提高职业教育的地位，使它能够和普通教育平起平坐，或是更上一层。”

言宏元接受笔者的采访

采访言宏元的时候,我们发现他说的都是很细微的事件,毫不浮夸。机缘巧合,纺织学院的大学生成了一名教师,理想都是用生命去坚持的,职业教育也正是如此。

在采访的尾声,我们希望言宏元能用几个词来对自己做个评价时,他笑着说我不知道,可能这才是最真的言宏元。在采访过程中,他并没有向我们讲述过多自己的梦想,但是他用自己所做的事例以及他对待学生的热情,让我们看到了一个身在职业教育前线的教师形象。现在的职业教育系统是矛盾的,它紧紧关系着经济的发展,是国家的基层建筑,但这个中流砥柱,却被我们很多人忽视甚至看不起。职业教育的梦想,不仅仅是在宁波,而是在整个国家。筑梦,让我们一起行动!

文/图:林且来

指导老师:王仁忠

施丽华 / 我的心愿就是把学生教好 /

人物名片

施丽华，女，1955年生，教学英语，全国优秀教师、全国优秀外语教师、浙江省特级教师、宁波市名师。是浙江省基础教育首批被评上正高职称的教师，是浙江省有突出贡献的中青年科技人员，享受国务院特殊津贴。

7月16日，日已上三竿，我们在月湖盛园的清源茶馆见到了采访对象——施丽华老师。茶馆幽静祥和，在这闹市里独享一份安静，正如老师的为人，不温不火。老师的目光停落在墙上烂漫的凌霄花上，欣然感叹。如今退休年纪已至，管理工作放下了，前时身兼多职的繁忙操劳自不用说，但手中的教学未曾有丝毫懈怠。三尺讲台前度过了三十八个春秋，而她依然在续写教学诗篇，坚持不渝，乐此不疲。如今，硕果累累，喜不胜收。

早期教育经历

施丽华老师是"文革"期间中学恢复正常教学的第一批高中生，也是"文革"后恢复高考的第一届大学生。当初她做了一名教师，并没有梦想的灌输，只是顺其自然地发展。但她坦言，在做一名好教师这条路上，受到过自己老师的感染。"我读高中的时候，任课老师都很好，无论师德还是学养，对我的影响很大。我们那个时候读高中，机会来之不易，'文革'中很多老师都无法正常为学生上课，赋闲在家。一旦有了机会，他们对学生和教育倾注了自己的全部心血，所有的老师都是这样的，很感动。"

1973年2月,高中毕业的施老师成了一名民办教师。"当时做老师,什么课都教,主要是教英语,后来上大学学的也是英语专业。"我们可以想象,当时的她一定会遇到很多困难,可是施老师淡淡地说:"一个高中毕业的孩子去当老师,面对学生,肯定会有这样那样的困难。但是有老教师啊,会帮你,然后自己去虚心请教,就知道该怎么做,对学生怎么管理,应该怎么去教课啊,慢慢就悟出来了。"

改革开放初期,国家百废待兴,中学教育迫切需要一批骨干教师。国家就在原来的教师当中选拔了一批,送出国去培训。当时,施老师就成了国家首批赴美国参加AFS项目的交换教师代表之一(AFS项目是一个从事教育交流的非营利性民间国际组织)。施老师很好地把握住了这次交流机会,提升自己,不辜负国家的希望。"到了美国的中学,一方面我可以熟悉了解美国的中学教育,另一方面我住在美国人家里,可以直接接触美国的普通老百姓,熟悉美国的文化,学习英语,了解当地的风土人情。我们不仅在一所固定的学校里面上课听课,访问学习,也可以到周边其他不同类型的学校去参观访问,听课座谈。这个项目本身让我有了浸润式学习的机会。不仅能够得到语言上的进一步提高,还让我有机会观察美国基础教育的运作方式和理念,有机会接触社区、普通人以及他们的生活和文化。这对我以后的教学有着深刻的影响,让我不断地思考我应该怎么去做,才会有好的教育;思考应该怎样把一些好的东西吸收进来,应用到自己的教学实践当中去。因此,从长远的角度来看,赴美学习对我的影响远远超过学习语言本身,而是一种文化的影响和一种思维方式的形成。"从这番话中不难看出,施老师对教育有着深刻的见解,我们钦佩不已。

"我最大的梦想就是把学生教好"

教书三十八载,施老师已可谓"桃李满天下"了,教学履历上的事迹肯定不少。可当我们问到施老师教学生涯中印象深刻的事,施老师略显为难:"教学过程中肯定会有一些故事,印象特别深刻的,倒真的很难说,我这个人是不太善于记那些东西的。我想,让每一批送出去的学生都能够成为最棒的,都能考上他们自己心仪的学校,都有一定的发展潜力,将来走向社会可以成为一名有责任感的公民就好了。作为老师,我们所要做的,就是让学生满意,让家长满意,让社会满意。教师的生活其实蛮平常的,但是很充实。因为我们就想着,如何迎来一届一届的学生,一届一届地好好培养,再把他们一届一届送上人生更广阔的道路。尽我们自己所能,并不断学习,拿出自己所有的看家本领去帮学生,能够尽自己所能去把学生教好,这就是教师的责任。"故事必然存在于老师绵长的教学经历中,但她并没有刻意去记住。太注重某个回忆,人或许就会停滞不前,人应该不断前行,不是吗?这些记忆就由老师自己收藏,在她某次回想时,自然能闪耀其光。

"我最初的梦想,就是想做一位能让学生满意、家长满意、自己也心安的老师。但是,做教师需要一辈子的执着、勤奋和努力。因为学生在变，环境在变，教育有很多不确定因素。一个老师更要不断地改变来提升自己，才能去适应这些变化。对老师来说，不是说一届学生带出了，他就可以永远这样教学了，这是一个不断学习的过程。不断学习，不断去适应新的环境，不断完善，才能保证每天去上课有底气，才能保证每堂课都能够上好，学生也都满意。教学中要能够给学生东西，让他们健康成长，做老师的人必须要明白这一点。尽自己所能，把本职工作做好，把学生教好，能为他们感到自豪，这就是每个老师一辈子的梦想。”

“课堂教学是教育工作的一个重要方面，教育是培养人的工作，要走进学生心灵，了解学生，与学生交流，让他成长为全面发展的人，这是个润物细无声的过程。教师的人格魅力对学生的成长有着潜移默化的作用，因此，教师的品行修为、学养和治学态度对学生都会产生影响。作为教师，一定要在这些方面努力努力再努力，做好自己的功课，正人先正己嘛！现在我属于学校的延聘教师，在学生眼里，我可能已经是奶奶级了。作为一个奶奶级的老师，更应该想想我应该怎么做，怎么教，让青年学生与我心灵相通，没有代沟，认可我的教学，甚至可以陶醉于我的讲课。这就是一个老师永远应有的追求，即使有丰富的教学经验，也不可以随便信口开河讲课。有人问我：‘施老师，您教了那么多年书了，您还在备课啊？’我说当然要备啊，每节课都要认真备课！因为学生在变化，社会在进步，老师也得不断适应这种改变。台上一分钟，台下十年功，上好课就是靠平时的积累，靠不断反思改进自己的教学行为，靠对学生的全面了解。所以说教师比其他行业更需要学习，现在学习条件好了，做教师挑战也很大。”这点点滴滴的话语显示了施老师一直以来谦卑谨慎的态度，勤勤恳恳，勉力耕耘。

在问到老师希望培养出的学生是怎样的人时，施老师目光灼灼，殷殷恳切道：“当然应该是胸有大志，装着国家，装着人民，尽己所能助国家兴旺发达。有自己的学术水平，有一技之长、有真才实学，身心健康，才能为国家做贡献。”

丰富的教学经历

2000 年，施老师担任效实中学的副校长，2001 年兼任宁波外国语学校校长，2003 年又被任命为效实中学党委书记。施老师虽然身兼多职，但一直没离开过讲台，一直坚持上课。等到 2015 年退休时，她将在讲台前度过 40 个春秋。她把青春奉献在此，默默付出，不问回报。施老师也有自己的爱好：看书、听歌，但她没有太多的时间可以花在爱好上。当我们询问平时的工作量时，她笑说现在好一点了。“累也是自然的。因为工作多，我又一直不舍离开讲台，平常若要花更多的工夫，就只能牺牲自己的休息时间了。我希望自己能很好地协调好管理工作和教学工作。”

施老师也致力于青年教师的培养，参加了宁波市教育局组织的特级教师带徒工作。

“我从第四批开始带,现在是第九批,一共六批了。主要通过课题研究、论文写作指导、上课示范、听课评课等途径去培养青年教师。”但施老师并没有以一种前辈的论调,而是主张师徒间的交流、研讨,相互学习。“当然,不一定说我的方法是对的,通过课堂开放,人家可以借鉴。与青年教师进行交流,对他们进行一些教学方面上的指导,帮助他们成长,我自己也收获很多。”

施老师在教育活动中的光芒灼灼其华,熠熠生辉。她有许多学术上的头衔,她还是宁波市中小学外语教育学会会长,是宁波大学聘请的客座教授和硕士生导师。对外语学会,她有自己的心得。“外语学会主要是把全宁波市的外语老师集中起来,创造机会让大家交流。我们会聘请专家做讲座,引进新的信息,供大家分享。这既可以带动教师成长,也可以提升宁波地区的外语水平。我们自己做得好了,学科水平上去了,那整个宁波的教育也就上去了。当然,我们不一定要这样套上去,每个学科分会都有自己的任务,把自己的事情做好就好。”

施老师一直倾注心思于教学研究上,到目前为止她已发表各类论文30余篇,主编或参与编写教学参考用书15本,撰写理论专著1部;2项课题分获省政府一等奖和二等奖,3项课题获宁波市政府一等奖,1项课题获省教育厅名师名校长教育教学课题评审优秀奖;曾应邀在宁波电视台、浙江人民广播电台、中国教育电视台做英语专题讲座。她对教学研究有着自己的独特见解。她认为:“课题研究和论文写作应该与改进教学行为相关,要顺其自然,有感而发。写论文也好,写书也好,都是自然的教学研究结果,不要刻意而为。现在书已经够多了,不是有人说,当下很多不合理的出版是一种浪费。对我而言,通过做课题研究,一方面可以带动青年教师,帮助他们,督促他们;另一方面,我也可以将一些教育的领悟付诸实施,从而改变一些不合理的教学行为,提升自己的教学水平,这是做课题的初衷。人总是有追求的,有一天你有了一个新的想法,哎,这个蛮好。那你就应该去试试看,做做看。”

当年在学习余姚市梁弄镇初级中学校长徐立科校长的事迹时,施老师这样讲道:“他的人格魅力、工作风范、敬业精神跃然纸上,让我们看到了一位敬业爱岗、执着负责、爱校如家、爱生如子的好教师、好领导。”我们想,这也是施老师对校长这个岗位所应当承担的责任的理解。她认为作为校长,自己首先要对教育有深刻全面的理解,即对教育的理解到位;其次他应该是教育的专家,在自己学科方面也是专家。除此以外,校长应该是善于管理的,能够调动学校的全体师生,去为办好学校尽自己最大的努力。“一个校长在上面发号施令,其他的东西自己做不到,人家也不会听他的。因此,校长的人格魅力很重要,光靠自己嘴巴说说,那肯定是行不通的。”

修行师德,立足岗位

在了解了施老师的教育思想后,我们也就当下一些社会热点问题,与施老师进行探讨。针对现在曝光的教师队伍中存在的一些败坏师德师风的人，施老师这样认为："那些人是教师队伍中的败类，但绝对是少数，绝大部分教师我认为是好的。现在还有些教师，利用家教谋取利益，这也是不应该提倡的。作为一名教师，应该全身心地投入到自己的教育工作中去。师德一定要好，这是教师最重要也是最基本的底线。每个人，首先要做一个堂堂正正的人，做一个品德高尚的人。我现在不担任管理工作了，是一名普通教师，我就尽我所能把书教好；当我在管理岗位上的时候，就应把管理工作做好。"

高考制度在中国一直是永恒不变的话题，施老师作为一个亲历过高考，也目睹过大大小小高考改革的人，她坦诚道："很多人批判高考制度，但我认为完全废除也不行，要改革。在中国这么大的国家，人才竞争很厉害，家长从某种程度上都希望自己的子女成才。但家长不能只看重点率，对培养人这个理念上，家长也会有个慢慢体悟和理解的过程。我认为人有不同的智力倾向，社会也需要各种人才，会考试的将来并不一定是人才，分数高的也并不等于是未来的人才。作为未来的人才，要品学兼优，有创新精神，全面发展，身心健康。不是说仅仅会考试，考上某个重点大学就一定是人才了。但我想我们培养人，就是要尽我们的努力让每个孩子能够健康幸福地成长，能够让他自己的兴趣特长得到很好的发展，成为这方面的专家和人才。这是我们应该做的。现在我们国家已经认识到了高考制度所存在的不足，已经在进行改革。不久的将来，我们的考试体制会更有利于人才成长和人才选拔。这一天肯定会到来的。"施老师虽然曾经担任过学校的领导，现在刚完成高三的教学，直接面临着高考制度下学生参加高考、家长担忧纠结的种种问题，但她一直有冷静的思考，没有曲解教育的初衷，以拳拳之心倾注于孩子健康成长的教育。

采访小记

从一个初出茅庐的民办教师到如今教学经验丰富的老教师，在短短的采访中，我们或许看不到施丽华老师一辈子教学生涯上的涔涔汗水、点点足迹。然而我们能感受到的是她对教师这个职业的担当，以及在教师岗位上的默默耕耘和坚守。今天我们的目光聚焦在她身上，是这个时代这样的人太稀缺了吗？或许是我们太过于标榜梦想？梦想是一件耗费终生的事，需要真诚地去实践。或许当初并没有"梦想"这个概念，但施老师恰是这样去实践着她对工作的理解。本是一件平凡事，坚持做好就不平凡。每个人都有平凡的一面，都有属于自己的或大或小的梦想，施老师一直以来的梦想也就是她最初的梦想——做好教师本职工作，把学生教好。看似简单，要坚持却很难。而她却实实在在地做着，没有浮光掠影，浅尝辄止。并不是没有梦想的力量，而是拥有着脚踏实地的勇气。

文/图：沈思婕　董依依

指导老师：王　啸

俞 毅 / 品质职教的践行者 /

人物名片

俞毅，男，宁波外事学校校长，全国学校文化管理示范校长，浙江省优秀教育工作者、宁波市名校长，北京师范大学特级教师国家级培训项目首席专家、宁波市首批教育管理名家培养对象；富有事业激情和人文情怀，在全国率先提出了基于“人本、多样、开放、共享”的“品质职教”理念。2000 年，俞毅被调到宁波外事学校担任校长，从此俞毅这个名字就和外事学校紧紧联系在了一起，在俞校长的教育理念影响下，宁波外事学校在这 13 年里，取得了数不清的傲人成绩，“品质职教”也被愈来愈多的人接受。2013 年 7 月，浙江省委常委、宁波市委书记刘奇做出重要批示：“俞毅同志十几年如一日，孜孜以求，探索创新‘品质职教’，在他身上集中体现了忠诚教育、勇于追梦、创新实干的可贵品质，是践行群众路线、带头‘三思三创’的典范，值得全市党员、干部和职工学习。”

2000 年，俞毅刚刚担任宁波外事学校的校长时，社会上普遍存在这样一种现象，家长担心把孩子送到中职以后会变坏，职业学校都在忙着培养学生的技能。俞毅当时邀请了企业家代表召开座谈会，没想到大家最关注的不是学生的技能，而是学生的素养，比如忠诚、勤奋、学习的能力。这引发了俞毅的深思：教育究竟是为了什么？职业教育应该是怎么样的？

从那时开始，他对职业教育有了一种全新的认识：有吸引力的职业教育应该是对下一代负责的教育，它的核心是“人”。在他看来，教育的目的不是培养人才，而是培养人；不是用来成功，而是用来成就幸福。有品质的职业教育中，每个孩子都是不可替代的，他们不应被简单地定性为操作工人，不能轻易地为机器所取代，他们应有广泛的职业阅历和幸福的人生期待。职业教育要关注和服务于学生自由而全面的发展，重视人的品格养成和职业素养、职业能力的培养。它应回归育人本质，满足多元需求，具有多样性和开放性，是让政府、社会、师生都满意的教育。

俞毅在学校嘉年华活动上发言

人本：让每个孩子都能快乐成长

在宁波外事学校，62.8%的新生中考分达到宁波城区普高分数线，艺术高考本科率高达80%，学生就业率为100%。用一位市领导的话来说，俞毅校长一手打造的“品质职教”达到了三个“颠覆”的效果：“颠覆了孩子们对职业学校的一种排斥，颠覆了社会和家长对职业教育的认识，颠覆了用人单位对职业教育的印象。”俞毅13年的职业教育生涯，正体现了“创业、创新、创一流”的宁波精神。

“先成人，后成才”作为俞校长办学的核心理念，被宁波外事学校坚守着，十几年来毫不动摇。而“人本、多样、开放、共享”的教育理念更是贯穿整个学校，是高扬在全体外事人心中的旌幡。

熟悉俞毅的人如果留心观察，可以发现一个细节，他总喜欢称呼自己的“学生”为“孩子”。每每提到“孩子”两个字，俞毅的喜爱之情溢于言表。在他看来，“孩子”是他作为一个“教育工作者”一生的追求所在。

我们的孩子考不上普通高中就被视为失败，而这种失败仅仅是来自于中考的几张试卷，他们就被世俗观定为二、三流的人。我要改变这些，我希望这些孩子，通过三年的外事学校学习，拥有优秀的品质、美好的情感、文明的行为、良好的教养和健康的身心。

在俞毅看来，育人必须“先成人，后成才”，这也是外事学校倡导的“心向善、志高远”的校训的要求所在。

“在校园中，心向善、志高远这六个字随处可见，作为校训，它是这个校园内所有人都要坚持的行为准则和道德规范。”俞毅说。

在外事学校，如果问学生在校最大的感受是什么？绝大多数学生会脱口而出“快乐”两个字。

学生快乐，俞毅则感到更加快乐。俞毅说，很多人以为家长和孩子选择职业学校就是来学一技之长的，就是为找工作准备的，这是一种认识误区。现在人们生活水平提高了，更加注重对生命品质的追求，他们不会满足于一个仅仅定位在“学手艺”、“找饭碗”上的教育了，他们有权利要求享受到有品质的教育。

于是，宁波外事学校取消了课间操，取而代之的是校园华尔兹。每天上午 9 时 45 分，悠扬的乐声响起，身着欧式校服的同学们从教学楼整齐有序地来到太阳广场，在蓝天白云下，在绿草茵茵中，伴随着《蓝色多瑙河》的乐曲，男女成双结对翩然起舞，成为学校的一道靓丽景观。

还有学校的各种“节日”更是同学们展示个性、共享快乐的舞台。特别是 FAS 嘉年华，当校长俞毅宣布“这个星期的主题是 HAPPY”后，这场遍及校园每个角落、每个人的欢乐大餐开始集体享用。在这一周中，所有的师生没有上课，没有作业，没有考试，没有训练，只有共同的欢乐、共同的享受。体操、戏曲、情景剧、歌剧、话剧、书画展、茶艺表演、街舞、达人秀……50 多个活动项目高潮迭起，被邀请的众多家长也和师生们共享快乐。

俞毅认为，教育还需要心对心的滋润。他要求每一个老师用心去拥抱每一位学生的心。在外事学校，老师们对早晨迟到的同学要先问一下有无吃早餐，如果没吃，要让学生先到食堂就餐，然后再回来上课。事后，再按照制度执行批评和处罚。“孩子正是在长身体的时候，因为一个错误而让孩子的健康也受到惩罚，就变成了两个更严重的错误。”俞毅说，珍惜和爱护健康也是学生要培养的品质。

俞毅在宁波市教育管理名家论坛上阐述自己的办学理念

学校还对教师规定“首问负责制”。当一位教师首先发现生病、受伤或者出现其他困难的学生时，该教师必须尽力帮助解决，并自始至终负责到底。家访制度，要求班主任必须坚持对本班的学生进行家访，了解每一位学生及其家庭情况，并把班级所有困难或者问题学生分解给本班的任课老师，共同来关心和帮助这些学生。

“这些规定都是刚性的，但是意涵却是温馨的，它让每一位教师都把自己的责任落实到关爱学生的实际行动之中。学生的成长也许是缓慢的，但是教育必须坚持，坚持就会有结果。”俞毅坚定地说。

多样：给孩子更多的机会、更大的舞台

“每一个进入外事学校的孩子都是一颗美丽的星。我们的职责就是要让他们寻找到自己的人生天空，在那里自信地展示自己特有的灿烂，从而体会到作为‘人’的价值和意义。”这是俞毅坚持的职业教育“星伦理”，他认为，“要给孩子们希望和期待，给孩子们选择的机会和权利”。

俞毅初入职教界时，传统的中职培养模式受到了产业结构转型的极大冲击。如何破解中职生源、中职教育吸引力日益下滑的趋势，成了一个重要问题。他开始意识到，传统中职专业体系已经满足不了人民群众对受教育年限和教育品质日益增长的需求。为此，在10多年前，这个有着强烈人本性和前瞻性的校长就提出了后来外事学校始终贯彻的专业设计原则——“满足多样化的成长需要”。俞毅认为，职业教育在提供教育产品时，应考虑学生和家庭需求的多样性。回应真实的多元需求，构建一个人才发展立交桥，才是有吸引力的职业教育。现在的外事学校横向有三大专业群——外经外贸、艺术、学前教育，在此平台上，俞毅又纵向思考设计了就业、升学、出国深造等多个通道。

这一集就业、升学、出国于一体的全新的人才培养模式，为学生的发展提供了多元选择，也为当下现代职业教育体系的构建提供了一个优秀的现实范本。宁波外事学校62.8%的新生中考分数达到宁波城区普高录取分数线，达到城区省一级重点普高录取分数线的也不在少数，个别甚至达到了宁波最好的普高的分数线，这些数据从实践层面验证了俞毅全新建构的生涯发展立交桥是适应民众需求，也是符合时代发展的需求的。

开放：要有胸怀天下的情怀

“立足国际视野，培育国际化人才”，源于俞毅对中职教育开放特质的思考。而10年前，俞毅提出这一办学宗旨时，很多人是不以为然的——“培养国际化人才那是高水平大学的事情！”俞毅不这样认为，他敢想也敢做，“职业学校，一样的重任在肩，一样的胸怀天下，一样能够培养出国际化人才”，全国首个也是迄今为止唯一拥有7种外语教学能力的中职学校——宁波外事学校就此诞生。

“我们更倾向于从文化的角度理解国际化办学的价值。要让中职学校的孩子们也能

够学会包容、尊重别国的意识形态、文化、价值观、风俗和宗教信仰,与别的民族合作交流、和谐共处,并能与新的年轻一代共同携手应对经济全球化带来的各种机遇和挑战。"俞毅强调,"这才是我们的真正追求。"

在这个学校13年的国际化办学历程中,从基于多语种基础上的专业构建的起步阶段,到海外课程标准引进和姊妹学校建立的发展阶段,再到成立中外合作办学机构——以宁波TAFE学院为标志的国际化深入发展阶段,在俞毅的认识中,国际化从来不是简单的几张证书、几个国外合作院校的数字展示,更多的是这样一种态度、一种认知、一种胸怀和一种文化。

如今的宁波外事学校通过22个国外合作院校为学生提供海外学习的通道,共有200多名毕业生留学深造,其中不乏考入东京大学、早稻田大学等世界名校的学生。宁波市"十二五"期间重要的教育国际合作项目、浙江省教育改革试点项目——宁波TAFE学院五年制项目,作为一种全新的人才培养模式,让学子在家门口就能享受国际知名的优质职教资源;同时实现了中高职教育的无缝对接,在全国职业教育体制创新和职业技术国际化人才培养上提供了又一范本。

除了对现代职教新模式的丰富,俞毅更看重的是,TAFE五年制项目所带来的"对传统的冲击"。教材不再是衡量对错的绝对权威,而仅仅是一种参考;答案不再是唯一和标准化的,敢于质疑和提出见解会得到充分的鼓励;课堂不再是教师的课堂,而是师生互动分享的天地;讨论的议题不仅仅是专业上的问题,还有绿色环保、国际争端等"窗外事";对成绩的评价变成了对学生成长的评估,更加关注学生的个体差异,关注好习惯的养成,关注能力的提升过程。所以有学生会说:"我曾经就向往这样的教学课堂和学习方式,向往这样的校园生活。我觉得我来到了一个全新的世界!"

共享:学校心中有教师

"作为外事人,我感到很自豪","这里很有家的感觉","校长带给了我们正能量,我们会把这种正能量和关爱传递给学生",宁波外事学校的许多教师会这样发自内心地表达。

"校长不是我们的亲人,却胜似我们的亲人。"今年寒假,石峰老师的母亲要动手术,当时怀疑是恶性肿瘤,正当他手足无措的时候,校长俞毅打电话安慰他也许是巧合,在他母亲动手术期间,校长俞毅还打电话问候,告诉他工作上的事情不用担心。石峰感动地说,本来遇到这样的事情,像天塌下来了一样,但是校长的关心给了他很大的精神力量。"有这样的好校长,就像让我们吃了定心丸,帮我们解决了后顾之忧。"

"我是怀着感恩的心态在这里工作的。"龙云老师说,去年她女儿不小心从电瓶车上摔下来,摔到了半张脸,给她治疗的宁波医生说孩子摔到了真皮,这半张脸基本上要毁容了。当时她陷入了极度的悲痛,完全不知道该怎么办。这时校长俞毅打电话过来,说学校派车送她女儿去上海第九医院进行急诊，还找好了医生，安慰她别着急。这之后隔一段时间，俞毅校长就会询问她女儿的病情，还问她女儿吃的是什么药，他帮忙去买。龙云感激地说，现在她女儿恢复得很好，医生说创造了一个奇迹。

这样点点滴滴“爱”的细节实在太多，而这实际上源于俞毅校长对教师的一种独到理解。在宁波外事学校，有着这样一些让老师们引以为豪的“人性化制度”：除去国家法定节假日、双休日外，允许每位教师在不影响正常上课的情况下，每月有一天带薪的“疲劳假”；允许教师每周有一天上午晚到一个半小时，有一天下午下班早走一个半小时；每天向教师提供中西式自助早餐，早餐时间延续至上午 8：30，以保证有早自习的老师也能吃上可口的早餐；专门开辟教师休息区，3～5 名教师一个房间，每人配一张床和寝具，供教师午间休息。此外学校还推出了校园洗车服务、校园垂钓活动以及每年一次的 FAS 欢乐假日行等。学校设置有多个茶歇休闲区和换衣间，在图书馆 4 楼专设教工休闲阅览区，全天候提供多种咖啡和茶点等。

学校视教师为根本，满足教师的物质、人文、情感和发展需求，“让教师愉快地工作、品质地生活”。在这样深刻的理解和完善的实践基础上，宁波外事学校形成了一种全新的学校组织管理形态。它以人的状态优化和组织精神塑造为管理出发点，不同于传统单一的刚性制度管理模式，从物质、制度、精神三个层面，打造了一个高效运作、人才荟萃、和谐共享的组织团队。“全力以赴，追求完美”成了这个团队的共识，有共同愿景、有共同目标，视学校利益为重的宁波外事学校老师们呈现出了积极、自信、独特的风貌。用俞毅的话来讲，这些老师们就是“这个学校教书育人的最大支撑和核心动力”。

原国家教委职教司司长杨金土对俞毅有这么一段精彩的评价：“这是我接触过唯一一位会去思考教育本源问题的校长，是唯一一位先有理念再实践的校长，是唯一一位思考了并付诸实践的校长；我对这位校长充满了敬佩之情。”教育部副部长鲁昕看了宁波外事学校形象片后表示，“喜欢这个学校，喜欢这些学生，喜欢这个校长”；浙江省教育厅厅长刘希平专程考察外事学校后认为，“学校有亮色，校长有思想”。宁波市教育局副局长陈文辉说：为什么那么多领导专家来这所学校参观，会用那么多溢美之词？我觉得，其实这是我们每个人的心中都有教育理想，都有精神追求，这是我们内心的理想和追求的投射和感应，赞美其实是赞美我们内心理想的追求，宁波外事学校慢慢地开出了教育的理想之花，给

俞毅在成都介绍宁波外事学校办学经验

我们很大惊喜。

面对这些赞誉,俞毅是这样评价自己的:“我是一个普通的职业教育工作者,我爱我的学生,我爱我的老师,我爱这份事业;这份事业若能点燃起青年一代的价值和梦想,那我的价值和梦想也就实现了。”

展望未来

教育从本质上来说,就是为学生的人生和幸福奠基的事业。教育应该让孩子们更好地走向职场、走向社会,最终走向幸福的人生。职业教育和其他教育类型一样,全都落脚于此。

现在世界职业教育已经呈现出新的走向。第三届国际职业技术教育大会的主题是:“未来的职业教育,将不再是单纯地为就业作准备,而将成为为人们提供贯穿一生的工作和生活技能的教育。”

因此俞校长认为,在产业转型的新时期,中国职业教育要担负的不仅是技术技能人才供给之责,更重要的是培养一大批与之相适应的高素养国民。中国职业教育,应塑造下一代人的良知、道德、价值观和体魄,让他们有能力更有素养去承担并实现“中国梦”。

品质职教概念是全体外事人办一流职教的梦想。这个梦想还没有完全实现。然而俞校长说:“只要心怀理想,充满激情,执着追求,那么中职学校肯定会成为‘学生快乐成长、教师幸福工作’的一流学校,职业教育也必定会成为家长和学生愿意选、乐意选的教育,成为社会认可、政府满意的一流教育。”

这种理想和目标值得人追求,值得期待。

这种理想和目标,总会慢慢实现。

是的,成长是缓慢的,改变需要时间,但教育就是静待花开,慢慢改变,点滴改变,只要去做,总会发生。

文/图:周　聪　张　悦

指导老师:薛丛川

钱永岁 /“我教的学生不允许有1%的不合格率” /

人物名片

钱永岁，男，1957年8月6日生，中共党员，中学高级教师，现任澥浦中学校长兼党支部书记，镇海区督导室兼职督导。从1993年起，担任澥浦中学校长至今。在他的带领下，学校先后获区文明单位、区平安学校、市行为规范示范学校、市现代化教育技术达纲学校、省农村示范初中等荣誉。2003年钱永岁个人也被评为省第十六届“春蚕奖”，2009年被评为“浙江省农村教师突出贡献奖”。作为一位在农村教师岗位坚守了30余年的优秀教师，“首先要成为合格的人，有优良的品德，再追求学问”，这是这位校长对学生的最大期望。

教师，成为我一生的追求

（一）

我是农民的儿子，家里世世代代都是农民，在1975年高中毕业到1977年恢复高考之前，我和父母都在生产队里，那时我没有去报考大学而是选择了中专，就是一个目的：想方设法最好不要做农民，能跳出去。

那个时候，我正好在做代课老师，于是就报了师范学校。那时读的是宁波师范的数理专业，后来自己进修。

1980年我来到了这里——澥浦中学。在这里工作，就这样过去了三十多年。那时候的老师工资也就只有二十几块钱一个月。做了老师后，我就有一种想法。当时我父亲是村书记，但不识一个字，没读过书。作为父亲，就想自己的子女多读点书，于是我就在外面读了高中回来教书，想给村里人教点书。再有自己也热衷于教书，最好在这里把澥浦中学的孩子尽自己的能力教好。也没有想过要当校长，只是教书就好了。

我刚做校长的时候，是全镇海区最年轻的校长，现在，是年龄最大的校长。真没想过会走到现在，当校长这么多年，从我当校长开始，副校长一届一届都换了，都出去了，所以他们都说澥浦中学校长不动，副校长一直在动。假如说我也不动，副校长也不动，这样让人家怎么办呢？我今年 57 岁了，这个学校还要发展，我做了这么多年，思路也用完了，是时候要注入点新鲜血液了，要给年轻人机会。

（二）

我在这边工作了 30 年，做数学老师时，也有城区学校的校长让我去那边教书，都已经谈好了，但当时的校长不让我走，而且我自己想想，自己是澥浦人，家在澥浦，澥浦这里都熟悉，不走就不走了。

澥浦中学是 1992 年搬过来的，我是 1993 年当的校长。那时这里还都是黄泥，没有树的。那时候一位教育局的副局长来我这儿，和我说："阿岁，你看啊，你们学校里面没有一棵树，也没有一个字。"我说，慢慢来嘛。

你看，现在不是很好了嘛。这里的每一棵树都是我种下的，看着它们慢慢长大，对于这个学校我是有一种感情在的，也很有成就感，这是我的事业，也比较开心。

我现在想想，老师这个行业我没走错，我还是喜欢这个行业，这个职业和其他职业有很多不一样的地方。老师是做人的工作，和企业里生产没有生命的产品是不一样的，产品有固定的模具，而学生一届和一届都不同。

澥浦镇老百姓都是比较相信、尊重老师的，认为学生也就听老师的话。如果你想发大财是不适合做老师的，老师赢得的不是财富而是尊重，是心灵上的快乐。对我自己来说，我喜欢这个工作，也努力过，但也有很多可以改进的地方，但我总努力对得起老师这个职业，而且老师教的是学生，不是产品，产品可以有一两个次品，但这是人，不允许有 1%的甚至千分之一的不合格率。对你来说只是百分之一，对那个家庭来说就是百分之百的悲剧了，要尽全力做好，成绩好不好是另一回事，但他的品德要教好，要尽心做好。一个班级里，你不能放弃一个学生。

现在镇上很多人都是我教过的学生，澥浦镇的镇长也是我的学生，有一次他们去杨梅山，给我拿来一篮杨梅，我说我不是因为吃一篮杨梅开心，而是因为你们记得我这个老师而开心。所以做老师是很好的，工人做了一个产品，产品出去了，没有反馈，但是老师还会有反馈，感觉就不一样了。

做了老师这个行业，你不会后悔。

（三）

我本身喜欢教书。我有儿子、女儿，都让他们去教书。儿子大学学的是工业设计，毕业了找不到对口的工作，刚好镇海的职高需要一个这方面的老师，我问他要不要去，他说不去，找到8月份时，因为还没找到合适的工作，他就去试了试。现在他教得挺好。

我女儿从镇海中学毕业后，我说其他工作是比较难找的，就让她填报师范。因为我觉得她有教书的天赋和素质，有些人成绩好但表达不出来，我女儿在这方面还是很有天赋的，有教书的基本素质。于是她的第一志愿就填了浙江师范大学，在学校都是拿一等、二等奖学金，现在就在仁爱中学教书。

我妻子也是教书的，家里只有我女婿不教书。所以我们放暑假每天在家里聊天，都在聊学校的事，像我姐姐的女儿、哥哥的儿子都是教书的。

我妹妹的女儿也教书，那时她高中毕业时候问我应该填什么专业，我说，教书去好了。教书很好的！

澥浦，给民工子弟第二个家

（一）

我们这个学校地处农村，这里是宁波市的化工开发区，又因为澥浦镇的工业基础也很好，外来的民工比本镇的人还要多，所以我们学校60%多是外来民工子弟。

由于我们学生中民工子弟比例较高，在学校管理上也会有一定困难。学生的家乡各不相同，有来自安徽、四川的等等，成长环境、价值观、思维方式都不一样，包括家长对孩子的教育重视程度也不一样。父母亲忙于打工，忙于生存，这是可以理解的。

我早几年就一直努力把外地学生和本地学生融合起来，让外地生感觉到澥浦中学就是我的母校，澥浦镇就是我的第二家乡。搞好校园和谐教育，让外地学生与本地学生之间和谐相处，老师与学生之间和谐相处。所以我们学校学生上学全部要穿校服，也就看不出是本地孩子还是外地孩子，在我的学校，就是我澥浦中学的学生。

我们在分班上全部打乱，不能本地学生一班，外来学生一班，还要搞活动，培养他们的自信。在老师教书时也不分地区，大家都一视同仁。

现在学校附近所有企业职工的子女都会来澥浦学习，所以我就希望学校能做得更大，尽量地容纳更多的民工子弟，让他们读好书。我能把他们安排进来的，一定会安排进来。假如我在外面打工，自己的子女连上学问题都没有解决，我一定不会安心工作。

（二）

我专门开了一个心理辅导室，心理老师都拥有国家心理资格二级证书，同时还开设了放松室、发泄室。

在发泄室你可以进去发泄，墙壁都是用海绵包起来，可以去打。放松室就是听听音乐。学生有心理问题都可以去心理辅导咨询。心理老师说，来预约的人还是很多的。当然这都是保密的，学生有自己的隐私。

还有一项是和镇政府合作，叫蓓蕾关爱行动，是专门帮助女孩子处理青春期例假问题。本地的家长对孩子比较关心，外地的父母只知道打工，早出晚归，女孩子对这方面也不懂，月经来了不知该如何处理。于是我们和镇政府合作，免费供应卫生巾，也有热线电话，如果对青春期有什么问题可以打电话咨询。

家长对这方面不关心，我们就要关心。问题学生出现的背后，往往有一个问题家庭。像有的学生破坏公物，不做作业，上课破坏纪律，往往是一种发泄。不能简单地批评他们，要去了解背后的真相，比如父母吵架啊，离婚啊或者有暴力倾向的。只知道打孩子，这是不会教育的表现！

学生，在澥浦个性发展

（一）

我们农村学校，目标不是要去培养清华北大的学生，我们要培养的是合格的、符合社会要求的劳动者。学生初中毕业以后，考上镇海中学的不多，而毕业生有 100 多人，我不可能为了少数人去高要求，我还有其他学生，他们绝大多数以后都是读职业高中或是普通高中，毕业以后都是做普通的劳动者，我就希望他们能做合格的普通劳动者，在学校里为他们打下基础，实实在在的。眼光不能盯着第一名、第二名，其他学生也很重要。他们的价值观、思想道德，以后到社会中究竟能不能做一个合格的公民，我比较关注这个。

我们在下个学期开始实行向学生征集校服样式的活动，上个学期穿的还是宁波市的学生校服，下个学期我想有体现我们澥浦中学的校服。校服，在学生间推广了好多年，但学生不爱穿，但又不得不穿，所以我的想法是最好让学生喜欢自己的校服。我在楼下展出样式，让他们自己去挑，学生要是自己喜欢了，就愿意穿了。

（二）

像我们这个学校，最大的困难就是老师稳定，学生不稳定。一些学生到了初二可能就走了，初一是 6 个班级，2013 年毕业的只有 4 个班级。有一部分人是回老家中考了，有一部分是因为家长去别的地方打工，他也跟着去了。

我对学生说，进来以后我就有责任教育好他们，最好读到初三。生源的流动性太大了。

有时候暑假我们开放图书馆借书，图书管理员不肯借，因为借走了就不还了。我说书他拿走就拿走，不还，没关系的。所以阅览室周一到周五是全开放的，管理员问我，书放在那，被学生拿走了怎么办，我说拿走了，你再补充，拿走这本书的人一定是喜欢这本书的，没关系的。

实际上，这个学期下来，书虽然会少，但也不会少很多，基本上学生借了就会还。在阅览室里，学生喜欢中午吃好饭去看书，有时候课间活动也会去看。有些学生也会偷偷地拿回去，拿去就拿去了，我偶尔会在大会中说一下。有的学生也会偷偷地拿回来放好。拿去真的没有关系，学生拿走去看，总比书放在那里积灰尘好。

下个学期我们后面要造食堂，投资1000万元，一楼二楼是食堂，三楼我打算作为阅览室，全开放的，只要学生有时间去。读书环境要搞好，语文课的阅读指导课可以去那上。

（三）

现在学校关键就是生源的问题。我们这里，好的本地学生都去城区学校了，不是说外来学生差，而是学习基础确实有差距，所以我主要就是培养他们的自信心。像2013年初一，所有的学生都要参加社团活动。自己去报，找自己喜欢的，比如说农民画等等。要学生选自己喜欢的，培养他们的兴趣和信心。无论在哪一块，只要能出成绩，都是好样的。

农民画是我们澥浦镇的一项传统，由澥浦小学首先开展，澥浦小学是农民画的传承基地，到我们这里，当时考虑，我们是做农民画的创作基地。我希望农民画能够继续传承下去。毕竟这是澥浦的传统文化，学校希望能够把这个文化做好做大，走下去。

我们每年都会搞一个十佳歌手的评比，全校都可以报名参加，第一轮的时候人很多的，每天中午都在唱，我不是以评十佳为目的，哪怕唱得不好，他们喜欢去唱，鼓励他们一下，能够参与，学生很开心。重要的就是高兴。还是要让他们感到像在家一样，找到认同感。

在我看来，这种活动不会对学习产生坏的影响，反而会促进学习。我举个例子，这次考进镇海中学的学生中有一个是体育特长生，初一初二是田径队的，比较喜欢体育，但学习不怎么好，人是很聪明的。初二参加区田径比赛打破了区纪录，那时一位镇海中学的体育老师说，只要他能在初三上半年宁波市中学生田径比赛中取得名次，而且中考考到400分以上，就招他进镇海中学。他就有动力了，每天认真学习。后来4月份宁波市中学生田径比赛，他得了100米第二、200米第一，中考考了480多分。家长一定要请我和老师吃饭，说以前家长不同意他搞体育，真是要感谢老师对他的栽培。所以不要太压抑学生的兴趣。学生会有逆反心理，被压制了更不会想去读书。

教师，行胜于言

（一）

我们学校有很多年轻老师。现在我们镇海区教师的工资、待遇，城市和农村基本一样了。可能还是农村高点，还有个农村补贴嘛。我们每个阶段也会安排老师去培训。现在的大学生学的知识，和我那时候很不一样了，那时大学里面学的知识，一辈子就够用了，但现在，如果你两年三年不充电，知识就脱节了。所以老师也要学，必须要学。如果一个老师不会总结，教20年书，就是原地踏步了20年。每年总结都会前进一步。而且教育教学方式也在变化，不是一支粉笔会写字就可以的。

我参加过教育局组织的去清华大学参观学习的活动,看到一位老教授,不光书教得好,他的备课本也写了很多,这样的一种经验,不是靠语言去表达的,而是在行动。做,实实在在地做。

喜欢,就会去做,用心地做。

(二)

我一直和老师说,一个学生,如果听不懂你的课,不喜欢上课,你让他在座位上坐一天,这可能吗?

还有,要正确对待学生犯的错。学生是调皮的,但有谁在这个年纪不调皮呢?我小的时候最后两节课,老师不在,我就不上了。偶尔犯错是可以理解的,但学生如果经常抄作业、考试作弊就不对了,作为老师要慢慢教导他们。我对老师说,你们自己想想,初高中的时候有没有抄过作业,现在当了老师,学生一犯错就要给他处分?我们要理解学生。

后记

在采访完钱校长后,钱校长带我们参观了学校。这个瘦瘦高高的男人,在这个农村学校坚守了30余年,为这所学校奉献了自己的一生。他,热爱自己的这份职业;他,尊重学生的意愿;他,将身心完全投入在这所学校;他,用行动证明着教师的高尚和无私。

文/图:胡皓菲　李　扬　胡　琳

指导老师:王军伟

袁湛江 / 个性化教育是最美丽的教育 /

人物名片

袁湛江，男，宁波万里国际学校（高中）校长，浙江省特级教师，宁波市名教师、名校长。宁波市中语会副会长，兼任宁波大学硕士生导师、浙江师范大学全国骨干教师培训专家，国家教育行政学院、北京师范大学、北京大学特约教师培训专家，长三角“新语文圆桌论坛”的主要发起人。1996年加盟万里教育集团，2001年3月被民主推选为校级领导，由集团党委任命为宁波万里国际学校党委书记，2003年5月任校长兼书记。他经历了学校从三级、二级到一级省重点中学的创建过程。在教育思想上，他倡导个性化教育并欣然付诸实践。他认为，每一位学生都有独特的个性与天赋，而每一种健康的个性与天赋都应受到尊重，因此不存在绝对的优生和差生。

讲台上的那些事儿

当我们敲门走进校长办公室的时候，看到的是袁校长一脸的和蔼和微笑。和我们一一握手并自我介绍完之后，校长很亲切地带着我们入座，给我们泡茶，热情招待。在我们讲明来意之后，校长并没有直接切入主题，反而很关心地问起我们的家乡在哪里、在宁波生活习不习惯等，这使得我们的谈话氛围顿时变得温馨了。随后，袁校长跟我们谈起了他开始任教以来的教学经历。

我做老师的历史大概要比你们的年龄还要长20年。我1974年高中毕业后就留校任教,因为那个时候中国处于“文化大革命”这样一个特殊的时期——没有高考。直到“文革”结束才恢复高考制度,我正是在那个时期做了老师。说来好笑,我有机会留校,不是因为学习成绩有多优秀,当然也不是因为家庭背景,而是因为我那个时候是学校篮球队的主力,学校非常重视体育成绩,所以留了下来。我任教的学科是语文,好在我最大的兴趣不仅是打球,还有读书。于是,我就这样开始了我的教师生涯。我高中毕业的时候才16岁,我的学生中许多跟我都是同龄人。

在第一次上讲台的时候,我最深的印象就是努力要摆出大人的样子。所谓师生,其实就是上下届同学,平时每天一起打球,上课时他们直接叫我的名字,有时甚至叫我的小名,如果我不严肃一点,很难镇得住那些调皮的学生,所以当时就总想变得更像老师一点。可是努力归努力,学生们才不理那一套,照样嘻嘻哈哈,我越装腔作势,学生们越是笑得前仰后合。第一次上课给我一个深刻的教训:老师的威信不是靠威严树立起来的,而是真诚和信任,在这个基础上,你要有东西教给他们,才可能对他们产生影响,你在他们心目中才有地位。

袁校长与笔者亲切地交谈,分享过去教学生涯中的趣事

当时的老师教书毫无压力可言。在“文革”时期,没有教学质量这一概念,没有分数的压力。我们上学的时候参加体力劳动比较多,比如每天放学以后,放牛、割草、砍柴都是常规作业,遇到麦收和秋收的农忙时节学校要放假全程参加农业劳动。当老师也不例外,但老师与农民的不同在于,老师参加农业劳动是季节性的,属于支援性质,没有纯粹的农民那样苦和累,生活节奏还是有规律的,对当时的年轻人来说,能够坚持自己最爱的读书和打球的兴趣,已经是非常幸运的事了。那个时候当老师的动机还没有达到立志要做一名伟大的人民教师或者说成为燃烧自己照亮别人的蜡烛的地步,只是青年人寻找理想的一条出路而已。至于真正爱上教师这个职业,是在漫长的教育实践中逐步建立起来的。事实上,教师是能够让你释放全部智慧和能量的一种职业,当你懂得热爱这种职业的时候,你才会为它倾注全部热情。

袁校长回忆他自己为什么当老师、第一次上讲台的经历和感受以及与学生之间的故事时，脸上洋溢着幸福的笑容。我们不难想象，这些回忆对于袁校长来说是多么的珍贵！接着，袁校长与我们分享了他之所以从河北来到宁波的原因以及他刚到宁波万里国际学校担任首届班主任时的故事。

我出生在北京，很小的时候就随父母回到了老家河北，那个时代（“文革”时期）知识青年上山下乡已经是一种席卷全国的潮流，我在河北上学、工作20年以后，许多知青陆续返城了，按照当时的政策，我有机会回到北京，但是我的爱人和孩子回不去。我们都是非常重视家庭的人，恰巧当时宁波有人才引进政策，所以我们夫妻双双来到宁波，加盟了万里国际学校，开始了新的教学历程。我在宁波感受到的最大的差异就是南北两地不同的教育特点。北方注重师道尊严，老师在学生心中的权威性比较强。南方就比较注重师生之间的平等和交流，老师不能高高在上，要与学生平等沟通。如今我在宁波也待了将近20年了，觉得宁波的教育是比较注重社会服务功能的，因此在教育思想和策略上它的实用性和实践性就比较强，最权威的概括就是“构筑服务型教育体系”。这种教育与实践相结合的教育体系就是宁波教育的一个显著特色，单这一点，我就更享受在宁波工作。

1996年，我担任了宁波万里国际学校第一届高中班的班主任和语文教师。当时学校还处于初创阶段，不太有高分的学生报考这所还没有任何教学成绩的学校，所以这个班级当时只能在中等偏下的生源中招到29名学生。面对万里的这批“宝贝”，尽快发现这些学生在个性上的特点，整合他们的资源，设法将他们各自的优点呈现、放大、迁移和辐射，来抵御、化解他们自身的不足，以此形成良性循环，这是我带班的一个基本思路。在这种思想的引领下，我视野中的孩子们变得越来越清晰和可爱，其中有一位“大头男孩儿”，他的成长轨迹给我留下了深刻的印象。

记得开学那天，已经是吃晚饭的时间了，几乎所有的学生都到了，除了俞磊。入学材料上，一张表情冷漠的大头男孩的黑白照，那双超过他年龄应有的成熟的眼睛似乎在提示我：这是一个与众不同的学生。直到后来，一个大头男孩闯进我的视野，自己背着行李走进教室。“俞磊，”我微笑着迎上去，替他拿下行李，“家里没人来送你吗?”“没有，不需要，我自己就够了。”他的表情很平静，像大人一样说话，不像是跟陌生人第一次见面。一个独立性很强的孩子——这是俞磊留给我的第一印象。他为班级做过很多事，印象最深的就是教室后边他创意的板报专栏“大头的眼睛”了。我们班29位同学通过他的“大头的眼睛”都上了墙报，他对每位同学都做了个性化的挖掘，每一位同学都因为自己成为“公众人物”而发生着微妙的变化，我们班级也因此变得更加团结。这也对我后来个性化教育的思想有了很大的启发。后来俞磊顺利考上了浙江大学，现在已是一位知名律师。他用自己的行动去证明什么是彰显个性，什么是拒绝平庸。

因材施教不只是纸上谈兵

谈到个性化教育，袁校长很有感触。因为在个性化教育的推动与实践过程中，袁校长付出了很多的心血，在师生们的共同努力下，学校有了很大的发展，学生们有了巨大的进步，袁校长为此感到由衷的自豪。

先给你们讲个故事吧：

有个叫小玫的女孩，上课总是安静不下来，她常常手里拿着个东西玩，她最喜欢做的事情，就是拿一把小刀在书桌上搞“创作”，书桌、座椅甚至墙壁上，常常留下她“创作”的痕迹。因此听课效果大打折扣，学习成绩直线下降，老师多次找她谈话，效果甚微。随着年级的升高，学习压力越来越大，小玫的自信心每况愈下，整天没精打采的，家长和老师都很着急。一次“偶然”的机会，小玫走进了学校的版画室，她一下就被版画室中陈列的精美的版画作品吸引住了，看到版画小组同学手中拿着刻刀专心致志搞创作的样子，小玫的眼睛绽放出渴望的光芒。这一切，早已被站在旁边的版画老师韩老师看在眼里，他微笑着对小玫说：“如果你喜欢，可以加入我们的版画小组。”从那一天开始，小玫第一次拿起了刻刀。在韩老师的精心指导下，小玫对版画产生了浓厚的兴趣，她几乎把所有的业余时间都花在了版画上，一有时间就往版画室里跑，一幅作品往往需要千刀万刻才能成型，小玫却乐此不疲，她的版画创作渐入佳境，不仅在技巧上进步神速，而且创意独特。不久她的一幅以家乡风物为题材的版画作品在全省获得二等奖，而且还发表在一家省级报刊上。小玫在学习版画的过程中找到了极大的乐趣，感受到了成功，重新建立了自信，老师也由衷地祝贺并鼓励她，果然她各科学习成绩都得到了迅速的提高。在小玫学习的过程中，班主任和美术老师始终配合默契，不失时机地因势利导，终于使小玫从精神状态的低谷中走了出来，那一年高考，小玫以优异的成绩考上了重点大学——中国美术学院。小玫的成功看似出于偶然，但这个富有戏剧性的故事，就是万里国际学校一个典型的个性化教育的真实案例。

个性是人性在个体上的具体表现。它既反映人性的共同性，也反映其差别性。我所关注的个性化教育，不只是教育方法和手段，确切地说是一种教育思想，或者说是一种教育观念。一个人的长远发展，需要有健全的个性，而个性是个体全面发展基础上自由发展的结果。忽视个体的兴趣和爱好，没有个体的自由发展，全面发展和个性的形成也就无从谈起，培养德、智、体全面发展的建设者和接班人与培养健全个性的人是一致的。就好像德国著名哲学家黑格尔所判定的“这一个”不是“那一个”，“每一个”都是独一无二、不可替代的，这是一切有效教育的前提。在不同的情境下，面对不同的教育对象，应该采取不同的教育方法，因材施教不应该只是出现在书本上。

我觉得，每一个学生都有自己独特的个性与天赋，健康的个性与天赋都应受到尊重。就此而言，我曾做过这样一个概括：根据孩子的不同个性特点，寻求让每一个孩子都能够健康发展并走向成功的教育，就是我们所理解的并努力追求的个性化教育。

我始终相信，将个性化教育的理念应用于实践中才是硬道理。因此，万里国际学校的孩子都有一个“个性化教育档案”，它是以学生个体为单位，主要包括学生的基本资料、学生的个性分析、学生的发展设计、学生的培养过程。学生发展的成长记录除了教师的单边活动，还必须有学生自己的参与，这样不仅可以激发学生的兴趣，增强师生的相互理解和情感的交流，更重要的是在学生参与自己成长的设计中建立崇高的使命感，学会对自己负责，这对学生的持续性发展会产生终生的积极影响。另外，“导师制”也是我们开展个性化教育的主要抓手，每个学生都有自己的导师。导师不仅关注学生的学习，还帮助学生建立人生规划，帮助学生发现长处。导师之间也会定期碰头，共同分析学生的行为特征和心理因素，共同研究学生的潜在优势和教育艺术，发展每个学生的特长和个性。通过个性化教育的实践，学生们能够充分发挥自己的特长，快乐地学习，健康地成长，这是老师和家长最希望看到的。我们坚信，个性化教育是最美丽的教育；我们预言，个性化教育在未来的社会中一定会为学生的发展创造奇迹。

每个人都有每个人的个性，而袁校长所提倡的个性化教育正是给了学生一个释放天性的机会。针对不同的人就应该要有不同的方法，因材施教不应该只是纸上谈兵而已，赋予实践才是最重要的。

希望周围的师生都能找到属于自己的舞台

当提及对未来的展望与规划时，袁校长表现出的是一份自信与热情，这让我们看到了袁校长对教育事业的热爱，对未来教育发展的期待与信心。

任何一个有职业意识的老师、一个有教育思想的管理者都会对自己的事业有所规划。从一名老师的角度出发，我希望做一个永远受学生欢迎的老师。这种欢迎不是那种拍拍手、献束花的欢迎，而是学生发自内心的信任和喜爱，我30年前教过的学生，直到现在我们还保持着联系，我跟他们的关系就好比家人，有的时候甚至比亲人还要亲近。做一名受学生欢迎的老师，做一名对学生健康成长有帮助、有影响的老师，在我看来就是教师这个职业最大的幸福。从一名校长的角度出发，我希望我能和我的团队一起打造一个与当今社会相匹配的现代化的、有特色的学校。我们学校的核心思想就是打造个性化教育，让学校里的每一个人都能够找到自己的长处，挖掘潜藏在自己身体内的小宇宙，找到适合自己发展的方向，这就是我作为校长最大的希冀。比如说，竞赛辅导与选修课，这是学校充分

笔者认真倾听袁校长对"教育梦"的具体阐述

体现个性化教育的两种最常用的形式。竞赛为某些学科出类拔萃的学生提供了广阔的舞台,为学生未来在专业上的发展打下坚实的基础。选修课是学生的乐园,学生的天性在这里得到充分的释放,教师引导学生不断向更高层次发展,包括情感与动机、行为方式、治学精神,等等。选修课不仅让学生"修有所乐",而且"修有所获"。当然,我所说的个性化不仅仅是学生,还包括员工、老师,等等,希望在学校里的每一个人都能找到属于自己的舞台。如果每个人都找到自己的舞台,人生就会很精彩,学校就办活了。

我只是一名老师,一名校长,谈不了什么很大的中国梦,我只是希望能够通过自身的努力,对周围的小环境产生一些影响,通过自己的教育和服务,使得师生能够发现自己的潜质,并获得进一步的发展,特别是对那些原本缺少信心和希望的学生,通过自己的调教,能够使他们建立自信,有所进步,帮助他们在人生的道路上走得更顺畅一些。让学生变得越来越阳光,而不是越来越痛苦,让我们的老师为自己的职业感到自豪,师生和谐相处、教学相长,这就是我个人的一个教育梦。

后记

在整个谈话过程中,袁校长朴素的外表始终充满热情,充满自信,我们看到的是他对教育事业的热爱,对学生的热爱。在一步步的筑梦教育历程中,经历着一次次的考验与挑战,这使得袁校长变得更富有激情,更富有理性。此刻的他,认为能够帮助学生健康成长、快乐学习就是最幸福的事情。

文/图:余印印　余丽美

指导老师:周　浩

龚金川 / 四十载扎根山区终无悔 /

人物名片

龚金川，男，1954 年 6 月生于浙江省奉化市，中共党员，小学高级教师，现任宁波奉化城东小学校长，兼任奉化市肢残协会会长。龚金川 14 岁时因意外事故失去右手，凭着坚韧毅力和顽强意志完成学业，走上教师岗位。从教 40 年来，他多次放弃“升迁”机会，倾情奉献农村教育，被当地人尊称为“独臂校长”。先后获得了“浙江省普及初等教育先进个人”、“奉化市优秀共产党员”、“奉化市育人奖”、“宁波市残疾人工作先进个人”、最美浙江人、浙江省道德模范、“2012 浙江教育年度十大影响力人物”、“首届宁波好人”、“最美宁波人”等荣誉称号。

默默无名的救人英雄

一天早上 6 时许，天空飘着丝丝细雨、寒意袭人，龚金川像往常一样来到城区惠政大桥下打太极拳。正要摆开架势，突然听到“扑通”一声，龚金川抬眼望去，只见六七十米外的江中，有人在漂浮挣扎，他立即冲上前去，发现落水者是位老太太，正面对着水下，感觉快不行了。龚金川说，当时我脑子“嗡”的一响，只冒出几个字来：“赶紧救人。”龚金川边跑边把鞋子踢掉，跨过江边栏杆跳入江中。江水又深又冷，龚金川 1.65 米的身高根本触不到江底，又加上跑得太猛喘不过气来，被江水狠呛了几口。龚金川赶紧调整好姿势，憋着劲，向前方游去。到了老太太边上，先把她的身子翻过来，感到老人还有呼吸，龚金川松了口气，暗自庆幸。于是用右边的断臂托起她的头，使她不再呛水，再用左手划水，慢慢来到了江边。可是此时河水很是湍急，一直找不到着力点的，幸运地抓住了桥墩上的一颗钉子，才保持住了身形。

江岸与水面呈 90°角，江边的水也很深，龚金川自己刚刚稳住，正着急怎样把老太太送上岸时，看到岸上已聚拢了很多人，有人还找来了一根绳子，让龚金川把老太太绑好。龚金川说，我只有一只手，绑不住绳子。岸上人就重新打了一个活结，把龚金川的身子拴住，他又用健全的左手托起老太太，大伙一起用力，终于把老太太拉到岸上。而龚金川则又游了一段距离，找了一个坡势比较平缓的地方上了岸。因为穿的是棉质的裤子，吸水性很强，上岸后才感觉一阵阵脱力。这时，警察等都赶到了，龚金川见老人已平安无事了，感到身子冻得受不住，赶紧跑回家换衣服。龚金川说："回到家，老婆见我浑身湿漉漉的，问我怎么回事，我说不小心掉河里去了。"龚金川对我们说，其实事后他还是很害怕的。毕竟我只有一只手，如果老太太当时没有配合好，把我的左手抱住了，那我们两个人就都要淹死了。半天的沉静后，随着被救老人子女的锦旗送到学校，龚金川义勇救人的事迹才被人知晓。面对危险，他忘记了自己的残疾，忘记了危险，用行动告诉自己，虽然我的肢体残疾了，但心没有残，一定要自强自立。

身体残疾心却不残

小时候，龚金川家里面人很多，上面有两个姐姐，下面有三个弟弟，但是家里的劳动力只有父亲一个人。那时正值"文革"时期，龚金川家里面比较穷，而他作为男丁中最大的一个，在小学毕业后很难继续读下去，于是为了帮助父亲，多挣点工分来贴补家里的生活，小学毕业后的龚金川就进了生产队参加劳动。可是在 14 岁的时候，厄运突然降临在龚金川的身上，当时尚且年幼的他不幸触电，导致右臂残疾，从此只能靠左臂来生活。身体落下残疾，也就不能再参与劳动挣工分了，不得不重新回到学校学习。上了初中，龚金川读书很刻苦，别人出去玩了，唯独他却独自坐在教室里，用左手练习写字，抿着嘴，背挺得直直的，一笔一画，异常用力，纸都划破了。所以，村里的大人们也经常拿他独臂刻苦学习的例子来教育子女。1973 年，成绩优秀的龚金川以 19 岁"高龄"初中毕业，成了一名民办教师，开始了长达 40 年的农村教育之路。40 年间，无数次升迁的机会放在面前，他都毅然放弃。他离不开乡村的孩子，孩子们也离不开他。走上三尺讲台，便要为其奉献一生，全身心扑在乡村基层教育上，从西坞小学到舒家小学、城东小学，40 年间，他用自己的单臂，给学生撑起了一片爱的蓝天。1979 年，龚金川刚出任西坞石桥小学校长时，在这个校长经常更换、教学质量很差的地方，面对着村民和村干部对这个独臂的年轻人的怀疑：双手健全的校长都管不好，这个一只手的，能行吗？为了让家长们放心，龚金川立下了军令状："试用我一年，不行，我主动下课。"第二天，龚金川就卷着铺盖住进了学校。当时学校只有 7 个教师，却要管 5 个班级的学生。龚金川一心扑在改善教学质量上，短短一年，学校的初中录取率从 72%提高到了 97%。从此，村民们对这位“独臂校长”刮目相看，他的名声也一炮打响。不得不提的是，残疾给龚金川带来的心理上的压力是巨大的，空空的衣袖始终遮掩不了龚金川心中的遗憾。龚金川说，足足用了 30 年的时间，他才真正放下这块心头大石。因为，残疾给他带来的并不是苦痛，而是坚持之后的甜蜜。

龚金川上课时还经常教导学生们：“身有残疾没什么，心不能有残缺。任何事只要用心去做，没有做不好的。”

坚守在乡村教学路上

因受龚金川影响毕业后也当了小学教师的葛丽辉，是龚金川在城东小学的第一届学生，同时也是该校第一届娃娃舞龙队的队员。她说，看龚校长亲自拿着锄头，一米一米地铺就 100 米跑道，又怕石头太扎太硬，铺了一层细细的沙；看他挥舞着乒乓板，常打得双手健全的老师、同学招架不住；看他用断臂夹住雨伞，踏着自行车骑行在乡间小路上……他没有右手却无所不能，在我们这群孩子的眼里，他就是一个超人。

后来，学校开始搞特色教育，龚老师还请来舞龙世家传人，成立“娃娃舞龙队”。为了省教练费，独臂的他自己先学动作，晚上再教我们。一年不到，18 个“娃娃舞龙队”队员就出师了，经常到奉化、宁波表演，最远还去过杭州。学生葛丽辉说，每次演出回来，都快到晚上 12 点了。我家住圣墩村，离学校最远，又没有结伴同学。龚校长就骑着他那辆大大的黑色自行车送我回家。坐在后座上，看着他宽厚的背，感觉温暖而踏实，就像父亲一样。这是我童年最珍贵的记忆。40 年的乡村小学教书经历中，他一次也没有向上级提过调入城里的申请。一次，组织上想安排他去当乡镇干部，他婉拒了。还有一次，他有机会出任原教育局印刷厂的厂长，可他还是没有去。对于唾手可得的名利，他始终不曾动摇。当我们特别问起他个中原因的时候，他则笑着说：“一方面我能力不够，去了那里也不适合我，什么样的人干什么样的事，我就适合教书。”

在乡村教学的过程中，龚金川的工作能力非常突出，乡镇领导知道他的情况，于是便安排他到中学去教书，希望能够提高他的待遇。可没过多久，他还是回到了小学去。不是教得不好，而是教得特别好，但是面对比他学历高很多的同事以及日益变化的中学教材，他自知能力有限，害怕误了学生前途，于是选择了回到小学，这才是他的主阵地。无论面对怎样的教育改革，龚金川都有自己的想法，而不是盲目地什么都学，自己有底气、有信心，所以才能教得很好。当我们几次问他工作怎么安排、任务怎么完成时，龚校长表示会听上面的安排，先做好本职工作，上面有任务就去学，认为是对的就去做。教学生不是种地，今年减产明年还有机会，不能随便尝试，每一届都要用心。龚金川相信他的启发式教育是可行的。让学生明白怎么去学、学什么，主动学习、自主学习，而不是盲目地灌输知识，麻木地让学生接受。这应该是龚校长在 40 年中取得如此成就的秘诀之一吧。

良心、平常心与责任感

龚金川的40年教学生涯都在实践着“教好书，育好人”的工作。不仅仅是用自己的质朴和坚持感动了所有人，也是在用他自己的良心在工作。对得起学生，对得起家长，也对得起自己，是他一直坚持的动力。如此崇高的品质下，龚校长非常好的心态也是不可忽略的，比如不时哈哈大笑，脸上始终挂着的笑容，让人很难联系到他是一个残疾人。龚校长说，很多人都喜欢往前看，越追越追不上，可我每次想到现在的生活比以前好了那么多，比以前那些村里人都要好，有什么好不满足的呢？以前的很多人觉得能买摩托车、买冰箱就很不错了，现在我都有了，比那些还好，这就很不错了。而且龚校长的妻子也非常支持他的工作，让他能够一心一意扑在工作上，帮他处理好生活上的琐事。好心态和良心，以及很多最朴素的品质融合在一起，让龚金川的教学生涯在平凡中又充满了传奇。或许他不是教得最好的老师，也不是身体最困难的残疾人，但是他用了40年的时间来证明自己的良心。用一份份汗水和心血，去对得起自己的良心。

做了40年乡村教师的龚金川老师，也到了国家规定的退休年纪。做了这么多年乡村基础教育工作，对于乡村教育变化他也有一些自己的看法。首先，考试制度下的应试教育的确存在着很多的弊病，但是却并不是不可取的，没有什么很好的方法去解决，想改变难度很大，相对来看现在是最公平的一种模式。但是小学教育不能操之过急，给予太大压力。还有，城镇农村基础教育的差距还是很大，越来越多的学生离开乡镇到了城市去，还留在这里学习的人越来越少，大多是外乡来的。奉化的几个小学也在进行拆并，好集中师资。而他也只有一年的工作时间就要退休了，新的两栋教学楼建成后他估计就要离开学校了，但是他会继续以不同的方式工作下去。作为浙江省道德模范，最大限度地发挥自己的社会影响力，积极地投身于公益活动和残联的工作中，希望能够以身示范，为同样身残的人做出榜样，激励他们更好地走下去。

龚金川荣获“最美宁波人”称号

以“无梦”来“筑梦”

采访中，笔者希望龚校长能够围绕本次的主题“我的中国梦——筑梦宁波教育”，谈一谈自己的看法。可是龚校长一再表示自己并没有什么梦想，做好自己的本份工作，努力教好每一届学生，用爱心和责任心去对待学生，用一颗平常心来面对生活，乐观积极地看待事情，是他一直所践行的。无论是开始当教师还是到现在成了浙江省道德模范，龚金川在生活中并没有考虑过很多关于梦想的事情。即便如此，他朴素的人生却筑就了宁波奉化乡村无数孩子的梦想，一个朴实农村教师的言传身教所产生的影响力要远远大于一些只拥有很强专业能力的老师。“娃娃舞龙队”的葛丽辉（现西坞小学老师）、舒家小学数学老师司徒金、瑶舒家小学老师竺科杰以及与龚校长共事近 20 年的同事俞国方等，他们都和龚校长一起生活工作过一段时间，从他们身上可以直接发现，龚校长对于他们的影响力是巨大的。“师傅，谢谢你”、“一个都不能少”、“他认得每一个学生的笔迹”，每一句话都象征着龚金川在教学过程中的一项荣誉。

龚金川校长让我们看到了师德在爱与责任中发光，救人只是其师德的最终闪光点，在其背后日积月累的师德养成才是最值得教育工作者学习和为之努力的。正如笔者之前很不解为何他不愿接受政府的免费义肢，可转念一想，便释然了。他每天早上坚持在县江边锻炼，有着比健全人更健康的体魄。肢残对于他来说早已不是一块心病，而是一种生活动力，提醒他笑对坎坷，笑对人生。如此品质和师德构成下，成为最美校长并不是偶然的。

采访手记

因为龚金川校长主要负责的城东小学正在进行改造，所以采访地点安排在了奉化教育局的接待室。我们一大早便赶到奉化教育局门口默默等待，想到要面对这样一位对于宁波农村具有卓越贡献的人物，作为三名菜鸟记者，我们对于自己的能力以及是否能够很好地与龚金川校长进行交流，感到十分担忧。可当我们看到龚校长亲切的面容，听到他豪爽的笑声，便瞬间抛去了包袱，顺利进行了本次的采访内容，而他的故事也深深打动了我们。从见到龚校长到结束采访，我们从龚校长身上感受最深的就是热情、乐观、豪爽，不曾间断的笑容虽然让他的笑纹更加明显，却让我们感到十分亲切。对于这样一位扎根农村的基层教师，我们是由衷地敬佩，虽然看过了龚校长的详细资料，可依旧在完成采访后十分震撼。我们为能够采访到这样一位具有崇高品质的教育工作者而感到骄傲。正如他最给送给我们的一句话：身有残缺不本事，心不残缺品自高。

文/图：张鸣宇　邵陈荧　徐倩倩

指导老师：吴　彦

黄孟轲 / 守着一份梦想，寻求有灵魂的教育 /

人物名片

黄孟轲，男，慈溪中学语文教师，全国“五一劳动奖章”获得者、全国优秀教师、省劳动模范、省特级教师、宁波市特等劳动模范、宁波市突出贡献专家、宁波市首批名教师、浙江省“5522”首批名师培养人选、教育部首批列入全国骨干教师……全身心投入教育教学，爱岗敬业，尊重学生，静心于教书育人，认为教育这块净土必须靠每一位教师去守护。坚持进行教学改革，功底扎实，把减轻学生负担作为重要课题，教学质量高。以“精神立人，注重审美，培育思维，发展个性”为核心的大语文教育理念，在语文教学中产生了较大影响。

“学生就是自己的孩子”

教书三十余载，回想起来，到 2013 年，刚好前 15 年在农村初中教学，而后十几年我回到了城里，一直在重点高中教书。同每个老师一样，我遇到过各色各样的学生：有优秀出色的，也有些似顽劣不可教的，还有几个患精神障碍疾症的，什么样的学生都有。但我担任班主任的时候，让我感到欣慰的是班里的学生中没有一个受到过处分或受冷遇缺爱的，即使偶尔几个调皮学生犯了错，我也总尽力把他们“保”下来，觉得学校是育人之处，应让他们的人生多一点阳光明媚，少一点凄寒阴冷。

记得我刚刚调到慈溪中学担任第一届高中班主任时，1995 届班里一个女学生的经历，让我一直记忆犹新。有个女学生从农村到城里来读书，家里还有两个哥哥，家庭物资很是匮乏、很贫穷。当年，她考上了慈溪中学，读书很用功成绩却搞不上去，而且脾气很古怪。我清楚地记得，她读高二的秋天，晚自习下课后，快熄灯时她们寝室的女生焦急地告知，她人不见了。新任班主任的我一下子紧张得不得了。回想起她不正常的情况已有一段时间了，每天总是闷声不响、不搭理人，要不就是上课好好的，人突然会莫名地笑起来，有时则会莫名哭泣，现在想起来可能就是忧郁症。当时有女同学向我诉说，反感她种种乖僻不正常的行为举止，也有老师和政教处的领导让我劝她回家休养。但我知道她家在偏远的农村，父母不识字，上面还有两个哥哥都是农民，很是贫困，她是全家的希望，所以我坚持不同意。于是我向学校说让我们努力一下，再过一段时间看看情况。可这下遇上她失踪，我很着急，也很担心。我向校长汇报了情况，当时陈副校长同我及几个男生分头找到半夜。我一人先骑自行车到她家里找，一直找到天亮，快到第二天中午时，她总算是回来了。当时校长看到她，对我说："你让她父母领回家去，否则我们学校压力太大了，出了事学校和你我都承担不起。"我心里清楚这压力太大了，尤其像我这样一个新来的老师。可转念一想，一个学生对一个班级、一所学校来说也许只是几十、几百、几千个学生中的一个，而对一个家则可能就是所有，是百分之一百。为此我大胆地决定，说服校长留下她。那时候为了帮助她，我专门给她安排了位置，还在她的四周安排了宽厚热心的同学，让她们从不同方面关心、鼓励她，并事先叮嘱同学们："她发火你们必须忍耐，她沉默自闭，你们尽量多同她说话。"我连同一些任课老师一起商量对策。记得有一次，她的一篇作文写得不错，我表扬她后，她竟然拿着几颗糖果跑到我办公室说："黄老师我给你吃几颗糖果吧。"她笑嘻嘻的，这时我认为她终于打开心结，度过了那个青春敏感期。就在同学、老师的关心下，她慢慢变开朗了，有笑脸了，成绩也慢慢提高，最后考进了温州医学院。虽然在当时班中重点率达百分之四五十的情况下，她考入的学校不算是最好的，但对于她来说这已经是个不小的成就。

后来毕业了，我们一直没有再遇到过。直到我参加1995届我班里的一个女生的结婚典礼，我才再次看到了她。那天，我刚一进门厅，就被新娘旁边一个漂亮女孩子拉住了，我很纳闷，这个小姑娘很面熟，身材高挑，可又想不起到底是谁。倒是她，很是激动地拉住我，"黄老师，黄老师"的连叫了两声。"十多年没见到你了，你身体还好吧？"我怔住了，面前的女孩穿一身白色的长羽绒服，美丽典雅。"黄老师，我是雪芬。""雪芬！"我一下子想起来了。毕业十多年了一直没有碰到过，她的变化实在太大了，当年那个可怜木讷的女孩子今天竟出挑得如此水灵。她一直拉着我的手，非常激动，从她的讲述中我知道了她这几年的生活，她已经在另一个城市的医科大学毕业，现在在附属妇儿医院做医生，在职读博。更没想到的是她已经为人妻、为人母。她说她先生也是医生，孩子三岁了很可爱，一家人美满幸福。就餐时她一边对我兴奋地述说着其幸福人生，一边不时给我拣菜倒酒，连连说，黄老师，真是太感谢你了，没有你我不知道现在会在干什么。我看着眼前的学生，他们都幸福美满，心里很是激动感慨。此时，我由衷地感到一个老师的价值与意义。想到自己那时不经意的一个坚持,成就了今天的她。老师有时候真的是可以在一闪念之间改变学生的一生。如果当时我让她离开学校,那如今的她会是怎样,我不得而知。但至少我的坚持得到了回报。作为一名老师,如果能够好好地去关爱他的学生,一个幸福的孩子、一个幸福的家庭就出现了。所以我们做老师的时候,也该多想想这个孩子他成绩好也好、不好也好,脾气好也好、不好也好,如果他是你自己的孩子,你会怎么去对待他?其实就是这么一个简单的道理。

"和学生一起成长"

我一直认为做老师很好,可回顾三十多年的教书经历,我总觉得做好一个老师真的是太难了。我每天如履薄冰,战战兢兢地站在讲台上不敢懈怠,教师这工作也是"命若琴弦"。每天面对学生一双双求知的眼睛,透露出来的是期待渴求知识的目光,而作为教师手中握着的是一个个孩子、一个个家庭的幸福和他们的前途和命运!作为一名教师,很多时候我们不得不放弃许多世俗的享乐,去努力研究教育、去思考教学。

说到最难过的坎,我认为是自己先天条件不够。虽然我是一名教师,可其实我没有系统地读过高中,那时候我只能靠自己自学。我一直很喜欢读书,通过自学,我拿着初中的学历去考了大学。在我们那个年代,中途有10年没有实行高考制度。恢复高考后,一个公社里至少有几百个人一起参加考试,甚至是两代人一起参加高考,顶多考上一两个人。可我从小没有受到过完整的教育,一时间没能考上。记得我第一年高考,我报考的是中国美术学院,虽然我很喜欢画画,可从来没有人教过我,参加考试初试通过了,但是复试没有通过。

我是做了四年民办老师后,再去读的大学。那时候,我选了一所普通大学就读中文系,可虽然读了大学,我还是觉得自己的能力不够、知识不足。刚当老师那会,上课的时候,我站到讲台上,往往觉得有些捉襟见肘,总不断地告诉自己需要学习。读大学时,我就沉浸在书的海洋里,看了很多关于教育理论的书,我选读中文系主要也是想打开文学语言的大门,我那时候才知道原来世界上还有这么多的文学作品,这么好的古今中外的经典,也是那时才懂得了做老师的真正意义。刚开始我自己也不知道怎么教学生,又总担心误人子弟。进入师范读大学时,我慢慢懂得了要做好老师职业,不能误人子弟,要教好学生,首先要自身过关。就是从那时候开始,我慢慢地开始自己写教案、备课、贮备资料。没有电脑,就去书店买了很多优秀老师的教案,基本上都是"文化大革命"以前那些老教师的优秀教案。对一件事情的投入,让我开始慢慢懂得要做个好老师。我很喜欢和孩子们在一起,觉得和孩子们在一起快乐、单纯,即使有时候遇上调皮捣蛋、惹我生气的孩子,但回头想想,孩子,他们没有涉略过社会的一些不好的东西,灵魂都是干净的。这也是我教书的理由。

在教学和教科研上，我比较注重语文教育的人文性、审美的精神内涵，把语文教育与“人”的发展紧密联系起来；在写作教育上，我努力去改变长期以来的死板、陈旧、低效的现状，我认为写作是学生心灵的折射、情感意识的反映，是一种叩问生命、感悟人生、认识生活、体味自然美的精神创造；在课堂教学中，我始终把“美”贯穿于教学的各个环节，突出老师与学生、学生与学生的互动共享，与发展个性的民主教育理念。我指导的 200 多篇学生习作在《中国校园文学》、《作文通讯》等报刊发表，指导的 90 余篇学生习作在全国“新概念”、“圣陶杯“等重大作文竞赛中获奖。我指导培养的岑孟棒等多位学生的写作才能在全国产生了一定影响，被上海《萌芽》杂志、中国少年儿童出版社等媒体誉为“天才写手”。

“坚守心中的讲台”

参加工作三十余年，有不少人建议我去寻求一个更好的平台。我的同班同学有在媒体担任重要岗位的，邀请我到电视台或报社工作，说或许比当老师更有前程。也有教育局的朋友叫我做教研员，可我都会说，我还是教书吧，我喜欢和孩子们在一起。时间长了，时常有朋友告诫我说：“你已经有那么多荣誉了，已经功成名就了，就别那么辛苦了。”但是我的回答却是：“我觉得我就是一个喜欢每天给学生上上课的普通老师，我从来没想过我是一名特级教师，获得多少先进、模范和荣誉。”不过，我还是很感谢上级对我的关心。2011 年，我作为一名先进代表，进京受到党和国家领导人的接见，作为一名人民教师，这是一种荣誉，一种幸福。这样的鼓励，让我更加扎扎实实，把更多的时间放在工作上，对学生更加尽心尽力。

这些年，我因为担任浙江省及宁波市中学语文教学研究会、特级教师协会的一些职务，常常要接受省、市教育部门的一些相关工作任务，要担任全国及省、市的一些教材编写及教师培训指导工作，主持省级和全国级的课题，又一直在宁波市及慈溪市内带了多个教师徒弟。因为常常被各地邀请前去上课讲学等，各种学术活动很多，怕影响了学生的学业，我常常谢绝，我觉得自己就只是一名语文教师，上好两个班级的课是我的职责，帮助学生取得好成绩是我的基本责任。

只是，当好一名老师教好学生确实要付出很多。有时家庭与工作的繁重使我感到心力交瘁，但是我仍然坚守在教育岗位上。这么多年来，我的亲人也为我付出了很多。记得多年前我还在范市教书，我母亲患严重心脏病，我陪她在医院就诊，母亲怕影响我的工作，对我说：“你快去忙工作，工作要紧。”因为我的忽略，母亲不幸病重去世时，我还在外地培训学习。我的好母亲用她的爱与付出，成就了今天的我。

1992 年 8 月，我刚刚调到慈溪中学。当时，我父亲检查出患肺癌，从发现到去世的 5 个月时间里，我父亲每次都不让我请一天假到老家去照料他，总说，刚刚到慈溪中学，工作要紧。所有痛苦和艰难都是我父亲一个人承受。我只好每周六回家一次看望他，记得有次冬夜，我陪一个学生到人民医院就诊一直到晚上10点多，怕父亲一人在家，我又匆匆乘车回到三北老家，父亲不知何时从床上摔下来，已冻僵昏死过去。他为了不给我添麻烦，不让我分心，在世时就已经自己打点好了一切身后事。

而我的妻子，在1996年4月，患重症住院手术。那时我带着1996届两个高三毕业班，又值高考前夕，两头都不敢耽误。我总是刚上好课，就匆匆把试卷作业一并带到医院，一边照料妻子，一边抽出时间备课批阅作业。好在后来妻子的病情稳定了下来，而这一届我教的文科班高考语文成绩还排名宁波市第一名。

我的父亲、母亲和妻子，是他们用爱和包容成就了我的教育梦，我的梦想承载着他们的付出与牺牲。

"没有止境的教育梦"

教师作为一个知识人，心中应怀有一种教育的梦想而前行，在喧嚣中笃静，在浅薄中踏实，在浮躁中守住，己立才能立人，这样才能不落伍。这是我对教师的认识。

作为老师，我把自己的知识转化为学生的知识，这就是我的梦想。而这个梦，对我来说永无止境。这辈子，我要活到老、学到老，让我的这个梦不断地继续前行，延长到我生命的尽头。

前段时间，一个偶然的机会，我给慈溪市的408位年轻老师做了一个讲座，我当时讲座的题目是"要自己的梦伴着学生的梦一道前行"。老师也要有梦，在这个喧嚣社会，我常在想，年轻的老师们能够安安心心教多少年的书？最近，我们学校刚来了两个年轻老师，其中有一位还未到岗，就考进了公务员队伍。我并不是不赞成，因为社会意识决定社会存在。我说我支持你们，你们想离开就离开，但总觉得有点遗憾，其实这也是我对年轻教师的一点期望。

有人说：黄老师，你一辈子都做老师。我说做老师就做老师。大学毕业那会我没有留校，而我的另一个同学留校了；几年后，他做了县里的副县长；又过了几年，他就因为受贿，最后被判了10年。所以说，我觉得做老师干净、单纯。

"人如果没有梦，那是很可怕的，那人生总的意义是很空的。当老师其实很简单，你只要做自己认为对的事，因此而去付出。"

现在的我已经58岁了，也即将面临退休，但我对自己退休后的生活也已经做了一番打算，我并不打算因为退休就结束我的教学生涯。退下来以后，一方面，我想整理一下自己教学上的想法，写写文章、出出书。另一方面就是希望还有机会能到学校，继续教书。也有人说："黄老师，凭着你的牌子，你可以办个辅导班。"但我不想让教育成为交易，成为功利的对象，我只是纯粹地想和学生快乐地相处，把自己的知识教授给他们。

我从一个不怎么会教书的年轻小伙子到现在成为一名拥有一些荣誉光环的教师，我只是站在教育这个岗位上，兢兢业业地教书。30多年过去了，我的学生已经遍布大江南北。我相信我的教育是成功的，我的教育梦也是无止境的，我也将继续我的教育生涯。

文/图：胡铖洁　胡赛男

指导老师：邬雨帆

筑梦者之20世纪60年代

干伟忠 / 以幸福定位的中国梦践行者 /

人物名片

干伟忠，男，工学博士，宁波工程学院教授，毕业于同济大学（本科）和浙江大学土木工程专业（研究生），长期从事混凝土结构耐久性研究，曾主持或参与完成多项省部级及以上科研项目。曾获"浙江省优秀教师"、"宁波市劳动模范"、"宁波市优秀青年"，"浙江省百名科技自主创新青年标兵"，"浙江省高校优秀党员"、"宁波市首届优秀留学回国人员"等荣誉称号。获宁波市青年科技奖，享受国务院特殊津贴。2003 年列入宁波市"4321 人才工程"第一层次和浙江省高校中青年学科带头人培养对象，2004 年被遴选为宁波市高校名师培养对象和浙江省"151 新世纪人才工程"第二层次人才。

经过记者的多番周折，终于能够和干伟忠教授进行一次面对面的采访。我们的采访地点被安排到工建楼三楼的一个实验室——"宁波市混凝土结构耐久性重点实验室"。听名字会认为应该是个大型实验室，但据记者目测，实验室总体只有 50 平方米左右，内部的设备也仅仅是几台电脑、一台打印机、一个试验台，还有些零零散散的设备工具。干教授说这里比较安静，没事的时候就喜欢在实验室待着，平时工作的时候，就是和这些机器做伴。干教授身材偏瘦，衣着也十分的简朴，戴着一副厚厚的眼镜。从记者看到他开始，他的脸上就一直洋溢着灿烂的笑容。记者通过建工学院的同学了解到，干教授平时很和蔼可亲，脸上经常洋溢着他标志性的笑容。

“希望毕业以后可以为祖国修修路建建桥”

一提及干教授曾经的梦想,他露出了笑容,他说他也没有什么正经的梦想,在他年轻的时候,祖国才刚刚开始建设,路况比较差,也没有什么桥,于是当时很果断地选择了土木工程专业,希望毕业以后可以为祖国修修路、建建桥。说到这里他自豪地笑了起来,他说曾经的梦想现在也算实现了。包括杭州湾大桥、杭甬高速公路、舟山跨海大桥以及各种地铁工程,乃至东南西北中的各大工程项目,他都曾参与建设规划。

干教授说他现在的梦想就是希望能够在一次次的工程建设中吸取经验教训,能够在其他项目中把这些总结的东西运用于其中,他说曾经在一些像杭州湾跨海大桥等的项目中走过不少弯路,国家之前也没有规划过一些这样大的项目,无论是理论、经验还是实践方面都有局限,所以这些经验则显得尤为宝贵,是用很多金钱、人力、物力换来的。

“15 岁就开始上大学,没谈什么恋爱”

当记者问到干教授在大学有什么值得回忆的事情时,他突然尴尬地笑了笑说,因为当时年纪还很小,15 岁就上大学,没谈过恋爱,本科毕业时才 19 岁。他又说,现在的大学生和他们当时相比成熟得多,懂的东西也多多了。记者又提到浙江大学宁波理工学院《给新生的建议》中的一条“大学中一定要谈一次恋爱,无论成败”,干教授说这个建议不错,他也看了报纸,认为学校的做法很开明,男孩女孩到了一定的年纪,该做什么就做什么。现在大学生大多都是 20 岁左右,是应该谈恋爱的,这很正常,倒不是说为了谈恋爱而谈恋爱,而是自然而然,才会碰出感情火花的。干教授又想起了他的学生时代,他说,他们上大学的时候,同学之间年龄差得很多,年龄小的只有十五六岁,年龄大的有 30 多岁,实际上很多同学处在谈恋爱的年龄段的,但是那时候不让谈恋爱,大家都一心学习,最后男女生搭对很少。聊到这里,干教授突然话锋一转,说现在的大学生生活丰富啊,并开怀笑了起来。

“心情舒畅便是最大的幸福,幸福的实现才是中国梦的实现”

“中国梦”是近两年最火的词之一,记者问干教授是如何理解这个词的。他说:“‘中国梦’我也没有什么特别的考虑,我觉得大家心情舒畅,大家都觉得幸福了,这才是‘中国梦’,你说是不是?如果民怨很多,大家对现状都不满意,怨言也很多,那国家发展得再好,或者经济条件再好,钱再多,官再大,心情不舒畅也没用。”记者又问最令他感到心情舒畅的事情是什么,他说最让他感到心情舒畅的事情就是能够去做自己想做的事情。

干教授在混凝土耐久性领域内从事了多年研究,当被问遇到的印象最深的困难是什么时,他说最大的困难还是人员上的问题。在他看来,我国和其他国家不一样,我国的建设大军,大部分都是广大的农民工,他们受教育的程度是相对较低的,对一些操作上的细节不是很在意,在技术方面就会达不到要求。与此同时,我国的技术人员,大多是在改革开放之后培养出来的,差不多20多岁毕业之后就要在工地上担任技术管理人员,一个是水平方面有不足,另一个是经验方面也有不足,很多都是靠自己摸索出来的。那么这些人组成的建设大军就会有缺陷,对质量方面的要求就不会特别高。在做一些研究的时候,可能技术方面还不是最主要的,土木工程和其他高新技术也不一样,是比较传统的技术,很多技术都是已经有了结论的,所以最主要的还是需要一些管理人员,需要有管理经验的人支持,有的时候管理可能比技术更重要。

“自己学就好了”

在宁波教育方面,干教授也有他自己的见解:“拿大学教育来说,我觉得大学教育摊子铺得还是蛮大的,主要是内涵发展,这是一方面;另一方面是个性化,现在的大学都把学生当成零部件,每个学生仿佛都是流水线生产的商品一样,每个人都差不多。我觉得我们的学生的培养,可能更需要个性化。人跟物体是不一样的,每个人和每个人是不一样的,如果把每个人都放在统一的规格里培养是不妥的,我觉应该给每个人自我发展的空间,有些学校其实是有的,比如自主选择选修课,但是我觉得力度还不够。比如说我们学土木工程,要拿土木工程学位,哪些课是必修的,学分要多少,至于其他的课随你自己,你想学物理,你想学化学,你想学音乐,你想学新闻,都可以。这样的话大家大学毕业之后就是不一样的了,同样是土木工程毕业,但是大家各有所长。所以最终,我个人觉得,应该实行完全的学分制,学生刚进来的时候就不该定任何方向,比如我喜欢土木工程,我就可以自己去学,反正你自己学分够了,你就可以拿到学位,根据每个人的兴趣因材施教,发展特长。”干教授还说,很多同学之所以不开心,就是因为不喜欢自己学的专业,因为现在很多大学生报专业的时候都是盲目的,所以不要一进来就把专业定好。

干教授说他们那个年代,基本上都是沿着别人给自己设定好的目标去前进,当时大学生少,国家又有很多职位虚位以待,所以只能按规格培养,一个萝卜一个坑地把人派出去,派到哪里工作,就在哪里扎根。但是现在的大学生不一样了,现在的大学生毕业之后,工作是需要去抢的,一个职位可能有四五个人在抢,所以如果一个人毕业之后没有自己的特长,是很难赢得竞争的。他拿大学生打游戏来举例子,他说从学校角度来讲,是反对学生打游戏的,因为学校认为很多打游戏的同学会耽误专业知识的学习,成绩会不好,但是干教授认为,打游戏的同学里面,很多同学脑子特别灵活,对计算机也懂得更多一些,所以打游戏也不全是坏事,如果说一辈子都没打过游戏,也挺遗憾的。干教授逗趣地说他就是一个例子,从小就没打过游戏,总觉得动手方面感觉比别人慢一拍,所以他个人是不反对同学们打游戏的，同时他还反对很多学校不让一年级同学带电脑的做法，有点矫枉过正。他又举了个例子，当时他上中学的时候，学校是不让带计算器的，说用计算机会让脑子不灵光。现在反过来想一想，当时提倡用的一个是算盘，一个是计算尺，比如三位数的乘法，如果不用计算器的话，其他算法都是很慢的，现在算盘和计算尺都已经被淘汰了，但是计算器还在，所以他认为，作为现代人应该都要赶上潮流，不能一直用老的观点来规范年轻人。

对于子女教育的放手

干教授有一个女儿，在教育子女方面，他不要求女儿以后要怎么样，同时他又尴尬地笑了笑说，女儿也不会听他的。他说现在的年轻人都比较有想法，比较少考虑将来的问题，比如工作好不好找啊，轻松不轻松啊，钱多不多啊，他们不会考虑。这样的问题一般都是父母亲考虑的比较多，给儿女挑专业的时候肯定是考虑到将来不要太辛苦，钱赚得多一点，稳定一点，学生都是先考虑自己的兴趣，实际上人年轻的时候肯定会有自己的想法。他再次回想起了他的大学时代，他说当时大学里要挑三个人去从事核防护工程，报名的人很多，保家卫国的事情大家都想去，但是去的要求是党员或者是预备党员，当时该专业130多个人只有3个预备党员，于是最后就挑了这3个人去。现在想想，假如问他们父母亲的意见，他们肯定是反对的，因为从事这个太危险了，人随着年龄增长会明白很多事情，有时候要听父母的话，毕竟父母的经历要比孩子多。他自己作为父亲，希望孩子能听自己的话，也希望把之前自己走过的弯路都告诉孩子，但是实际上，干教授说女儿根本不会听他的，于是只能放手了，随她去；如果不放手的话，对于孩子的成长也是不好的。他认为几十年前的做法放在现在不一定是对的；实际上现在很听父母话的同学，将来的发展也不一定就好。他觉得现在的年轻人就应该走自己的路，最起码将来不会后悔，走错了路也不能怪父母，即使走错了，也是年轻人成长中应该付出的学费。

干教授眼中“傻傻的”当代大学生

干教授认为他们那时的大学生和现在的大学生很不同，感觉完全不一样。他们那时的大学生，用他的话来说就是“傻傻的”，就是读书读书读书，当时听过“科学攀登”的郭沫若的讲话，全民的想法就是学好数理化，走遍天下都不怕，只要把书读好了就行了，以后工作就不用愁了。但是现在的大学生看到的东西都是丰富的，以前大学生看到的东西都是很狭窄的；现在的同学们大多数都出过远门，但是以前的学生一般都没有旅游过，所以现在的大学生都是见多识广，人看起来也比从前聪明多了。

记者问道，在从教生涯中有没有遇到过特别难搞的学生，干教授回答说，特别难搞的学生倒是没有，现在的学生都比较独立，普遍都有自己的想法，用他的话说就是“都是非常可爱”的，跟他讲道理，虽然不是都听你的，不认同的会对你的观点进行反驳，在他眼里，这样的学生将来都会是国家的栋梁，各方面素质都比较高，唯一觉得比较有缺陷的，就是现在的同学们看到的东西太多，接触的新鲜事物太多，专业上的知识学习得比较少，心思过于分散了，毕竟人的精力是有限的。

跟上潮流的教授

干教授自己也用微博，他觉得自己也要跟上潮流，其他老师也是一样，不然会被社会淘汰。多多关注这样的一些社交平台，才能够及时掌握同学们的想法以及各种思想动态。干教授有时间的话也会使用微博微信，而且经常会发表自己的一些专业性知识，他还逗趣说，他经常会把专业的知识发到班级的微信微博平台然后被同学们“嫌弃”。他说现在同学们都喜欢看一些、发一些有趣的东西。虽然同学们烦他，但是也知道一些新闻，比如什么地方桥梁失事了，也会发原因上去，同学们也会看的。记者称赞干教授是个很负责任的老师时，干教授很谦虚地说，言传身教这些都是作为老师应该做的。

在结束采访的时候，干教授和记者热情地握了手，脸上依然是那熟悉而灿烂的笑容，此时看起来更多了几分可爱和智慧。

文/图：刘丽丽　卢长涛

指导老师：邵　静

王可红 / 成人教育不是我的职业，而是我的事业 /

人物名片

10年前，他是一个没有教学用房、没有教学设施和没有教学经费的"三无成人学校"的校长；10年后，他让上千名农村妇女掌握了工作技能，实现了就业、创业，开创了农民培训的"力洋模式"，成为中央、省、市各级媒体的聚焦人物，先后被评为浙江省"实施千万农村劳动力培训工程"先进个人、浙江省农村教师突出贡献奖，中国农函大优秀教师，全国成人教育优秀奖。他被宁海县力洋镇当地农民誉为"农民就业引路人"。

鸡肋般的成人教育

见面后，王校长说的第一句话是："你们会打乒乓么？"我们都摇摇头，他略带遗憾地笑了笑，"现在的年轻人不怎么玩这个了。"

我们开门见山地跟王校长说明了采访的目的，王校长给我们泡了杯茶，自己点了支烟，将他的故事娓娓道来。

王老师考上师范学校时正是"文革"后恢复高考的前几年，那时候能够考上师范是很了不起的，因为这就意味着不用再做农民，录取通知书下来以后，就是一次鱼跃龙门。

但当时有个老师却不同意他去读师范，认为读师范是不合算的，还不如再读两年高中，然后去考大学。那时老师还打了个造房子的比方，说师范考进去就好像房子里的一根椽，大学读出来之后就不是一根普通的椽了，而是栋梁之材，能够发挥更大的作用。可是，那时王可红家里条件艰苦，负担不起他再读两年高中，而且就算读了高中也不一定能考上大学。考进了师范就不一样了，进去就有补贴，毕业后还包分配，说起这个时，王可红笑笑说，“为了生活嘛。”

从1984年开始，王可红就开始了他的教书育人之路。毕业以后的王可红被分到了宁海，刚开始他教的是小学，而不是现在的成人教育。一直到1999年，因为工作需要，才被调到了成人学校。当时每个乡镇都有一个成人学校，但是当时的成人学校除了一个办公室就别无他物了。

“当时的成人学校就两个老师，其中有一个年龄大了身体不好，就被分配到小学管花草去了。”王可红就被分配到了这个空缺里，正式成为成人学校的一分子。刚调过来时他还要在小学兼课，不过当时的成人学校就在小学附近，在一幢叫作乡镇教委的房子里有一间12平方米的房间，就是当时的成人教育学校。

“刚从小学调到成人学校时也算比较忙的，要在小学兼兼课，所以他们每个礼拜只让我上几节课，但两头跑还是要的。”当时的成人教育工作就是扫盲，教成年人识字，而当时的扫盲基本上已经结束了，留下来的这批人也不愿意来读，就算送教上门也是热脸贴个冷屁股，所以也可以说，当时的成人教育工作其实就是没有工作。

一无所有的开局

2003年，宁海县教育局启动了“成人教育建设年”。当时的宁海一共有18个乡镇，18个乡镇每一所成人学校都有一个校长，而这些校长因为“成人教育建设年”被换掉了差不多一半左右。原先那些年纪比较大的、工作也不出色的校长全部被换掉了，“然后我就上来了，做了一个主持工作的副校长，后面是有括号的，试用期一年，然后到了2004年8月份的时候，那个括号就没有了，直接任命为力洋镇成人学校校长。”说到这里，王校长刚好抽完一支烟，又从口袋里拿出一支接上。

王校长告诉我们，成人学校的教学方法和小学是完全不同的，小学是有固定的教育模式，你只要对着教案里的内容做就没问题，而成人教育到现在为止都没有一个固定的模式，更不要说在那个时候了。因为2003年宁海要评比教育强县，所以成人学校的很多标准、资料都必须完善起来。之后的日子，王可红自己一步步摸索着发展道路，他从很多方面进行观察摸索，慢慢总结出了一些门道。直到2005年年初，才开始逐渐从原先的扫盲转到成人培训上去。

“当时的成人学校可以说是一穷二白，什么必要的设施都没有，像我刚开始当校长时用的办公室，原来就只是一个储藏间，后来他们把杂物搬掉了，花了两百块钱叫了个泥匠粉刷了一下，又花了两百块钱添了一张桌子，就跟我说办公室弄好了。”

力洋成人学校的第一个班级是和力洋初中合作的，是一个家政服务培训班，借用了力洋初中的教室，学员也是力洋初中学生的家长，通过老师和学生做工作，让那些没有工作的家长到这里来进行免费培训。

就这样,力洋成校开始慢慢起步了,从乡镇教委里的一个房间开始,一直到如今的办学规模。

缝纫带来的契机

当我们问到王可红校长是不是一开始便有教育的梦想时,他摇了摇头,“刚开始肯定是没有的,因为成人教育的任务布置下来也没用的,老师自己也没有什么经验,都是摸着石子过河,你上面布置下来,我们下面校长开会的时候就要问了,比如说,科长,这个任务怎么完成啊,你教教我们方法嘛。那个时候怎么搞,谁都不知道的。”

一直到 2005 年年底的时候,县劳动局的培训中心买了 40 台缝纫车,因为当时不管是宁海县还是宁波市,服装产业发展强劲,缝纫工是最紧缺的工种之一。而职业技能培训都是劳动局的事,所以他们买了 40 台缝纫车,要求宁海 18 个乡镇,每个乡镇都组织一个 40 人的班级,将学员组织好后送到局里去培训。

第一个班级是由力洋镇组织的,因为这里有一个出嫁必备缝纫车的习俗,所以当时力洋镇的妇女基本上都是有缝纫基础的,乡镇一发动,马上就组织起了一个班级。班级组织起来之后,就让当时已经是成人学校校长的王可红带队,他每天都早早地起来等培训的妇女一个个从家中出来汇集,再统一带到劳动局培训中心去。中饭他就和这些妇女一起吃,然后等下午培训完了再把她们安全地带回来,就这样风雨无阻地持续了两个星期。

第一个班级培训得很成功,所以之后来报名的人又有很多。当时力洋镇的乡镇党委书记田书记就向劳动局分管培训的龚副局长反映了这个情况,争取能够再办一个班,龚副局长二话不说就答应了。于是王可红就又带着一个班级来来去去地接送她们,又一个 14 天过去了。

在这些日子当中,王可红最大的收获就是他的认真负责,这些龚副局长都看在了眼里,对他的印象非常好,所以培训结束之后也经常找王可红谈培训的事。有一次她说,其他乡镇组织的效果一般,不如你们乡镇组织。你们那边肯定有很多人是需要培训的,所以你就自己去搞好了,不用每次都到县里面来。

当时的王可红听后就一笑了之了,没有去回答她。“因为当时的成人学校什么都没有,没有钱,没有设施,没有场地,想培训也不可能。”王可红说。

之后龚副局长每次遇到王可红都会讲一些关于缝纫培训的事,后来有一次王可红终于开口了,将自己学校里的情况原原本本都告诉了她,跟她说不是自己不想办,而是没法办。“结果龚局长说,钱我会帮你想办法的,听到这个后,我可高兴坏了。”

之后龚副局长去了宁海县农业办公室,通过多次协调,终于给力洋镇成人学校争取到了 5 万元钱。当时的农办确实是有笔钱用来表彰先进的,原本是打算每个乡镇都给点,想尽量做得公平点。但是龚副局长不同意这种天女散花式的分钱，她说这些钱每个乡镇都分一点是什么事情都干不好的，我们就要集中到一个地方，哪个地方有积极性、哪个地方最好，就集中到那个地方奖励下去，这个地方的工作才会有起色。

王可红进缝纫车间指导生产

最后农办同意给力洋成校5万元。2006年"五一"放假的时候，用拨下来的钱购买的缝纫车到力洋镇，王可红就将它们放在国税大楼下面的大厅中。来报名培训的人很多，但是缝纫车总共就40台，于是就编了好几个班。可当时还有一个难题，那就是教师问题。当时的成校只有两人，一个是上了年纪的老师，还有一个王可红，他们两人谁都不会缝纫，所以老师该从哪儿找呢？

后来王可红联系了当地一个很有名气的裁缝师傅，让他来教服装缝纫，当时承诺了很高的工资给他。后来那个老师自己通过进修提高，由原先的初中文凭，考到了大专文凭，考了职称，考了证书。"那个时候因为老师没有嘛，只要技术好，理论不好也算了，现在是技术理论都有了。"

"力洋模式"的成型

力洋成校培训的这批人出来后在社会上都很吃香，基本上是一出来就有工作了。2006年，《浙江日报》发表了一篇叫作《企业老总排队要人》的文章，讲的就是力洋成校。

"其实这个排着队来要人也不夸张的，当时就有很多服装企业的老板给我打了电话，其中有一个姓谢的老板，先是打我电话，后来直接跑到学校里来找我，也刚好不凑巧，每次我不是在出差就是在开会，来了三趟都没遇到。"但终究功夫不负有心人，他们两人后来还是碰面了，谈了之后，王可红也看到了他的诚心，就让他在学员培训结束后再过来。

到了培训结束的那一天，谢老板夫妻俩都过来了，王可红把40个学员都召集起来，向她们介绍了谢老板，说明了情况，接下来就让谢老板自己介绍他们的公司，开出自己的条件和福利，40名学员中当场就有21人同意到他的企业去，第二天谢老板就派了三辆车把这21个人接走了。

可是只过了一个星期左右的时间就出状况了：那些原本答应在谢老板企业工作的员工都陆陆续续地回来了。当谢老板的妻子打电话给王可红的时候，王可红也十分震惊，问了下缘故，却是什么理由都有：有些人说家里还有西瓜没摘，有些说老人身体不好，甚至有人说怕老公找“小三”。

王可红就跑去和这些回来的人了解情况,发现基本上的状况和老板娘说得差不多。王可红发现这些妇女身上有这么一种矛盾:她们愿意就业,很想赚钱,但是家里有牵挂,分身乏术。这个情况要是不帮她们处理好的话,肯定会影响妇女培训的积极性,因为你都无法就业,那要培训干吗呢?于是王可红直接去了谢老板的厂里。

“我说,现在有一个办法,就是你把业务给我们学校,把车子搬到我们学校来,我们学校负责把你的产品的质量和交货时间给保证,这件事情你愿不愿意做?谢老板说只要你质量和交货时间能够保证,就没问题。”这一次交谈可以说是力洋模式成功的开端,说到这里,王校长也露出了得意的笑。

王可红在和谢老板谈完回来之后,就和镇党委书记范书记讲了这个想法,范书记听了后是极力赞成这种方式,于是这事就这么定下来了。他们用四万块租了一幢国税大楼的底层,然后又聘请了一位原来是服装企业里的生产管理总监,以保证交货时间和产品质量。

自此开始力洋成校就成了集教学培训、生产实习为一体的基地,完成了工人和学员角色的零距离对接,培训好的学员可以立刻去进行生产实习,在这个生产的过程当中,发现有什么问题还可以及时反映到培训老师这里来,培训就更加具有针对性,学员学起来也会更容易。这个模式运作得很成功,慢慢就有人自己办了个加工点,买个10台缝纫车,招学校培训出来的人到那里工作。这个模式既解决了妇女们的就业问题,也解决了她们的后顾之忧,是个创新,所以《人民日报》把这种模式叫作“力洋模式”。

之后王校长又针对这种模式,在实践摸索之后又进行了理论上的提升,写了很多相关的课题论文,其中有一篇课题还获得了宁波市教学成果一等奖。在2012年的时候,凭这个模式还获得了浙江省职业教学成果一等奖。

王可红进村民家中的加工点察看生产

“成人教育没有固定的模式,但是有成功的经验,”王校长说,“从以前到现在一直都是这个样子的,每个校长都八仙过海、各显神通,你能够发展起来就发展起来,你能够弄出名堂就弄出名堂,你可以借助别人成功的经验,但是那个地方成功的东西搬到你这个地方来用就行不通了。”

如今的力洋成校在服装缝纫这一领域也在逐渐地转型升级,原先都是些基础的培训,现在正试着逐渐提高档次，改为服装店老板培训、小加工作坊培训之类，让村民们多去开加工点，用创业来实现就业。原先这个地方的妇女家里都有些地，也有职业，只是没有充分就业，每年大概只有三十几天的时间在忙，大多数时间都在家里闲着，现在加工点越来越多，也带动了她们的就业积极性。

王可红荣获“浙江省农村教师突出贡献奖”

“有些妇女当了小老板以后，开了自己的加工点，由原来的八台、十台缝纫机到了现在的三十台、五十台，有些已经变成企业了，有些已经批了公司了，也变得越来越规范化了。如今的缝纫产业可以说已经成为我们力洋镇的支柱产业了。”

要有一颗热忱的事业心

当我们问及王校长这几年的体会时，他又露出了原先腼腆的笑容，仔细想了会后才说道，“这几年下来我也有些感触，就是做成人教育这类工作，你不能为了国家发给你的工资、奖金而去做，为了这些东西去做一个工作，那叫一个职业。我可以这样说，当成人学校的校长要是想偷懒的话，每天喝喝茶看看报纸也不会有问题的，教育局布置的任务你应付一下就可以了，但就绝对无法做出一片成绩来了。一定要用心去做，当作自己的一份事业去做，要有非常强的敬业精神。

“现在做成功了，就会有一种成功的愉悦，这些妇女原本只会在家带带小孩，在外面扯扯是非，现在她们什么矛盾都没有了，每天讨论的都是工作上的事，不仅促进了家庭的和睦、社会的和谐，更是促进了新农村建设。所以我觉得自己做的这个事情很有意义。”王可红笑着说“从2003年开始摸索奋斗至今，虽然苦，但是内心还是很高兴的，现在领导也给了我很多荣誉，市先进啊，省先进啊，全国先进啊。”

“做人啊，每天看看报纸喝喝茶，一生没有什么成功的事业，这一生也就浪费掉了，总要做点事情才觉得有些意义，做得久了，苦的也会过去，也会忘记的。所以我觉得不管做什么事情都要有一种热忱，像我做成人教育，凭着自己对农村的一种热爱，对农村的一种感情，我生在力洋，长在力洋，读书在力洋，毕业后工作也在力洋，我对家乡是有感情在的，我对家乡做一点贡献也是应该的。”

文/图：郑镓浩

指导老师：薛丛川

王秀华 / 执着追求 爱心永恒 /

人物名片

王秀华，女，1963年2月生，1981年毕业于浙江省幼儿师范学校，大专学历。现任宁波市江北区中心幼儿园园长、党支部书记、宁波市学前教育研究会理事，江北区学前教育研究会秘书长。从教30余年来，王老师坚持深入教学一线，重视教科研工作，在幼儿园科学教育领域研究成果显著。主持的课题"围绕季节变化对大班幼儿进行科普教育的实验"获浙江省普教科研成果三等奖；"开展科技小实验培养幼儿初步的科学素质"获宁波市教育科研成果二等奖、省教育科研成果三等奖；"科学教育中幼儿问题意识培养的策略研究"获宁波市教育规划课题优秀成果一等奖。获"宁波市名园长"，"浙江省特级教师"，"江北区第二届、第三届名教师"，"宁波市第一届中小学学科骨干教师"，"浙江省家庭教育先进工作者"，"宁波市首届幼教教坛中坚"，"浙江省优秀教师"等荣誉称号。

来到江北区中心幼儿园的门口，我和同行的伙伴都有些激动和紧张。门口坐着幼儿园的门卫，想好措辞之后，我们径直走了过去。没想到的是门卫看到拿着摄影机的我们就直接说："你们是来采访的吧，园长室在里面二楼。"这让我们心头一热，第一次采访的忧虑也消除了大半。

幼儿园里的环境很温馨，踏进教学区的时候，我们听到小朋友们传来阵阵稚嫩的声音，瞬间感觉自己也融入了这里童真的氛围。来到了园长室，王秀华园长见到我们便热情地接待我们入座。我们做了自我介绍，说明了本次采访的主题，一切准备工作就绪后，采访开始了。

启程：踏上幼教旅程

“1981 年 7 月，我毕业于浙江省幼儿师范学校，满怀热情地来到了宁波市第四幼儿园工作。一路走来，我把我的青春、热情和智慧都奉献给了幼儿教育事业和我的孩子们。”王老师说起她的历程，眼睛里闪着光。

“您说，您的孩子，想必您对这份事业的热情非同寻常吧？”

“那是当然，这些年来我过得无怨无悔。当然，我也从中获得了无比的乐趣和事业上的成就，我先后获得了浙江省优秀教师和浙江省特级教师等荣誉称号，这些也是我这些年来支撑自己的动力。”

能够成为这么一名令人尊敬的园长，想必经历的风浪不少，我们聊起了王园长刚参加工作时的情景。

“我第一个工作的地方是宁波第四幼儿园，它是一个公办幼儿园，坐落在一个温馨的民间小院中。我记得当时只有 4 个班级，8 名教师，其中有 6 名是 40 岁以上、从教 20 多年的老教师。虽然那时的幼儿园园舍陈旧，设施简陋，但老师们都充满爱心，像对待自己的孩子一样对待每个小朋友。那时的园长陈雪池老师是 20 世纪 50 年代从部队转业的老同志，教研组组长应斐老师是 50 年代浙江省幼儿师范学校毕业的全国优秀教师。”“还记得您第一次上班时的情景吗？”王园长回忆起往事来滔滔不绝，这让我们也想进一步了解更多的细节。“第一天上班啊，我印象特别深刻的是幼儿园特别为我组织了一次欢迎会。欢迎会上老教师钱玉娣的话至今铭记在我心中：‘幼儿园从 1963 年分配了一名幼师毕业生至今快 20 年了，我们盼星星、盼月亮，终于盼来了一位年轻的幼师毕业生。幼苗靠阳关雨露，小朋友靠老师教育，你一定要好好干啊！’当时我就暗暗下定决心，要做一名像她们一样充满爱心的幼儿园教师，为孩子们带来欢乐，为幼儿园注入新的活力，要把我的一生投入到这个充满阳光的事业中。”

采访的过程中，陆续有人来园长室找王园长，王园长说幼儿园最近在装修，所以有点忙。我们决定中途暂停采访，让王园长先把事忙完。没过多久，她就回来了，她带着笑容坐回了位置上，脸上似乎还带着隐隐的歉意，坐定后，她像是突然想起什么似的，说：“你们要喝水吗？”我们忙说不用。采访继续。

成长：科学教育之路

“您现在是一个经验丰富的园长，那您进入到第四幼儿园以后，具体的工作是怎么展开的呢，您有什么特别的工作方法吗？”

“一走上工作岗位，我就被安排到幼儿园唯一的大班任班主任。园领导嘱咐我既要虚心向老教师们学习，更要发挥一个年轻人的热情和干劲，做一名优秀教师。那时候我对工作还没有什么经验，为了帮助我尽快熟悉班级情况，增进与小朋友之间的感情，陈园长亲自陪着我去家访。我到现在还记得那时去家访的小朋友的名字，像夏其勇、夏志海，等等。园长带着我一家一家地交流沟通，一个一个地了解熟悉。她告诉我，最调皮的孩子最需要建立感情，最需要老师的关爱，只有爱孩子才能做个好老师。"她说出这些话的时候几乎不带停顿和思考，足以见得这些话语在她脑海里扎根有多深。"陈园长和其他教师对孩子们的爱潜移默化地感染着我，使我明白，爱孩子是师德的灵魂，是做好幼师工作的基础。在这一年时间里，我虚心向老教师们学习，同时，积极发挥自己的专业特长，利用晚上时间为老师们制作录音故事磁带、画挂图、做教具。在应老师的指导下，我还向同行们上公开课，集体为我搭建了专业成长的好平台，使我在不知不觉中积累了很多经验，进步了很多。"

"那让您真正认识到一名优秀教师的重要性，或者说，让您有自信去成为一名优秀教师的契机是什么？"

"我所在的幼儿园的办学特色是科学启蒙教育。幼儿园让孩子们通过生物观察，记录小蝌蚪的生长过程、蚕豆的成长过程等，了解动植物的生长变化，培养幼儿热爱动植物的情感。同时，利用身边可见、可闻、可触摸、可操作的自然物品和科学现象创编科学小实验，让孩子们动手、动脚，积累科学经验。1984年，老园长陈园长退休后，由教研组组长接任园长。应园长重视教育科研，在她的带领下，幼儿园以科学教育为办园特色得到了进一步的增强。但由于幼儿园科研力量的薄弱，深化教育科研工作困难重重，那时候我就觉得，要想成为一名真正优秀的教师，我还需要学习很多东西。"

"契机的到来是在1985年暑期。中央教科所组织了为期一个月的全国幼儿园教师教育科研培训班，组织上派我参加这个培训班的学习，这是我人生中一次珍贵的学习机会。我迅速从教师的角色转变为一个学生的角色，认真听课，记录笔记，生怕错过老师说的每一个科研方法，虚心请教，主动交流，提出自己在实践中遇到的问题，请老师和同学指导帮助。我初步掌握了幼儿教育科研的基本方法，还参加了由中央教科所组织的全国幼儿园科学教育研讨会，会议上老一辈幼教专家对科学教育的理念和实践经验给予了我很大的启发和帮助，通过专业理论的学习以及到幼儿园实地参观学习等，我开阔了眼界，获得了经验。一个月的学习结束后，我从北京带回了厚厚的几本笔记，还带回了自己对教育科研的理解和收获。"

"学习结束之后，对您的工作带来了什么改变？"

"回园后，我学以致用。在应园长的指导下，我们以课题'围绕季节变化，对大班幼儿进行科普教育'为载体，让幼儿观察记录一年四季的天气变化、雨量变化、昼夜变化以及动植物变化等等，感知自然界的变化与人们生活之间的关系，激发了幼儿探求大自然奥秘的兴趣，课题成果获得了浙江省教育科研成果三等奖。幼儿科学观察记录作品获得了宁波市第三届青少年科技小发明一等奖，幼儿园也逐步形成了幼儿科学教育的特色课程，使幼儿园科学教育取得了一个阶段性的成果。小小的幼儿园开出了幼儿科普教育之花，全国各地的幼教同行纷纷来园观摩学习，我也多次承担了公开教学活动，有了实践锻炼的机会，使我的专业能力有了进一步的提升。”

王园长的工作的确很繁忙，我们采访的过程中，她不断收到各种邮件、短信、电话。接完一个电话后，园长和我们说，刚才我的一个学生，现在也在宁波的一所幼儿园当园长。说到这，她转过身拿过了一本相册，面带欣慰地向我们介绍了里面的人物。原来王园长工作到现在，已经先后培养出了 10 多位园长，分别工作在宁波市的各个幼儿园。这让我们不免有些惊叹与敬佩。

成熟：热情、磨砺与坚持

“能成为一名这么优秀的老师，您一定经历过某些非同寻常的历练吧？”

“说非同寻常倒是谈不上，不过有一件事对我的影响很大。1988 年的时候，我们幼儿园告别了老园舍，搬入了由香港甬港联谊会和市政府共同出资建造的新园舍，幼儿园也因此改名为宁波市江北甬港幼儿园。搬迁的时候，我正怀孕五个月，但我的身体素质好，并没有影响工作。我除了认真参加综合教育课程的研讨，做好教学工作外，还和老师们一起搬运家具，打扫新园舍，布置新环境。那时候每位老师的工作积极性都很高，幼儿园在搬迁后短短一个月内就使各项工作能有序地进行。”

“搬到新园区后，为了向全大市幼教同行展示和交流我园的新园舍及课程改革成果，市教育局教研室安排我园向全大市组织一次公开观摩调研活动。当时，我担任教研组长，又是实验室班班主任，我考虑到向全市展开的公开教学任务必须由相对成熟的教师来承担，于是我主动请缨，承担任务，就这样，我在幼教专家童老师和园长的指导下，没有太多考虑身体的特殊状况，全身心地投入活动的设计和教具的准备中，并且一次又一次的磨课，修改和调整教案。1988 年 12 月，在同事们的帮助配合下，我执教的大班‘快乐的生日会’综合主题活动，取得了良好的成效。孩子们在自由自主的氛围中，大胆地参与和表达，在模拟的生日会情景里，真切地感受到了为同伴祝贺生日快乐的情感。”

“那应该是您第一次完成这么重大面对这么多老师的活动吧？当时有什么感想？”

“当时是 12 月的大冬天，但在完成教学活动之后，我全身是汗，满脸通红。听课的近百名教师被我的敬业精神所感动，对于我的教学活动给予了充分的肯定，纷纷表达，我组织的教学活动为他们带来了新理念的冲击，看到了课程改革带给孩子们的成效。这是我从事幼教工作以来乃至人生旅途中一段最难忘的历练。我的团队给予了我极大的支持和帮助，有过这一次历练，为我今后的成长奠定了坚实的基础。”

“成了园长之后，您的工作又和一名普通教师有了很大的不同，您成为园长以后工作的侧重点是什么？”

“我接任园长是在1991年，接任园长之后，我感觉自己的责任更大了，担子更重了，不仅要做一名优秀的幼儿教师，让我的孩子们享受阳光和雨露，更应该做一名优秀的幼儿园园长，让我的老师也能成长。”

“我带领教师团队建立江北甬港幼儿园（现改名为江北区中心幼儿园）特有的校园文化，确立共同的目标、共同的利益和共同的价值观，增强全体教工的团体行为和凝聚力，使全体教师形成幼儿园发展的共同的价值观，增强全体教工的团体行为和凝聚力，使全体教师形成幼儿园发展的共同愿景。同时，我注重‘以人为本’的管理方式，加强感情投入，形成了园长与教师、教师与教师之间开放与互动，合作与分享，关爱与支持的人际关系，使幼儿园成为团结和谐的大家庭。我努力发现、发掘教师们的闪光点，积极为教师们创造条件，搭建平台，帮助他们走向成功，让他们体验到工作的美好，追求的快乐。”

梦想：用爱呵护最纯净的土地

谈到我们这次采访的主题“筑梦宁波教育”，我们问道：“我们每个人小时候都有各种不同的梦想，有的想当医生，有的想当警察，您对幼教这份工作这么热爱，是不是因为您从小就有这方面的理想？”

“其实也谈不上从小的理想吧，我小时候一直想成为一名警察，我从小就特别崇拜那些穿着警服，充满正义感和荣誉感的警察。要说我真正开始热爱这份工作，并且坚定自己要在这条道路上走下去，是从我开始工作并且慢慢深入了解这份事业开始的。”

“那您热爱的源头是什么呢？”

“我爱幼教事业，爱我的孩子们，在和孩子们相处的每一天，我总是要求自己要用平和的心态、热情的笑脸面对他们。在孩子们眼里，我是他们的老师，更是他们亲近的姐姐，我不愿意用一个长辈的姿态去面对他们。每次我外出学习回来，我的孩子们总会热情地围在我身边问这问那，就好像我们彼此之间是久别的亲人一样。”

“和孩子们之间，有一件事让我印象深刻。1989年我生了女儿在家休产假，我任教的第三届大班毕业生在当时已经上小学三年级了，当他们听说我生了女儿在家休产假时，七八个孩子竟然每个人凑了一点钱买了一个娃娃，还用红纸写上他们的名字和祝福。他们来看我的时候我真的好感动，那是孩子们发自内心对我的关心和牵挂，已经离开幼儿园三年了，他们还想着我。我觉得我那三年对他们的付出和爱有了价值，他们懂得了感恩。这件事成了我内心深处最美好的记忆，也使我更加热爱幼儿教师这个职业。”

王园长说到这，又拿出了相册给我们看她带过的孩子们历届的毕业照，她的眼神里满是温柔，语气欢快地和我们介绍了照片里的孩子们，哪个孩子比较调皮，哪个孩子很乖巧。仿佛她就是这些洋溢着天真笑脸的孩子们的妈妈。

谈到时下不时出现的教师虐童、性侵事件，王园长的眉头紧锁，语气之间似乎也多了一分哀叹:“我实在难以理解他们为什么会对懵懂的孩子做出那些残忍的事情。我每个星期都会给老师们开会,进行心理辅导,了解她们的负面情绪,鼓励他们发自内心地爱孩子,对于那些暴力事件,我必须杜绝。我希望有一群人能够和我一样,真正地用心呵护孩子,让他们在最纯净的年纪不受到伤害。”

说到这,一直在思考怎么引出“梦想”这个主题的我们豁然开朗。“那我们是不是可以理解为,您的梦想就是能有一群和您一样的,志同道合的人,一起创造一片纯净的土地,让孩子们能够茁壮地成长?”

“是啊,就是这样的,梦想这个词说起来可能遥远,我觉得我们要做的,就是一步一步脚踏实地地做好每一件事。”她说这句话的时候抬起了双手,微微地晃了晃身体。她身后那块牌子上写着的“执着追求 爱心永恒”八个字显得格外醒目。

采访到了这里也接近了尾声,说到最后的时候,王园长的眼眶里隐约闪烁着泪光,也许是之前谈到的某些暴力事件触动了她,也许是对于那群志同道合的人的渴望让她有些激动。我们拿走了她送给我们的江北中心幼儿园的纪念册,又到楼下拍了一些小朋友的照片,满怀着对这位可敬的老师和孩子们的祝福离开了这里。

文/图:江　鹏　吴玲梅

指导老师:胡晓梅

王梅珍 / "妈妈"织的教育布 /

人物名片

王梅珍，女，1964年生，工学博士、教授，浙江纺织服装职业技术学院院长，全国人大代表。1985年本科毕业于西北纺织工学院纺织工程专业，1988年硕士研究生毕业于西北纺织工学院纺织工程专业，2005年博士研究生毕业于东华大学，主攻纺织服装CAD。1988—2000年任教于大连轻工学院纺织服装学院；2000—2005年担任宁波服装职业学院副院长，2005—2007年担任浙江纺织服装职业技术学院副院长，主持学院的教学科研工作。2007年至今，担任浙江纺织服装职业技术学院院长。

我在预约采访王院长的时候就已经感到万分欣喜，电话那头亲切的问候和耐心的聆听让我在这个焦灼的夏日里感受到了一丝凉风吹过般的快意。这位院长细声细气的语调让人感到温暖，仿佛和我的母亲一般。结果，偶然浏览到王院长微博的时候，真的看到她的学生都叫她"院长妈妈"。

第二天，我带着这份好奇来到了浙江纺织服装职业技术学院的行政大厅，为此，王院长特地从会场中出来接受我的采访，当我看着门外推进来一个穿着大方、热情洋溢的女士的时候，她用微笑从容地打开了我们之间的交谈之门。

最合适的教育就是最好的教育

王院长一开始便问笔者对于新闻专业的认识和热爱的理由，因为笔者谈到自己由于转专业而降级的经历，王院长若有所思地望了望窗外，想起了当年的一些往事。

我觉得在记者这个行业里，真正做一个有良知的记者其实挺难的。我觉得你刚才所说的自身经历也是教育梦之一吧。就是说，怎样让每一个学生找到他自己适合的专业或者教育。如果你这样的经历放在我那个时候，你这个梦就根本不可能实现，你转专业的梦想是会落空的。

我是 1981 年入的学，1981 年的时候你们都还没出生，我是在西安读的纺织专业。当时让我印象最深的是班里面两个同学，一个来自新疆，一个来自青海。这两个同学也是阴差阳错学了工科，但是他们心里都非常喜欢文学，就是想读文科，所以到了学校以后就想转专业。结果转不了，因为那时候都是固化的教育，教育是不可能为你一个人来转变的，他们一进来分到这个专业就不可能转专业，也不可能转学校。所以呢，这两个同学最后的结局都非常惨。他们报工科专业纯粹是受父母的影响，当时大家都认为学好数理化，走遍天下都不怕，这个观念从二三十年前到现在一直是这样的，大家都认为有一技之长、学好一门技术就会有饭吃，所以大家觉得吃技术饭是最牢靠的。无论是哪个朝代，技术饭总是能够吃得上的，所以那个时候他们就是受父母的影响才填报了这个专业，可是后来实在学不下去，都想转专业，但都转不了。最后的结局呢？他们数学不及格，物理不及格，化学不及格，门门不及格，落得个退学的下场。

在我看来，从我读书到现在三十多年的时间里，中国教育的变化不能说特别大，但还是有变化的。这个变化导致你转专业的梦想能够实现，而我当时的同学就实现不了。最后新疆来的同学回家乡当了一名普通工人，因为那时候，有没有大学文凭决定着完全不一样的工作选择。你有大学的文凭，你就是一名管理者，你就是一名高级知识分子，你就是人才。如果没有这样一个文凭，你就是一名普通的工人，就得在一线工作。而且工作到一定时间，想要再往上升的空间几乎不太有。所以，我的梦想之一就是要充分发挥学生的个性，能把学生的潜能充分地挖掘出来。其实我觉得没有最好的教育，最合适的教育就是最好的教育。有的人天生可以成为科学家，那就让他成为科学家，有的人天生就喜欢行走，像你一样做记者的，那就让他去采访。不喜欢成为科学家非要让他成为科学家，就很痛苦。我们每个人的手指伸出来都不一样长，说明每个

接受采访中的王院长

人的个性是不一样的。那让每个人找到适合自己的教育就是最好的教育。每个人的个性能够得到充分的发挥,能够得到充分的挖掘,这种教育就是他最合适的,就是最好的,我想我所认识的中国梦,具体落实到我们的教育梦里面,就应该有这么一步。所以我想我改变不了全中国,但我可以改变自己学校,我现在就让每个同学有自己的选择权,放开转专业制度,让每一个学生都有适合自己的发展方向。如果一个人心里想的和实际做的是一致的,那就是幸福的,如果他自己所做的工作不是心里想的,就将是痛苦的。

教育规划自己的人生

在我们问及王院长,透过自己的求学之路对现在的教育有何体会的时候,她先是微微一笑,觉得自己求学之路顺利自然,没有大坎坷大困难,但是对于教育梦,作为母亲的她便这样开始了一段有关两代人的讲述。

应该说我在求学这条道路上是一帆风顺的。从我自身的角度来讲,我走的路基本上都是按部就班的,该做什么做什么,走到哪个阶段就做哪个阶段该做的事。比如说我读初中的时候我们家在农村。初中毕业,正好我们镇海中学开始在全县范围内选拔一批学生,我也是稀里糊涂地就这么选上去了,我也没有在哪些方面有特长,总体是个比较均衡发展的人。镇海中学是一个以工科为主的学校,因为“文化大革命”刚结束,文科比较少,后来我比较顺利地就考进了大学。我的大学在西安——西北纺织工学院,因为纺织专业在当时是非常好的,那时刚刚改革开放,轻工业发展非常迅速,各地的纺织企业都相继建立起来,而这一产业刚刚从欧美日本转到中国来,这时候纺织业发展得非常快。所以我们的同班同学里面很多人都选择了考纺织专业,成绩好一点的就考到了东华大学,那时候叫华东纺织工学院,后来改成东华大学,我分数低一点,就考到西北纺织工学院去了。在西安,我大学毕业当年就考上了研究生,本科一毕业就直接读了研究生。那时候读研究生的人是非常非常少的,我记得我们整个学校里面只有三四个,我也非常幸运地考上了研究生。那么我为什么能够考上研究生呢?我觉得当时得益于我们学校对我们这批学生有一个统筹的规划。我一进入这个学校的时候,当时我们系里面负责分管教学的姚穆院士(他是我们纺织院校里面的一个院士,非常有名气,现在还健在),是我们的系主任,他把我们召集起来给我们讲学校的发展,给我们规划我们自己的人生,希望我们以后可以考研究生,所以学校里面有一个策略,就是在全校范围内选一个班级强化英语教学,那时候考研究生主要是数学和外语,尤其是外语,很多人考不上研究生主要是因为外语不好。而学校在全校范围内给选拔了一个班级的学生来强化英语,我们的英语教学和其他班级的英语教学就不一样了。其他同学就按部就班的以班级为单位教学,而我们这个班是以全校组合起来的一个班级,会学习再高一层次的教材,就是强化管理教学,所以几年下来,我的外语水平使我在考研究生的时候非常顺利地考上了。研究生读完以后我就分到了大连，当时是在大连轻工学院纺织专业当老师，当了10年的老师。有一次带学生出来实习，发现我的很多研究生同学都读了博士，当时我就想也应该去读个博士，所以就考了东华大学的博士。所以从我自己的成长道路来看，我觉得还是一帆风顺的，考本科也好，研究生也好，博士也好，都是一次考上，考完了该读的书就读了，我觉得还是比较顺利的。但是从我自身的教育来说，我觉得我自己的教育有个缺陷，就是文学修养不够，小时候读文学方面的书读得少，文学的熏陶不足。尤其是我们那个年代从小到大的观念就是学好数理化，走遍天下都不怕，所以文科比较薄弱。然而我在教育我自己的小孩的时候，我在她很小的时候给她做了一个规划，一定要首先加强文学教育，因为文科教育、文学教育是以后从事任何工作或者当一个管理者必须具备的。所以我的女儿很小的时候就看了很多的书，我想她能通过从小的阅读，早点规划自己的人生。我女儿的均衡发展导致她的起点就跟我的不一样，所以她考到镇海中学以后就考进了北京大学，读的是工科，生物科学，虽然读的是科学，但是她是比较均衡地发展的，而且她的文学基础给她帮了很大的忙，她到了北京大学以后，在北大校园里和老师一起写了一本书。

我觉得自己是一个没有很好地规划人生的人，从小没有说我一定要做什么，都是走一步算一步。小时候也没有说一定要当老师，高中填志愿的时候就是想做一个对社会有贡献的人，希望自己能够在企业里面找一个工作，将来能够为社会创造点财富，能够做出点产品，只是这么简单。然后报专业的时候，也是想哪个专业当时发展得比较好，大家说纺织行业很好，那就报纺织专业了。也是歪打正着，我当时是毛纺织专业，也是全国最好的专业。所以这些听起来都好像比较平淡，但是从现在的教育来看，人生规划得早一点会更有利于孩子的成长。从小学开始，经常问问自己适合做什么，将来想做什么，多引导一下可能更有利于自己的成长。而我们那个时候也能依自己的想法来做，不是想做什么就能做什么，更多的时候只能跟着感觉走，很多人是不能实现自己的愿望的，但是现在这些心愿倒是容易实现了。

教育要条条大路通罗马

王院长在谈完教育对人生的规划作用后，不免有些忧伤，她说自己学校里很多学生其实天资不差，但是因为不同层次的教育之间没有顺畅的转换桥梁，使他们无法获得更好的教育。她像母亲一样，坚信每一个孩子都有未来，希望教育的立交桥早日搭建起来。

有些人在小学的时候天分就已经显露出来了，比如说作家三毛，她考数学老考零分，但文科就很好。20世纪初的时候有很多清华北大的学生，包括钱钟书，也是类似这样的情况,数学考来考去不及格,文学一下子能得满分。有的人从小就体现出某一方面的专长,他们是片面发展的,但是有的人是比较均衡的发展,在高中阶段也是均衡的,没有显示出某一方面有什么特殊的专长,他可能数理化语数外都比较均衡,就是说这个人是比较全面的发展。所以也是因人而异,如果某一个人从小就显现出某一方面特长的话,你就应该让他的特长得到发挥,那么可以早早地规划他的人生;而有些均衡发展的同学规划人生就比较晚,到了大学阶段他可能也没有显示出某一方面的特别专长。所以美国的大学很多时候都是个基础教育。美国的大学本科教育就相当于我们的高中教育,还是一个人的全面发展的教育,还是铺垫的教育、通识教育。

我想教育不能一概而论,人的个性不一样,首先我们要承认个性,这个世界是多元的,人的发展也是多元的,每个人都是不一样的。我们要因人而异,但是就目前来说,我们现在基本上是从高中阶段开始分成两类:普通高中和职业高中,普通高中上了一年以后又分两类:文科和理科。但是有的时候往往会分错,比如对有些人来说,读职业高中是合适的,但是对有些人来说可能是一次考试没考好,把他划入职业高中了,尤其是男孩子成熟得比较晚,小时候都好动好玩,尤其不擅长书面的考试,可能女孩子更擅长一点,所以往往把有些成熟比较晚的男孩子划到职业高中了。而现在的教育体制互通性比较差,职业高中和普通高中之间没有交流的平台,就算第二年这个男孩子一下子成熟了,学习非常优秀了,但是他也不能再去读普通高中了。现在的教育体制把人堵死了,再也回不去了。职业高中三年毕业后,你再想去考大学的机会也比普通高中要小得多,像以前的大学录取率只有6%,也就是100个职高学生里面只有6个才能读大学。而且大学读的还是这一类的职业大学,也就是高职教育,从职高到高职,这个路也只有6%的同学,现在稍微好一点了,扩大到15%~20%。但是这个路还是太窄了,普通高中学生的大学录取率现在有百分之八九十了,好一点的学生还可以读一本二本,差一点的也能够到我们这样的高职院校来。

所以在我心目中,教育的第二个梦想就是不同类型的教育都能打通,都能衔接上,每个学生都能够在不同的阶段找到适合自己的教育。因为人的心智成长都有早晚,所以教育立交桥的搭建要做到条条大路都能够通罗马,让不同的学生在不同的阶段都能够找到适合自己的教育。这便是我的第二个梦想。

教育先是做人,后是吃饭

王院长说在贫困的年代,人们只要吃饱饭就好了,谁会想到还需要奢侈的教育,但是现在这个时代,教育就不能仅仅为了吃饭。更多的时候吃饭是为了教育,这也是教师应该拥有的精神。当说到复旦大学的学生投毒案,王院长一时哽咽,而后情绪十分激动地感慨起来。

复旦的投毒案不能纯粹怪教育，这也是社会现状的反映，教育是不可能脱离社会存在的，它受社会的影响，我们把学校打造成理想化的社会，学生到了社会无所适从，学校的教育不到位，学校扩招以后学校没有关心到每一个学生，学生的心理状况和生活现状根本没人关心，这些问题被人忽视，那么本身很自卑的人在学校里就不可能很出挑，比如说也不参加社团活动，既不是班干部也没被列入学校辅导员的视野中，他们往往被忽略，同学也不关心他们，有的甚至还去刺激他们，比如马加爵事件给我们的教育和社会带来一个极大的反思，让我们思考我们的教育应该如何关心每一个人，如何让每一个学生都在我的视野之内，怎么样让每一个学生都不要落下。但是现在学校扩招了以后，老师的数量没有跟着增加，以前两千个学生是这么多老师，现在两万个学生还是这么多老师。两千个学生的时候老师还可能很用心地教学，而现在两万个学生还是这么几个老师，老师还要搞科研、做社会服务，一大堆事都压在老师身上，老师精力有限，他们除了应付掉课堂45分钟以外，更多的时间不是在思考班级里面还有哪些学生有什么问题。我想要是这些老师能多去关心了解学生，而不是整天想着下一步科研该怎么做，如何去赚钱，那我们的教育也能更到位、更贴心。

我们国家发展太不平衡，地区差距是客观的存在，现在需要缩小这种差距。所以其实很多问题不仅仅是教育问题，大家都喜欢不劳而获，都喜欢投机取巧，因为现在社会不均衡，在不均衡的情况下就容易导致心理不平衡。于是越来越多的人都想着走捷径，财富成了我们最终的价值观。就连我们的老师也都忙于自己的荣誉和科研，而不再花更多的时间关心照顾每一个学生。我们国家陷入了这样的恶性循环，就像高速公路收费高，司机不超载无法获利，于是交警的投入就增加，管理成本也自然而然上去了，于是不超载就越没钱赚，高速公路超载的现象也越来越严重。而我们的老师就好像这条高速公路上的汽车，随着学生数量越来越多，教育的成果都放在自身的利益上，都想有朝一日能够评上好职称，拿更多的工资和奖金。但是教育这个东西是久病不能盲目用药的。

怎么样让我们的老师能给每一个学生带去关怀，让每一个老师都可以喜欢他们自己的职业？只有老师在教授知识的前提下给更多的学生以关爱，才能让每一个学生身心都很健康地发展。一个在爱里面成长的学生才能用爱关心别人，因为爱是可以传递的。所以我的第三个梦想就是让所有的老师都能全身心地专注于教育、专注于教学，都能够关心每一个学生，而不是说作为一个老师，你做的却是游离于教育之外的东西。像马加爵这样的学生，如果一路都有老师关心他，不至于走到那个地步。而我们现在的生活中这样的学生还有很多，他的导师平时很少有时间关心他，教育他如何做人，和他有更多的思想交流。

在交谈的尾声，我们还问及了王院长作为人大代表热心教育的感受（这是一位为了教育而参政议政的人大代表），她说："一个人的一生都需要教育，教育和衣服一样会过时、会流行，我的愿望就是想让每个人在任何时候都能穿上合适的衣服，像个真正的人，和动物不一样的人。"

从2000年回到这片魂牵梦绕、生她养她,令她深深眷恋的热土开始,王院长在规范教学模式和主抓教学科研上面都投入了极大的心血。从宁波纺织职业教育百废待兴以来,王院长就秉着做一名学科建设带头人的信念,从副院长到院长,一刻不停地为改善职业教育的模式而努力。正如她自己所说的那样:"八年多来,我始终以工作为重,没有节假日之分,也没有上下班之别,把工作当学问做,以苦为乐,以工作为荣",足以看出王院长对于事业的执着追求,敬业、勤业的精神。即便是在这个炎炎夏日,在静悄悄的校园里,王院长还在忙着开会,还坐在学校的办公室里。

她获得荣誉无数,却依旧亲切谦虚,她就是纺院学生口中的"院长妈妈"。她的手里正织着一块理想的教育布。

文/图:范华东

指导老师:王仁忠

乐崇年 / 职教改革先行者 /

人物名片

他曾最早提出"现代学徒制",主张校际合作,致力于培养满足企业需要的学生。他曾获得"浙江省特级教师"、"宁波市优秀双师型教师"、"宁波市首席工人"、"宁波市劳动模范"、"全国技能大赛优秀指导教师"、"首届中国职业院校教学名师"等诸多荣誉。他就是宁波市北仑职业高级中学研训处主任乐崇年。

辉煌成就的背后,一定有一段不一样的经历。46 岁的宁波市北仑职业高级中学研训处主任乐崇年,正处于事业发展的黄金时期。多年来,他努力发展科研立项、创新实践校内工学制、推动开展校企合作、推进企业技术帮扶等。注重培养实用型人才,为人师表 20 多年,乐老师在学生眼中早已不是"老师"那么简单,他是园丁,是良师,是益友。春风化雨,师恩无限,在"所求"的有无之间认清其相互关系,20 多年来辛勤耕耘留下的汗水最终换来了今天的成就。

春风化雨　师恩无限

自迈出校园的那一刻起,乐崇年便与"教师"这个职业有了不解之缘。20 多年来,他一直践行着这份坚持,努力做一个好老师,为提高职业教育水平贡献自己的一分力量。

1990 年,乐崇年毕业于浙江工学院机械制造专业,随后便被分配到北仑职业高级中学工作。此时学校各专业教学刚刚起步,无论在设备、机床、师资力量等方面都极为欠缺。

从教两年后,乐崇年认识到,只有教师自身具备丰富的专业知识和工作经验,才能够更好地实现教学目标。同时作为一名刚刚迈出校园的毕业生,他也渴望能够有参与企业实践的机会和工作经历,因此在校方的鼓励下,乐崇年开始了他为期六年的企业工作生涯。

乐崇年在"家乐"模具厂,从最底层的操作员做起,慢慢地由传统的机床转入现代的数控机床。

乐崇年表示,当时线切割都是数字控制,刚刚起步,所以被认为是一个热门行业,当时由于技术、资金力量不足,编程、轨迹基本靠手工计算,对技术员的要求更高,因此该行业被认为是具有高技术含量并具有很强优势的专业。在企业内,乐崇年根据自己已有的相关专业知识,以及工作中自己的亲身体验和慢慢琢磨,积累了丰富经验,成为最早涉及机械制造行业的人之一。在当地,乐崇年被称为"模具之父",他引进的线切割技术,将原来大榭模具制造推到了一个新的平台。慕名而来的人越来越多,过去的二十几年中,他不仅广收徒弟,也为机械制造企业提供技术支持,培养技术人才,解决了不少企业发展的难题。

随着时间的推移,慢慢地出现了数控车、加工中心以及算机控制、分析、计算,对技术人员的技术要求也逐渐降低。因此,乐崇年认识到,可以针对区域经济需求开设相应专业,培养与企业对口的实用型人才,如模具专业和适应现代化加工需要的数控专业。

经过六年的历练,乐崇年回到学校继续从教。不久,他又发现学校的实际教学方式和技术掌握与实际工作经历密不可分。于是,乐崇年开始进行教学改革,他认为,首先应转变教师的个人观念,组织学校教师下企业亲身实践,在掌握专业知识的同时也与实际操作相结合,通过这样一种活动,来弥补新兴大学毕业教师因实践经验不足而导致的教学与实际操作脱节的不足。乐崇年说,学校每学期组织实践活动,明显改变了传统的老师以讲为教,学生以听为学的教学模式。也改变了教师教学中的理念:由老师引导,学生自主,边做边学,大大提高了学习效率和质量。

经过多年历练后,在乐崇年心目中,老师这个职业比较特殊。他说:"把老师作为一种职业,可能是一种普通的心态,如果称职的话也可以了。但是如果能够做得好一点,单单作为一种职业来看待还不够,要把它作为一种事业来做。那你可能就会去动更多的脑筋。对于老师这个工作,到底是用什么样的定量指标来评价也不容易。跟企业毕竟是不一样的。它的效果也不是立竿见影"。在他眼里,他把职业看作事业对待,又将事业慢慢变成兴趣,在工作中找到乐趣,享受这份职业,体味这份感动。

职教改革先行者

乐崇年认为,职业教育是传统学徒制的延伸。乐崇年说,中国几千年历史长河中,数以百计的传统企业之所以能够传承下来,都是依靠这种学徒制。但是由于现代机器生产规模的扩大,传统学徒制培养人才效率低下,因此出现"职业学校"这种专门培养技术性人才的机构。他认为学徒制的发展是一种历史性选择，符合当下职业学校的教学理念。

回到学校，在教学摸索中，乐崇年发现他所在的数控专业教学大大不同于其他专业。他发现，数控专业教学不仅要求教师掌握大量丰富的技术知识，还需要一定的社会工作经验，即丰富的社会实践经验。因此，在教育教学改革过程中，首先，他主张学校老师改变教学理念，鼓励教师进入企业工作，积累丰富的实践经验，将教学理论同实际操作结合起来，在实际工作中发现问题。这为教师自身今后教学工作铺垫的同时，也便于克服学生理论学习与实际操作不贴合的问题。这样一来，不仅提高了学校教师自身教学能力，改变了教学观念，也为学校培养了一批又一批骨干教师。

其次，乐崇年还认为职业学校的教学是一种“现代学徒制”，而在实际教学中，乐崇年将其工作与教学的经验融入其中，开创出一种“新型现代学徒制”，即改变传统“老师以讲为教，学生以听为学”的教学模式，改变老师讲课抽象复杂难以理解的状态，使教学内容结合实际，既要有企业的师傅教应用方法，又要有学校的老师教理论知识。利用这种模式，不仅能培养学生的技术水平，更能提高学生动手能力，丰富想象力，还有效改善了学生厌学的情况，使学校教学水平、学生综合素质、学校综合实力大大上升。

这种制度培养学生的效率远高于传统学徒制，培养的学生更加适应企业需要。2008 年 3 月，他的学生舒小峰获得宁波市职业教育技能大赛数控铣一等奖第一名的好成绩，并代表宁波市获得全国数控技能大赛二等奖；2009 年 6 月，他指导数控车/加工中心组合的沈宇、胡余乐、虞静波三位选手获得全国数控技能大赛二等奖。乐崇年自信地说：“新型现代学徒制下的学生，相对于其他学生在技能方面、基础理论方面、数控专业方面都要好得多。”

他的“新型现代学徒制”目前也为多家职业技术学校效仿，在为北仑职业技术学校培养更多更适应企业需求人才的同时，也为宁波职业技术教育工作做出了巨大贡献。

除了“新型现代学徒制”，乐崇年还创新了“校内工学制”。简单说来，即校企合作，学生为企业加工产品的合作制度。但听乐崇年细细道来，这其中还有另一番奥秘。“校内工学制”中，学校与专业对口企业合作，企业安排一部分项目给学校学生完成，企业在保证生产的同时也节约了人力成本。而对于学校，学生需要实践机会，而校内资源有限，学生众多，单一的课堂实践并不能带来良好的教学效果。于是乐崇年决定与宁波当地企业合作。乐崇年说：“原来学生做模具实践，都是学校买材料，给学生做，做完就废弃了。现在不一样，现在我们实践所需的材料一部分由企业提供，交给我们学生完成，做完的成品不扔掉，交给企业，而我们只从中收取少量的加工费用。”这样看来，这种“校内工学制”，为学生学习提供了更多实践的机会；对学校来说，不仅省去了原材料的费用，而且可以得到一笔加工费用；而对于企业，既可以节约人力加工成本，又能够保证生产，一举两得。

他的中国梦

每个人年少时都有轻狂的梦想,对事业、对人生都充满着无限期许。说起多年前的梦想,乐老师从烟盒抽出一支烟慢慢点燃,思考片刻,再娓娓道出多年前自己的那些经历。那个年代的学生对工科充满热情,自己也不例外。数控专业适应当时工业大发展的需求,既是新兴产业,又是热门专业。由入行开始,他便将自己的全部精力投入专业学习实践中。乐老师说,当时从事线切割与数控专业的大学生不多,大多是职业学校毕业,各种程序轨迹都依靠手工计算。过去几十年里,他都在为模具、数控专业进一步提高发展而努力。

"每个阶段都有一些不同的梦想,比如从前在企业的时候,我就想要用自己的专业知识,为企业提高技术水平,提高生产效率。后来回到学校,就把心思放在教育上,以培养学生为主。大胆的想法就是,我当时在想职业学校里面也应该针对区域经济的特点开设相应的专业,就是开设一个模具专业,后来为了实现现代化加工的需要,开设了一个数控专业。而现在,数控专业也有了较好的发展,当然希望能够更加壮大,慢慢走出去,走得更远。"乐崇年这么形容自己一直以来的想法。每一个不同的阶段,他都有不同的方向和梦想,这一个一个平凡的梦想背后隐藏着多少心血与汗水,我想乐老师心里比谁都清楚。

多年来,乐崇年捧着自己这一个个简单的梦想,朝着自己的目标,在自己的岗位上默默地付出,用心经营,兢兢业业,一丝不苟,才换来今天的诸多成就。目前,乐崇年在将北仑职业高级中学的数控专业水平提高到一个高层次的同时,也为进一步改善学校设备、提高技术水平、增加师资力量而努力。同时,他也积极参与浙江省内职业技术类课改工作、教材编写工作、教师培训等。如今企业人工成本增加,要求以机器代替工人,对职业学校毕业生就业有一定影响。学校如何适应企业这样一个发展趋势,如何调整教学,成了他们接下去要关注的一个重点。乐崇年提到,机器换人虽然减少了企业所需员工数,但是对人才的要求却提高了,高精度的机械需要更高水准的人才操作。为此,乐崇年不断奔波于各县、市考察、讨论、研究课改工作。与其他学校进行交流,研究企业人才走势,学校也将在今后几年内为企业培养更多更贴合其发展的高素质人才。

乐崇年说,无论是课改、教科研,目的都是为了培养学生,为了学生的就业发展。可见这几十年来,他早已将教师这个身份与自己的灵魂紧密结合在一起。获得荣誉和称赞,培养优秀人才,通常被作为衡量一个教师成功与否的标志,而在乐崇年身上,我们看到将自己的心灵融入教师这个身份,才是为人师表最高的境界。

有所求,无所求

这六个字出自同事吴老师之口,吴老师说,乐崇年老师是有所求,无所求!

在同事眼里，乐崇年不仅仅个人专业素养高，而且是一个非常务实的人，在本地人眼里具有“模具之父”的称号。在企业眼里，他是破解企业技术难题、研制前沿工艺技术的攻坚型技师。

采访期间，同事吴老师表示，站在职业教育这一角度，乐崇年的专业知识水平在其所在专业处于领先地位。他职业教育方面的教学理念与教学方式在宁波市内乃至整个职业教育界都是最先进的。吴老师说：“乐老师提出的一些改革想法，到现在为止全部在用。”吴老师介绍道，原来乐崇年早在20世纪90年代便提出“校际合作”等创新模式，近几年提出“现代学徒制”，是全国首位提出该模式的教师，另外，乐崇年提出的“模块教学”等教学方式，虽然目前该校未利用，却已在全国大量推广。

随着近年来的科技进步，生产力的发展，产业群逐步向中西部转移，职业教育培养的学生其基本理论已不适应机器换人后现代化生产的需要。于是乐崇年考虑，职业教育培养的学生也该逐步转型。为此，乐崇年的“有所求”便希望一是要教材教学，把厂里生产的模式拿到课堂里来。二是现代学徒制，即职业教育不可如从前那样空中楼阁。若不了解社会现状，老师所教也会随即被淘汰。乐崇年自信地说：“目前看来就业情况良好，我们中职培养的是畅销大军，甚至有些供不应求。”此外，作为一名省特级教师，其内心有着一个自己的优化体系，希望将自己的思想、教学理念、职教改革具体方案的传播不仅局限于宁波市内，而要传播得更远更广。20多年来的经验告诉他，这种应企业发展需要随之改革的教学模式是最适合职业教育以及学生就业的方式。

“他是一个特别务实的人。”吴老师又一次夸奖乐崇年。“他无所求，并不是没有要求，而是对生活、对工作环境等要求不太高。”朴素的着装，不浮夸的办公室，朴实无华的言语谈吐，都给我们不胜亲切的感觉。或许也是因为这种独有的朴实气质，才能让他如此坦然淡定地面对生活工作中的种种挑战。过去机械制造数控铣床专业人才供不应求，企业、学校引进大型机器后大多数老师不会操作，为此乐崇年常常不辞辛苦夜以继日地工作，从未有半句怨言。如此兢兢业业勤勤恳恳的工作，缘于他对职业的热爱，对理想的追求。

对于未来，乐崇年表示，还是有许多期许与挑战。在未来几年的宁波教育，一方面继续要跟企业的发展趋势相吻合，另一方面要继续加强跟企业的合作，加强教材方面的开发。乐崇年领导的团队申报的“宁波地方特色教材”，将企业生产加工的内容融入教学过程，也是目前重点跟进的项目。此外，“工装夹具”项目的发展在未来也将是其团队逐步开展的工程。虽然目前仍在考察其是否吻合企业实际发展的需求，但是我们相信，这将是乐崇年老师的又一项创新，希望他能在教师这条道路上再创辉煌，越走越远！

文/图：俞玲超　张嘉玲　邱彬鑫

指导老师：徐艳蕊

刘光霞 / 霞光飞舞，以“和”为梦 /

人物名片

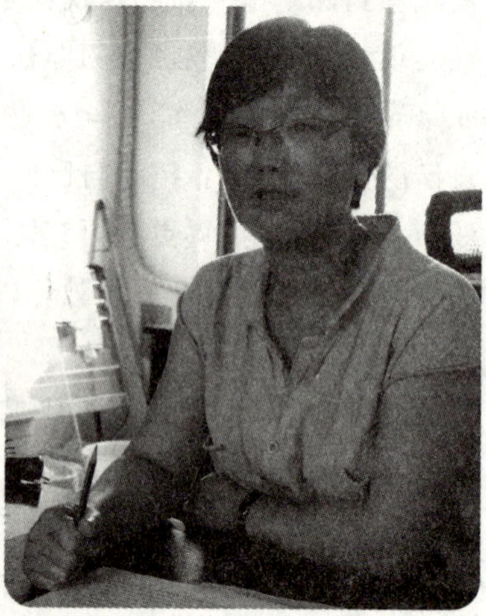

刘光霞，女，51 岁，宁波市江东实验小学校长。1986 年开始任教，1996 年任校长。是浙江省春蚕奖获得者，宁波市名校长、市劳动模范、市人大代表。

多年来，江东实验小学在她的带领下，以人文底蕴滋教育之根，以和谐发展铸教育之魂，创造出既无愧于前人又无愧于后人的辉煌。学校获得“省最适合学生发展的学校”，“省依法治校先进学校”，“省首批校本教研先进学校”，“省现代教育技术实验学校”，“省绿色学校”等荣誉称号。

中华五千年文化中最具代表性的中庸思想之精华是“和”。浙江省宁波市江东区实验小学，继承了百年老校的办学宗旨，从三十余届老校长的办学理念中提炼出了“和”的思想。现任校长刘光霞全力建设“和谐教育”，为实验小学的兴起做了许多的跨越性决策，更为之名扬宁波、浙江甚至是全国，起到了极大的建设性作用。

梦因“和”而起

民族有民族兴起的文化，企业有企业兴起的文化，学校自然也是如此。在文化兴校早已成为打造名校的有效途径的今天，江东实验小学如今已是全省乃至全国的优秀小学，它秉承“崇文尚德，追求卓越，和谐发展，示范一方”的办学理念，以“和谐教育”与“和文化”为出发点，通过“和序”管理，“和雅”队伍，“和美”德育，“和乐”教学，“和本”科研，“和意”后勤的品牌打造，全方位诠释“和文化”的内涵。

“而且它是从百年办学的历史中提炼出来的，从前几任校长以及多年的办学经验来看，我们的‘和文化’是一条光明而长久的道路，我们虽已有成果，可是仍然在不断地摸索之中，渴望着更大的突破和提升……”校长刘光霞拿着办公的一支笔，双肘靠在桌上，笔在空中比画着向我们说道。

刘光霞是继承母亲志愿，自愿加入教育事业队伍的，这一干就是三十余年。她辗转几次工作调动，在江东实验小学工作的时间最长，渐渐的像经营自己的家一样，在付诸了心血和生命的同时，安定了梦想的根，抽出了新芽，而她的教育梦想，是因“和”而起的。

梦因“和”而变

◆ 和而不同，求新思维

在采访中我们发现，江东实验小学的学生不仅学习成绩十分优异，而且在德智体美方面都让人刮目相看。问起其原因，刘校长笑了，她说：“我们要做的正是要以新的思维方式和思想方法来给学生一个乐学的氛围。”

《东南商报》曾在 2012 年 12 月 24 日大篇幅刊登一项专题报道，其标语正是：英语数学靠边站，整个下午给你“玩”！经刘校长解释，我们了解到，原来这是为学生减压的一种策略。学校为了给激烈竞争下不堪重负的孩子一个缓解的学习方式，采取了三个措施，其中之一便是提出了“快乐周四”，在周四下午，学校不进行文化课的教学，而是全面开展各类活动，让学生自己创造出生动活泼的育人环境。学校开设的体艺课，将以往的班队课，体艺课，再加新建的菜单课程，构成了星期四下午全部的课程。学生可根据自身的兴趣爱好和所需来自己选择。孩子们不仅能够学得一项特长，能有更多的志趣相投的小伙伴，更深远的意义在于他们感受到学校的快乐不是一向被灌输的那样没有乐趣，从而远离灰色童年，真正理解学校的“和文化”。

除此之外，江东实验小学的个性化备课，深度调研，精炼习题，免考制，弹性晨间……也成了“和乐教育”这串项链上的颗颗闪亮珍珠。能为孩子真正减压，不去迫使孩子们做过多不愿意做的事已经成了学校老师的共识。

更令人惊喜的是，孩子在这样的氛围下建立起来的是健康、阳光、真诚的心理世界。所以才有孩子拾到万元巨款时，不起贪念，毫不犹豫地上交学校。与此同时伴之而来的是鲜花掌声，以及“美德少年”、“江东之星”、“明礼好少年”等诸多的荣誉。所以，老师们才会因被这样一群可爱孩子围绕而更加明确了科研目标，不功利地去工作和思考，才有了“日常工作课题化”的新思维，才能扭转科研工作的困境，才能获得许多科教课题奖项，以及长江三角洲先进科研团队的荣誉。

“人人都在这样的氛围中，人人都在这样的精神状态中，教学相长，我们怎么能不幸福？”刘校长微微笑起的眼角里迸发出炯炯的目光。

◆ **和衷共济,共享精神**

先进引发后进,后进促发先进。共享精神,关系着共同进步。一个社会,总需要大家来分享,一个成功的人如果不懂得共享,他的成功就是小我的,是自私的。而在如今的社会之中,在民族亟待振兴的现在,信息网络资源的共享,成功经验以及人生感受的共享是这样的不可或缺,共享精神因此也显得十分重要,而现实生活中,要让所有人都愿意共享,确实是一件更加困难的事。

"江东实验小学的老师之间是否会分享教学方法感受,他们又是如何进行共享的呢?"记者好奇地问道。

"我们推崇的就是,和衷共济,共享精神。"刘校长侃侃而谈,细细告诉我们。

三大工程共享收获。开展"赏、研、学"影音师心工程的建设,进行了"观微片、写微评"活动,弘扬师德正能量;加强"一十百书香工程",举行了导读会、"秋日品香"、"论微坛"等形式多样的读书活动。深化"教师身心健康促进工程"组建教师健美操社团,建立实验小学宣传队,建立送温暖的长效机制,增强工会组织凝聚力和活力。在多彩的活动中,老师将自己的所感、所思、所得进行分享。

温馨团队共享温暖。办公室团队是学校管理中的一个基础团队,不仅仅积极推进"温馨办公室"的创建工作,对温馨办公室还要进行考核,深入开展了师情回放,通过照片故事的形式,寻找文艺,树立榜样,将细节落实到行动中。建立了"微办公室型校史角",成了每个办公室一道亮丽的风景线,也形成"我为办公室添光彩"文明氛围。发挥"和煦志愿者"的服务作用,打造品牌,被评为基层单位"十佳"服务理念和服务品牌。以"省和煦巾帼文明岗"为龙头,实施"岗位示范行动","和煦"数学巾帼文明岗被评为省巾帼文明岗。

特色评比共享智慧。强化"师生交往规范"和"与家长交往规范,"推出了教师形象建设工程,开展"我最喜欢的百年实小教师调查"活动,全校按班级抽样,近500名学生接受了调研。通过调研、整理、汇总和分析,最终评选出7名最受欢迎的教师,在庄严的国旗下,学生为老师颁奖,同时确定《学生心中优秀教师的六大指标》;举行"百师辩台"家长交往艺术案例分析,提炼出《家校交往八大策略》。

刘校长的话语如涓涓细流一样,为我们讲了许多生动的、不为我们所知的东西。这让我们更深切地感到建设一个百年名小学背后所付出的汗水,它是许许多多的老师在奉献着整个生命的热情才建立起来的。

◆ **和合包容,开阔视野**

谈话中,越来越让我们惊叹的是校长的包容和视野开阔。江东实验小学不仅立足省内、面向全国,成了国内基础教育的示范学校中的一流小学,而且,还在"和合包容"的理念中不断打造没有围墙的学校,在开拓国际化视野的征途上希冀着迈进更加坚实的步伐。

现在的国际高校联盟已不是新鲜事,而江东实验小学竟也率先迈出了这样的一步,与世界各地的学校联盟,鼓励彼此间互相学习交流,并且为学生提供更丰富的学习环境、更宽阔的视野，使其最终实现强强联合、优势叠加的局面。

2012年9月，江东实验小学樱花校区建成开校，近300名师生搬入新校园。一校两区的现状，使得内和思想显得格外重要。“我们采用了两翼并进、错位发展的模式，两校区一切管理都是统一化，如制度统一，人事统一，财务统一，评比统一。”刘校长说。此外，学校设施发展也是十分迅速。校园环境优美，秉承“和文化”，一系列具有童趣的小景点落成：启泉、乐逗屋、真趣亭、拾级长廊、畅语轩等等。学校无尘教学，几乎所有教室都采用了短焦投影仪、电子白板教学。还有各类满足需求的计算机房、实验室、舞蹈房、音乐室、美术室、科学探究室……

不但如此，江东实验小学还与新西兰奥克兰市康沃帕克小学结为姊妹学校，2013年暑假，学校还组织学生远赴澳大利亚、新西兰，开展为期半个月的文化体验活动。2013年，学校利用长江三角洲千校结对的平台与上海福山外国语小学、江苏常州市武进区湖塘桥实验小学、安徽长丰师范附属小学等名校牵手，组成了“智慧育人”的教育共享组织。积极参与了香港的“视像中国”活动，积极建设数字化校园，接待中外官员、名校长、优秀学员共计200多人次，为学校教育理念的推广奠定了极为重要的基础，也为学校的办学思想做了卓有成效的宣传。

梦因“和”而圆

◆ 圆百年寻根之梦

一百年是一个难忘的轮回，校庆，不仅是一个庆典，更是一次回首，是对来路的一个转身瞻望。刘校长作为这个庆典的见证人与组织者，怀着对学校办学之路历经百年的深深敬畏，沿着先辈足迹，开拓更加广阔的未来。“我们制定了《百年和风在，灼灼其华》校庆方案，完成校庆五件大工作，就是：和润百年的校史册，宣传片，校庆专刊，以及众多的摄影作品集，等等。我们还召开各个年代的老校友会、校长会、老教师会，收集了许多资料后，共商校庆大典。校庆自然很成功，我们看到那么多代人为这所学校的辛勤付出，我们实在是激动啊，这是所有教育者的梦想，是因为梦想，我们走在了一起，也是因为梦想，圆了我们这个百年的寻根梦。”刘校长说。

◆ 圆百年荣耀之梦

校庆，不仅是一个庆典，更是一种荣誉，是对那几代人的生命的最高嘉奖。教育先辈们的教育理想，在如今的校园里生根发芽，茁壮成长。教育成果展示，校庆是最大的舞台。在这次江东实验小学隆重的百年校庆中，举办了“百年和风，乐享课堂”迎百年校庆系列教学展示月活动。语文组的“非连续性文本的教学策略”研究，展现了语文方面探索出的新模式教学历程。数学组的“三阶多元深度教研实践与研究”与“宁波市深度教研推介会”，展示了数学研究上的阶段性成果。德育组也不甘落后，进行了“微课初探”活动，课例展示、经验解说、现场互动、专家点评,紧紧围绕校庆开展了许多专题活动,诸如"百年承诺"签字仪式及"我为百年校庆献什么"等师德建设系列活动。

当然,现实意义上的活动也有很多,从实际行动展示了江东实验小学的"和"理念,游园、朗诵、捐书赠书、义卖等让孩子们乐在奉献的荣耀之中。也在这样全民参与的氛围中,告诉了学生们母校的历史变迁、文化,更为校庆氛围增添了荣耀的光辉。

◆ 圆百年振兴之梦

校庆,不仅是一个庆典,更是一个憧憬,是对路漫漫其修远兮的执着。"未来还有很多目标需要实现,这是我的责任。"刘校长说到未来,不假思索地强调了责任。这让我想到,当问及刘校长在获了诸如"春蚕教育奖"等众多奖项后,以"和文化"为办学宗旨打造名校,每天如此辛苦地努力工作,背后支持她的到底是什么力量时,她回答的也是相同的两个字:责任。

我们很感兴趣,想知道这样一位温厚的校长对于"责任"的理解。"这一年,我们在寻根中获得了力量,在荣耀中也看清了目标,更加深刻理解到,振兴一所百年名校,还有很长的路要走。我们也清楚地认识到,要振兴这座百年老校,关键是它选择的教育理念,她培养了一支怎样的教师队伍。我们学校2012年启动了教师培养工程,在'一对一'师徒结对的基础上又推出校'名师工作室'的导师带徒模式,成立了四个工作室,五年定期给青年教师进行一次考核。开展的系列微论坛也用于提炼老师的优秀片段作为教学经验予以表彰和分享。2013年,已经有2名教师评为了区学科骨干教师,9名青年教师在区优质课比赛中获奖。"刘校长说,教师强则学校强,这是基础教育很关键的一股中坚力量,只有教师在进步,学校才会不断进步,百年振兴梦才能真正实现。

◆ 回首往昔,致追梦岁月

在采访的最后,刘校长与我们合影。在与她的握手中,我感受到了她的力量,那份笃定,是她坚持不懈走在教育之路上逐渐建立起来的。学校百年纪念日已经过去一年,她又埋身在下一阶段的奋斗之中了。支撑着她的那份力量是她所说的"责任",可我看到的还有在她身体里的那份炽热的爱,对于下一代孩子们最朴实如素的爱。

对于江东实验小学来说,2012年,是不平凡的一年。这一年是一个句号,是一个惊叹号,同时又是一个省略号。句号,是百年历史画上了一个圆圆的句点,昭示着这个阶段的结束。它承载了太多人的血汗与泪水和光荣,所以在如此多的荣耀面前,它应当是一个大大的惊叹号,是我们所有人为之赞叹的声音。而省略号,应当是我们期待的,更是刘光霞校长以及与她统一战线上的所有老师们共同期待的更好的未来。

相信这个百年梦,这个因"和"而起,因"和"而变,因"和"而圆的百年梦将再圆于下一个百年。

文/图:陈静纬　李　媛

指导老师:吴　彦

朱时宏 / 乡村"陶行知" /

人物名片

朱时宏，男，45岁，现任宁波北仑梅山学校校长、党支部书记。从教20多年来，担任过初中、高中教师；担任过鄞州实验中学校长、鄞州区教育局普教科科长等职务，在教育管理方面有着杰出的表现。2011年入选浙江省教科院推选的第二批"浙派教育家"，2012年获第二届全国教育改革创新人物优秀校长奖。20多年的教学生涯，始终坚持以"育人"为核心的办学思想，并逐渐形成"育人为本、因性育人、育人以德"的办学思想，由他倡导并成功实施的"德育小班化"、"培元课程"等办学策略上升为国家级、省级课题。在10年前一次偶然的旅行中，巧遇宁静的梅山和淳朴的乡民。因为当时那里交通不便，信息闭塞，师资力量薄弱，生源不断流失，导致当地的教育水平相当落后。一年多前，他来到了梅山，开始了一个致力于以构筑乡村教育为中心的梦想。

扎根乡村教育的践行者

没有便利的交通，这里"与世隔绝"；没有汽车的轰鸣声，这里宁谧安详；没有人世间的复杂纠葛，这里朴实简单……梅山，于浮躁社会里一片宁静的心灵净土；朱时宏，于这片宁静净土的一名"隐士"，保持着内心的那份纯净，致力于乡村教育梦想蓝图的描绘。

朱校长从事教育工作20多年，他认为教育的核心在于"以人为本，注重德育的培养"。我国现代著名教育家陶行知先生也曾说过："道德是做人的根本一环，纵然你有一些学问和本事，也无甚用处。否则，没有道德的人，学问和本领愈大，就为非作恶愈大。"由此可以看出德育的重要性。朱校长还很注重学生个性的发展，开展了学生个性特长课，把学生当作一个个不同的个体，他们的兴趣选择，代表的是一类人、一群人，从这些个体来开展教育，不会因为某个人的特殊情况而开设课程。但由于这些课程还在探索阶段，很多地方还需改进，需要更多的支持，在朱校长的带领下，组建了一只"义工队"，号召家长和社会人士参与学校教育。跟我们说这些的时候，朱校长始终面带微笑，对未来充满希望，自信满满。

"师者，传道授业解惑也。"在教育过程中，老师的角色至关重要。同时也是一名数学老师的朱校长告诉我们，他更喜欢当老师，教书育人既简单又快乐，做自己喜欢的事没有负担，在朱校长"以人为本"的观念中，老师是有其重要作用的。初到梅山，不仅师资力量薄弱，教师的素质参差不齐，甚至一些老师是由代课老师直接转正的。面对这样的情况，朱校长特别制定了教师培训计划，提出了一些教师的育人方法。在教学方面，由于生源流失严重，学生人数不多，于是朱校长实施了他的"小班化"特色办学策略，因为他认为"作为老师，能管好 45 人，更能管好 15 人。"正是基于这样的想法、这样的做法，使梅山学校的整体水平有了很大提高。在处理师生关系方面，朱校长有很多独到的见解，他认为，教师在教育人的时候，必须要有一个教育环境，那就是师生信任。关心、爱护学生是教师教育的一个出发点，只有相互信任，学生才能真实地感受到老师的关心、爱护。而这样的信任来源于老师和学生的情感交流。梅山学校的很多学生家里都比较困难，也有一些留守孩子，老师在她们眼中不仅仅是传授知识的人，更是了解他们、给予他们关爱的人，为此学校专门设置了师生交流室。他认为，如果教育未能触及人的灵魂深处的变幻，就不能称其为教育，因为智慧的教育是有灵魂的教育。教育本质上是一种心与心交融的艺术，真正成功的教育应该是深入学生内心的教育！

经过一年多的努力，梅山的教育水平明显提高，本着育人的宗旨，朱校长还积极开展了慈善活动，吸引了更多的社会人士和义工来到学校，从经济和教育的根本问题上帮助他的孩子们。对于一位校长而言，做这些是不易的，然而他始终坚信，只要去做，就一定会有收获。在他看来，一切财富和名誉都是空的，在我们有限的生命里，应做自己喜欢的、有意义的事，不要按别人的意愿去活，不要让别人观点的聒噪声淹没自己的心声。要有跟着自己感觉和直觉走的勇气，感觉和直觉早就知道你到底想成为一个什么样的人，其他的都不重要。老师私下里都说朱校长是工作狂，面对这一评价，朱校长笑笑说："我是那种一旦决定的事就一定会做下去，如果突然想到什么想法，即使在晚上，仍然会马上记录下来，并尽快落实，是一个雷厉风行的人。"朱校长说他是个感性又理性的人，理性体现在他良好的心态上，面对种种困难，他知道，他面前的每一个困难，流的每一滴汗水，走过的每一步，都是有意义、有价值的，他的付出最终都会得到回报。"面对一朵花儿发呆，让躁动的心安静下来。听见花儿的呼吸，一如听从自己心灵的声音，这，何尝不是一种幸福！"这既是他对教育梦想的呼唤，也是他在教育路上不断前行的源源动力。

教育是件浪漫的事

投入自己的热情和努力在自己所喜欢的教育上，是件快乐又浪漫的事。路途的艰难，前景的难测，挡不住朱校长身体里的浪漫因子。

“爬山小组，出发!”朱校长跟我们谈起 2012 年国庆期间带领 7 个同学去爬山的事。很难想象，从一见面就给人沉稳内敛感觉的校长，一说起这事，居然如孩童般兴奋和期待，神采飞扬的样子又让人觉得他会带学生去爬山是那么合乎情理。这是他来梅山学校参加的第一次活动，一年多的时间里，他带领着“爬山小组”去攀登，还去烧烤，玩得可开心了。可是没多久，他脸上的笑却有些勉强了，这些孩子的背后都有他们的家庭故事，或心酸或悲痛，是一些让人心疼的孩子。他想通过这种活动，给孩子们温暖，让他们得到锻炼，最重要的是让他们更有自信。这样既把快乐带给了别人，同时也快乐了自己。

朱校长在教导学生方面独树一帜，不随大流。在应试教育模式下，许多学生被压得喘不过气来，很大一部分老师只看重学生的学习成绩，并不关心学生真正学到了什么、学生需要的到底是什么，学习变成了硬性的任务。学生不是学习的机器，他们有自己的兴趣和思想，除了书本上的知识，生活中的事往往更能让他们成长，用“心”学习。

新的梅山学校快要竣工了，在还没完成之前就已经迎来了第一批学生，“我和学生在新学校里种上了第一块草坪。”朱校长告诉我们。他趁着暑假前带着学生们去做了这样一件特别的事情，等到 9 月份开学，学生们就都会搬进新学校来了。朱校长别出心裁的做法，让原本这个对校舍感到陌生的同学们，突然间有所依托和归属，他们坚信这里将成为他们新的起点、新的开始。

朱校长还带着学生们去海边玩，“一到海边，学生们就齐声朗读。”校长欣慰地说。面朝大海，大声宣读。这声音更像在宣誓，对着他们自己的未来，是青春、是热血、是希望，这声音是对校长一年辛苦工作最好的慰藉，他的人格魅力，吸引着这些孩子，带着他们勇敢自信地面对未来。

“这里作为一个茶室，后面不设围墙。”朱校长带我们去看还没建好的操场后方看台。“没有高高的水泥台阶，较低矮的看台不会挡住视野。”朱校长很有自己的想法，而且坚持亲自监督实施。他跟我们说起，要在看台后方的那间屋子里设休闲茶室，以便以后和学生、访客等来这里谈天。办公室里的氛围往往严肃刻板，容易使人产生心理负担，导致紧张感加剧，不利于交流。仔细地环顾了一下四周，茶室前面是操场，能看到整个学校，视野开阔。茶室后面依傍后山的竹林，微风夹杂着竹叶晃动，清新淡雅。不得不说，在这样的环境里，身心舒适，谈话的氛围自然和谐、轻松、愉快，效果可想而知。朱校长身上传递出浓厚的文艺和浪漫的气息。

除了对学生的教育外，朱校长对自己孩子的教育也很“浪漫”。“周末休息吧，我们去东钱湖骑自行车吧？"这是在临近高考时朱校长问儿子的话。"快高考了，每天在学校读得那么辛苦，难得周末回家，就好好休息，出去放松下。"朱校长向我们解释。大家对高考的重视不言而喻，大部分家长、老师更是要求他们一刻都不许懈怠，而校长就带着自己的儿子出去玩了。他的这种做法给了孩子很大的心理鼓励和安慰，轻松自信地面对人生的这个坎。在儿子知道成绩，开始填报志愿时，"你自己选择吧，选好了说个理由就行。"朱校长对儿子说。志愿的填报是人生的一个重大抉择，往往会影响人的一生，许多父母本意是为孩子好，但总是把自己的意愿强加给孩子，用自己的观点和看法左右他们的选择。孩子是会长大的，有自己的喜好和梦想，父母不可能一直陪伴他们，应该给他们更大的空间和支持。他们自己选择自己要走的路，对自己的选择负责。父母不应干涉，而是"尊重孩子的选择"，给予鼓励和引导。教育自己的孩子是如此，教育所有的孩子亦是如此。

打造梅岛独有的校园文化

在梅山保税港外岙沙塘凤凰山脚下，有一座看起来并不起眼的学校。那里环境优美，绿树环绕，放眼望去到处是一片青山、绿水、田野交错的景象，能让人很自然地感受到人文与乡土气息的美妙结合。在来到这个文化教育底蕴并不深厚的小岛短短一年多的时间里，朱校长正在用他出色的教育管理理念、严谨办学的精神以及独特的人格魅力，一点点地影响着梅山的校园文化和乡村风习。梅山学校校长朱时宏饱含激情地讲述了他践行中的梅山学校的新未来。

◆ 了解才能理解，理解才能支持

"我是农民的孩子，我应该为乡村的教育做点有意义的事"，讲这句话时朱校长声音不大，眼神却很坚定。坐在沙发上，回忆这一年多的经历，朱校长娓娓道来。在这个原本师资力量并不雄厚的地方，老师、学生和乡民的很多观念可以说已经是根深蒂固，改变并非一朝一夕的事。为此，他深入到学生家庭，他走访的家庭超过了全校学生的三分之一，他希望通过这个方式可以让学生和家长更了解学校，让他自己更了解梅山。那么如何改变呢？朱校长从学生入手，根据每位学生的实际情况，在学校给予孩子更好的辅导，朱校长希望可以通过教育好孩子，让孩子给予家长一定的影响，传达给家庭更多的文化教育理念。本着"全员育人"的宗旨，朱校长十分关注与老师的互动，希望通过他的指引，老师们能更加充满信心和热情地投入到孩子们的教育中去。朱校长没有周末，没有假期，甚至连私人的时间都很少，谈到家人对他的支持和帮助，他很欣慰，也很感谢。在这一年多的时间里，朱校长把根扎在了梅山这片沃土中，谈教育，办教育，忙而不累。他说这一年，学生和老师面貌的改变让他很欣慰，家长的鼓励和支持让他很感动，这更加坚定了他在梅山走下去的信念。只要可以，就绝对不会放弃！

◆ 梦在远方，心已起航

在朱校长的辛劳奔波中，在2013年的9月，梅山的小学和初中部都搬迁到了新校区，开始迎接属于他们的新的开始。朱校长作为一个非常有想法的领导者，对于新校区的用心良苦也让人叹服。其中，“学海书山图”和“西新行知途”就是校园的两大特色，可以说那是两幅崭新的艺术作品。前者位于秀气的平安山脚下，最大的亮点为内含东方书轴、海岛平台以及未来三亭，代替了传统意义上的看台，学、书、海、山一切融于其中。后者是学校长 100 米、宽 50 米左右的主通道，最大亮点是里面的“西新桥”，与“学海书山图”平行相对。“行知”有三解：其一，明代哲学家王阳明的“知行合一”学说；其二，清代曾国藩言“博求万物之理，以尊闻而行知”；其三，当代教育家陶行知言“行是知之始，知是行之成”，皆强调实践的重要性。“途”，征途也。走在新的求知西行征途上的梅山学子，能深深地感受到学校的教育理念和校园文化。在这里，校长筑梦教育的新征程也将重新出发。一个人的梦想可以很远大，但是一个脚踏实地的践行者终究会收获到他想要的丰硕成果。

◆ **属于梅山文化的独家印迹**

校长说过，“学校是社会的”，教育的本质不单单是教育学生、教育老师，更是教育乡民，在打造校园文化的同时更是在打造梅山文化。正因为如此，在新校园里，朱校长特别打算在一层楼里陈列所有属于梅山的印迹，添加梅山特有的文化元素，让所有的乡民可以一起见证梅山学校的成长，见证梅山文化的发展，提高乡民的向心力。这其中，学校的图书馆等建筑还将向所有乡民免费开放。随着梅山大桥开通、管委会大楼拔地而起、梅山码头的横空而立，梅山这个原本并不起眼的小岛正在迅速地壮大着它的经济实力，为此，梅山文化教育的发展也必将紧跟经济发展的脚步而扬帆起航。作为梅山教育发展的带头人，朱校长承载着梅山人所有的希望与期盼，奔跑在筑梦教育的路上，期待着拥有一个灿烂的明天！

国际梅山，梅山教育，一切都如宁波梅山保税港区的英文口号“Amazing”一样，带给我们激情，引领我们前进，朱校长带着他的教育梦想一直在路上。

文/图：林芳婷　李　颖　蒋　敏

指导教师：徐艳蕊

严小军 /

我的海洋梦 /

人物名片

严小军，男，1968年6月生，江苏苏州人，中共党员。现任宁波大学海洋学院执行院长、教育部应用海洋生物技术重点实验室主任。新世纪百千万人才工程国家级人选、教育部新世纪人才支持计划获得者、浙江省特级专家、钱江学者、中国藻类学会常务理事。先后获"全国先进工作者"、"全国五一劳动奖章"、"第十届中国青年科技奖"、"浙江省有突出贡献的中青年专家"、欧盟"Erasmus Mundus Scholarship"、日本"STA Fellowship"等荣誉。

机缘巧合入海洋

严小军老师出生于江苏，从小就喜欢吃海鲜，对大海有着一种莫名的眷恋。严老师本科读的是化学专业，大学毕业的时候和其他学生一样去询问老师应该研究哪个方向比较好，老师当时推荐说有这么个海洋生物、水产养殖的专业，所以他听从了老师的意见读了海洋生物专业的研究生，就此开始了自己的海洋之梦。

当严老师为自己的海洋梦打拼的时候，20世纪90年代初，海洋养殖产业在中国沿海兴起了。原先，在我国东南沿海，有一种叫泥蚶的贝类，作为我国传统的养殖贝类，泥蚶味道鲜美，营养丰富。于是，泥蚶养殖开始兴起。可是这一新兴产业才刚刚起步，就遇上了两大难题。

难题一是由于海产品的育苗季节一般集中在 4—7 月，然而此时的东南沿海正受着梅雨和台风等气候的控制，从而导致了海水养殖生物的育苗量与育成率低下。难题二是缺乏优质的饵料和饲料。传统的养殖饲料多是杂鱼和烂虾，但由于其经常附带有极易繁殖的微生物病原菌，很容易造成大面积病害。这样的难题是一个良好的机遇，也是严老师开始发挥作用的时候。

国外的学习生活开拓了严老师的视野，他对海洋生物的研究也取得了一些重要的成果。但是月是故乡明，在国外待得越久，他才更明白自己心向祖国的愿望。如果能有机会报效祖国，参与到社会主义建设中去，严老师才觉得自己真的是学有所用。国家培养一个人才不容易，现在学有所成，应该报效祖国，把所学与所得教授出去，况且国内也提供了一个非常好的研究平台，完全可以大展拳脚、施展才华。2002 年，在即将回国的时候，正巧宁波大学当时的校长邀请严老师到宁波大学来做研究。考虑再三，严老师加入了宁波大学海水养殖饵料和海藻高科技产品的研究团队。那时严老师作为浙江省高校首批钱江学者来宁波大学工作。当然，刚来宁波大学的时候，严老师没能立刻就成立一个很完善的研究团队。他从青岛带来的研究生和宁波大学的本科生给了他很大的帮助，是他们一起合作，才有了今天的研究所，也才能取得如今硕果累累的成就：生物医药、宠物食品、诱食剂、饲料……

刚开始的那段时间，针对阻碍海洋养殖产业的问题，严老师和他的团队不停地研究，建立了一整套饲料营养物质的分析方法，并确定了针对不同育苗种类的优质饵料，为渔民和养殖户提供了高营养的饵料生物。于是就在几年前，泥蚶的养殖成本逐步降低，这种昂贵的海鲜如今早已变成老百姓餐桌上的寻常菜品，使泥蚶有了“旧时王谢堂前燕，飞入寻常百姓家”的转变。

桃李不言，下自成蹊

其实直到现在，严老师仍然是以研究为主，但是作为一名教师，他还是会花很多时间在教学上。他曾经当过班主任，从学生各方面来说，自我感觉当得也是不错的。而多年的留学经历也让严老师的教学带有一些美式教学风格。“严老师在课堂上遇到什么问题，也爱和大家一起讨论、交流，而且平易近人。我们都很喜欢和他交流，跟他聊天可以学到很多东西。”一名学生曾这样评价严老师的教学风格。

事实上，严老师对学生是有着很高的要求的，只是他将这种要求渗透到了一点一滴的教学当中。在日常教学中，严老师比较注重讲解科学研究的历史演变，通过梳理重大科技创新的时代需求和新技术的应用相互渗透，同时详细讲解诺贝尔奖获奖工作的一些实验细节，通过详细的案例分析来引导学生掌握科学研究的切入点，引导学生在树立人生理想和自我实践方面找到发自内心的共鸣,有效提高学生创业创新的兴趣和能力。

严老师有一些自己的教学特色,如喜欢开门见山,喜欢把事情讲清楚。比如学生们可以告诉我,严老师哪儿不对了,严老师我不喜欢这样的上课方式,或者可以把觉得对的和老师讨论,但是严老师没那么容易被说服。讨论什么都是可以的,"坦率"两个字最重要。严老师更多的是启发学生,启发是他教学的核心。此外,严老师很注重细节,比如在做报告的时候,稍微改变下字体,特别是报告中的英文字体会更引起人的注意,这让他很重视。例如,街上的广告,改变一种颜色很可能就是广告制胜的关键。再比如耐克标志性的那个钩,看着就那么简单的一个钩,不知道是设计了多少次的。严老师十分注重这些细节。

严老师很注重养成学生的一些良好习惯,比如上课不玩手机。但严老师有时候也会容忍他们,但是在别人上去做报告的时候,学生玩手机严老师就不太能容忍,会批评他们。严老师认为尊重别人的劳动成果是必需的,别人辛辛苦苦准备出来的劳动成果可能你并不认可,但是要学会尊重。

严老师觉得大学里最主要的是学习技术,他鼓励学生去学习一些别人不会的技术,这样才能出奇制胜,这就是所谓的"人无我有,人有我优"。另外,严老师也要求学生们要制定一个目标,而且要定得远一点,这样才有动力去竞争。有了竞争力,发挥出竞争力,这样的一个团队,学生都能够实现最大的价值。当然,一颗自信的心也是不可缺少的。有技术,有自信,有目标,有竞争力,严老师相信具备这些的学生会创造自己的价值,这也是严老师培养学生的目标。

在日常教学之余,严老师也积极鼓励和辅导本科学生进行课外科研活动,多名学生在海藻生物活性物质机理研究和产品研发方面做出了较深入的实验研究和创新思路。有一个学生还在他的实验室的时候,就在研究如何在蓝藻分泌出毒素前测试出有多少是有毒的。当时他的学生在暑假的时候发动班级同学一起去各地测试。最后回来的时候,学生觉得自己在基因研究方面还存在一些不足,想去再学学,这样做实验会更得心应手。严老师听了之后就推荐他去进修;进修回来后,学生把蓝藻的基因好多都研究出来了,这样为后期的研究打下了一个良好的基础;之后严老师团队也研究出了一个小小的仪器来检测水中蓝藻的分布。

同时,严老师也积极为大学生和中学生进行科普知识的讲演,如"微型藻类的两面性"和"生物行为的化学原理"的主题讲座,深受学生好评。严老师记得有一次给本科生上课,可能是那一次讲得太好了,大家都为其鼓掌,这让严老师觉得劳动成果被尊重和被认可了,很开心。

当然不可否认,肯定也会遇见问题学生。对于这样的学生,严老师有三招:一是以情动人,用大道理去说服他。大道理有时候是听得很多,但是这个时候大道理也是管用的。它为什么叫"大道理"而不是其他,就是因为是适用于所有人的道理。二是手把手地教。就像布置一些简单的任务给学生。严老师之前遇到的一个研究生,是典型的问题学生,常常说谎，经常会说什么亲戚病了然后向他请假。后来严老师打电话到他家里，发现没这个事儿，就打电话给学生，学生很不好意思地说他不会做这些项目。严老师就说我这里有三个项目，你挑一个你觉得容易的，然后就只做这个，其他的都不要管。再不行严老师就直接告诉他哪个项目简单点，让他挑那个项目。如果学生还是说不会，严老师就亲自带他做实验；或者找其他比较优秀的学生来带他一起做。这叫借光，让他做些简单的任务。最后一招是最无奈的了，被严老师叫作送菩萨出门。当学生可以离开的时候，果断地让他去其他的地方，比如介绍他去外面的研究所、开发公司等。

另外，面对当下多元化的教育现状，严老师认为我们的教育不应该是刻板的教条，而应该以生动的实践和鲜活的思想来吸引学生。近年来，严老师的很多学生也在国内外权威刊物上发表文章，并多次代表宁波大学参加高水平的学术交流会。在严老师的心里，如果每个学生都能茁壮成长，都能超越自己，那也是对他的一种肯定。

潜心科研，不断创新

作为科研工作者，曾有人用几个字给严老师作了概括："潜心科研，不断创新"。在一般情况下，实验室通常会是科研人员工作的"主战场"，然而对于严老师来说，实验室更像是他的"家"。10 多年来，严老师多数时间是在实验室里度过的，如果三天不进实验室，严老师就浑身不自在。

严老师主要研究海洋生物药源生物学与生物代谢分析，侧重于海洋植物及微型生物的次生代谢产物分析与生物学活性的研究与开发。严老师和他的团队通过基础研究创新，利用藻类生物资源研发取得了一系列技术创新，获得授权发明专利 21 项，其中 6 项作为第一发明人。他还曾以第一完成人获得国家科技进步奖二等奖、浙江省科学技术奖一等奖、教育部优秀科研成果奖二等奖等。近期完成的研究有"高效海水养殖和灾害响应机制"教育部创新团队项目，通过交叉学科的联合研究，进一步深入研究海水养殖在台风、赤潮等自然灾害中的生理胁迫过程和有效防控技术，创新适合于东南沿海的高效养殖品种和资源开发途径，2011 年 3 月，严老师的团队成功地举办了"高效海水养殖与灾害响应机制"国际学术会议，受到国内外同行的一致好评。

教育成梦，筑梦海洋

严老师认为自己目前最大的教育成就是培养出了一些优秀的学生。比如现在宁波大学的一名女教授，以前是他的一名学生，本科的时候就跟着师兄师姐做一些实验，没怎么注意，想着一个本科生也做不出什么很好的东西。后来研究生的时候还是报在严老师这儿，观察了之后发现她实验做得挺不错的。研究生刚开始的时候她就找到严老师说想总

笔者和严老师合影

结一下本科做的实验，发篇英文的论文。严老师说你试试看吧，后来严老师把她的论文作了修改，投给国外的一个比较有名的杂志，最终被录用了。

说到教育梦，严老师有他的梦想。他最大的教育梦是想把学生教得更优秀，而在研究方面也能多出好的成果。就像现在研究所的小张老师，他原先是宁波大学的本科学生，是严老师带的学生。研究所刚成立那会儿，人还很少，小张就来帮忙。其实刚开始觉得本科生和研究生还是有差距的，但是小张后来做得都不错，可以说达到了研究生的水平，本科干活做事都挺认真踏实，所以一直在严老师的研究所工作。

直到现在，严老师从教10年之后，他的教育梦想仍然是培育优秀人才，但是现阶段他最大的梦想是希望课程上能向西方国家学习。“希望我们的教学能够和国际接轨，我的学生可以多学习一些国外的知识和理念。学校和我最近就在和国外的一些世界百强的学校联系协商，希望我们宁波大学有更多的学生能够外出学习，达到国外学校的要求，拿到更好的文凭，最重要的是学到更有用、更好的知识和技能。”严老师满怀希望地说。

严老师还有另一个想要实现的梦想，是让学生在学校期间就能懂得把握住时间，能够有精力去学习一些新的东西，并达到一个更高的水平。只不过因为尝试一些新东西的时候，会有一些小麻烦。一方面要和学校商量好，让学校能够接受严老师这个新的教学方式或者新的教学内容，另一方面又要保证学生能接受，可以跟得上严老师上课的进程，再者还要确保有合适的仪器提供给学生学习、做实验。创新是件挺麻烦的事情，因此这也是严老师现在和未来想要实现的一个梦想。

一碰海洋心似火

人在干一件事久了之后可能会产生疲惫感，但是严老师自从研究海洋生物起就从未产生过疲惫感。大概正是一种归属感和使命感，让严老师觉得很有趣，并且从来没觉得要放弃它。人年轻的时候，总会想着换不同的工作，换几次也是正常的，太多了就会不安稳了。严老师刚开始也不是研究这个专业的，之前有去做过总经理助理之类的工作，后来应酬太多，就不太喜欢，想想还是搞研究适合自己。从此以后，严老师就一直做研究，没有变过，也觉得研究挺好的。

活到老，学到老。严老师现在把研究当成一种生活习惯。有人说“一入侯门深似海”，严老师说“一碰海洋心似火”。现在，严老师也没有离开那片浩瀚的海洋，以后也不会离开这片海，直到他再也无法研究它。严老师也有想过退休了之后要干什么的想法，但是当这一念头闪过脑子的时候，他觉得想得太多了。退休了以后就玩吧，就这么简单。严老师想研究哲学，琢磨它们的奥妙之处。回顾自己年轻的岁月，想想先人们讲过的大道理，品味这一路的人生哲理，改掉以前的错误之处，这会让严老师这一生更有价值。

文/图：金晓婷　金丽兰

指导老师：聂晶磊

余如玉 / 十年风华，用理想教育奠基学生的未来 /

人物名片

余如玉，男，53岁，余姚市实验学校校长、书记。余如玉校长是一位长期从事基础教育的优秀教育工作者。34年教龄，24年校长，先后在农村、山区6所基层学校任教并担任管理工作，主持过4所学校的新建、扩建工作。连续23年校长考核优秀，先后被评为全国优秀教育工作者、全国青少年科普创新教育先进工作者、浙江省"春蚕奖"获得者、宁波市"十五"教育科研先进个人、第二届宁波市中国特色社会主义优秀建设者、余姚市劳动模范、余姚市改革开放30年风云人物等各级各类先进荣誉。2012年4月17日由宁波市教育局主办的"余如玉教育思想研讨会"在宁波举行，他的"理想教育为学生未来的发展奠基"办学思想和教育思路得到与会专家、学者、领导和教育界同仁的一致肯定。

"追寻"

生命的意义在于追寻，生命的价值在于创造，在这种追寻中才能体味生命的真谛，在这种创造中才能得到生命的乐趣。

2013年8月5日上午，"行走的新闻"采访小组来到余姚市实验学校对余如玉校长进行采访。上午8：30，余如玉校长准时出现在学校教学楼前。在我们眼中，他的神态似乎不是一个学校校长，而是一个家的家长，没有开车而是步行在校园间，与我们想象的严肃不一样，他和每一个问好的学生亲切地打招呼，并招呼我们去校长室。在采访前我们也对余姚市实验学校做过全面的了解：1999 年 5 月白手起家，租借校舍创业；2003 年 9 月，一所有 3000 余名在校师生，总投资 1 亿元人民币的现代化学校已矗立在姚城之南。短短五年的时间，让这个还是稚气未脱的学校拥有这么严谨有序的管理模式，这么高效可靠的师资队伍，这么令人称赞的教学成绩，这无疑也使我想了解这个美丽恢宏的校园建成发展的故事。不管是美丽的校园，学生的活力，还是在会议室等待时满面墙的锦旗，这所民办学校向我们展现了它独特的魅力。

余如玉校长作为一名教师，从第一次走上讲台至今已经有了三十余年，他选择了教育这条路，并在这条路上风雨兼程——从年轻时的懵懂到现在创办余姚市第一所民办学校并取得傲人成绩。在问及为什么会走上讲台时，他笑了笑，然后像一个亲切的长辈般给我们说起了他年轻时候的故事。

1977 年我刚好高中毕业，那年 12 月也正好恢复了高考，而我是农村的学生，也是农民的孩子，那时候还有生产大队，生产大队书记找到我，说我们大队缺一名高中数学老师，作为刚刚高中毕业的我是当时村里学历最高的知识分子，于是大队书记叫我去教书，当一名民办教师，当时我只有 19 岁，而我的学生也有 16 岁。那时候的我还很青涩，什么也不懂就走上了讲台。对“教育”这个概念我只是理解为简单的传授知识，觉得能把自己学到的知识让自己的学生融会贯通就是教育。在从教学到办学的过程中，吃了很多苦也经历了很多难，自己也从一个只是单纯注重对知识教授的老师成长为一个拥有理想，富有张力的中国民办教育体系的校长。所以，这些年说长也长，说短也短，时间过得飞快，总之是收获了许多。

一个成功的教育家的作为是绝不会仅仅局限于对知识的传授。余姚市实验学校作为余姚市第一所民办学校，创办之初谁也不会想到会有今日的辉煌成绩，而这一切都是由余如玉校长和他的团队造就的。余如玉校长在教育一线工作有了成果，同时对传统教育的不足和教育改革有了自己的思考时，余姚市教育局委托他肩负起创办一所余姚人民自己的中学这样的重任。我们问起刚刚创办这个学校难不难时，余如玉校长坚毅的目光似乎闪过一丝动容，这其中不仅有事必成的笃定，更有白手起家的团队情谊，同时独特先进的办学思想也让他向我们展现了别具一格的人格魅力。

1999 年夏天，在周围还尚未平整的农田里，只有一幢四层教学楼和一幢近乎两层楼高的房子兀立着。而我正站在一张旧桌子上，向前来报名的家长起劲地宣讲着梦中的理想：一所将投资 8000 万元的新学校的辉煌。

没有足够的资金，没有足够的人手，没有足够的经验，只有一帮最拿手的就是站在讲台教书的老师和满腔的办学热情，用了一个暑假的时间，5 个老师包办了去教委跑人事、招生咨询和基建筹备。当时根本没有足够的时间和资金，于是我就只能走了两步险棋，一是引智兴学,借来牌子;二是空头支票,"骗来"学子。不过我们靠市委、教委主要领导的大力支持就一定能成功,而当时最关键的两件事一是招足 360 名学生,筹资 500 万元;二是抓紧时间,做好开学前的准备工作。就这样,我们先借来新城市小学的几间房,总共不超过 20 间教室,打出了"现代化民办寄宿制学校"的广告,在教委的大力支持下和社会各界的热情帮助下,我策划的"空手套白狼"计划圆满成功,筹到了建校、办学经费 600 余万元。

那个暑假很忙碌也很疲劳,每天都跟上班一样,早上 7: 30 到校,中午吃快餐,晚上几位老师就聚在一起就对自己的工作开个"行政碰头会"。我们整天抱头苦思冥想,学生来了全寄宿的生活应该怎么过,到底需要添置哪些物品,生活服务包括哪些方面,生活辅导老师应该怎样培训,手头没有一点点资料,也没有人告诉我应该怎么干,甚至找不到一点感觉。我甚至满怀希望地向一个诸暨当民办学校校长的同学求教,要求提供一点教师管理、结构工资、生活服务、教学计划之类的文字材料,没有想到这位老同学没有留一点情面,回答这是民办学校惯例,属机密类资料,概不外传,碰一鼻子灰。于是我们讨论决定,以家长身份,以为孩子报名为由去宁波万里国际学校中学部看看。从宁波万里国际学校中学部的"私访"中,我学习到了许多办学经验与模式。

2000 年夏天,姚城南隅的田野上,新建学校的一幢教学楼、一幢学生宿舍和膳食中心约 2.4 万平方米的建筑,脚手架还未撤除,给排水工程与道路寸土未建,而时间已逼近 8 月 20 日,开学在即,十万火急。只能夜以继日,教职工同时上工地,不顾道路泥泞、蚊虫叮咬,肩扛手提,用汗水和着血水,居然在 9 月 8 日下午完成了 1200 名学生的衣、食、住、行以及教与学的准备,淡黄色的新楼群第一次传出了琅琅的读书声。

说到这里,余如玉校长脸上竟然挂着孩子般骄傲的微笑,他说:"你说难不难,现在我们那帮一起走过来的老师们,没有一个提到那个时候不会流泪的,但正是因为这种感情使得我们留下来的老师都非常团结,也正是因为这种感情,我们把这个实验学校不是只当作一个学校,而是当作我们的家。"

"放飞"

> 教育因为有了理想而更有目标,因为有了理想而更富有理性。我们理想中的教育,就是蕴含理想、富有张力的中国民办教育,因为它是关注现实的,所以他也是面向未来的。

当我们和余如玉校长促膝而坐时,我们才真实地看到这个令人敬佩的校长:严肃而又不乏和蔼的面庞,眉眼中透出些许疲乏,岁月与风雨在他脸上也留下了深刻的印记。采访正值酷暑,而他也并没有放松校园管理工作,有几个年轻精干的老师过来面试,于是我们问起余如玉校长招收教师的标准时,他笑了笑说道:"我们对教师招收的标准首先必须是一名师范类大学毕业的学生，其次是有教学经验，对于那些有经验的教师我们当然会优先考虑。最后也是最重要的，就是作为一名教师的使命感与责任心。在教育中，教师所扮演的角色是至关重要的，所以我们作为管理者就要做好把关者，严格筛选出一批优质的教师，建立最完备的现代化教学体系。”

实施素质教育，关键在于教师的素质。实验学校在创办初期聘用的都是全市优秀的年轻教师，面对这一支具有较高素质的师资队伍，学校并不是简单地使用，而是不断地加以培养，转变教师的观念，使教师永葆青春活力，真正撑起实验教育的高高大厦。余如玉校长在谈到“铸师魂，强师能”时显得格外激动，他向我们说起了他自己别具一格的师资队伍建设方案。

作为一名老师，要教给学生的不仅是知识，更是一种精神，而吃苦耐劳、敢做敢当的精神只有在军队才能体会得到，所以我们给所有老师们的第一个“下马威”就是烈日下为期一周的军训，严格的准军事化管理，高强度的训练，能使教师领略到什么叫铁的纪律，也磨炼他们吃苦耐劳、顽强作战的意志。我还记得有几位教师在医务室拔掉吊针，重新走回训练场，这种精神相信也可以延续到以后的教学工作中去。

接着，转变教师的观念，是学校教师工作的重中之重，我在各个大小会议上多次提出：“为学生服务，对学生负责，向学生学习”的教育新理念，通过学习理解和切身体验民办学校的运行机制，将学校的兴衰与个人的荣誉、利益紧紧相连。

同时我也对长期以来已成定局的教师工资利益分配制度做了调整，实施了教师的岗位责任制、结构工资制和考核奖惩制，让教师们真正明白了民办学校的分配方案公正、公平，体现了“不看学历看能力，不看过去看现在，不看资格看贡献”的竞争机制，使广大教师学有目标，干有劲头。

作为一名民办实验学校的校长，余如玉校长十分注重师资实力的提升和师生关系的融洽。而作为一名管理者，他更是看到了许多众人看不到的细节：他规定，小学班主任每天要抚摸一下学生的头，以示关切；生活部规定，生活辅导老师每天要找三个学生谈心。所以你在实验学校看到的老师，除了上课之外，不是在埋头伏案工作，便是在和颜悦色地和学生交谈。老师们平等地对待每一位学生，无呵斥、无歧视、无体罚和变相体罚。

余如玉校长说到这里，拿出一本《实验学校教师手册》，翻开说：“正是因为孩子们还只是孩子们，我们才要对老师们高要求，只有这样才能做好孩子们的领航人。”接着余如玉校长笑着说：“你知道吗？当时进行教职工岗位职责闭卷考试的时候，还有人把这么多条款背的一字不差呢！”从余如玉校长的脸上，我看到了作为老师的激情，作为实验学校一分子的自豪与骄傲。

“收获”

播下辛苦，收获希望，而这种辛苦是基于冷静、科学、批判和建设性的态度：

客观把握经常变化着的社会、经济与教育的关系,有效传授人类社会发展中长期累积的基本知识与技能,让学生养成具有人类社会共同追求的基本价值观等。

在余如玉校长34年的教龄中,有24年担任着校长职务,人生一大半的时间中,他的名字都是和校长紧密联系在一起的。在问到他对校长这一职务的理解时,余如玉校长显得十分谦虚。

我认为,教育环境是教育生产力,而校长理应成为建构优秀教育环境的建造师。说实话,办学质量和效益的竞争实质是校长素质的竞争,只有高素质的校长才能办出高质量的学校。作为一名校长,其角色、工作性质和学校环境正处于变化中,因此在复杂的条件下,校长应当终身学习,他不应该拿着鞭子走在后面,而是举着旗帜走在前面。

校长是学校管理队伍中的精英,是能够提出学校发展远景的设计师,是能打造优秀团队的智者,是追求卓越办学成就的勇者;是能吸引大量优秀生源和优秀师资,并能调动其热情和智慧,从而让其能力和智慧得到最优化发挥的领导者。

余如玉校长是一个有智慧的管理者,作为一个实验学校的校长,同时也是一个管理者,他不断学习、真诚理事、善于研究、勇于创新。在校务管理中也贯穿着他的学问,例如"鲶鱼效应"树立榜样,向榜样看齐,营造"能者上,庸者下"的环境,为奉献者、能干者搭台。增强教职工的危机意识,让良好的"鲶鱼效应"促进学校的持续发展。余如玉校长无疑是现代学校管理中的佼佼者,当我们让他聊聊现代学校管理的基本特征时,他露出了自信的笑容。

首先是凸显人本思想。这体现在教师的管理权、教学权、学习权和健康权的尊重,师生平等,有尊严,有质量地学习、生活、工作和发展。如在实验学校办校方案中明确提出"培训和健康是教师的最大福利"。

其次是体现经营与服务意识。发展导致竞争,利益又导致竞争的加剧。校长及其校务班子是领导者、经营者,是师生的服务者、合作者。教师既是导师,又是服务者,学生是享受服务的受益者,学校的一切资源均为学生的发展服务。

再次是倡导民主化和制衡化。学校的重大决策、日常管理、课堂教学、学校管理体制及机构设置等都必须是民主和制衡的统一,目的是体现个人和集体的尊严和价值。如在管理上,学校的各种制度与决策,来自于教师,通过提炼运用于教师;来自于管理一线,通过规范又应用于管理一线,这就是民主与规范、民主与制衡在管理中的生动体现。

最后是学校管理的开放性。学校内各职能部门、各班级、各教研组指尖的开放、交流与沟通。学校外部的开放,是学校与社区、家庭等开放互动,相互支持,借力于外,为学校发展服务。如实验学校小学部成立班级家委会,借力于家长资源,为达成教育目标服务。

这是艰苦的10年,也是蜕变的10年,我们从对余如玉校长的采访中感受到了生命的力量。他在教育路上苦苦探索,孜孜不倦。他从一名老师到一名校长,从一个教育工作者到一名教育管理者，几十年的教育梦，他筑梦在宁波。正如他所说的："教育，是一个心灵对另一个心灵的触摸和感应。在这条路上，我们依然在前行，这个夏天一定会过去，下一个夏天也依旧会来临。在这样一个又一个的起点和终点之间，我们背负的使命与责任依然崇高。当新一轮太阳从东方升起，我愿意以更饱满的激情，在依然行走的夏天里，去观察，去思考，去开拓。"

文/图：杨木子

指导老师：陈春波

苏志刚 / 职业教育人的逐梦之旅 /

人物名片

苏志刚，三十年辛勤耕耘，三十年努力前行，就为了实现一个梦想：让职业院校的学生更好地成长成才，成为学院亮丽的名片。在他的带领下，宁波职业技术学院成为国家首批示范性高等职业院校，是全国高等职业教育的排头兵；在探索和实践中形成的合作办学、合作育人、合作就业“三位合一”，政府、学校、企业“三方联动”的“三三模式”被誉为高职教育的“宁波北仑模式”，并荣获第六届全国高等教育教学成果一等奖，填补了宁波高等教育史上的空白。他是中国职业技术教育学会副会长，中国高等职业教育的领军人物，一位奋斗在职业教育管理一线的教育工作者，宁波职业技术学院党委书记。

校园树木成荫的道路两旁，“创业示范街”的导路牌让初次来到宁波职业技术学院的我们耳目一新。这所创建于 1999 年，位于宁波北仑港畔的高职院校是一所怎样的学校呢？苏志刚又是怎样一位拥有梦想的教育人呢？

我们带着惊喜与好奇走进苏志刚书记的办公室。虽然还是在假期里，苏书记却早已开始了工作，作为一名从教 30 年的教育管理者，他始终把工作放在第一位，这使我们对他更多了份敬畏之情。

梦的伊始——“学生让我成就了自我”

“做教师就不能想着成为老板，你不可能变得很富裕但会很富足，回首看到桃李满园的时候，就会打从心底感受到做教师的满足感、自豪感。”

苏志刚1982年从师范毕业后便成了一名老师，那时，他脑海中从教30年的教师是非常了不起的，而到了现在，他也实现了当初的梦想，这30年里几乎没有离开过教师这一岗位。

开始时，苏志刚在一所乡村中学教书，那里的学生与效实中学、镇海中学的学生比起来有很大的差距，学习成绩大多处于中等或中等偏下的水平，有的学生家里条件也不好，很多学生属于弱势群体。要关怀并转变一个学困生、贫困生或是有心理障碍的学生，对于教师来说是很不容易的，转变一个后进生所付出的精力可能远远大于培养一名精英学生。无论是做教师还是做校长，苏志刚将很大一部分精力都花在学习比较差或是家庭贫困的学生身上，他也慢慢感觉到，根据不同类型的学生开展教学，对教师来说是最大的挑战。对于优等生，要尽可能提升他的能力，让他有更好的出路；对于后进生，要让他重拾自信，成为一个身心健康的完整的人。苏志刚认为，既然选择了教师这个职业，那便要完成教师的使命与追求，做教师就不能想着成为老板，你不可能很富裕但会很富足，回首看到桃李满园的时候，就会打从心底感受到做教师的满足感、自豪感，那时你会发现这些学生才是你这辈子最大的财富。

来到宁波职业技术学院后，苏志刚开始从事职业教育。在学校发展之初，他就一直在思考到底该如何使学校成为一所真正能够输出人才的学校。

在1998年，很多学生是没有机会读大学的，高等教育的入学率只有不到10%。1999年，国家开始扩招，为了满足更多人读大学的愿望，也为了培养经济社会发展急需的技术技能型人才，国家开始大力发展高等职业院校，让原本进不了大学的学生圆了大学梦。苏志刚从事高职教育15年，这15年间，高职教育的价值也在逐渐体现。一些学生经过了12年的基础教育，却对自己缺乏自信，家人认为他不行，老师认为他不行，社会认为他不行，甚至他自己都这样认为，尽管考进大学，他仍然认为自己不好，这就给高职教学带来了极大的障碍。有的人确实也养成了不良的学习习惯，这对他们的自我发展是很大的阻碍。同时，苏志刚走访了许多企业，发现了一个突出的问题：企业职工80%的都是外来务工者，他们文化素质不高，甚至只有初中或小学学历，而管理者的学历也并不高，拥有大专以上学历的不到10%。

“职工的从业素质普遍不高，降低了行业的质素，更严重影响了行业的发展。拿汽车来说，所有的零配件都一样，可是德国原装进口的就是比中国组装的质量要好，我们不仅技术比不过他们，连员工素质也比不过他们。其实，企业真正需要的是训练有素的高素质人才。那时起，我明确了一点，就是学校应该把学生培养成有很强从业能力的职业人，让他们成为企业真正需要的、不可或缺的人才。”

2007—2010年，宁波职业技术学院连续对学生学习状况和新生心理健康情况进行了调查，发现75.6%的同学缺乏自信心，65.2%的同学自主学习能力较弱，这些都是应试教育和灌输式教育带来的影响。苏志刚认为,要做一个受企业欢迎的人才,首先要培养自信,要敢于追求成功。所以宁波职业技术学院从2007年开始开展"成功教育",推出成功大学系列讲座课程、班集体特色项目建设、毕业生名片工程和"思源基金"四个平台,引导学生去了解成功的内涵、感受成功的案例、找到成功的方法并实践,使同学们心态阳光起来,学习主动起来。2010年开始,学院还陆续推出了60多个自主学习的"工作坊",让学生们能够结合兴趣和专业,提高实践技能;2011年起,学院搭建"职场化素质训练链",利用学校西校区数字科技园的资源和人力资源服务基地的优势,让新生从始业教育开始就接触企业、了解企业,请企业人力资源专员为新生指导职业生涯规划,开设创业创新教育课程,帮助同学们对接职场,便于今后更快更好地适应职场,提高个人竞争力。

梦的实践——"课堂不仅仅在教室里"

"我和每一位老师说,要按照高技能人才要求来培养我们的学生,要有适合职业教育的教学模式,我们争取为每一位学生找到适合他的教育方式,发挖他们的潜能,提升学生的就业竞争力。"

宁波职业技术学院从1999年开始探索学生的培养方式,概括来讲,主要是"四个观"。

"第一个是'学生观',学生才是学校的名片。我们有两句口号,第一句是'让宁职院的学生成为企业的首选'。在学历方面,宁职院的学生可能不如他人,但他们更懂得刻苦努力,更有责任心,更具备专业技能,这就是我们的优势。如何让宁职院的学生成为企业的首选,是我们花费大量精力进行人才培养的最终目标,我们也叫它'成功教育'。我希望我们的学生能利用进校初这一个月的时间,找回学习自信,明确学习目标,再通过职场化训练成长为企业的首选员工,这也是我的办学理念。第二句是'学生是学院的名片'。我将名片交到学生手中,把我的声誉、学校的声誉寄托在他们身上,以学生作为我们的骄傲,这样,学生就会感觉被重视,被期待,责任感就油然而生了。"

"第二个是'人才观',转变学生自卑心理,培养自信。我和每一位老师说,我们要把学生当作人才来培养,不要计较他们进来时考了多少分,要关注的是走出校门后他们的出路。对此,我们也有职业的教学方法,我们会请企业的人力资源专员来给新生上职业规划课。争取为每一位学生找到适合他的教育方式,发现他们的潜能。要告诉每位学生,他们不是差生。"

"第三个是'教育观',坚持校企结合,理论与实践结合,争取最大限度地开发学生能力,找到每个人的闪光点。新生入校前两周不上传统课程,而是做素质拓展训练并去企业调研,很多学生调研回来后发自内心地感慨'我们太有用了,企业太需要我们了!'于是他们的自信心就来了。他们原本是封闭学习的,但是在此之后,他们会发现很多知识在书本里学不到。在实践过程中,可能会遇到困难,但得到的收获却是书本知识无法取代的,这就是社会实践，在实践中得到成长与锻炼。因此，必须打开校门，把学生带向社会，而老师则是那个打开校门、帮助学生走向社会的人。但很多老师习惯了传统的课堂教学，不具备这些能力，为解决这一问题，我们将课堂向企业延伸。如今，学校有一半的老师来自企业，这种‘双导师’的教学方法一下子就使学生的知识和技能得到了极大提升，有的学生直接去到企业，请企业的专业技术人员进行现场教学，这样可以直接学到他们想学的东西。”

“第四个是‘质量观’。我们对学生就业质量有测评，企业和学校共同参评，这样测评的结果才真实可信。相比就业率，我更看重就业质量的高低。因此，学生到企业后能不能适应、能不能发展，成为我们的测评重点，比如工资水平、岗位发展前景等。”

现在的宁职院还是全国唯一的中国职业技术教育援外培训基地。苏志刚表示要继续探索适合中国特色的高等职业办学模式，并向其他发展中国家输出职业教育模式，现已有100多个发展中国家的官员来宁波职业技术学院学习职业教育模式。一直以来，我国的职业教育都向德国、美国等发达国家学习，而现在，我们还担负着向发展中国家输出中国特色职业教育经验的使命。

梦的助力——“从自立中找回自我价值”

“我告诉我的学生，所有接受‘思源基金’帮助的孩子都是非常棒的，因为他们相信自己，更加相信未来，一个敢于向他人借款并且拥有绝对信念的人是了不起的人。”

家庭贫困其实是再正常不过的现象了，当前学校、社会有很多助学基金和慈善机构，能够帮助贫困学生解决学费问题，这当然是好事。但是很多人并不了解，太过直接的物质帮助不见得可以令他们欣然接受。他们常常感到，接受捐助就是受人施舍，他们的内心有种无形的压力，一种低人一等的自卑心理。可是出于贫困，他们无奈接受，这对他们的心灵是一种伤害。出于这一考虑，宁波职业技术学院创建了“思源基金”，帮助贫困学生读完大学。

“我告诉我的学生，只要你对自己的未来充满信心，你就可以大胆地向‘思源基金’提出申请，所有接受基金帮助的孩子都是非常棒的，因为他们相信自己，更加相信未来，一个敢于向他人借款并且拥有绝对信念的人是非常了不起的人。我们利用‘思源基金’做到不让一个学生欠学费，鼓励学生大胆地、理直气壮地抬起头来申请‘思源基金’，只要在内心做出承诺，将来有一天，会反哺社会，反哺基金，那么你就是一个值得‘思源基金’帮助的人。”

“思源基金”初创的首笔款是由宁波职业技术学院师生一起捐献的，现在形成了一个传统，每年都要为“思源基金”做一次慈善捐款，由学校专门的组织来管理“思源基金”。另外，还建了“思源超市”，师生不用的物件或者毕业生留下来的东西可以在这里进行二次转卖，全部所得都将捐给“思源基金”。苏志刚去外地讲课时，也有许多人想为思源基金捐

建筑工程专业产学研合作恳谈会上聘请企业家为兼职教授

款。他不赞同做慈善一定要捐很多钱或者注重回报,他认为有些人虽然把钱拿出来了,但没有明白慈善的含义。做慈善就不能老惦记着回报,要求回报的不是慈善而是生意,就成了商人。

帮助不是施舍。美国有一种很好的扶贫方式,在资助时既帮助了他们又用到了他们的劳动力,这会让他们觉得所得的资助是自己的劳动所得。这些孩子已经倍受家庭困难的压力了,不能再让他们有欠债的压力,他们真正需要的是没有包袱,像其他孩子一样平等学习。这就是"思源基金"创办的目的,宁波职业技术学院为学生们提供了帮助,也希望他们能从自立中找到自身的价值。

如今,思源基金发展得特别好,尤其令人意外的是反哺率特别高。实际上穷人的孩子早当家,很懂事,他们一有钱就会想到当初帮助过他们的"思源基金",就会反哺。

刚刚创办这个基金的时候,也有人担忧现在的孩子不讲信用,不会反哺,不看好这个基金能发展下去。苏志刚认为不用担心这个问题。"第一,我相信自己的学生,一个老师连自己的学生都不相信,那还要去相信谁呢?第二,学生不反哺,肯定有他的原因。可能他一生都穷困,根本没钱还,那么作为他的师长,我们很愿意帮助他,根本就不会在意这笔钱。或者学生毕业后需要找工作,需要忙自己的事情,暂时没来还,那也没关系。因为是我们的学生,之前帮助他本来就没想得到回报。第三,有些学生可能会有怨恨情结,觉得社会不公,导致自己的贫困,对于这样的学生,我们只能说是学校的教育还不完善,我们的教育还没做到家。"

但是总会有让人感到欣慰万分的学生,他们牢牢记住母校的帮助,在他成功之际来母校反哺。苏志刚认为,其实做教师最难也是最重要的就是在学生心里埋下种子,如果教育急功近利,那么肯定教不出好学生,学校注重获利那么肯定办不好,因为教育本来就是百年大计,做教师就注定要做好付出的准备。"回首我教书的三十年,那是历历在目,我可以讲好几天,讲各种各样的故事,我很享受这样的感觉。"

梦想展望——"发展职业教育,任重而道远"

社会、家庭对于职业教育的偏见根深蒂固,特别是一些企业对学历有要求。苏志刚认为他们的不少学生是很不错的，他们拥有专业的技能，有爱心、有责任心，是社会很需要的人才。面对社会的偏见，他们一方面只能面对，只能接受；另一方面要让学生在三年后去证明自己并不比别人差，在民营企业、国有企业的面试中脱颖而出，胜过比自己学历高的人。

苏志刚陪同市领导参观校企合作共建的海天实训楼

确实，现在社会上的岗位待遇差别很大，民营企业和国有企业工资待遇、福利保障都有很大差距，社会还没有形成公平竞争的机制，比如没有本科学历就连考公务员的资格都没有，很多门槛、歧视政策都没消除，这在很大程度上使人们还无法转变传统观念。

在采访的最后，苏志刚说："职业教育是一种教育类型，我希望它不只是停留在人们口中的专科，它应该有职业技术类的本科，甚至研究生。包括传统的本科院校的转型，都应该朝着职业技术学院的方向，不一定叫职业技术学校，但办学的模式、教学方式都应该向这方面转变，学生不能仅仅停留在课堂，而是要走出课堂，敢于实践。我们国家搞理论研究的人已经很多了，现在最需要的是干实业的人才，所以，未来的课堂应该是一半理论一半实践，毕竟绝大多数人毕业后都要面临就业，搞纯理论研究的人终究占少数。但职业教育要突破目前的困境，需要进行多方面的探索，职业教育的发展还任重而道远！"

文/图：张斯惠　钱　峥

指导老师：邬雨帆

邱国平 / 将己所学倾囊相授 /

人物名片

邱国平，1964 年生于广东省。1980 年，考入成都电子科技大学计算机系，后又考上北京理工大学的研究生。1990 年，被公派去英国读博士，1993 年起从事教师职业。在他 20 年的教书生涯中，先后在英国利兹大学、英国诺丁汉大学等世界名校任教。2012 年 8 月，他来到宁波，担任宁波诺丁汉大学计算机系主任。他总希望将己所学，倾囊相授予自己的学生。

一

"我希望学生能够从我身上学到有用的东西。因为每个人在成长的过程中总会走一些弯路，如果我把自己在人生中学习到的经验告诉学生，这样他们就可以少经历一些不必要的磨难。"

1964 年，在中国南方的广东省，有一个孩子呱呱坠地。在那个温饱尚未解决的年代，大人们很少关心孩子学习方面的事情，当然更不会有太多的人去考虑、关注出国留学这种看似遥不可及的事情，然而那个孩子却都做到了。"我从小学到高中只上过两年的学。那个年代正值'文化大革命'，很多人都不读书，大家对高考也没有现在那么重视。我是国家恢复高考后的第四批大学生，算是比较幸运。"这个孩子，就是邱国平。

1980 年，邱国平顺利地考入成都电子科技大学计算机系。大学毕业后他独自一人来到北京，在一家电子工厂工作了三年，后又考上了北京理工大学的研究生。因为优异的成绩，在研究生毕业之后，邱国平便被公派去了英国的一所大学读博士。“我是1990年年底到英国的，用了两年半的时间完成了博士学业。1993年我便开始教书，今年(2013年)刚好是我教书的20周年”。

在这20年的教书生涯中，邱国平教授先后在利兹大学、英国诺丁汉大学等世界名校任教。2012年8月，邱国平教授来到宁波，担任宁波诺丁汉大学计算机系主任。

邱国平一直在国外教学，当谈到他这次回到国内教学会不会有什么不同或困难时，他笑道：“困难肯定是会有的，我觉得这并不是在国内或国外的问题，教学本身就是一件有难度的事情。宁波诺丁汉大学的性质跟英国诺丁汉大学是一样的，在宁波的教学模式是严格按照英国诺丁汉现有的课程安排的，准确地说，是我们在中国、在宁波 deliver 国外的一种教育制度。学生在第一年会专注于语言学习，后面才会进入到专业课的学习，所以在语言上学习的困难不会很大。”

宁波诺丁汉大学是中国第一家采用国外教学模式的大学。邱教授说：“我不能很肯定地说我们这所大学的教育体制完全没有缺点，但我还是希望这种教学理念、模式，能对中国的高等教育产生一定的积极影响。在宁波办这样一所国际化大学的目的，不仅仅只是培养一批对宁波有用的人才，更重要的是培养一批对中国、对全世界都有用的人才。这并不是我一个人的理想，这是宁波诺丁汉大学每个教育工作者的理想。”

教书对于邱国平教授来说是一件意料之外却也是情理之中的事情。对于自己专业的热爱，是让他坚持走下去的动力和支持。20年的教书生涯，沉淀了他严谨、科学的教学态度。

“我希望我的学生在课堂上能感受到一种平等、轻松的氛围。我与学生之间唯一的差别可能就是年龄了。我们那个年代读书比较少，我从小学到高中只读了两年书。因为当年在搞‘文化大革命’，对高考不重视。后来恢复高考后才考上了大学。我一直对学生说，很多东西我可能不一定懂或者我懂一些，并不全懂，但我经历过的事情比他们多。我经常鼓励学生，我讲得要是有道理，你就听，讲得不好的地方可以随时提出来。”

被问到希望成为学生眼中怎样的一位老师时，邱教授爽朗地笑了：“我希望学生能够从我身上学到有用的东西。老师的职责，就是要把自己的知识，不光是书本上的知识，还有自己人生中的一些经验教给我的学生。因为每个人成长的过程中总会走一些弯路，如果我把自己在人生中学习到的经验告诉学生，这样就可以让他们少经历一些不必要的磨难。”

在国外教学的近20年里，邱国平教授深深感受到不同国家之间文化背景的差异以及不同教育对学生的影响。他认为，在中国，中小学教育办得相对比较好，所以中国学生的基础很好并且很勤奋，但仍有一些不足的地方。

“我觉得中国学生在自主思维这方面比较欠缺。因为他们太依赖老师的步伐，也喜欢去套用书本上的知识，所以自己独立思考的机会就变少了。而另外一个普遍存在的问题

邱国平(右二)在被誉为自动化技术科学领域奥林匹克盛会的国际模式识别大会上获奖

就是中国学生"怕羞"，不懂的事情不愿意说出来。在上课、讨论的时候，碰到不懂的问题就放在那里不去管它，总想着下课后再一个人去搞懂它，他们总是担心会被其他同学看不起，却忘记了正是因为不会才要学习。"邱教授说，他们不明白，在人生中不懂的东西总是比懂的东西多。

"那在上课期间针对中国学生这个特点，你又是如何引导他们克服这种问题的呢?"笔者问道。

"这个体现在我们的课堂上，以及布置的作业上。不是所有的问题、材料都给了你，给学生发挥的空间就比较多。在很多情况下我们都是让学生自己找问题、自己找答案，以不同的形式培养学生独立思考的能力，鼓励学生大胆发言。"

不过，邱教授坦言，由于学生们早已习惯了国内教育体系，现在要迫使他们融入新的一种体系，作为一位老师而言，需要做得更多。

二

"教育是一件很长远的事情，很多影响也许并不会一下子体现出来，它是一个渗透的过程。"

"英国诺丁汉大学是一所全球性的大学，在诺丁汉本部大概有 30000 多名学生和 5000 多名教职工。这个学校曾经培养出了两个诺贝尔奖获得者，分别是 2003 年诺贝尔生理学或医学奖获得者彼得·曼斯菲尔德和诺贝尔经济学奖获得者克莱夫·格兰杰。大学其实有很多组成部分。本科教育的主要任务是教学，而研究生则更注重科研。在宁波，我们招的是本科学生，比较注重学生的质量，经过几年的发展，本科生的培养已经得到了社会的认可。"

邱国平教授不仅是宁波诺丁汉大学计算机系的"掌门人"，同时也是宁波诺丁汉大学国际博士创新研究中心的副主任，主要负责数字经济方面的研究。国际博士创新研究中心于 2011 年 9 月成立，它是由宁波市教育局、科技局、宁波诺丁汉大学和英国诺丁汉大学四方签订协议，计划在 6 年内投入 1.7 亿元人民币建成，旨在充分利用英国诺丁汉大学在能源技术和数字经济这两个具有世界影响力的领域的优势，搭建一个服务于宁波经济发展的技术创新和高端人才培养的国际合作平台，并力争使这两个学科领域的研究达到世界一流水平。

同时，他也解释道，这个项目研究主要分为两个方面，一个是能源，主要体现在全球经济的可持续发展问题，如节能减排、低碳生活等，这些都关系到今后人类社会的发展前景和生活质量；另外一个方面叫作数字技术，就是我们现在大家用的这些智能手机、电脑、互联网、社交网络等。还有很多我们看不见的数字技术，在我们现代生活中起着的重大作用，比如对于交通信号灯的控制。数字技术也分为几个方面，一个是研究新的数字技术，服务于社会经济，第二个就是数字技术对今后经济发展的影响。互联网诞生初期，大家都想不到互联网会使我们的生活发生巨大的改变，也想不到我们现在基本都离不开这个东西。现在，数字技术研究就是要开发出新的数字技术来为社会服务，引领今后经济的走向。

邱国平教授还详细地阐述了这个项目在研究方面的形式，即培养博士。“2012年开始培养，已经在全球招到了第一批学生。我们的计划是在今后的6年中，录取100名学生。学生第一年是在英国学习，因为英国诺丁汉本部培养博士时间较长，资源比较充足，在英国有类似的博士培养中心，可以让学生得到较为全面的发展。一年之后，学生则会回到宁波校区，继续未完成的研究，经过三年的时间完成博士研究课题。每位学生在课题研究过程中都会有两位导师，一个来自英国，一个来自宁波。”

“宁波国际智慧城市研究中心”是邱国平教授的另一个科研项目。智慧城市是新一代信息技术支撑、知识社会下一代创新环境下的城市形态，它基于物联网、云计算等新一代信息技术以及维基、社交网络、Fab Lab、Living Lab、综合集成法等工具和方法的应用，营造有利于创新涌现的生态，实现全面透彻的感知、宽带泛在的互联、智能融合的应用以及以用户创新、开放创新、大众创新、协同创新为特征的可持续创新。宁波正是中国20多个智慧城市的试点之一。

邱国平教授回到宁波后，便开始与宁波智慧城市研究院进行接触，经过协商，宁波诺丁汉大学和宁波智慧城市研究院共同成立了宁波国际智慧城市研究中心，负责研究智慧城市发展并提供智慧城市发展需要的技术。

鉴于这个项目是全球招生，笔者提出一个问题：学生们完成学业后也许会回到各自的国家或者地区，这会不会对宁波的人才管理造成损失？

邱国平教授回应道：“损失肯定是有的，但我觉得这对中国来说也伴随着巨大的好处。一个学生在宁波念书时间久了，他自然而然地会对宁波的文化、经济有所了解，他会更深入地了解这个地方，会改变他对这个地区、这个国家存在的偏见。当他们把这些新的认识带回他们自己的国家后，也会在无形中宣传中国文化，让更多的人消除对中国的误解，这对经济发展和民族发展有不可估量的好处。我们不能很狭隘地看待教育的作用，教育是一件很长远的事情，很多影响也许并不会立即体现出来，因为它是一个渗透的过程。”

三

“我相信孩子总会长大,能自己决定自己的未来。一切尊重孩子的想法。”

邱国平教授的孩子如今也已是一名大学生,那么作为一名大学教授,他对孩子的教育方式又是怎样的呢?会不会因为自己的研究领域而让孩子也追随着自己的步伐?

邱教授回答:“我并没有刻意去引导或渗透,让他来学习我所在的专业领域,我只是希望孩子能够找到自己的兴趣所在,做自己喜欢做的事情,研究自己喜欢研究的东西。在他上大学之前,我们作为父母是有给过他参考,因为他年纪小,需要一定的指导。”

邱教授说他的孩子也很喜欢计算机,对计算机知识有一定的涉猎,平时在家两个人会讨论讨论,在交流的过程中也加深了父子间的感情。虽然最后儿子还是选择了医学专业,但邱国平教授还是为他儿子而感到骄傲。这是一个开明、懂得聆听孩子心声的父亲。

家人常年居住在英国,而邱教授如今的事业重心却在宁波,这造成了他常常要两地来回飞的情况,也带来了诸多的不便,但在邱国平教授眼里这却并不是个麻烦。他说,“现在交通很发达,家里人也很支持我的工作。”

采访结束后,邱国平与笔者合影

邱国平教授依然在为宁波的教育事业和宁波的人才培养做贡献,他的教育梦想很平凡、很简单,仅仅只是把自己所知道的知识传授给自己的学生就好。

文/图:孙溟苑　唐梦阳

指导老师:薛丛川

汪继耀 / “做一份喜欢的工作，一直幸福着” /

人物名片

汪继耀，浙江宁波人，中国民主建国会会员，现任浙江医药高等专科学校学生处副处长兼就业指导中心主任。2002 年起从事毕业生就业指导工作，2005 年被评为浙江省普通高校毕业生就业先进工作者；2009 年被教育部评为“全国普通高等学校毕业生就业工作先进个人”，2010 年被评为全省食品药品监管系统先进个人。

我当时毕业的时候，不像现在这样，现在的小孩子读书也难，就业也难。

那时候，稀里糊涂地去读大学，没有其他要求，只求专心做好一份自己喜欢的工作，现在想想，真的很幸福。

那一年，时代给了我筑梦机会

（一）

“我们这代人，相对来说其实还算是幸运的，比我再早一辈的，是要上山下乡的知识青年；而到了我这一代，已经是可以不去了，而又刚好恢复高考。我也就这么稀里糊涂地去读了大学。”

我是 1977 年读的大学。那一年，我 18 岁。

我们那一届，我的大学同学，最小的 16 岁，最大的 34 岁，真的很难想象，同学之间年纪居然可以相差一倍还多，但其实又很正常，因为那是恢复高考第一年。

那一届最年轻的那个同学，现在已经在英国的一所大学里面做博士生导师了，是象山人，叫范良火，浙江地区初中数学的那本教材，就是他主编的。

因为我们当时读的是宁波师专，所以我们这群人当时毕业之后，基本上都在中学里面教书。现在这帮人已经都做校长、领导了。

不过，也没什么好比较的，我喜欢做事，不喜欢当领导。

就算到现在为止我也是喜欢从事业务，而不喜欢行政这一块，别人看我现在也算是当了领导，可我做着也是有点勉强的。其实我们处室——招生就业处、产权合作处，在编的只有两个人，一个是我，另一个是谢老师。

（二）

1981 年我从宁波师专毕业后就参加工作了，我毕业的时候专业是师范类，所以也就理所当然地在一所中学里教书，其实我教书时间也不长，也就一年。后来转入了医药局。

恢复高考以后，当时对职工要做学历教育，就是补课，因为那时对于初中高中学历，国家是不承认的。于是就要重新来补课，所以要在职工当中开展职工教育，当时是比较火的。

因为我师范毕业，又在局里下面的医药公司，当时不是在编的，就做了职工教育培训。当时我们在企业里搞职工教育的时候，其实什么都没有，只有薄薄的一本教材，所面对的学生都是职工，35 周岁以下都必须要补课，年龄相差很大。最可怜的是女同志们，那些三十几岁的都成家了，家里孩子也小，晚上还得来补课，看着真的很辛苦。但话又说回来，当时的人啊，其实想法比较简单，不像现在那么复杂。我们国家刚刚改革开放，对学历教育，每个年轻人抱有这种希望，就是对自己学历的认定，当时的那种认定就是通过补课，考试以后，有个合格证。总的来说，这个效果还是不错的，有努力总会有收获。有一部分人考了自考，去了当时的电视大学，整个素质也提升了，那批人现在很多都走上了领导岗位。

（三）

到了 1984 年，当时的浙江省医药局组建了一个省医药学校，1985 年就启动了，1986 年开始首次招中专生，我当时的正式编制不在医药学校，但因为我人在医药局，在宁波市医药局搞职工培训、搞教育线，所以也参与了一些医药学校的前期招生工作。

1987 年 2 月，我正式调入浙江省医药学校，当时这个学校是中专。

到 2002 年，学校经教育部批准正式成立浙江医药高等专科学校后，我就负责学校就业指导这一块工作了。

现实，就是让每一个学生都有一个梦

所以现在看来，我做招生就业这一块少说也有个十来年了，老听一大堆人抱怨说大学生就业难，但从我个人来说，我觉得就业真的不难。问题是毕业之后，没能找到理想中的工作，朋友、亲戚中间一比较，这就有了失落感，就认为对自己的工作不满意。

这是经验总结，也是无奈的现实。

（一）

举个例子吧。

有一天晚上，已经11点多了，忙了一天，趁着晚上的功夫把就业咨询上的留言都处理了。刚处理完没多久，一个女生在QQ里向我咨询，说她其实要求很低，只要稳定的工作，不低的收入……我知道她的意思，也不挑破，我就跟她说你心目当中稳定的工作、不低的收入指的是什么单位？这姑娘也很聪明，说得比较婉转："包分配吧。"那时我就在电脑前笑了，我也接着装傻："你如果说包分配，我保证给你安排。"这聪明的姑娘又很快地回道："单位是什么？"实际上她说来说去就不肯说出那句话：我要去医院。

这个要求不算低，起码，在学校是抢手的饭碗。这也就注定了，总有人得不到。

但往往出现这种情况的时候，一定要注意调整心态。做就业指导，不仅要负责他们的就业问题，还要照顾到他们的就业心态。

当时的我们是没办法的，工作是国家分配的，就抱着"一颗红心，两种准备"，国家把我们分配到哪里就到哪里。我们当时是计划经济，进入师范，工作是国家是包分配的，"你是一块砖，搬到哪里算哪里，没有讨价还价的余地。"相反，看看现在的孩子，可以自己挑工作了，但是问题也出现了，对工作太挑，到头来找不好工作。

30年前，只要有可以选择的机会，当时的人都会尽力选择自己喜欢的工作，倒不是考虑工资的问题，只是兴趣和爱好，这就是为什么那一代的大学毕业生都喜欢到企业去工作，大家都一样，只要专业对口，只要能够给我做我喜欢的工作。我那时所见到的大学生毕业以后，都是到企业去的，到机关反而少之又少，不像现在，争破头地想进机关。那时我看到的像中国药科大学（以前叫南京医药学院）、沈阳药科大学的学生，学药学的学生出来，都到医药局里来报到，问他到哪里去，都要到宁波制药厂（现在宁波制药厂没了，宁波制药厂在30年之前是全省第二大厂）。我们那时候开玩笑说，宁波制药厂的大学毕业生从食堂排队，可以排到工厂的厂门口，说明工程技术人员居然可以有这么多。

不像现在。

其实在我看来，在选择职业的时候，有自己喜欢的当然是最好的，但是没有的时候，也千万别自暴自弃。

我记得书上有这么一句话，在就业指导课里面也说过："喜欢做什么，你适合做什么，你能做什么。"我觉得现在可以再加一句：你可以做什么。

这个"可以"，书上为什么不能写？有些话太现实了。

你可以做什么？其实有很多，这个要跟社会需要等方方面面联系，所以呢，有些东西，我喜欢的，我适合的，我能做的，但是却是不可以做的。所以说这个时候心态要放好，那是对学生来说。而对于我们来说，就要对学生进行个体化指导，了解每个人的性格，再对其进行一些就业上的指导和分析。对于这种辅导，我这里倒是没有固定时间，随时随地的，只要学生愿意来,哪怕只是来串串门。

(二)

我也负责招生,在填报志愿的时候,也实事求是地告诉前来咨询的家长和学生,以后的职业定位是由你所报的专业决定的,也许有家长认为,他们的孩子能被自己安排进入医院工作,但是有些时候作为指导老师,也要给他做一些相关的指导。

就招生来说,最忙的是在8月份,可就业却是一个全过程。以2013年这一批毕业生为例,我们档案第一批现在已经派掉了,包括这次第二批,第一次派了1576个,这次102个,加起来1678个,总共进来的毕业生是2081个,那么还有400个左右,其中有263个是专升本的,去掉以后只剩100多个,这100多个我们是分批的,没有真正落实到单位的,还要分段来进行。现在我这一块实际上算是日常工作,还有一块是什么呢,一般会对2013年的毕业生进行确认,就业确认,我们分三个阶段往单位打电话。一般我们会抽取毕业生中的三分之一进行就业确认。然后呢?光用眼睛看看就能分析出这个可能性到底有多大:三个数字比较起来的,3月份你在哪里,6月份你在哪里,基本上9月份你也不会走到哪里去了,一旦变化过了,并且和医药行业没关系,我就可以督查了,我还是要帮他挤水分,实事求是。如果真的是在那里就业也可以,只要有工作、喜欢,就行。我们做好毕业生离校后的就业跟踪、即时跟踪,当然也为教育厅半年以后的跟踪调查做准备。

我们浙江高等医药专科学校不同于其他综合本科院校,它是一个专业学校,并且行业性比较强,像我们现在就能和企业做到直接挂钩,可以这么说,只要学生愿意实习,暑期直接安排一下就可以了,学生一般是企业所在地的当地人,为什么?我们主要考虑到学生的安全问题和企业的住宿问题,这样一来学生们就可以像当地人那样,早上去,下午回来,家长也放心,企业也愿意接受。招聘会也是一年一度的,但其实到这个时候,已经有很多学生找到工作了。

一份情结在,坚持走更远的路

通过10余年的努力,我们学校从一个中专升到大专院校,无论是在学生数量上还是质量上,突破性很快,有时候坐下来说句玩笑话,我们学校变快成了医药的"黄埔军校"了!在现在的省内医药行业,基本一半以上都是我们的学生,刚毕业的学生们只要是干医药行业的,看到的都是他们的师哥师姐;企业呢,也信得过我们学校出来的学生,也乐意接纳。

说实话,真的很骄傲。

我对医药行业一直有一份情结在,是啊,似乎一直以来跟医药行业几乎没怎么脱离过,也因为有这个情结在,所以希望把学校弄得更好。就比如一直想做个校友会,学校里老的领导和现在的领导也一直在弄,想建立校友会。随着年龄的增大,离退休还有七八年吧,现在,感觉想渐渐为学校弄点资源吧,也真心想为学校聚点"财富"。校友资源、人脉关系，真的是一个很好的东西。我这个人的性格有点外向，喜欢与人接触，喜欢和学生打交道，包括招生就业。

我做的是一份我喜欢的工作，也一直幸福地做着。在将来的日子里，我想把这些东西再接着做下去，让我们的学校走得更远，也让我自己走得更远些。

文/图：陶佳楠

指导老师：王军伟

陈雅萍 / 在不断的追寻中成长 /

人物名片

陈雅萍，女，中共党员，享受教授级待遇的中学高级教师，宁波市名教师、浙江省特级教师，宁波市有突出贡献专家，宁波市第十二次党代会代表。现任余姚市职成教中心学校教科室主任，维修电工高级技师，全国中等职业教育电工电子专业委员会专家组成员。1991 年 7 月毕业于浙江工业大学电气自动化师资专业，毕业后一直在余姚市职成教中心学校从事电工电子专业的教育教学工作。

陈雅萍老师做人踏实、做事认真，将生活的大部分时间都奉献给了她的教育。并且，她不仅能够在学术方面做出很多贡献，在家庭方面也一样能够做到平衡，为孩子以及自己的丈夫营造了一个良好的家庭氛围。

在我们与陈老师的交谈中，我们能够从陈老师溢于言表的喜悦中看出她对教育事业的热爱，她常常讲着讲着就站起身来，然后转身从自己满是书籍的书架上拿出她为增添课堂趣味而亲自制作的小道具，然后，拿着小道具向我们说些简单的理论知识，说来也奇怪，我们不接触这些东西很久了，在陈老师面前却一下子来了兴致。

"责任心成就了现在的自己"

职高的学生给我们的印象往往是不受教师关注的，而在陈老师的课上却很少出现这样的情况，她对每一个孩子都一样的和善可亲，她不愿意放弃这些可能成绩并不是很理想，但很是可爱的孩子。

“在我刚刚毕业的时候，职业教育是（发展）非常好的，很多学生不愿去普高而来我们的职高，生源非常好，然而后来当学生们意识到普高更好之后，渐渐地大家都去读了普高，来读职高的只剩下了一部分成绩并不受老师关注的学生，其实这部分同学也是很可爱、很俏皮的，只是有些懈怠和自暴自弃了。对他们来说，他们来到我们职高，如果没有人给予他们良性的指导，他们同样还是会以初中的学习方式来对付职高的学习，上课也许只是睡睡觉、玩玩手机就过去了，而对于我来说，如果我在上课的时候对他们这种现象不理不睬，这是跟我本人的性格不相符的，我会从我自身找原因，改变上课的方式，甚至是整个教材的改革，从而使我的学生对这个课堂感兴趣。因为我认为很多学生不愿意去认真地学习，主要原因还是在于老师，我也常常对我带领的其他老师说：‘我们要关注这批学生，因为可能正是因为初中时老师的不关注导致他们来到了职高，所以，我们一定要对他们有足够的关注，这是我们作为老师的责任。’我认为学生有问题，问题都在老师，因为我会觉得我还没有为学生找到正确的学习方法。譬如说在课程方面，我们会质疑和否定课程，我们会根据学生的反映来对教材进行改革，就像你们也知道的，普高的教材是很成熟的，但是我们职高的教材就很不成熟，我们职高很多时候都是直接把大学现在用的教材拿来用，而基础本来就不是很好的职高学生就会觉得这些教材生涩难懂，所以，我们就必须对现在的教材进行相应的改革以适应学生们的学习。”

说到关于改革和创新的时候，陈老师站起身，转向身后的壁橱，从厚厚的书堆中翻出了6本由她亲自主编的《电子技能与实训》、《电工技能与实训》、《Protel 2004应用与项目实训》、《电工技术基础与技能》、《电工技术基础与技能学习辅导与练习》和《单片机项目设计与实训》等国家级规划教材及配套教材，她向我们热情地介绍着这些教材，我能够从她的言行举止中感受到她在创作的时候所投入的那份热爱以及经历之不易。

“每做一个项目，其实是要投入很多很多精力的。2009年之后我就开始了课程改革，我必须从小到大设计好每一个项目，要先做成电路，然后还要写成一本书，这个需要花费的时间是非常多的，所以，我通常会把这个时间集中到暑假、寒假以及双休日，而且，在这段时间里，我必须放下手上的其他事情，全身心投入这个事情，这样也算是逼自己去把这件事情做好吧。毕竟，我觉得每个阶段都需要有个目标，这样也能使得自己的课程变得简单，上起课来也会方便很多。还有就是，我也算是因为一个偶然的机会才能出书的。你们应该知道，在我出第一本书的时候，那个时候出书是非常困难的，我在2006年的时候去参加一个说课比赛，然后在比赛中获得了第一，在那之后有个产品的展示，我那个时候就把自己平常在学校里，自己用白纸写的一些东西拿去给高等教育出版社的工作人员看，他们一看觉得还挺新颖的，后来他就带回去给别的人也看了看，之后觉得真的还不错，就和我签下合同要我出书。我还记得那个时候，他们还很担心我能不能把整个东西写完整，后来看我完成得不错，又让我加入了国家级规划教材的编写。我记得那个时候真的是我非常忙的(时候),一天都停不下来,暑假、寒假我也是一天都不会出去玩的,一出去玩就怕自己静不下来,编写那个东西是非常需要静心的。就是这样,我走过了课程改革的那段日子。不过话说回来,最终的目的还是为了学生上课。所以说,对于我自己来说,我觉得很多时候也是责任心让我有了这些成就。”

“另外,在这个基础上,还不一定能够调动学生的积极性,我还要化难为易,比如说我自创的小步子教学法,我就是要一个知识点一个知识点地让同学都明白,在每个点上都不留下难点,一小步一小步地让他明白内容,而不是因为一个点不懂就不去管,以至于之后不明白的内容越来越多,就使孩子们失去了对学习这门课的兴趣了。还有就是针对不同的学生使用不同的打分机制,比如有些学生可以凭扎实的知识获得 90 分,也有些同学进步很大,同样可以获得 90 分,这样不断地鼓励他,关注他,让他有努力的动力。”

“以教育自己孩子的态度对待学生”

在事业上成功的女人似乎都很难平衡好自己的家庭,然而,与陈老师的交谈过程中,我却发现自己的观点是片面的,她的丈夫非常支持她这种投身于教育事业的态度,而且,她的儿子在 2013 年的高考中以优异的成绩考取了香港大学,说到这里的时候,自信和骄傲的神情不难在陈老师的脸上捕捉到。

“在课堂上,我喜欢把我的学生以教育我自己孩子的方式来对待,我儿子的年龄其实跟我学生的年龄差不多大,我儿子今年(2013 年)参加的高考,考得也是令我们家长比较满意的,考取了香港大学。我也经常把我儿子的一些兴趣爱好以及一些学习经验和我的学生们分享,我对儿子和自己学生的要求是一样的,我从来不要求儿子的成绩,他每天看电视、看新闻,我都是很支持的态度,他每个星期打两三次球,我也是非常支持的。我也很少像其他家长一样要求儿子不断坚持学习,我觉得这是他自己的事情,他有这个自理能力了,就能自己处理好。我对他和我的学生只有一个要求,就是要有自己的目标,始终知道自己的目标是什么。这样,只要有一条主线在你脑海中,你就能始终朝着这个目标前进,这样就行了。当然,我对自己也是这样要求的,我只要定下目标,就要朝着这个目标努力。我希望看到儿子的状态是积极的,不能因为某一场考试失败就垂头丧气的,要不然到了大学,一碰到挫折就不愿意学了,那是不行的。所以我也是希望自己的学生是积极的、向上的。我儿子高中是在杭州第二中学读的,我还记得他考高中的时候发生了很多有趣的事情,我儿子初中的时候成绩也很一般,并不是很突出,所以考高中的时候并不是很有信心,我和他爸爸就一直鼓励他:‘你一定能考上的,你怎么会考不上呢?’其实,也就是这样,在他学习的过程中,我们一直在鼓励着他,说来也奇怪,后来决定冲杭州第二中学之后,他的成绩很快地就上去了。我觉得对待学生也是一样的,一定要激发学生内在的学习动力,定下目标,朝着目标不断地努力。”

而当我们谈到陈老师以及她的儿子为什么会这样坚定地朝着自己的目标努力的时候，她笑着说起了自己的丈夫。说是丈夫身上的那种毅力对她和儿子的影响是耳濡目染的，也是非常深厚的。当然，她也常常让自己的学生学会培养自己的毅力。

“我的丈夫对我和我儿子的影响是非常大的，我丈夫所拥有的毅力可以说是非常坚决的那一种，他每天坚持读书看报，几十年了，很少落下。他很少在晚饭之后窝在沙发上看电视，他几乎一吃完饭就回到书房读书看报，所以，这种习惯也让我和儿子养成了在很多时候都干自己的事情，几乎很少会去把时间去浪费在一些相对没有意义的事情上。所以，我在自己的工作上面以及我儿子在自己的学业上就会有更多的时间，我自己也常常在想，可能正是因为这些多出来的时间，才让我们在自己的领域变得优秀。然后呢，我也常跟我自己的学生讲，要养成一种良好的学习习惯，并且要一直坚持下来。举个具体的例子吧，我不喜欢在我出差的时候让别的老师来代课，我宁愿把课推迟上或者提前上，因为，很多时候，如果这段时间要是让别的老师来上的话，就很有可能会改掉我原来的教学方式，而学生在之前就已经习惯了我的教学模式，突然一换，学生们可能会很难适应，从而影响到他们在这段时间里的学习质量，还有可能把我之前教给他们的学习习惯给改掉了，我觉得这样是很不好的。

“我的丈夫也有一套教育孩子的方式，他很会鼓动孩子学习的动力，他对孩子的信心是百分之百的，有些儿子自己认为做不到的事情，他都能百分百地鼓励他去做，他相信没有孩子做不到的事情，就这样，儿子也的确在他这种近乎自负的自信中不断获得了出乎意外的收获。所以，我在对待学生方面也学习了这一点，我常常找机会鼓励他们，让他们更自信，比如说，某个同学向我打招呼了，我就回去夸夸他；有些同学穿的衣服比较好看，我也会去赞美她。因为我希望我的学生能够变得自信，你知道的，一个人若是想要变得优秀，自信是绝对少不了的。”

“正确的理念指导着学生的成长”

陈老师在自己的岗位上兢兢业业地工作了 22 年的时间，我们讶异她不断成长的同时，也赞叹她获得的成就。所以，当她谈起自己的成长的时候，我们仿佛看到了她是怎样从一个年轻而没有教育经验的女老师变成了一个工作负责认真的女学者。

“我还记得我第一次登上讲台的时候，就想着把课赶紧给上完，也没有想过学生听不听得懂这样一个老师必须关注的事情。我记得那段时间就是备课和上课，很少有学生课堂反馈这样一个过程，所以，那时候我的学生就算听不懂课，我也是听不到他们的声音的，我对他们要求不严，他们到最后也不会认真地听课，课堂质量非常差。那个时候，我才开始慢慢地意识到，我的教育理念是不正确的，教育的目的就是为了让学生们学到知识，学生们在学习上出现问题的话，问题的症结一定是在我自己身上，我的教学方法不能引起学生们的兴趣，所以，我开始真正地关注教育，试图让自己的课堂不那么乏味，能够简单地让学生理解内容。我及时放慢整个课堂的进度，也尽可能地去制作一些小道具来演示，比如说简单的电路接线板等，然后在我上课的时候就让他们亲自操作，这样枯燥的讲解就会变得有趣得多。然后，发展到后来，就是之前讲到过的课程改革，我把原本生涩难懂的知识变得简单易懂，这样一来，学生就愿意上你的课了，你上起课来也就越来越有动力了。”

在采访的最后阶段，陈老师也不忘向我们强调了自己对教育事业的展望，希望能够在理念的追寻中不断地成长，她认为职业教育不仅要培养技术型人才，更要关注学生的心里，走进学生的心里，让每一个学生都能够健康快乐地成长，成为社会中有用的人才。

“到了我现在这个年纪，我要是有一段时间空闲下来，就会觉得难受，我希望我在从事教育工作的时候能够更加关注学生的真实情感，因为我觉得与学生之间坦诚相待也使得我自己有了成长，使我自己有了很大的收获。很多时候，都是我的事业让我不断地去追寻全新的理念，包括教育理念、生活理念等一切使我成长的理念。我也常常对来到我们学校的新老师讲，告诉他们一定要去关注学生的学习状态和心态，让他们更加深刻地去理解自己这份工作的意义就是更好地为学生服务，也让他们不断地去树立自己的理念，然后以这种理念去教育和引导学生，担起自己应尽的责任。当然了，我觉得最应该树立理念的还是我的学生，他们虽然在成绩方面并不是特别优秀，但是，他们中间很多人都是非常可爱的，他们也有自己的理想，所以，树立他们自己的正确的理念是必不可少的。我常常告诉他们，要用积极的态度去对待自己的理想和生活，也要学会在学习和生活中寻找自信和快乐。不要因为自己没有考上普高就觉得比不上普高的同学，其实，有了梦想的光环和愿意为之努力的动力，走到哪儿都是一样的。他们其实真的是非常可爱的，很多人在听了我的话之后就会很努力地学习，我就是喜欢那种奋斗的劲儿，也正是他们身上这种特质，让我坚定了追寻理念的决心。”

文/图：李世杰

指导老师：陈春波

陈疆雷 / 让每一个成人学习者享受学习 /

人物名片

陈疆雷,男,1964年10月生,中共党员,中学高级教师。现任宁波市成人教育学校校长。在教育岗位上耕耘二十余年,早年从事职教工作。2008年9月调至宁波市成人教育学校任职。五年多来,陈校长带领全校教职员工围绕"转型、拓展、提升"的工作方针,积极进行工作职能、教师队伍、校容校貌三大改造,不断促进学校发展。目前,学校在其领导下已发展成为集中专、大专、专升本、在职研究生学历教育和各级各类培训为一体的多层次、全方位的终身教育基地。学校承建的宁波市现代服务业公共职业培训平台和宁波市职业教育校企合作公共服务平台已相继成立。

心存梦想,机遇就会到来

我的爷爷、妈妈和姑姑都是人民教师,受他们的影响,读师范、当教师,是我自然而然去完成的事。毕业后我被分配到职业学校,随后十几年里在市区不同的职业学校任教,期间也在教育局挂职,后来成为宁波市甬江职业高级中学的副校长。我们那个年代的人,似乎离"梦想"一词很遥远,无论是大环境还是小家庭里,大家都习惯了"服从",习惯了按要求办事,而忽视了内心真实的呼声。

2000年时,教育局要提拔一批干部,局领导与我交流,征求我的意见,当时我就说想到成人学校发展。虽然我是在严苛的家庭中长大,但或许是家中最小孩子的缘故,心中总有一份“不安静”。成人教育在我看来是非常灵活的一种教育,需要变革和创造,需要投入更多的智力和活力,不像普通教育那样束手束脚,成人教育的天地很大,这似乎与我本身的性格很相投。

2008年,我被正式任命为宁波市成人教育学校校长,心里有一丝悸动,这不仅意味着我将踏上一段新的教育旅程,也实现了我多年来的心愿。

梦想无论怎样模糊,总潜伏在我们心底,时刻触动我们的心境,提醒我们为梦想而努力。

梦想不是空想,需要行动

2008年8月,我来到成人学校,当时学校的情况我还记忆犹新。学校有两个专业的全日制班,学生数加起来不到60人,有业余中专和少量成人函授班级以及几所高校远程教育中心,注册学生数3000人左右,还有零星的培训项目。大楼有点陈旧,现在的2号楼当时还是宿舍楼,现在的停车场当时还是篮球场和排球场……

可以说,当时宁波市成人教育学校主要职能是在补充全日制职业教育,这与学校最初建校的目的和成人教育的内涵渐行渐远。

我之前主要从事的是职业教育的工作。职业教育与成人教育还是存在一些相通之处的。职业教育本身就是和社会接触并承担着为社会服务的重任。它不仅仅是培养在校的学生,还需要培养为社会经济服务的在职人才。而成人教育则是完全为社会服务,为在社会中已经工作就业,但仍想要接受继续教育的社会人员服务。这个范围与职业教育相比就显得更广泛了。

梦总是很美好的,但梦想绝不是梦,两者之间的差别通常都有一段非常值得人们深思的距离。

为了让这段距离缩短再缩短,我们必须坚定地迈开步伐,行动起来。作为一校之长,我肩负着很多重担,但幸运地是在老师们的陪伴下走了过来。

2008年9月,在市教育局的指导下,我们大胆做出停招全日制中专学生的决定,开始了工作职能、校容校貌、教师队伍三大改造,让学校回归到成人教育内涵中。

学校不再以全日制中专教学为主,逐渐把主要精力放在业余学历教育和培训教育上。在原有合作高校远程教育和业余中专教育开展的基础上,拓宽宣传阵地、加强行业宣传力度、开发新项目。新增合作高校进行高端人才在职联合培养,并发展了成人“双证制”高中教育。学校还在开展原有财会类、计算机类等常规培训项目的基础上,与政府部门、企业行业、教育机构合作开展各级各类职业能力培训,逐步扩大培训教育规模,研发培训新项目。

当业余学历教育在校生人数突破8000人时,培训教育年平均人数超过9000人时,我

带领教工走进乡镇成校

会心地笑了，这是四十几位成校人共同努力的结果，是那么的不易。

当时最深刻的感受是，改造学校硬件容易，改造软件很难，尤其是改造教师队伍。从一个以学科教学为主的老师要转变成以教育管理为主的继续教育管理者，对老师们来说会有一段不适应期。而我能做的，就是尽我所能缩短这个不适应期，让老师们在成校工作有成就感、幸福感。现在，当我们每一位成员树立起“让学校融入社会”、“人人做服务”的新理念时，我想我已经成功了一半。

有时当我握紧拳头，却发现还有一半手掌没有抓住，人生不就是这样吗？一半是已经安排好的生活，但还有一半是靠自己争取、把握的。最重要的是我勇敢地迈出了第一步，可能有人不看好、不赞成，但我内心坚定，排除万难去追逐自己想要的，梦想会逐渐明朗。

为了拓展学校成人教育的服务功能，我又带领全体教工跨出了第二步。从2009年开始，按照市教育局的统一部署，我们担负起宁波市现代服务业公共职业培训平台的筹建工作。一次次去教育局汇报工作，一次次与合作机构代表洽谈沟通，一次次修改建设方案……平台终于在2013年11月2日成立启动。这么多年的准备，其中的艰辛不言而喻。从2011年开始，我们又配合市教育局，筹建宁波市职业教育校企合作促进会和“校企通”公共服务平台。促进会和平台已于2012年9月成立开通，“校企通”还荣幸地入选了宁波市“三思三创”15个典型案例之一，目前正在筹划将其发展成为国家级的平台。

两个平台的搭建旨在促进校企合作，更好地为宁波当地经济社会服务。服务社会有多种方式，责任感的表达更是多种多样。2012年，我们与江东区百丈街道联合创办“百·和”社会服务创新基地，借此开展“社区教育共同体”建设。本着立足社区、提升辖区内居民素质、稳定流动人口、服务社会的宗旨，在各行业协会和企事业单位的大力支持下，根据市民和市场需求，提供了职业技能培训、生活技能培训、公益培训等多种类型的培训项目，满足市民继续教育的需求。

成人学校打开门来办教育，校长作为“领头羊”，更是要冲在第一线。当我带领我们的团队走进乡镇成校、走进街道社区、走进协会企业、走进广袤社会时，我信心满怀，又深感责任不轻。我看到学校融入了社会，同时也让社会更了解了成人教育。

弹指间，五年过去了，学校有了新的面貌，而我离梦想的距离也更近了一步。

让成校教师享受工作,让成人学生享受学习

在成人学校这个组织中,人是最大的资源,是组织创造力的源泉。如何提升教工队伍的整体水平,如何满足成人学生日益增长的学习需求,如何提高成人教育质量?是这几年来一直徘徊在我脑海的问题。

长期以来,成人教育总是处于学校教育的补充和从属地位,得不到应有的重视。如政府层面缺乏相应的立法保障。终身教育立法的缺失,使各项工作无法正常依法有效地开展。企业层面缺乏相应的学习氛围。不少企业领导在对员工参与学习的态度上,表现出的重视程度还存在差异,企业支持职工参与成人学习的政策还不够完善。个人层面也缺乏相应的学习意识。据我们调查,宁波有些群体特别是整体受教育程度不高的外来务工人员和市郊农民普遍缺乏终身学习的意识。

相应的,成人学校的老师也容易被边缘化,老师们的自信心和幸福感会比较少。但实际上,成人教育构成了终身教育体系中一个很重要的部分。成人教育的发展,也同样影响着经济社会的转型提升,影响着社会和谐发展。

正如联合国教科文组织国际教育发展委员会对"成人教育"的定义所显示:"对于今天世界上许多成人来说,成人教育是代替他们失去的基础教育。对于那些只受过很不完全的教育的人们来说,成人教育是补充初等教育或职业教育。对于需要应对环境的新的要求的人们来说,成人教育是延长他现有的教育。对于那些已经受过高级训练的人们来说,成人教育就给他们提供进一步的教育。"可见,成人教育不是只针对某一类人的,它的对象涵盖了所有社会成人。没有对象广泛、内容丰富、形式多样的现代成人教育,现代终身教育体系是不可能构建的。

而从现实角度看,在复杂多变的现代社会里,经济的转型、技术的进步、就业模式的改变,以及生活方式的变化,都要求人们在一生中不断地更新知识和技能,必须参加各种各样的学习活动。成人教育不能也不应该处于整个教育系统的边缘地位。相反,我们应在终身教育的框架中重新认识成人教育,明确成人教育在终身教育体系中的重要地位,使成人教育在学习型社会的构建进程中真正发挥其独特的无法替代的作用。

多年来,我时刻关注成人教育教学的动态和趋势,坚持走在改革的最前列,及时将上级精神传达给教职工,采取扎实有效的措施,统筹安排各项工作。而同时,我必须把自身的这股冲劲和学习感知传递给教职工们。

在我看来,打造精干的教工队伍,首先要改变的是教工们的观念,才有实际的行动。于是我们组织教工学习、开展部门内训、组织考察活动、成立教科研沙龙……让老师们真正意识到成人教育重大的社会责任和工作的意义。让全体老师深深感受到自身工作的重要性,无论是在编的还是聘用的,都能受到尊重。

为了增强教工们的责任意识，提高其工作积极性，我从 2010 年开始，在学校个别部门推出绩效考核，尝试新的运作模式，将工作业绩直接与教工的收益相挂钩。事实证明，这一模式取得了较好成绩，业余学历教育规模在之后几年里大幅扩大。老师们收入增加了，工作更有干劲了，成就感和幸福感也更多了。

而对于成人学生，我们需要不断创造让其获得受继续教育的机会，搭建更多的平台让其享受继续学习。

一般的学生从 3 岁到 23 岁，从幼儿园读到大学，在校的学习生涯就结束了。但之后还有很长的时间可以不间断地进行学习。在之后的这段时间里，成人教育起到了很大的作用。之前的学习更多的是为了成绩，为了进入更高等级的学校，学习的乐趣无法品尝。但之后工作了，生活稳定了，就应该把学习作为一种享受。我认为成人教育就应该帮助每个学习者重塑理想，提高素质，享受生活。

就比如我们每年开展“普网工程”，一般针对的是退休以后的老年人。普网班可以帮助老年学员了解和享受信息时代带来的便捷和快乐，让他们更好地融入社会大环境中。而学校现代远程教育中心的设立，让很多成人通过网络教育圆了大学梦。不少学员在这几年里经过认真学习，再加上名师的指导、点播、精心培育，把所学的知识和自己本职工作紧密结合，取得了不菲的业绩。

为了鼓励广大学员努力学习，我还于 2011 年提出在学校开展“金钥匙”助学工程，设立多种奖学金及推出多项奖励政策，促使学生努力解决工学矛盾，提高学习水平。

同时，我们还利用节假日组织学员参加远足、烧烤、卡拉 OK、乒乓球比赛等活动，为师生之间、学员之间的相互交流、沟通提供了一个良好的平台，扩大群体成员之间的交往范围，增进相互了解，培养成员间的感情，为学员们学习和集体活动营造融洽的氛围打下了良好的基础，让大家在学校有一种家的感觉。

五十知天命，且行且乐

“陈校长，您刚来成校可是一头黑发啊，现在头发越来越白了”，每当听到有老师这么对我说时，我心里不仅没有一丝忧伤，反而会升起一股暖流。因为每一缕白发都是我追梦的印记。当我真心在追寻着我的梦想时，每一天都是缤纷的，因为我知道每一天都是实现梦想的一部分。看到老师们幸福地工作，学生们快乐地学习，我的心里犹如开了花，我也很幸福。

先哲曾说：五十知天命。也就是说，人到了 50 岁，会从过去人生所经历的种种过程领悟上天所赋予的使命。而对于即将步入天命之年的我来说，50 岁，或许被赋予的使命还未完成。

著名教育家苏霍姆林斯基曾断言：“有怎样的校长，就有怎样的学校。”可见，校长与学校的发展休戚相关。这自然给了我许多压力，当然压力也在不断转化成动力。我们的学

陈校长亲自走访企业,加强人才培养合作

校经过近几年的发展,取得了一些成绩,但前路漫漫,还有很多事情需要去完成。

作为宁波市教育局唯一的直属成人教育学校,我们不仅要提高自身的办学水平,还要去引领和指导乡镇成人学校共同发展。今后我们争取成立成人教育师干训中心和成人教育科研中心,并通过全市成人学校服务经济社会的调研工作和成人学校标准化体系建设工作,进一步发挥成校龙头作用。我们还需将宁波市现代服务业公共职业培训平台和宁波市职业教育校企合作公共服务平台建设成全国引领的两个平台。

而我最大的梦想就是在宁波能够建立一个有品牌、高水平,具有全国影响力的成人教育大集团。这也是宁波成人教育的梦想。让我们成人教育能被社会重视,让社会各界人士成为终身教育的参与者,让更多的成人获得受教育的机会,让更多的成人享受学习的乐趣,让终身教育成为社会普遍现象。

而关于我个人生活的梦想,其实很简单。我就是想着等到退休以后,可以享受田园生活,钓钓鱼,种种地,在岁月静好中颐养天年。

梦想不抛弃苦心追求的人,只要不停止追求,我想我们都会沐浴在梦想的光辉之中。

文/图　胡皓菲　邵陈荧

指导老师:周　浩

张曦 / 教育，没离开过 /

人物名片

张曦，男，1960年生于浙江宁波，1982年毕业于浙江师范学院宁波分校物理系，从教于宁波效实中学，1992—1994年受国家教委公派赴日本留学，在筑波大学进修学校经营学。1994年6月起，曾在宁波市职业技术教育中心学校、宁波效实中学担任学校领导。现任宁波三中校长兼书记，兼任宁波市青少年德育研究会副会长，宁波市物理学会副理事长。30余年来，他致力于高中学校的教学教育管理与研究，主持的多项课题荣获省、市政府的教学成果奖。他是浙江省特级教师，宁波市首届名教师，浙江省优秀教育工作者，宁波市首届优秀教育名家培养对象，宁波市劳动模范。

2013年7月13日上午，张曦校长在宁波三中校长办公室接受了我们的采访。时值假期，学校已放假，校园里几乎没有人影。张校长和学校德语老师却还在校长办公室里查阅资料，谈论文件，商量着什么。我们打量着这间办公室，摆设简易却不单调，墙上挂着一张书法，上面写着“清静无为”，还有一些书画作品以及一幅大大的师生合影，办公桌上摆着几件陶艺作品，处处散发着浓郁的人文气息。

最难挨的时光，我以书为伴

1982年，我从浙江师范学院宁波分校（如今的宁波师范学院）毕业，当时宁波没有本科院校,它是第一所可以招本科生的学校。我们是国家恢复高考以后的第一届本科毕业生,毕业之后我被马上安排到一个高中任教,就是效实中学。当时我是在高中任课教师里最年轻的一位老师。

我对第一堂课的记忆很深。因为紧张频频出汗,黑板上留下了清晰的五个指印。授课大概半个月以后,教务主任就跟我进行了一番谈话。他说:"家长们对你这个学校第一位大学毕业的高中老师有点怀疑,恐怕影响了孩子们的学习成绩,希望换老师。但是,学校既然让你去上了,肯定会支持你的。希望你自己也要珍惜,要努力。"这就是当时的我,毫无基础,也没什么经验,缺乏自信、饱受争议,起点非常低。

我们当时那个年代,因为"文化大革命",中学时期几乎没读过什么正经的书,所以基础比较差,教学压力非常大,但我只能不断前行。在第一年内,我把学校图书馆里所有能找到的物理习题集全部做了一遍,这些题目的数量,比我在以前 14 年学生生涯中所做过的全部习题还要多得多。我就是这样边学边教,从实践中学习教学,走过了最难挨的那段时间。三年后,我有幸被评为浙江省首届教坛新秀。此后的 30 年,我只想把教育作为自己一辈子的事业,没想过要离开。

我为三中画蓝图

在张校长的办公室,我们见到了宁波三中的规划图纸。新校舍总体设计以古代书院为基调,融入部分现代元素做点缀。天然河道与园中亭台楼阁形成一种鸟语花香、书香满园之美。张校长说:"新校舍的每一个角落都印在我的脑海。"能在这样的学校上课,想来学生必定深感幸福。

为了让孩子们幸福快乐地成长,张校长为三中的学生设计了一套走向"美满人生"的蓝图,在这个蓝图里,处处彰显着人文精神和科学精神的和谐。

我们了解到,宁波三中有三个明显的办学特色:一是美术班,二是德语班,三是创新实验室。在这里,孩子们可以根据自身实际情况学习,不用一味盲目追求当尖子生,身陷书山题海。可以发展自己、充实自己,学习真正有用的知识,并且阳光地成长、成才。因为在张校长看来,每个孩子都是那么可爱,不应该有优等生和差等生的区别对待。

原先,美术教学只针对部分学生,后来为了让三中学子人人都拥有一项美的技能,就把美术教学拓展到了全体学生,把三中办成了一所真正的美术特色学校。他说:"办美术班,搞特色化建设是以此奠定自己的地位,不是片面追求升学率。"

我们采访到一个 2012 年从三中毕业的学生,她告诉我们:"美术课程是我们三中的特色课程。我不是美术班的,但是张校长致力于把美术特色推向全校,让全校同学都能有这个技能,所以我也爱画画,并且会画画。现在我是个大学生了,这个技能就给我提供了很多机会参与各个活动,让我更快地适应和融入大学。就是因为有这样的校长,我们才能各具特色、各怀技艺。相比于让我们所有人都只会在题海里挣扎，然后为了上一本大学而拼命，我更喜欢这样的因材施教、特色教学。我觉得这样子我们能更好地发展。高中在张校长带领的学校学习，我觉得很幸运，他能用长远发展的眼光教育我们。”

经过 10 多年的努力，三中的美术教育模式也从“合格加特色”转变为“优秀加特色”。“牵着线条去散步”式创意线描校本课程是三中 2009 年的科研成果。学校更取得了连续 8 年美术专业学生高校录取率为 100%的骄人业绩，为中国美院、中央美术学院、中央戏剧学院、北京广播学院、清华大学美术学院、东华大学、华东师范大学等国内著名艺术院校输送了上千名学子。最近几年，学校的中国美术学院录取率年年达到三分之一左右，同时也出现了一批美术专业尖子生。此外，非美术班的很多学生也考取了艺术院校(系)。

“Ich liebe mein Land(我爱我的国家)……”在三中，经常能听到学生们在走廊上大声朗读德语的声音。在张校长的蓝图里，为学生开设了德语课程。为了打响首届德语课程实验班品牌，他亲自担任该班物理教师兼导师。2011 年，在天津耀华滨海学校举行的第五届中国德语奥林匹克竞赛中，宁波三中高二德语班学生徐明旸荣获全国一等奖，2013 年又考上了德国精英大学——卡尔斯鲁厄大学。为了让学生获得更多的交流经验，他还与国际兄弟学校建立了长期的合作交流关系，在课程教学改革、师生定向交流、双方师生互换等方面进行了许多尝试和研究，提升师生美好品行。从 2007 年起，每年都有 25～30 名学生赴德友好交流，而 2011 年是张校长亲自带队前往的。2009 年开始，每年暑期都有将近 25 名高一德语班学生赴德参加培训。在张校长眼中，国外教育有许多方面值得我们中学教育乃至高等教育借鉴学习的地方，特别是他们的教育理念。

而创新实验室是宁波三中的另一个优秀校本课程，主要承担青少年电脑机器人创作开发、培训。也是深受学生欢迎的一个课程。借助这个平台，三中学子的劳技作品和科技发明屡屡在国内外大赛中摘金夺银、硕果累累。“普通高中开设‘智能机器人’选修课的实践和研究”、“高中生创造性思维培养的探索和研究”等课题均荣获宁波市教育科研优秀成果一等奖。近年来，学校多次被评为市中小学科技教育活动先进集体，市中小学科技节科技作品展示评选优胜奖。在全国第 18 届青少年科技创作大赛上，该校的机器人作品又获得了一等奖。龚海婉、印礼云等同学还代表浙江省分别赴韩国、新加坡参加亚太地区国际青少年机器人奥林匹克竞赛，并取得了优异成绩。在第 4 届中国青少年机器人竞赛中，学生的作品又获得创意一等奖。徐征宇同学制作的“感应式安全保护、节能电熨斗”在第 18 届浙江省青少年科技创新大赛中获得优秀科技创新项目一等奖。到目前为止，学校已经有 3 名学生在省青少年科技发明创新大赛中成绩突出，分别获高考 20 分的奖励。徐天宁同学凭借其在中国第 3 届、第 4 届青少年电脑机器人大赛中的优异成绩，获首届全国青少年科技创新奖，赴北京人民大会堂参加颁奖典礼，受到了王兆国、陈至立等党和国家领导人的亲切接见。学校通过一年一度的科技节等加强对学生创造力的激发，培养出一批又一批有一定创造意识的学子，从中发掘出富有创新精神和创新能力的人才。

张校长对三中的未来充满了希望。他说："我们现在的办学特色就是三句话：做实美术班、做强德语班、做大创新实验室。我心中三中的未来也一定是特色化办学的。我一直主张在继承中求发展，三中这所百年老校，我希望代代三中人都能择其精华加以传承，并发扬光大，这将是提升学校未来竞争力的有效切入口。我期待三中学子个个都能全面、快乐地成长、成才。"

我们的教育应该让孩子获得快乐和自由

在校长的办公室里，有一张照片吸引了我们的眼球。照片里张校长和学生们都开怀地笑着，学生动作不一，大多向上跳起。张校长说这张照片反映的就是他的教育理念。

他说："我们的孩子应该是健康、快乐的，应该是个性丰满的，而且还要有积极乐观向上的姿态。你们看，照片里的孩子们没有一个表情、动作是重复的、可复制的，就像是春天里争奇斗艳的花朵，可爱又自然。"

张校长曾经当过10年职业高中的校长，他说职业高中的学生成绩普遍比普通高中的学生低，但他们阳光、健康，有很好的心态。因为普通高中加班加点、题海战术的教学模式，可能会损害学生学习的兴趣和欲望、扼杀孩子的创造天性、影响青少年身心健康发展。

在三中，张校长希望减轻每个学生的负担，让学生快乐地学习。在美术专长的基础上，进一步开发丰富多彩的"育美"特色的校本活动和校本课程。例如，摄影艺术、茶饮文化、插画美学、收藏艺术、音乐鉴赏、民族舞蹈等。通过艺术系列校本课程的建设，希望让学校更多地洋溢艺术的气息，提升学生学习的兴趣，降低学生的课业压力，让学生在快乐中提升艺术修养。

理想很丰满　现实很骨感

张校长毕生的梦想就是想办人民满意的教育、对人民负责的教育。他说："现在的教育，最痛苦的就是先进的教育理念和残酷的教育现实之间不可平衡。当我还是个老师的时候更单纯些，因为只要面对一两个班的百名学生，当了学校的管理者、校长后，压力大了很多。因为我的教育理念将可能直接影响到全校师生的发展。"

办既让人民满意又对人民负责的教育，张校长认为要遵循教育规律办教育。他反对为了少数尖子学生忽略甚至放弃绝大多数学生而开展快慢班的做法。他说这种快慢班是违背教育规律的。他也反对幼儿园上小学的课、小学生学初中的课。这种拔苗助长式的教育，不切实际地超前教学，层层加码，导致学生不堪重负。他主张"适合的才是最好的"，认为开展特色化教育能令不同的学生学习适合自己的东西。

但他的这些理念，现在的社会并不大买账。一是由于大众现在思想上的一个误区，就是往名校挤。大家之所以会一窝蜂地往所谓的名校钻，除了家长对孩子的特殊期望外，其实就是没有理解“适合的才是最好的”这个道理。张校长说：“像美国有一些社区大学，价格便宜，条件也不错，学分与正规大学是共通的，考取也比较容易。但我们中国人，不管成绩好坏基本上都不会去考虑，其实从真正的又经济又实惠的道路来看，我认为考社区大学也是一条很好的途径。我有两个亲戚就是从美国的社区大学毕业的，两个人是一对夫妻，现在男的是 IBM 亚洲区销售总监，女的是美国注册会计师。谁能想象俩人是从社区大学毕业的？当然他们在大学期间是很用心学的。所以最终还是看一个人的综合能力。但现在国人太在乎名利了，以至于形成学业竞争压力变态发展。”

例如，有家长不愿意申报美术、艺术、体育等特色项目的班级，认为只是孩子成绩差了、没有好去处了，才去考虑有特色教学的高中。但是近年来，张校长致力于改变人们对特色教学不正确的认识，加上三中美术教学取得的骄人成绩，越来越多的家长已经改变了对特色教育的认识，三中美术生源的质量也逐年提高了。

他是温文尔雅的管理者

张校长是一名物理教师，是个不折不扣的“理科男”。然而在采访中，我们时刻能感觉到张校长身上所散发出来的人文气质。看得出来，张校长是个同时具备两种气质与精神的人。

他说：“我们一定要掌握一定的科学常识，也必须培养丰富的人文情怀。我常在电台、广播、电视中的一些公众人物的讲话中发现常识性错误。比如在一些电视节目中，主持人讲到单位法人是某某某，可是单位法人其实不是一个人；比如在很严肃的节目中，讲到离心力的概念，可是物理中根本没有离心力的概念，只有离心现象。”因此，张校长并不十分赞同过早地进行文理分科，他认为这只是急功近利地应付考试的一个手段。

学校党总支副书记谢映丽老师告诉记者：“张校长是比较有自己独特观点的，没有随着浮躁的社会这个大环境做教育，而是站在学生长远发展的角度来做。虽然由于生源问题等客观原因，我们学校的升学率在宁波市并不是一流的，但这几年来，学校的创新教育、和美教育、校园文化都做得比较好，这就是因为张校长能够准确把握学校定位，办有特色的教育。”

在学校师生眼中，张校长是位好校长。学校安保人员告诉记者：“据我所知，张校长不论是对学校的老师，还是对所有的工作人员都是一样的。他的脾气很好，是和温文尔雅的领导。”

张校长于 2006 年开通了博客，他博客上大多都是在写些为人父母该如何同孩子进行沟通的技巧和故事。“我也是一个家长，也有望子成龙这些很世俗的想法，但我也想给孩子一个健康、快乐的生活。”对于那些非让孩子念重点中学的父母，校长会在博客上劝说道：真正的教育应是适合孩子的教育。有几位外地优秀教师在网上看到了“张老师的博客”，还产生了到宁波三中工作的念头，他们通过网上留言将简历发给了张校长，希望能成为宁波三中的一分子。每年高考临考前，张校长就在博客上写下高考要注意的一些问题以及自己当年参加高考的体会，“没想到，有人开始关注，有人还给我发来站内短信或直接在网上留言。”“张老师的博客”曾一度跻身“住在宁波网”网站上人气最旺的个人博客之列。

2013年8月5日，张老师在博客里洋洋洒洒写了一篇《告别三中》的博文，字里行间流露出浓浓的不舍。他这样评价他的职业生涯：成长于宁波效实中学，成熟于宁波职教中心，成功于宁波三中。从成功创建省一级重点普通高中和浙江省艺术特色学校，到策划独树一帜的校庆盛典；从创办宁波市唯一的德语课程实验班，到建设富有江南文化特质的书院式的美丽新校舍；从长篇纪实散文《东瀛留学五百天》问世，到《张曦从教30年之随想》的出版；从构建“和美教育体系”，到荣幸举办“张曦教育思想研讨会”……这其中的每一项成就、每一次成功，都凝聚着张老师的心血。

不少学生和家长在博文中跟帖：“张校长，我为我孩子的三年快乐高中生活感谢您，包括三中的所有老师，孩子们不会忘记你们！在三中贴吧里看到孩子们亲切地称你们哥姐，多好！”“张校长，我是今年已经毕业的三中学子。您的努力我们感受得到，我会永远记住您，也会一直爱着母校。它永远会是我记忆里最美好的地方。”

他就是这样一位校长，一辈子都想教书育人。他的三十年耕耘岁月告诉我们一句话——教育，没离开过，也不愿离开，只为孩子们健康快乐地成长、成才。

文/图：林文婷　秦丽君

指导老师：王　啸

金伟良 / 一步一个脚印走向梦想的彼岸 /

人物名片

金伟良,男,1961年1月生,浙江杭州人,教授,博士生导师,注册土木工程师。现为浙江大学宁波理工学院院长,浙江大学结构工程研究所所长。他长期从事结构可靠理论和应用、混凝土结构耐久性极其评估、混凝土和砌体结构基本理论和运用、海洋工程和结构工程的结构分析和设计理论研究。先后承担了国家自然科学基金、国家"863计划",教育部、建设部、交通运输部、浙江省自然科学基金以及浙江省科技厅等50余项科研项目的研究工作,已在国内外学术期刊上发表论文280余篇,其中被SCI收录20篇,EI收录116篇。出版学术专著3部。以第一完成人获国家科技进步奖二等奖1项,浙江省科技奖二等奖4项,教育部科技进步奖二等奖1项。2009年7月15日担任浙江大学宁波理工学院院长。

深深喜爱,淡然追随

采访到金校长是件很难的事情,他事务繁忙经常出差,我提早了1个月预约才采访到他。走进他的办公室,偌大的办公室里他一个人在埋头工作。身穿黑白T恤的他欣然接受我的采访,慈祥、坦然自若是我对他的第一印象。

我们坐在靠近窗户的一张大桌子旁,他关切地问了一些我的情况,随后采访就在这样轻松的氛围中进行着。

虽然金校长一路走来看起来一帆风顺,但是我们知道,每个成功者都必定付出过自己的努力和洒下自己的汗水,金校长也是一路洒下汗水一步步前进到现在的。

他说:“我喜欢研究主要是因为我读研究生时的一次实践,这个实践在很大程度上促使我喜欢上了研究。那时候大连市计划修建一座城市悬索桥。我有幸和我的导师一起参与到了这个桥梁的建设中,从现场的选址勘查到方案的制订,从工厂的监制到桥梁的收工,经过 3 年的努力,国内第一座悬索桥在大连诞生了。每一步我都花费了很大的心血。这次的成功实践让我感受到了把学科理论知识运用到实践中的快乐。我深深爱上了很多人都会觉得很乏味的研究工作。我喜欢这种凭自己的力量建设祖国的自豪感。因为兴趣和爱好,我现在还坚持着我的科研工作。”

他安静、稳重、严谨。他曾经说过:“我追求生活中的安静安逸,我喜欢的活动有书法、游泳、摄影、围棋。不过这些活动都太费时间了,我现在就想着退休后就和家人在一起好好坐坐,和朋友家人一起聊聊摄影,下下围棋。”

虽然有这样的追求,但是他的繁忙不问自明,采访一结束,金校长就立马开始他的工作。一个繁忙的人,内心总有一份自己向往的寂静。

偶然选择,改变一生

“我是学理工科的,就比较讲究按部就班,有条有理,由简入繁这样一个过程。”在讲到金校长为什么明明不是师范毕业后来却选择教师这一行业的时候,他微微一笑,转头看着外面的云,沉浸自己的回忆的浪潮中,他说:“在我考大学的时候其实没有当老师这个想法。那时候和现在很多学生一样,想大学毕业就直接找份工作。还记得那时候我是很热衷于搞设计的。但是我们人生的道路有时候是自觉的行为,有时候不是自觉的行为。就是说很多时候生活不是按照我们本身期待的那样发展着。我从本科毕业就考上了研究所,又念了几年博士,这样的生活看上去也很一帆风顺。后来毕业了正好是改革开放,所以那时候高校很需要教师。像我们这样具有博士学位的去高校是很满足国家需要的,而对于我来说,既可以做教师这个工作,也可以同时进行自己的科学研究。所以我才选择了这个两全其美又接近我生活期望的职业。想想我从 1985 年开始教书到现在,也快 30 年了,到现在我感到当一名教师很荣幸,跟我们的年轻同志还有学生一起交流,我看到一张张充满活力的面孔,自己觉得心理年龄年轻了不少,也总觉得自己有做不完的事情。这样的生活我很满意。”

我问他科学研究和教学是否因为忙碌会丢弃一方时,金校长表示他会坚持两手一起抓的态度。这是作为一个高等教师的尽职的重点。

“在大学,无论是普通教师还是管理者,都是教师,高等学校的教师,不仅仅是要教书育人,还得要有从事科学研究的能力,这也是大学的教师和其他基础教育教师的最大的区别。而且通过科学研究，使我们的专业知识更加充分，我们也可以了解到自己专业学科的最新的发展动向，从而帮助我们的教学，所以说教学和研究是相辅相成的，教学做得好的，往往他的科学研究也是做得好的，当然科学研究是多方面的，比方说我们从事新闻专业的老师，他讲课之外还不断进行社会实践，实现更有分量的学术报告，更高的教学水平。这也算是一种科学研究。”

12年的浙江大学宁波理工学院

2001年创办的浙江大学宁波理工学院，开创了中国高等教育的又一新的办学模式。它的创办具有三个特点：一所由地方政府投资建设、重点大学负责办学和管理的高校，一所在全民事业高校采用按办学成本收费的大学；一所由浙江大学在异地负责办学管理的本科院校。

浙江大学宁波理工学院是宁波市政府全额投资建设，由浙江大学负责办学管理的，这为学校奠定了高水平发展的基础。浙江大学和宁波市政府创办该校，当时的目标与定位就是要办成优秀的区域高水平大学。基于浙江大学和宁波市政府的强大支撑，学校发展有了良好的起点。坚持教育为学生提升价值的办学理念，学校投入1.66亿元建设实验室，这在同类院校中是首屈一指的；千兆带宽直通浙江大学本部，共享数字资源；所有有利于提升学生价值的资金学校都在努力投入。根据武书连独立学院排行榜的指标，由于受到地域等因素影响，浙江大学宁波理工学院前几年生源平均分指标在同类院校中列14名，而毕业生质量的指标达到了全国同类院校第三，这说明学生在理工学院的四年中，不断提升了自身价值。另外，根据第三方权威数据公司的调查，浙江大学宁波理工学院毕业生对母校的满意度超过了90%，这也远远高于其他学校。

金校长在管理制度上表达了自己独到的见解："管理一个学校，必须了解你所管理的学校的特点。而我所管理的宁波理工学院建校已经超过12年了，12年的发展也是历届领导班子共同努力的结果，也是广大教师共同努力的结果。所以说，12年的建校，从无到有，发展也是一步一个台阶的快速发展，我们一直在讲从2001年到2004年，宁波理工学院实现的是千亩校园、万人大学的办学规模。这是一个规模效益。到2009年的时候，已经处在国内同类院校的前列。我记着那时候独立院校的排行榜我们学校是在第三或第四位。但是那个排行榜只是人才培养和社会知名度的考验，并不能反映一个学校的综合实力。所以近几年来，我们宁波理工学院主要是对内涵建设做了大量的工作。应该说是趁势而为、抓住机遇。同时充分反映了宁波理工的特点，我们的自身优势。在这几年来得到了有效的发展。"

金校长又说到了关于教育改革，他认为要加大师资力量。

10周年年校庆的时候，金校长说过学科建设作为高校建设的龙头，是提升学校综合水平的基础。师资队伍建设是学科建设的重中之重，对于这两项建设，浙江大学宁波理工学院在建院初期就明确了学科建设的龙头地位，确立了“人才强校”的根本战略。

如今，他坐在我的面前，还是那么坚持这样的策略：“高等学校的根本任务就是人才培养，人才培养首先要解决的问题是‘学’的问题。那么好的教学首先就要一支好的师资队伍，关于‘学’是指我们学生的有效成长，能够获取更多的知识和价值的提升。所以我想强调的就是学校的办学要以生为本，要体现教育为实现学生价值的办学理念。这样一个办学理念就是使得我们的一切工作都要围绕我们学生。怎么样有利于学生的发展，有利于促进学生对知识的接受、学习和他们自身价值的提升是我们考虑问题的前提。在当校长后，我更注重研究提高学校整体科研和学科水平。”金校长经常强调，“院长就是给老师学生搭建舞台的，上面的演员是你们，用什么道具演、怎么演是要自己去考虑的，但他会尽我所能来帮助他们。他曾经说过人与人的管理既要有制度的约束，又要有共同的奋斗目标，同时还要有一个亲和的氛围。如今他还是坚持这一观点。”

“可能很多学生都认为自己比不上浙大的学生，甚至很多学生只是为了混一张文凭来上大学，而我认为虽然我们现在是应试教育，高考这一环节很大程度上只能决定一个人考上什么大学。而我觉得一个学生的价值，一个学生的能力不仅仅是通过一场高考就能决定的。就如我们的同学进入到浙江大学宁波理工学院可能是由于高考的失误，可能是由于他的知识结构的不完备等多方面的原因。我们没能进入浙江大学或其他更好的学校，这并不是说我们学生的能力有差异，也不能说我们学生的知识结构有很大的问题。”

“当然我们学校坚持走‘内涵建设提升核心竞争力，开放办学实现跨越式发展’的办学道路，为了让我们学校向浙江大学等更多高校学习，我们从特色、质量和管理抓起，开放教学，面向世界。”

“而且我觉得在宁波理工学院，我们有许多学生通过自己的努力也取得了很优异的成绩，也在各行各业发挥了自己的水平。所以说学校里给我们学生提出了一些要求。”

“第一是要有理想，一个学生没有理想，怎样能让自己继续学习？不是有句话：‘不想当元帅的士兵不是好士兵？事实上我觉得，像你们这样肯努力进行记者的实习和学习，说不准再过10年，可能你们就成为我们的一个大记者。’金校长坚信一个人的未来是靠自己努力来获取的，不仅仅是一张文凭，一个位置，而是我们的方向。”

他接着说：“第二个，就是要有道德。德是一个人的基本立足点，一个大学生无论毕业于哪所大学，无论职位的高低、专业的差异，都要有良心，有道德。只有在道德的基础上，你才能做有意义的事情。”

“第三点当然就是要有实力。你有实力才能在工作岗位上，社会上，发挥你的价值时能够得心应手。因此要做个有实力的大学生，就要在大学里不断地学习和丰富自己的知识结构，使自身的价值得到提升。”

“所以概括起来对社会有价值的学生应该具备的三点是：有理想，有道德，有实力。”

憧憬，梦想，寄望

新学期开始了，在中国独立院校 2013 年排行榜上，浙江大学宁波理工学院荣登榜首，这所依托名城名校合作办学的大学，在短短 12 年间实现了跨越式发展。特别是 2013 年，学校机械设计制造及其自动化专业被列入浙江省本科一批招生，更是学校里程碑式的迈进。而对待这样的成绩，金校长说："抓住机遇，抓住我们的优势，虽然我们学校在人才培养和社会服务上文化传承和创新方面，我们做了一些工作，取得了一定的成绩，也有了一定的地位。但是我们目前取得的成绩还是非常有限的，我们跟全国 2000 所大学相比，还是处在中等水平，我们在人才培养的特色方面、在科学研究的成果方面、在社会服务的影响方面以及在文化传承和创新方面，还有不断拓展的空间，我想宁波理工的发展一定要遵循实事求是并且抓住机遇，顺势而上的脚步。我们按照内涵建设、开放办学的办学路径，实现高水平应用型大学的建设目标。我们希望通过我们的'十二五'发展规划，也有一个中长期发展规划，到 2020 年，希望我们学校综合实力能在省内大概排在前 10 位左右，这是一个非常艰巨的、有挑战性的目标，需要我们广大教师、广大学生一起努力。"

"要说筑梦宁波教育，我们浙江大学宁波理工学院一定是立足宁波、服务全城、面向全国、走向世界的。所以说我们的目标是在未来的日子里不仅能立足宁波，服务宁波，并且还能支撑宁波的发展的话，那也就是我们办学的最高境界。"

在最后，金校长还不忘对学生表达一些期望："我作为一名学校的校长，我对我学院的学生充满着期待，我认为我们宁波理工培养的人才符合应用型、复合型、外向型的培养目标。我们希望我们的学生能在加强运用技术和知识结构的交叉复合方面，在外向型经济的计划环境方面，经过 4 年的努力能达到质的提升。我们有句话是教育为学生提升价值，其实还有一句话，教育要为社会创造价值，我们提出前面一句话主要是以学生为本，为学生提供更多的知识以及完善知识和提升他们价值的环境；后面的一句话主要是要通过我们的同学把大学里所学到的知识在社会上很好地运用，最后来实现为社会服务，促进社会的进步和发展，做出自己应有的贡献。"

文/图：陈红梅

指导老师：邵　静

胡建军 / 自然和谐的教育观 /

人物名片

胡建军，1963年生，数学特级教师，教授级中学高级教师。现任宁波市效实中学副校长，1982年师大毕业，分配到北仑的柴桥中学，1986年进入效实中学工作。

系统性的教学方式

胡建军是一名数学教师，任教已超过30年。以时间为线索，胡老师详细地为我们展开了他的教学历程，剖析了他的教学思路。胡老师的教育方法，一直随时代在改变。作为一名老师或者说成熟的老师，首先对自己的学科有一个宏观的把握，站在一个系统的高度来统一安排一个教学。具体观点，就是要明确高中数学，应该教给学生什么东西，应该培养他们的什么能力。通过一个学科所能够做到的，那么我们现在所说的就是一个教学意识，或者说一个学科意识。那么作为一个成熟的老师，在三年里面，对自己三年的教学应该有一个统筹的安排，不能上一节课就一节课过去了，下面一节课上什么就都不知道。这样不行，是没有系统性的，所以有一个系统的安排很重要。学生需要什么能力，我们作为老师教给他们什么知识，让他们怎么去用等等这些问题，预先有个系统的框架和安排。”

第二个就是教学的一个模式，胡老师介绍说，这个过程是一个在不断改变的过程。如果从学业派的角度说，就是从一般的老一辈的角度出发来说，一节课有五个步骤，后面这个步骤也有了改进，跟现在的说法也有点不一样。讲一节新课的话，会有一节新课的导入，导入到数学角度（导入的类型也各不相同，作为任课老师可以开门见山地导入，可以问题导入，可以情境导入，也可以由生活的实际问题、应用问题导入），接着是新课的讲述，然后是学习的巩固，学习的反馈，再到后面学习的总结，这样五个步骤。

胡老师还笑着为我们介绍了对学生教育上的帮助，年纪大的老师类似于学生的长辈，年纪小的老师类似于学生的兄弟姐妹，那这个关系就让学生容易接受，教学效果就比较好。

独特的学生培养方法

现在新课程推行的背景下，胡老师为我们讲述了学生培养的关注点，比较重视学生的能动性，师生的互动，以及学生与学生之间的交流。换句话说，比较关注学生的互动性，比较关注课堂的互动性，不仅仅是老师单方面的传授知识，而且需要让同学们在互动中构建知识体系。“在教学这块来说，作为老师，你不仅仅教给学生知识，更要教给学生能力，交给他一个学习方法，这个学习方法可能对他终身有益。”胡老师细心地解释道。

胡老师认为，学生的能力是多方面的，作为学生学了以后要有反思、归纳、延伸的能力等等。自我学习的能力包括学习的主动性，那是很重要的一个方面。要是同学上了大学，进入了社会，该怎么办？没有人会教你，要学生自己去学习，这个老师没法帮，要靠自己。胡老师在指出了学生能力的特点之后，强调了能力的重要性。胡老师认为，能力是多方面的，比如说自我学习能力。总体来说，到效实的同学基础还是可以的，相对普通的同学比较好，这个算前提。从教育实际出发，效实的周六、周日不补课，这样一来就使得教学时间比较少，就使得学校更加注重学生的能力培养。在能力培养的方式中，不仅靠老师去灌输，更需要的是同学的自我学习能力。效实一般要求同学有自我学习能力，因为效实期中考试、期末考试一般都是停课复习，期中考试大概两天，期末大概三天，9门课都是自己去复习，老师最多讲一节课。那么有些同学不习惯，这个过程需要学生自己去适应。学校现在要求比较少了，因为现在学生压力比较大，在双休日放假期间，学生一定要把一周学习的东西进行梳理归纳整理。比如说这周，老师讲了什么东西，核心知识是什么，典型题目是什么，所牵涉的数学以及其他学科的思想方法是什么，要自己进行梳理、巩固，下周的知识要先预习。

那么对于学生的品德教育，胡老师的看法是全员德育，这不仅仅是班主任的事情。一般的任课老师，都要对学生进行德育教育，教育方式不会那么死板，有的时候多是师生之间的交流，不是老师高高在上对学生进行谈话。另外，下课后学校主张学生能够活动，最好不要在教室里。每天学习在教室待一天，对学生的身体健康不利。

胡老师还介绍了学生学习习惯的培养问题。一般新生进来，第一节课基本上就是老师来介绍这个学科要学的主要内容及这个学科的特点，对学生提出学科的要求。比如说怎么去预习，怎么去听课，听课要求记笔记，记笔记要把老师的上课内容记下来。胡老师也要求学生记笔记,把这节课的主要内容给记下来,典型的题目记下来,上完课有个大致的归纳。听不懂的,下课以后问同学或者问老师把问题给消化掉,或者下课后把那些课堂上的笔记再看一遍,弄懂了,再做作业。不能看着做作业,可以模仿着去做。不会做的,大家再一起讨论。中学改作业,老师一般都改得比较及时,第二天发下去,然后订正。一周下来,再对这些东西进行一个梳理,这对学生学习习惯的养成是非常有帮助的。按照老师的流程来,没有好的学习环境,学生学些什么也是不知道的。这是好的学习方法的培养问题。

新环境下的教育措施

新教材提倡新理念,从生活中来,又为生活服务,这是新教材的观点。其中关于应用的东西比较多,这个方面主要还是培养一个兴趣,不然会比较枯燥。让学生明白这个理念是从生活中来的,就像国外的教学都会对学生讲清楚这个知识有什么用。

胡老师不仅对新教材的理念深有理解,而且对教学的安排和数学的理念有独特的看法。教学内容的安排,以及一些教学进程的安排,作为一个学校按照国家课程方法来安排,就是必修课的。学校有一个观念,从学生的角度出发,从老师的角度出发,从学校的传统出发,高考要考的,一定要教,高考不考的,我们认为对学生的多面发展有益处的,我们会加深。有些选考模块,有些不重要的东西,我们会把它简化。有些东西我们认为对学生以后上大学、进入社会有帮助的,我们会加深、拓展。教学系统的安排是以三年作为一个老师备课周期,采用单元备课,不采取一节课一节课备课,不然后面的跟不上前面的,学科的系统性问题就会出现。本来一个大的学科目标,学校把它切成一个一个小单元,比如说四五节课一起备课,比如说这个系统在第几节课,那个系统在第几节课,系统性会更高一点。有些拓展学校不一定按照书上的一步一步来,有些拓展会在一节课的后面进行,或者在之前进行,形式是不同的。胡老师认为有这么一个现象,现在好多老师比较功利,教学都是比较集体化的。比如说一个章节的内容,老师在你上第一节课的时候,基本的公式定理一口气都给讲了,之后通过题目、例题,来巩固来帮助学生理解。前面通过集体化,后面通过题目帮助学生理解,巩固学生对概念的掌握。如果学生不理解,就反复地把例题翻出来讲。这样子就没有从数学的根本理念出发,从长远来说是不科学的。从数学的原理和数学的本质角度来说,它不是教数学而是做数学,为了应付高考。从长远来说,数学的目的不是做题,而是学习数学的思维方法和能力,是从数学的观点去看社会、看问题。数学是一个理性的东西,而文科大多是一些感性的东西,怎么用数学的理性思维、逻辑去思考,这跟文科不同。

胡老师曾经进行过超常教学以及创新教育的研究,就是在青少年人群中有3%的人智商是超常的,比较聪明。对这些儿童,应该有一个特殊的教育,学校的一些比较平均的教育其实对他们来说是不太公平的。所以包括现在对重点中学观点也是两个方面,一是认为重点中学不要开办，大家都平均，另外一个角度来说，把重点中学取消了，对好生和差生都是不公平的。像美国普遍学习比较轻松，但美国也有顶尖的学校，学习是很辛苦的，里面的同学也多是超常儿童。

创新教育讲的是创新和创造的能力及意识，现在我们的基础教育还是可以的，到了大学，基础的教育还在，但是创新的意识却有所不足。高中教学不能算创新人才培养只是为了未来的创新人才打基础。对这些同学要有单独教育方法，在他们的动手能力、创造精神上给他们一些相应的帮助。

学生的压力和应对

胡老师认为现在学生压力是比较大的，一是与社会的氛围和环境有关系。现在的孩子普遍是独生子女，家庭社会都会比较关注，父母亲以至于爷爷奶奶，都会在小孩子方面投入比较大，给予的希望也比较大，以至于小孩子读书的压力比较大。同学在初中里数一数二，考上了效实在班级里也是前十，还是比较优秀的，但是在家长眼里与过去比可能还不够。考了第五名还不够，想孩子拔尖考第二，有同学在初中里数一数二，但是在进了效实后马上落到四十几名。高中的时候老师完全不一样，可能老师不会去表扬了，同学自己也会很郁闷。二是学习方法的改变，初中的时候上课听得懂，作业也会做。上课不会做，下课更不会做了，初中是这么个状况。只要跟着老师走就行，老师上课讲什么你听得懂，充分的题目去做，这个章节结束了，可能就是老师再重新给你梳理，给你归纳。

到了高中，这个情况没有了。只有按照教学程序一步一步往下走，而且老师上课，只要大多数人听懂了，这个课程就过去了。如果100%的人都听得懂这节课，那么这节课也不是一节好课。因为这种情况学习成绩好的人就不会听了，每个人的理解能力都是参差不齐的，成绩好的人也会因此开小差了，所以大多数人听懂了一章才会过去，那么小部分理解能力强的那些人就会不适应。有的人接受比较快，接受得比较完好。有的笔记都不看，上课听不懂，作业也不会做，所以有人觉得自己初中学习很好，高中学习也很努力，也没有偷懒，也花了很多的力气，怎么学习都学不好，这个心态的落差和起伏会很大。

胡老师认为，对于新的高中学生来说，就是要尽快地适应高中的学习教育，因为学习的整体的进度是不会等某一个人的。作为老师来说，要关注学生，特别是前半个学期，那些学生学习成绩掉得特别快的，出现了问题的，个别要及时地沟通一下。另外，从家长角度来讲，也要意识到这一点，不要给学生太大的心理压力。压力太大不是一件好事情，家长可能会简单地去要求学生，比如说我们考试把平均分定为75分，像理科考试总要有四五个人不及格。初中数学的平均分是80分，有些同学在初中都是90分以上，到了高中就不及格了，学生心里马上接受不了。学校就会联系学生父母，多联系，多沟通，让家长不要给学生太大压力，这是一个成长的过程。

做一名好老师

一方面是培养学生兴趣,要他们自己有兴趣。有些同学本来就比较喜欢,有的同学是因为老师教得好,因为老师的原因喜欢上了这门学科,所以一名好的老师是一个重要原因。在长期的教学活动中,学生会对老师有信任感,他就会听老师说的,按老师说的去做。最好的结果就是学生充分发挥主动性,有些好老师不说学生也会做,这就是一个老师最成功的地方。

对学生来说,要有学习的兴趣,对于一名老师来说,上课上得要好,教学的功底比较高,对工作敬业,有很大的心血投入。

胡老师还有一个很朴实观点,就是什么事情都是复杂问题简单化。"如果一个老师上课的时候,把一个简单问题复杂化,肯定不是一名好的老师;只有把一个复杂问题简单化,讲透了、讲解明白了才是一名好老师。"胡老师强调说。

唯有特色是永恒

学生有各种各样的兴趣,有各种各样的特长,胡老师认为这是一件好事情。到社会上以后,一个人只知道读书,没有其他的爱好、兴趣,这个人就会受到各方面的制约。胡老师认为,在高中阶段,学生的个性发展和特长是好的、可以的,但是有一个前提,不能过分影响学生的学习。没有影响是不可能的,社团活动肯定会对学生的学习造成或多或少的影响,也有家长对社团活动的影响表示堪忧。社团活动要开展,但需要有限制,不能过分影响学习。

在学生的个性培养上,学校会多听家长的意见,多和家长沟通。每个班级都有家委会,班级家长代表组成学校的家委会。班主任可以与班级的家委会代表进行联系,也有班级的QQ群。在家校联系上,胡老师认为沟通是主要的,家长对学校有什么看法都可以沟通,而且在家长与学校的观念产生冲突的时候,采取什么样的方法,学校也会有自己科学的观点,这就需要家长多理解。

胡老师说:"在我刚开始迈入教育行业时,感觉自己只要把课程讲清楚,对学生的学习有帮助,能够减轻他们的负担,使得他们有收获、有提高就可以了。现在我有了更深的理解,教育首先是培养人的,是一个自然的和谐的教学,为学生的长远发展打下坚实基础。教学的理念,要以人为本,以学生为本,注重学生个性与能力的培养。"胡老师铿锵有力的话语,让我们久久回味其中。

文/图:胡凤阳　韩　宁　汪鸿珅昊

指导老师:聂晶磊

施国柱 / 精神与梦想同行 /

人物名片

施国柱，男 1969 年 12 月生，本科学历，研究生课程班结业，中学高级教师。1988 年 8 月参加工作，1991 年 2 月加入中国共产党。现任慈溪阳光实验学校校长、书记，是宁波市、慈溪市两级名校长，宁波市教育管理名家培养人选。

施国柱老师是一位实在的农村人，淳朴的外表下，更裹着一颗温热、随和的内心。身为市民教师，有着待人友善的亲和力，先后成为市学科带头人、宁波市首届学科骨干教师。好胜是天性，初生牛犊就崭露头角，曾获慈溪市第五届教坛新秀一等奖、宁波市教坛新秀，浙江省特级教师，一步一个脚印，做自己喜欢的事情，坚持并做到最好。一份执着，一份热情，把持着自己坚守的教学理念，努力贯彻并落实，让孩子在阳光下温暖快乐地学习。

相比称呼他为校长，我们倒更喜欢叫他老师。刚见到施老师的时候，迎面扑来的热情与亲切就已经感染到了我们。当时正值大中午，比约定的采访时间还要早一两个小时，老师把我们“安顿”在会客室，就急忙赶去吃饭。我们哪里闲得住，趁着这一小会工夫，就好奇地跑去参观校园。学校地方不大，但颇有学习氛围。快餐式地浏览了一遍后，我们便回去休息并努力地酝酿起问题。

我们准备了很久，但施老师一直都没回来，一大早的奔波劳碌后，人确实会感到疲惫并且睡意十足，屋外的炎热早已被空调房里的冷风吹散，我们在这漫长的等待中渐渐合上双眼，小睡了一会。后来，等到谈话开始，才知道原来我们错怪了施老师，他其实早到了，就是想让我们多休息一会才不来打扰我们，老师还特地为我们准备了水果，并端上刚泡好的茶。坐在两边的椅子上，就这样我们开始慢慢聊了起来。

做什么事情，第一次总是最紧张、刺激的。也正因为如此，人生在无尽的探索中才又充满了意义。

要梦想没有，“好胜心”带走

我是一个农村的孩子，从小嘛，要说梦想，没有。现在想想，有梦想是一件很幸福的事情，但是我没梦想，我们父辈都没有梦想，吃饱饭就是梦想。

老师是第二次接受这样的采访了，淡定又自然，或许又是出于教师的本能，他习惯性地引导我们进入一个轻松和谐的谈话氛围。如果说老师在前面的聊天中显得还有些拘谨，那么当聊到梦想的时候，老师便把压在凉鞋里的脚丫伸了出来，突然敞开了心扉似的谈了起来。

小时候，我一直都不知道以后要成为一个什么样的人，到现在我才明白，这一点确实很遗憾。其实这也是环境和教育造成的，我们从小就缺少这样一种成长的氛围。从小我就一直没梦想，走到哪算哪，得过且过。但是我的优点在哪里？就是从小比较好胜，做什么事情都要比别人做得好，这一点是很可贵的。其实我们农村那个地方，小孩子读书一般都读不好，留级的、不想读的特别多，但我从小成绩就特别好，不写错一个字，每次考试都得 100 分。小孩子从小 5、6 岁的时候，玩推弹珠、贝壳翻面等游戏，只要有谁跟我玩的，反正最后都是我赢（老师很自豪地大笑起来，又重复了一遍刚才所说的话）。我干什么都比别人干得好，我就是认准了一点，做什么事情一定要比别人好。

我的小学学校在我们的村口，一个班级，30 个人，我总拿第一；后来等到大概五六年级的时候，4 个村的学生并在了一起，好学生多了，可我还是拿第一。读初中，将近 200 个学生，考第一，肯定第一（不经意间，老师放大了声音，脸上又流露出了那份似孩子般天真的笑）。我为什么考试，这个考试对我有什么发展，我不知道。但是每次考试我都很感兴趣，因为又有露脸的机会了。父辈都是面朝黄土背朝天，如果能够不做农民，那真是不得了的事情。等到中考考进慈溪中学，那真是跳出龙门万丈高。不过当时能报的志愿非常少，思来想去，最后才填了个师范。填师范的人不多，就这样，有一个志愿里面全部录取了师范。

我读师范，不是想着说以后要献身教育事业，我根本没想过。但是我觉得很高兴，因为可以不用做农民了，不做农民就好。读师范时，有一段时间骑着自行车到实验小学实习去了，那时候根本不知道实习后要做小学老师，根本没想过，就知道考试要比别人好。但读师范以后，我很失落，因为考试少了。师范更看重谁的字写得漂亮，歌唱得好等才艺，所以自那以后，我从一个不爱说话、一直读书的人，开始讲起相声来，而且讲得很好，好到什么程度呢，全校师生只要听了都会捧着肚子笑(说着，老师又对着我们笑了起来。事后想起这件事，突然感到一丝悔意，当时就应该提出来让老师现场表演一小段)。

后来，我在师范创办了一个"笑一笑"协会，报名的人几乎占到全校师生的一半，老师也加入到了这个组织来。以后，两个星期一台戏，我既是编剧又是导演，这个确实很锻炼我。

再后来，我教书了。教书以后，是不是要做一个好老师呢？我根本没想过。我刚开始上的是数学课，去比赛，拿第一。后来我又去上语文课，又让我去比赛，也拿了第一。思想品德课也让我去，还是第一(老师在谈自己以往的种种经历时，特别激动，有时候还比画起来，一边回忆，一边忍不住冲我们笑)。其实这就是一个人对自己的定位不一样。就这样，我干了一年，很快年纪轻轻就提干部了，20岁就当了教导主任，下面有10多个老师听我"发号施令"。不久后，区校长又看重我，调到关东区校。这个平台就不一样了，13个乡村最好的教师全都在这里，没那么简单了，不是你想怎样就怎样。但是呢，当时我也没想什么教育理想，就算是卧虎藏龙，我也要拿第一。两年后，我就又做了领导。

那个时候做事情单凭兴趣，还想要露一手，就这么简单。不过一个人呢，其实是要有坚持的，我有坚持，有坚持是好事，一定要把事情做好，一定要做得比别人好，我肯定要比别人做得好。

老师说他自己没有梦想，就靠着从小到大一股"好胜"的精神鼓舞他前行。没有梦想，就别强迫自己编造一个虚无的梦想，专注地做好自己眼前的事，就很好了。

体验中学习，体验中收获

回首往事，总有那么几件事是令我感动，做班主任是一件，不过很遗憾，我做的时间不长。教育应该让每个孩子焕发生命的活力，体验人生的精彩。学生不只是认知的主体，还是完整的生命体；学校生活不只是学习的过程，更是生命的体验过程。

从小的这些生活经历，无时无刻不在影响着施老师。在老师的话语中，我们也不难看出他的性格——认真对待任何事物，力求做好、做细、做精，人一定要有精神，而老师的精神就是好胜。爱好支撑下的激情，老师也在身体力行地践行着他的教学理念：让学生在亲身体验中学习。

刚开始当校长的时候，我缺少人的引领，如果有一个教育系统里面看得比较远的人能够引领我的话，我可能会走得更好。我一直没有目标，我一直不明白教育是什么，教育到底要干什么？这些我都没考虑。我知道学校要办好，老师一定要好。于是我就去高校找老师，公办学校挖老师。就这样做着做着，学校也越办越好。在空余时间，我会看看杂志、教育报，看看书。最近呢，我在看《第56号教室的奇迹》(说罢，老师便去办公桌上拿来这本书给我们看，还一边津津乐道地讲解起来)。

我现在是靠着艰难的想法在做教育，所以这是远远不够的。人必须要有目标，要有工作观念的指导。后来做着做着，我知道了什么是教育，它是能够让学生终生幸福，能够健康地发展。

体验教育，就是学生通过实践来认识周边的事物。在体验中学习，在体验中收获。我现在知道教育该怎么样去做，但已经晚了。其实任何时候知道都不晚，只是如果早一点知道的话，那会更好。

◆ **体验型德育——让孩子在自然经历中感悟**

我想学生的情感体验是伴随着丰富的实践活动产生的，并逐渐形成道德信念，继而表现为具体的道德行为。道德素质不应该是老师教出来的，而是学生在实际学习的过程中，在与他人的合作交往中，通过自身经历和体验发展而来的。

说到这里，我就来讲一个故事，是关于我女儿的一件生活小事。我女儿一岁多的时候，家里写字台上有一盏灯，灯泡有点烫的那种。她总是想要用手去摸，而且越不让她摸越要摸。于是有一次她又去摸时，我们装作没看见。只听见“哇”的一声，她捂着手跑到我面前，一边指指台灯，一边指指我，然后又去拉她妈妈的手，指指台灯，意思是说：灯泡很烫，不要用手摸。我们哈哈大笑，从此她再也不摸灯泡了（老师说着说着，突然又笑起来，流露出一种慈祥的表情）。

我们的老师常常抱怨德育工作难做，辛辛苦苦地教导，总是不能取得理想的效果。对生活充满好奇，这是孩子的天性。究其原因，就在于我们往往过多地着力于喋喋不休的说教，缺乏引导学生对客观情境的亲身体验。“一朝被蛇咬，十年怕井绳。”我想这句话说的也是这个道理。

学生应该遵守哪些规则，要由他们自己来决定。谁家的孩子不调皮呢？游戏是孩子的天性。抛开条条框框的束缚，我们在全校学生的共同参与下，拟定了“十条阳光好习惯”，还将好习惯的内容图文并茂地绘制在操场围墙上，在学生的生活场所张贴分解条目，随时提醒学生注意文明言行，养成良好习惯。

在不少学校，学生吵吵闹闹，上课开小差也是经常能见到的，课间有的学生就在座位上发呆。孩子不是不会玩，而是玩什么、该怎么玩的问题。为此我们对学生感兴趣的课间活动进行了改变和完善。现在推出的主要有打乒乓球、踢毽子、跳绳、抖空竹、转魔方五个项目。每个月组织其中一个项目的竞赛活动，评选出集体优胜和个人优胜者，让学生在尽情玩耍的同时，还能获得荣誉，较好地激发了他们投入到课间活动的热情。八年前我们还发起了学生“素质发展五个一”活动，就是下围棋、踢毽子、学书画、练器乐、读好书。这“五个一”已经包含了传统认识上的“琴棋书画”典型才艺和运动技能。同时我们还制定了详细的“五个一”考核要求，使学生在朝着自己设计的目标努力的同时体验学习的过程；在技能不断熟练的同时体验成功的快乐。

“课间活动五个一”和“素质发展五个一”活动逐步让学生养成良好的言行习惯，沉浸在自己所喜爱的活动当中。快乐的学习，才是教育真正的目标。

◆ **体验型课堂——让学生在自主探索中学习**

我们学校的一大特色就是柱子特别多，当初建校的时候，其实就是想把屋子之间连起来，下雨的时候能够更好地避雨。但是后来想想，这么多柱子太难看了，反正空着也是空着，我们就对校园里 400 多根廊柱进行了全面装饰，四个楼层分别以学会健体、学会求知、学会做人和学会审美四个主题设计和绘制，内容包括体育游戏、古代诗词、美德故事、名家书画等，真正做到了"让每堵墙都说话"，使学生始终浸润在文雅、奋进的环境氛围之中，潜移默化地受到熏陶和积极言行的引领。

体验型教学似乎已经融入了施老师的血液里面，成为他无法割舍的一部分。讲到这里，他似乎总有说不完的话，并时不时地举起茶杯，饮几口茶水，来解去他的干渴。刚一放下，就又开始说起来，几次欲言打断，最终都主动放弃，"败下阵来"。

学生学什么，老师就学什么。老师主要是通过课堂来授课的，所以体验型课堂的建设就显得尤为重要。13 年来，我们追求的体验型课堂是通过学生自主体验、与知识互动、亲历经验变化，实现"情知交融"的生态课堂。我们需要关注的是，把活动还给学生，使课堂充满成长的气息；把创造还给学生，使课堂充满智慧灵气；把自主还给学生，使课堂充满生机活力。

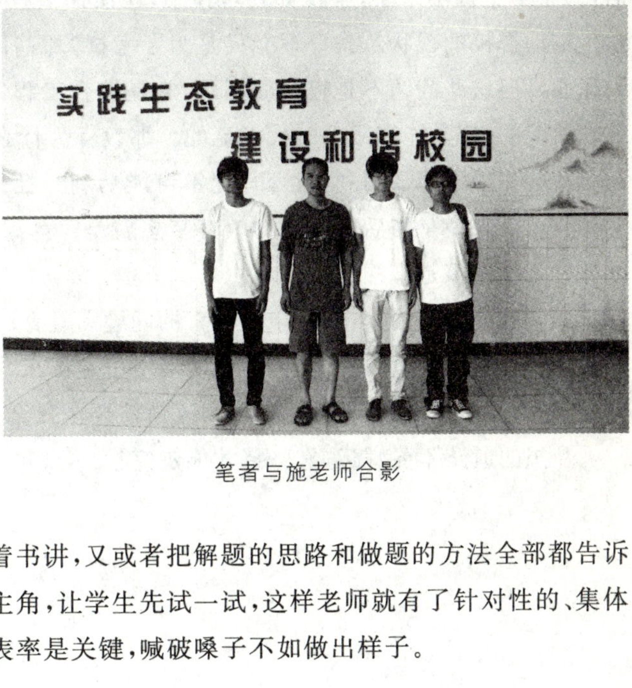

笔者与施老师合影

在课堂上，最怕的就是老师照着书讲，又或者把解题的思路和做题的方法全部都告诉学生。把课堂让给学生，他们才是主角，让学生先试一试，这样老师就有了针对性的、集体的引导内容。当然，教师能否做好表率是关键，喊破嗓子不如做出样子。

以小见大，看宁波教育梦

施老师一直认为，好的教育方案应该是不变的，教育的发展和成效是缓慢的，它需要在同一个教育理念下长时间地坚持并实践。

我在想，宁波教育的梦应该是均衡的。现在的宁波教育，其实做得有很多不均衡的地方。比如就我们慈溪市来说，大家都认为阳光实验学校办得非常不错，但这是相比较而言的。换句话来说，那其他学校呢？有些就不用说了，差得一塌糊涂。好的优秀的学生自然而然会去好的学校，而留下来的这一批大多又都是差生，这就造成教育的不均衡。

就我而言，我只是一个阳光实验学校的校长，我自己在努力地做事、做教育。不能单纯地说“哪个学校好，哪个学校第一”就是宁波教育的梦，这其实不是梦的组成部分。教育的不均衡是由社会不公平引起的，有些没有背景、家里没条件的学生只能待在一些差的学校，有的甚至上不起学，而那些学校的老师不见得水平就不高，但他们在面对这样的学生时，明显会显得没有激情，像是在混日子。所以说，社会的不公平是可以从教育里看出来的，教育要做得好，它必须是均衡的，生源均衡、师资均衡。

而这种均衡中，还包括了选择，在教学水平差不多，以及生源、师资、硬件设施同等的基础上的一种公平的选择，总而言之，一个学校的优势不能太大。学校自身的发展又要顾及这个学校教育所处的时代，以及家长、社会的需求。你不能当这里是理想王国，像是在真空里做教育。这样的话，不要说发展，就算生存下来都很困难。我们的升学率没有的话，人家学生都不来了，学校都要垮掉了，还谈什么教育。现在我们还需要改进的是很多学生被动择校的现状。教育不能只是为了考试，那些因为压力而跳楼自杀的学生着实让人痛心。但这些问题不是教育的问题，它是综合工程。我想每一所学校的办学理论都是比较前卫的，都是能够跟上时代潮流的。那教育为什么那么功利，主要是因为这个社会功利。社会如果不那么功利，教育肯定不可能功利。社会跟不上，教育永远好不了，教育在某种程度上来说是滞后的。我的教育梦想就是：教育的均衡、全面、优质，以及教育者与被教育者都应该是幸福的。

如果放开其他因素，只谈宁波教育的问题和教育的梦想，我想这是不现实的。我们不能活在理想的虚幻世界里，我们需要从梦境里走出来，自己筑造一个真实的梦。而宁波教育的梦，不是单单只靠个人就能实现，这就需要全社会一起努力。

梦想的道路不要嫌远，靠坚持才能走完！

文/图：张建波　吴　涛　梁家豪

指导老师：胡晓梅

姚奇富 / “只有喜欢才能做好” /

人物名片

姚奇富，男，浙江工商职业技术学院副校长、教授。浙江省高职高专计算机类专业教学指导委员会副主任委员，宁波市自动化学会理事长，宁波市影视制作行业协会会长，宁波市生产性服务业研究基地首席专家，浙江省“151人才工程”第二层次培养人员和浙江省教学名师，获2011年宁波市突出贡献专家奖。1988年毕业于杭州大学计算机专业，毕业后自行投身教育事业，先后在教学管理、学生管理等多个教育管理岗位工作过。在计算机研究方面也具有突出贡献，先后出版过多部著作。

在我们采访之前，多次与姚副校长有过电话交流，电话中的姚副校长显得很严肃，因此在我们见到他本人之前，把他想象成一位严师的模样，但见到本人之后，之前的顾虑全都消失了，姚副校长热情地与我们握手，亲切和蔼的样子与此前的想象完全不同。

“教育管理要以学生为本”

在我们试图探寻姚副校长内心对于名师的看法时，他似乎有些犹豫，过了好一会儿才说了一句：“我觉得自己与千万普通教师没有什么区别。”在姚副校长的心里，他一直都把自己看作一位普通教师和一位普通的教育管理者，而在提到教育理念、管理理念时，他反复强调着：“以学生为本。”

“我自己对名师其实也没什么特别感觉。相对于副校长，还是喜欢别人叫我老师，因为对我来说，我首先是一名教师，再是一名教学管理人员。我在这里有很多教学工作，所以我是长期上课的。除去上课才是搞教学改革与教学建设，因为对我们这种高职学校来说，它的主要功能还是以教学、培养人才为主。我们的高校也有三大责任，但是对于我们这个学校，尤其是对一个教师来说，最需要的职责就是教学，当然也要有社会服务和科研，搞社会服务和科研的主要目的还是为了教学。作为我来说，我的经历和其他的管理人员不一样，我是从事过教学管理，也从事过学生管理，我管过学生10多年，管过教学10多年，曾经有将近10年时间，学校的教学和学生基本是以我为主管理的。因为曾经有一段时间，我是校长助理兼教务处处长，那时教育学生只有一个管理系统。现在我们有教务处、学生处，还有团委，三者是分开的，我们那个时候招生就业都是一个部门，就相当于从学生进来到出去都是一个部门，现在估计都是三个部门管理，所以对学生的培养来说，我的感受是比较深的。当时我也提出来一个观念：对于一所学校来说，学校的主体就是学生。一个学校如果没有学生就没有教师，没有教师就没有行政人员。但教师是个中间人，我们的基础是学生，所以大学是因为有学生而存在，如果这个理念大家认可的话，那么后续你做的事情是为了什么就能够明确了。教学要以学生为本，那服务管理也要以学生为本，包括后勤服务也要以学生为本，这是第一个。第二呢，以学生为根本是要有具体体现的，更多的是要以学生的体验为主。学生注重更多的是体验，但是我们要以一个管理者从服务层面考虑，实际上应该让我们的服务对象来评价我们的工作——就是我们的同学。再次，行政要做得好最有发言权的还有我们的老师，你的服务到位了，教师的服务到位了，那就是我们的师生感觉到位。”

“严与宽并行，才能出高徒”

当我们问姚副校长对学生是否严格时，他回答说：“是的。”但之后姚副校长所谈到的严格的小细节，让我们感受到极大的触动，他一直在用自己的言传身教来影响一代又一代的学生，严格要求学生的品行，同时又以一颗宽容的心，极力塑造轻松愉悦的课堂氛围，让人不禁感慨：“严宽并行，才能出高徒。”

“从我上课来说，我们同学的行为规范是纳入我的考核当中的。包括迟到早退这种现象，你有事情请假是可以的，这个是两回事情，但是你必须要请假，这是个基本原则。‘严’不仅仅是对我们同学严，包括对我们每一个人来说，一个社会来说，都是要遵守的基本规范。我们老师也要做到，我认为有好多规则，像社会规则，同学和老师在课堂上也要充分体现，这是第一个。第二个，我们学生在日常生活中的行为，我在课堂上是严肃要求的，但上课氛围是自由的，我上课时学生的发言是非常自由的，这个我个人认为与我毕业于杭州大学也有关系，杭州大学当时的整个氛围都是比较自由的。但是像我是搞计算机的，打个比方，计算机课最后结束的时候，你应该把桌上的东西收拾干净，把东西摆放回原来的样子……我认为这种也是我们课堂上的教学内容。但是也要给学生"宽"：该学生做的事情，该学生冲在前面的事情，就要让学生冲在前面，像我的教学方法，很大程度上是以学生自主学习为主。我有一门课程是国家级的，叫《中小学网络安全与维护》，当然我也开了门课，是我们学校的教学改革的，叫作《新生研讨课》，这个国外在 20 世纪六七十年代就开课的，国内中小学我估计是没有的，但浙江大学、上海交通大学都是开课的。我们开的同他们开的不一样，但是核心思想是什么？就是学生在这个课堂上面是主体，就是所有的都是学生做的，所以我认为在那个课程里面学生讲的内容是没有对错，只要是你自己的想法和主张，都是值得鼓励的。在这个方面我们有的时候要宽容，要为学生考虑，因为我们的学生，基本没有社会经验，以前学的东西可能比较少。就算说出来的错误很多，我觉得也很正常，我一直在说做人方面很重要，老师自身的行为影响着学生，身教是很关键的。"

"教师得到更多的是精神满足"

之前姚副校长将自己获得宁波市突出贡献专家奖的一半奖金捐给学校用作贫困生资助基金，在我们询问原因时，姚副校长脱口而出："应该的。"并向我们吐露了当时自己选择教育事业的原因。

"我内心来说，我认为捐款是应该的。我是 1988 年毕业于杭州大学计算机专业。在那个时候学计算机是很吃香的事，我是杭州大学第一届计算机专业毕业生，那个时候我们同学大多数毕业到银行系统工作，但我选择了当老师。如果一定要讲出为什么，其实也没有什么原因，只有一个，就是我喜欢。我们那个时候找工作是填报志愿的，到第八学期开学的时候我们填报志愿，你喜欢到哪个领域工作，就要填报哪个志愿。当时我们班 50 多个人只有两个到教育系统，我是自己填报到学校里面去的，那个时候学校工资很低，我毕业的时候是 100 多块。那个时候企业工资高，学校工资低，但是关键就是我喜欢，喜欢做教师。在那时大环境中，做教师社会是看不起的，那时候做公务员也不一定被看得起呢，所以 1992 年很多人下海。当时教师、公务员的收入都是很低的，但是我当时自己填报做教师。那个时候是统配名额，你从什么地方来就回到什么地方去，但是全校有一定的名额是可以自己选择到哪里的单位去，当时我就是这八个里面的一个。当然你要说有什么影响，初中的老师高中的老师对我影响很大，当时他们为我们付出了很多。那个时候中学老师工资很低，都是无私的，我们那个时候班主任为了让我们多一点时间，帮我们把早饭买好，你自己要吃就去拿，拿了以后就把钱放在桌子上，当然他内心也很开心。开心在什么地方？就是他的学生能够考进大学，能够成才。我的很多老师我每年至少去看他一次，有个老师 70 多岁了，已经退休了，我经常去看他，要么在重阳节，要么中秋节，春节是肯定会去的。当然我也有很多学生每年教师节都会来看我，所以我们作为教师得到的更多的可能是这个（精神上的满足）。"

“把管理当作学问来做”

除去教学和管理之外,姚副校长也经常做计算机方面的研究,谈论间,姚副校长起身给我们看他身后书架上方方面面的书,不仅仅是计算机专业的书,更多的是管理类的书籍,还有一些世界名著,甚至是易经方面的……

“从我内心来说,我可能更喜欢研究。但是呢,这个有几点,我是把管理当作学问来做的,把工作当作学问来做的,因为我学的是计算机,但我不仅仅看计算机的书,我有很大部分是看管理类的书,还有易经。所以你说管理、搞学问和教学这三种,我认为是相辅相成的。特别是学校的管理不同于企业管理和政府的公共管理,学校的管理围绕的中心是学生,所以管理、搞学问和教学这三者的焦点是一致的。虽然我做的更多的管理是教学管理,包括教学管理和教学改革,包括我写的很多专著都是以学校和教学为中心,我做的教学工作和社会服务很大部分是为教师和学生成长而做的。教学有小范围的和大范围的,小范围的教学可能是你们平常所理解的,从大范围来讲,教学是要有教学职称的,包括教师的培养也好,大范围教学都在这里面。”

“我的性格做老师是最适合的”

一个人一直坚持做一件事难免会遇到困难,当我们问到有没有想过放弃做老师时,姚副校长笑了笑,也向我们讲述了在做老师这些年遇到的小插曲。

“中间有人来聘请过我,当时 1992 年我考出高级程序员,那个时候全国只有 4000 多个人考出,通过率是 10%左右,在那个时候有一家做广告的企业来邀请我,它的整个广告系统的电脑都是从台湾引进的,开出的条件很丰厚,但是我自己认为,从我的内心来讲,甚至包括我的性格,我做老师是最合适的。有的时候人还是要有自知之明的,有的人是善于做老师,有的人不见得善于做老师,因为老师也是一个职业,当然我们对老师这个职业可能赋予了很多,像老师是园丁啊什么的,但最终它还是个职业,但作为职业必定是有的人善于做有的人不善于做,有的人喜欢做有的人不喜欢做。我们现在的老师可能出现了好多问题,这可能因为他内心本身不喜欢做老师,他把它当成了一种谋生手段,为了生活得更加好而去做,还有包括他的素质、性格各个方面是不是适合做老师,教师不是任何人都可以做的。因为教师首先要有爱心,首要条件是要付出,如果你的内心是想先获得再去付出,就不适合做教师。教师必定是先付出再获得,但他获得的又不一定是物质的,这就是教师这个职业有别于其他职业的重要特征,这个职业如果你不喜欢,你做了以后幸福感不高。我的电话我的学生都知道的,以前有一个学生生病,他都直接打给我,他得了阑尾炎,我马上送他去医院,医院里都是需要亲人签字的,要承担责任的,你那个时候要他亲人过来是不可能的，因为那是在晚上，所以都是我帮他签字的。这个也是后续会产生责任的，但是你是一个老师，你为了学生应该这样做。”

“我希望我们的职业教育能得到重视”

作为一所高职院校的副校长，姚副校长对职业教育有很多自己的看法，他为此也看了不少国外职业教育的书，也曾出国进行实地考察，对于我们国家的职业教育，姚副校长既有忧虑也抱有希望。

“现在我们国家职业教育这方面与国际上的先进国家差距很大，我的书很大部分都是研究国际的，在我自身读的大学中，我感觉杭州大学是最像大学的(比较自由)。你要给老师一个自由的环境，让他有发挥的余地，发挥他的聪明，包括我们的同学。第二个呢，我们国家实际上对高职教育是不重视的，所以我们很多同学都喜欢读本科(因为很多企业招人都需要本科学历，就业率好)。但是德国从小学就开始分流，从小学四年级开始分流，有部分人去搞职业教育了，为什么很多人愿意去学呢？因为职业教育在这个国家的地位是很高的。对于学习职业技术的人毕业后能不能得到社会的尊重，这也是个关键。我们这类毕业生在社会中的价值体现，企业得承认，比方说薪水。在英国，一个电工和一个硕士生的工资是一样的，在我国有两类学生，一类是普高毕业生，一类是职业毕业生。但是在德国，普高毕业生不能直接读我们这种高职院校，他必须先读中职，只有读完中职才可以上高职，但在我们国家，有很多普高毕业生去读高职。我们是初中毕业时，成绩好的读普高，成绩差的读职高，这种职业教育是不可取的，所以对于我们学校和我的学生，我有一个愿望，就是希望在他们毕业后，他们的价值能够得到体现，我认为这是非常重要的一点。我以前管学生时学生会主席是竞选的，我当班主任的时候，班长和班委是组阁的，先选班长，再由班长组阁，班长提出人选后让同学投票，半数通过就可以当学习委员了。我深信每个学生都是有能力的，这个是基本点。我们现在好多管理都是把我们的学生当作家里的孩子管理，这是不对的。我做了很多学分顶替的规则，比方说艺术类专业对英语的要求不是很高，如果最后英语考不好，你可以用你额外的可以体现专业能力的东西来顶替。假如说我们高职类学校需要考职业资格证书，我规定的是初级职业资格证书或中级职业资格证书，但是如果你考了高级职业资格证书，你可以用这个来顶替其他的学分。就是说，我把学生所有课外做的东西都算作加分的项目，我们分院有学分认定委员会，就是来认定你可不可以顶替学分，让学生尽可能发挥自己的潜能，我们对于有部分学生不评价最后成绩而是评价过程的，在国外，有些科目只有两个成绩，就是通过和不通过。”

“快乐生活，价值得到体现”

教师的中国梦就是教育梦，每一位老师心中都有自己不同的教育梦，但是姚副校长所说的教育梦,让我们感动,“价值得到体现,快乐生活”,简简单单的几个字,却勾勒出一位老师最朴素的梦想。我想这也是天底下所有教育工作者最真诚的愿望。

“我们的中国梦也好,教育梦也好,宏观的我们不说了,我们就从微观的方面说起,最重要的就是我们的毕业生能够快乐生活,自身的价值得到体现。我觉得对于我们学校来说这就是中国梦,快乐不仅仅是在学校的这三年要快乐,我们在学校学习生活中所感受的快乐是为你以后的幸福生活打下基础。不仅仅是学习,包括男女同学的交往也一样,我一直想开一门课程,想给学生开一门婚恋课,但是这门课的老师比较难选,因为它是开放性的,没有对错之分,要教会我们同学,男女双方交往中因性格差异、文化差异、家庭背景差异而造成矛盾,这是很正常的。包括以后成立家庭,也不只是两个人的事情。如何去处理和面对矛盾,我认为这些事情应该在我们的课堂上或学校的活动中让学生得到锻炼。”

文/图:胡青青　姜倩倩

指导老师:陈春波

俞炯志 / 我一直是一个朴素的人 /

人物名片

俞炯志,男,1965年10月生于宁波象山,中共党员,1987年7月毕业于宁波师范学院,同年8月开始任教于浙江省象山中学。自1993年以来,他先后担任象山中学班主任、年级段主任、教务处副主任、教务处主任、主管教学副校长等工作。曾获得宁波市学科骨干教师、市名教师、市优秀教师、浙江省春蚕奖、省教育系统"事业家庭兼顾型"先进个人、省优秀教师、省特级教师、"全国优秀地理科技工作者"、"全国优秀中学地理教育工作者"、第四届"地球小博士"全国地理科技大赛百名先进校长和全国模范教师等荣誉。学生朱萝伊和陈晓艳分别获省、市高考文科状元。所教的2000多名学生参加省高中会考,合格率为99.9%以上,优良率达95%以上。

少年篇:冥冥之中注定了我要当一名老师

俞炯志老师在讲到自己的少年时光的时候,也是一脸认真的表情,"认真"和"朴素"这两个词一直伴随在这位深受学生和家长信赖的老师左右。讲到自己阴差阳错成为教师的这段经历,使他仿佛回到十八九岁的年纪,神采飞扬。

我并不是从小就想当老师的,甚至在我得知我被宁波师范学院录取的时候,也没有想要成为一名老师。

1984年的我还是象山县五金交电化工公司的一名柜台营业员,在那个年代,物资供应相当紧张,不用说是电视机、自行车了,连一个普通的灯泡都是紧俏商品,能够站上柜台,特别是在县五金交电化工公司,这足以令许多人羡慕。因为在当时的人们眼中,那是最好的单位了。

那时,我已经站了两年多的柜台,当时和我同在一个单位的两位高中同学产生了去参加高考的念头,于是约我一同去参加高考。相比起他们,我算是最不用心复习的一个,他们请假三个月专心复习,而我没有请假,只能充分利用晚上或其他休息时间复习高中知识。就在这种准备不充分的情况下,我考上了大学。当时我填的都是与"理"、"工"、"医"相关的专业,学校也填得很好,师范类几乎看都没去看一眼,因为当时老师根本不是一个"吃香"的专业。但是,也因为我准备得不充分,分数并没有考得足够高,最终被"服从分配",进入了宁波师范学院地理系。当时我也有过放弃读大学的念头,在继续柜台工作还是上师范大学这两种选择之间纠结了一个多月,直至在大学报道前一天才终于决定辞职读大学。所以说,在冥冥之中注定了我和教师这个职业的缘分。

在进入大学以后,我开始更加用心地读书,我认为既然已经开始做了,那就一定要把它做好。有付出就有回报,我在大学里年年拿奖学金,付出了很多,由于成绩优异,表现优秀,我毕业后被分进了象山中学。大专毕业就被分在象中的情形是很少的,当时的象中校长语重心长地对我说:"我们是冲着你的成绩,顶着压力把你招进来的,你一定要把书教好。"从那时起,我就暗暗对自己说:"一定要把书教好,做一个好老师!"

我进了象山中学以后,每天都去听课,特别是听老教师的课。每天的教案我都是一个字一个字认认真真写的。过了两三年,我终于能在讲台上从容讲课;五年之后,我带的毕业班在宁波地区拿了第一,这时我才真正觉得"站稳了讲台"。

教书的第二年,我接受了去农村学校支教的任务。每周星期六下午或星期天的早上都得赶往在农村的定塘中学给学生讲地理课。那时经济落后,定塘中学没有地理老师,所以我过去,一周给他们讲一两节课,那个时候真是很辛苦、很忙。我的上班时间不够用,就常常用下班、晚上或者周末休息的时间。我在教书的最初几年,几乎没有空闲,同学、朋友也渐渐不找我了,他们说:"找俞炯志找也白找的,他总是在忙……"但是我那时带的农村学生的成绩也很出色,最好的学生地理成绩有91分,而在市区的学生成绩最好的也只有92、93分。

其实,在我还小的时候有很多梦想,最喜欢的职业是医生。我父母四十几岁才有的我,我是他们唯一的儿子。父母身体不好,而我身体也不好,所以常常跑医院。那个时候,医生是我觉得最厉害的人。而且因为年纪小,视野就相对狭窄了些,科学家之类的人我没有见过,不知道他们是什么样的,我只见过医生,所以就想着在长大以后要当医生。

教师篇：老师的敬业精神是可以感染学生的

在讲到自己是学生愿意讲心事的对象的时候，一贯谦虚的俞炯志老师也表现出一丝得意。他说，做一个能令学生信赖的老师真的很幸福。

在我心里，“好老师”的标准有三条：爱教育事业、爱学生、自身教学水平能力出色，三者缺一不可。

我每带一个新的班级，就会把自己的优点缺点毫无保留地告诉学生。我的优点就是不拖课，因此我尽量在课堂里面有更高的讲课效率。我的作业批改完以后，每一次都会对学生的错误率进行统计，把他们错误的题目登记下来。虽然这样做时间的耗费会比平时增加一倍，但是效果很好！如果一道题有五个人以上错误，我就会在课堂上分析；错误的人数在五个以内的，我要求他们通过自查或者单独找我答疑的方式解决，这样可以节省上课的时间、提高效率。每次改作业我都要花时间和精力做好这样的统计，但是有失必有得，这过程中老师的敬业精神也可以感染学生，你说老师都这样认真，学生有什么理由不认真呢？

要把书教好，我认为，自身投入是最重要的。只要用心，一般来说每件事都能够做好。

我不是特别聪明的人，我获得了那么多的荣誉，可能是我的运气比较好。我身边的每一位老师都很优秀，我是很认真在做，很努力在做，但是我的同事也很认真。

老师对学生的影响是有多方面，每个年龄段的学生有自己的特色，有自己的目标定位。在中学阶段，学习知识是很重要的，但是做人比读书还重要，做人都做不好的话，读书读得再好也没有用，我一直这样讲，而且也是这样在做。

老师在教会学生做人的道理之外，更重要的是对学生潜移默化的影响，老师的各个方面，都是学生的榜样。老师一言一行，都会对学生带来很大的影响，有的时候老师不经意的一句话，甚至可能会对学生的一生产生影响。

我自己的孩子已经长大，除了一些行政事务以外，一般我都待在学校里，学生有事都可以来找我交流。除了学习上的疑问，生活上的事学生也愿意找我分享。我自己的孩子比他们年纪都大，我对他们的烦恼都比较理解，所以学生也很愿意和我交流。我跟学生之间有默契，他们对我说的悄悄话，只有我们彼此知道，不会让别的老师或同学听到，所以他们更愿意找我聊聊。

我每年都会主动找学生单独谈话，并且把日期记录下来，我不希望厚此薄彼，每个学生都是一样的。

我把学生一年之中的作业、考试成绩都做了统计，对学生家长进行家访和电话交谈，学生家长也对我比较信赖，我认为这就是做教师的乐趣，这是有些行业所体会不到的。

我真的是一个很朴实的人，真的没有什么虚伪的东西，我怎么想，就怎么在做。我觉得作为一个老师，尤其是中学老师，实实在在比弄一些虚假的东西更能收获学生的心。例如批改作业，我认为这是一个很实在的东西，我可以不批改，但是，我宁肯自己多花点时间，这样学生可以少花点时间。

作为老师，我有对自己职业的执着，教书总是要教得好，我宁肯自己辛苦一点。暑假在学校为高三学生上课，老师要备课，写教案，更要放弃自己的休息时间，但是我还是认为教育厅下发的关于高三学生暑假上课 14 天的通知是有必要的。

在高考的压力下，每一个高三学生都知道高考的压力之重，往往会自己去寻找家教老师补课，但是这种补课的效果往往还不如在学校集中上课。如果学校不安排这样的“补课”，最辛苦的还是学生和学生家长，他们需要自己去寻找最适合自己的老师，这样的陌生老师往往不熟悉学生的特色和学习进度，而当师生之间终于过了磨合期之后，这一阶段的学习已经过去了。

校长篇：课改是要进行的，因为课改是一个很实在的东西

俞炯志校长在谈到教育和高考制度的现状的时候，用了非常诚恳的语气，一切从实际出发，没有说一些过分美好的话，但是能听出他对中国教育充满了希望。

宁波教育的变化，实际上就是中国教育的变化。我从 1987 年开始教书到现在，亲眼看到了我们的教育方式和理念的转变，不管从硬件还是软件，变化都太大了。就拿硬件来说，过去只有一块黑板，我们现在都有多媒体；像市区的中学，可能下半年就不用投影仪而是用白板了，我到过德国，我看到他们教育的硬件，很多还不如我们。

教师资源是软件，我刚开始工作的时候，在象山中学，研究生毕业的老师一个都没有，现在已经有几十个，这是变化的另一个侧面。

教学理念也发生了很大变化，我刚刚教书的时候，老师拥有的知识是学生所羡慕的。老师自己有一桶水，才可以倒给学生一杯水。现在知识来源变化太大了，老师知道的很多东西真的不如学生。学生知识来源广，通过报纸、电视，更多的还是互联网获取知识，作为老师，要不断学习。

我虽然是地理老师，但有些知识还是要融会贯通，像语文、数学、物理、英语，如果老师懂的比学生想象的还要多，那学生因此而产生的崇拜感会比我精通地理学科所产生的崇拜感还要更多。所以自己的课程要把握住，邻学科的课程也要串一串。

现在重点中学要找特色真的很难，受到高考的限制。课改、素质教育、选修课等等都是很好的尝试，但骨子里面，还是需要高考。高考制度尽管不是很完善，但它是不能缺少

的检验人才的途径，在中国特定的国情下，取消高考制度是没有办法在短时间内实现的。

现在教学改革的方向是正确的，但是在中国的大环境下，离开高考是不现实的，在美国，大学是自己申请的，申请哈佛或者耶鲁、哥伦比亚都可以，但是在中国，却是不现实的。

课改要进行，因为课改是一个很实在的东西。我是很支持课改的，我自己也在积极探索，在选修课还不普及的时候，我已经开始开设选修课，例如旅游地理课，十几二十年以前我就在做了。

在教学方法和教学手段上，我也努力营造民主、和谐、互动、快乐的课堂氛围，在当前理科学生普遍对地理不重视，文科学生对地理产生畏惧心理的情况下，我努力运用"寻找最近发展区"、"铺设知识台阶"、"运用启发式教学"、"类比与换位思考"、"做学生的知心朋友"等方式，激活学生的地理思维，激发学生的学习兴趣，收到了良好的教学效果。同时我还做了"激发学生兴趣，提高地理教学效果"的课题研究，并获优秀课题成果奖。在平时教学中，我针对学生认知结构和心理特点制作"日界线、区时换算仪"，"褶皱、断层演示模型"等教具，在实际课堂教学中收到了良好的效果。

生活篇：应该由我做的事情，我就会做好

俞炯志老师在讲到自己的家庭的时候，他反复说"在家里我待不住"，"我就想跟学生待在一起，我觉得踏实"。在象山中学他的同事眼里，他是实实在在"以校为家"的人，不管是自己的小家，还是象中这个大家，他都做到了问心无愧。

我在家里花的时间真的不多，但是应该由我做的事情，我还是会做好。我的家庭还是温馨和睦的，家人真的很支持我的工作。我很少有时间陪伴我的家人，也不是个浪漫的人，我总是在周末陪着妻子和女儿上街购物，这大概是我们一家三口在一起做得最多的集体活动了。

平时我都在学校里吃饭，但是我做菜水平真的是一流的，我认为假如我是一名厨师的话，会比做一名教师更出色，在做菜和教书这两件事情中，我更喜欢做菜，但是我既然选择了教书，就要把它教好，每样东西，只要做了，不管做什么，都要做好。

我每天上午七点多到学校，一直到晚上九点多以后才回去，暑假，我也几乎是在学校度过的。我在学校里总有很多事情可以做——排课程表、安排老师、为学生答疑等等。在我心里，学生是第一位的，学校是第一位的。

我在学校里一直感觉到快乐，学生在学校里的话，我待在学校里感觉很踏实。

我一般只有周末的一天或半天学校里没有学生的时候才不来学校，在家里也会看书，看一些杂志，像《中学地理教学参考》、《国家地理》。我认为我是属于爱学习各种知识的人，但是我数数我一年读了多少本地理以外的书，还真的不多。社会的节奏太快，很少有

笔者与俞老师在交流

人能静下心来读几本高雅的书。我自己没有多少时间去做这些事,但是这也是为了我的工作,我必须认真完成才对得起我的学生、学生的家长以及自己。

当然作为老师,自己本身还是需要不断提高,外出的时候,我就利用一切机会,观察当地的风土人情,然后制成幻灯片等影像资料,丰富和充实教材内容,在上课的时候作为补充。

我从小就喜欢地理,很爱看地图,我从小就有个梦想——走遍象山所有的乡镇,宁波所有的县,浙江所有的市,中国所有的省和世界除了南极洲以外所有的洲,这也是我作为地理老师的梦想。

结语

在采访俞炯志老师的过程中,他一直是朴实而干练的形象。他拿出自己的教师用书,里面是每道题在同学之中的错误人数,他给我们看历年他带的高三班级的名册,里面记录了每一位同学每一次作业考试的成绩,甚至还有他找每一位同学单独谈心的具体日期。他是一名老师,但我们看到的他,除了是一名好老师之外,更是一位学生信赖的益友。

在放了暑假的象中里,还有一些高三班的学生在上课,俞炯志老师是他们中一些人的新地理老师,他们说:“虽然俞老师只教了我们两天课,但是在这两天里,我们充分了解到俞老师的认真负责,他上课的时候风趣幽默,有一些比喻很生动形象。他每道题都会统计我们的错误率,即使错误人数最少的题,他认为有必要的话也会提醒一下易错点。”即使是才认识两天,他们也不掩饰他们对这位新老师的“久仰”和喜欢。

文/图:赵琳妍　应婕妤

指导老师:郭　晶

贾让成 / 阳春布德泽　万物生光辉 /

人物名片

贾让成，男，历任西北师范大学数学系副教授、宁波大学商学院教授、宁波大学教务处处长、宁波市教育局高教处处长，现为宁波卫生职业技术学院副院长。2011年，被宁波市政府授予“有突出贡献专家奖”，成为获得该奖项的两位高职院校专家之一。2009年作为主要完成人的教学成果“构建本科高校教学质量责任体系的探索与实践”获国家级教学成果二等奖、“面向学生选择、适应社会需求、推动教学资源优化的人才培养机制探索与实践”获国家级教学成果二等奖和浙江省教学成果一等奖。

秋高气爽的9月，我们来到了位于宁波市高教园区南区的宁波卫生职业技术学院，对贾让成教授进行了专访。去之前，为了拉近与贾教授的距离，我们精心设计了见面场景，并准备了采访前的“客套话”。可没想到刚进办公室，贾让成教授先招呼起我们来，他笑容满面地向我们朝手，边说道：“先坐下来吧。”之后亲自为我们沏了两杯绿茶。贾让成教授的平易近人化作绿茶的氤氲，我们的采访也随之开始。

“温煦的春曦宛如传播者，在雨露的润泽之下，施予万物以蓬勃的生命力，呈现出一派生机盎然、光彩焕发的景象。这是汉乐府诗《长歌行》所描述的万物竞生场景。”贾让成教授说，“而我更愿意把它理解为教育哺养学生的画面。教育就像阳春露泽，使每位学生从中汲取成长和发展所需的营养，茁壮成材。”这是贾让成教授理想中的教育，他把这种教育理想贯穿于日常工作中的点点滴滴。

“做一名老师是我的选择”

20世纪80年代,大学教育处于精英教育阶段。当时考上大学的人本来就不多,能够读到研究生阶段的更是凤毛麟角。贾让成无疑是那个年代青年中的佼佼者——1988年,他研究生毕业,面临择业的关键的时刻,他的“教育情怀”由此开始。

“做一名教师是我的选择。大学毕业后我想继续自己的学术研究,同时更希望保持自身特有的创造性,所以根据自己的兴趣选择了做大学教师。”贾让成教授说起他当时的选择。

他从1988年研究生毕业走上从教之路,至今已超过25个年头。这25年来,从遥远的大西北兰州到沿海开放城市宁波,从数学教育到教育管理,从一位普通的教师到高校的管理者,贾让成教授足涉南北、学贯中西、辗转数岗、履历颇丰,但始终没有离开过教育、离开过讲台。他告诉我们,他坚持每学期都给研究生上课及学业辅导,有时因为给学生辅导课程,甚至占据了他晚上和周末的时间,但他从来没有过怨言。

“贾教授的经济博弈论课让我们记忆尤深。”他的研究生们回忆道。我们了解到,原来贾教授的经济博弈论课异常精彩,每次课堂上都是座无虚席。在他的课堂中,充满着深奥的经济学理论与工作生活实践的碰撞与激荡,听课的学生时而鸦雀无声、时而火花四射。他的研究生总结他的课堂风格时说道:“深入浅出、风趣幽默、联系生活、指导实践。”而贾教授却说:“我这么多年的坚持,既是圆梦教育的情怀,更是教育者的责任。”贾教授告诉我们:“在这个过程中更多的是一种快乐,教师把自己的所思、所想、所得与学生分享,这就是古人所说‘独乐乐不如众乐乐’的境界。”

科研是大学教师的另一个讲台。在这个讲台上,教师同样激情澎湃,通过这个平台把最新的知识、观点、成果传播出去。正如陆游在《读书》诗中云:归志宁无五亩园,读书本意在元元。贾让成教授担任行政工作后,工作虽忙,但从未间断过科学研究。贾教授说:“当老师很有意思,可以自由地保持自己的创造性,边教学边研究,继续坚持自己最爱的追求。看着昔日的学生成熟、成功,这么多年的教育工作带给我更多的是一份浓浓的成就感与自豪感。”正是因为这份坚持,贾让成教授在科学研究上颇有建树。我们了解到,他曾经主持过浙江省自然科学、社会科学、教育科学等省部级6项课题,市厅项目及其他课题20余项;获得浙江省高校科研成果一等奖1项、二等奖2项,浙江省社科联社会科学优秀成果二等奖1项。他主持完成的项目还获得了浙江省教学成果一等奖、国家教学成果二等奖。还曾在*Math. Meth. Oper. Res*、《数量经济与技术经济研究》、《商业经济与管理》、《上海经济研究》等核心刊物发表论文40余篇,其中有3篇被SCI、SSCI、EI检索。

“学生的事就是我的事”

师者，教之以事而喻诸德也。贾让成教授在和我们谈到教育的功用时说：“教书不仅仅是传道授业，更关键的是要教会学生‘做人’的道理。”他认为，育人应该从三点入手。一是教会学生“做人”。这是最基本也是最重要的，教育学生不要轻易受外界诱惑，自己要有一个方向和底线。否则，就算拥有超人的能力，也只会成为整个社会的隐患。二是教会学生“做事”。学生最基本的任务是学习。通过学习专业课程，培养做事的本领，这是一个人走向成功的必要条件。三是教会学生“自信”。提高学生的自信心，勇于表现自己，才能为自己赢得宝贵的机遇。

塑造学生的品德，最重要的是教师的言传身教。贾教授说：“对待我的学生，我就像父母教导子女一样去教育他们。”这一直是贾让成教授秉承的育人理念。作为一名优秀教师，教导学生既要有父亲的严厉，更要有母亲的柔和，两者缺一不可。贾教授谈道：“有的老师对学生一味温和，从不批评，这是一种不负责任的表现，也得不到学生的尊敬。”他指出，为人师表者应该是：“你做错了，就毫不留情地批评；做对了，就毫不吝啬地表扬。”在教师心目中应当始终绷着一根弦，那就是——学生的事就是我的事。

知其心，然后能救其失也。贾教授谈到现在的教育，提出了一些个人的想法。他提到，前几年盛行的应试教育让学生们从小学开始便绷紧了神经，到了高中，这种紧张的情绪可谓上升到了极点，而上了大学后，面对全然迥异的学习方式，却又好似断了线的风筝，让部分学生有了一种混日子的现象。拥有多年丰富教学经验的贾教授发现，在大学里退学的学生大都有两个共性：一是上网成瘾。大学的学习氛围不像高中那般紧张，尤其是男生，经不起诱惑，常常会沉浸于网络游戏中而荒废学业。二是盲目恋爱。上大学之后，学校难免会放宽对男女生交往的管理。学生新奇地走入幻想中的爱情，然后又盲目地谈恋爱，导致分手频繁。这种恋爱、分手，对女生来说，可能更受打击。这两种原因让学生渐渐迷失自己，继而违反校纪校规，最终难逃被勒令退学的命运。为避免这种情况的频繁出现，贾让成教授积极推行学生学习预警制度和激励制度，他一方面把教务管理系统向家长开放，另一方面建立教学激励机制，营造良好的学习氛围。关于学生退学问题，他直言：“对学校来说，退学率可能只有1%，但是对每个退学学生的家庭来说，毁灭性却是100%的，毕竟对于一个家庭来说，孩子是他们的全部。”当贾教授遇到退学的“问题”学生时，他总会耐心地和他们谈心，帮助他们重新鼓起勇气。

贾教授记得有一年，当老师把一位想退学的学生带到他面前时，他发现这位学生没有破罐子破摔的“傲气”和木愣的神情，他的眼神中还闪烁着对求知的渴望。直觉告诉贾教授，这位同学有重新找回自我的可能，于是他便让学生坐到他的身边，和他拉起了家常。贾教授发现，学生先是紧张，战战兢兢地不敢开口，贾教授便对他表现出了亲切的关怀。

终于他开口说道:“我从小就是老师眼中的好学生,入学成绩也不错,所以自身的优越感很强。进入大学之后,有一天一位老师在上课时批评我,原因是没有及时交作业,而我认为我已按时交了,由此我产生了极度反感的情绪。此后,只要跟那位老师有关的课,我一直避着不去上,最终导致退学。”听完学生的诉说,贾教授明白了,原来是学生的自尊心受到了挫折。为了帮助这位同学,贾教授特意约他一起到食堂吃饭,并以一位长者的身份和他谈心,试图打开他的心结。贾让成教授跟我们分析学生的情况,其实导致这位同学退学的原因很简单:那位老师的话对学生造成了心理负担,他在老师批评他的问题上产生了心理矛盾。深切明白这一点的贾让成教授另辟蹊径,他给这位同学做了一个小小的测试:“其实解决这件事情的方法很简单。我给你一个二选一的选择题,你看如何?一是那位老师错;二是你自己错。如果你选择老师错,说明那位老师冤枉了你,那就不必再把他的话放在心上,不要让他人的错误影响自己的生活;如果你选择自己错,你就要知错则改,重新成为一个积极向上的好学生。”听完贾教授的话,这位同学在食堂考虑了好久,最后坚定地选择了第一项,打开了郁结已久的心结。后来,这位学生按学校规定转到了宁波大学科技学院继续求学,并顺利毕业。

执教多年,贾让成教授桃李满天下,很多学生在毕业后顺利找到了适合自己发展的天地,取得了不俗的成绩。面对赞誉,贾让成教授十分谦逊,他说:“这并不是我个人的功劳,教学只是提供给学生一个出去闯荡的基础,将他们身上的特性放大,更重要的是学生自身的禀赋和机遇。”

“助学生成长成才是我工作的快乐之源”

知之者不如好之者,好之者不如乐之者。“尊重学生的学习自主权,激发学生的兴趣,发展学生的个性,应该是教育管理者的快乐之源。”贾让成教授认为,教育是“立德树人”的过程,教育管理就是促进学生个性发展、学校教学资源与社会需求的有效对接的过程。

他提到,以浙江省为例,尽管大众化教育使近85%的高中毕业生享有接受高等教育的机会,但是,由于各高校人才培养方式不同,因此,在大学生迈向社会之际,想要在竞争中为自己占有一席之地,个人特质就显得相当重要。贾教授观察到历届毕业生应聘时,很多用人单位不仅仅看重学生的学识,更看重学生的个人特质和发展潜力。他说:“作为一位教育管理者,应当始终坚持建立在学生兴趣基点,并与社会需求有效对接的教育制度。”正所谓,兴趣是人生最好的导师,学生只有遵循自己的兴趣来选择专业、学习课外内容,才能凸现其本质特性。学生的个性发展可以为社会提供全方位、多类型的人才。这样,才能实现个人发展与社会需求两者的完美对接。

贾教授在宁波大学担任教务处处长时,就提出了“把成才的选择权交给学生”的教育理念,并且得以践行。他一同参与设计了“按大类招生,分流培养”的人才培养模式,构建

“平台＋模块”课程体系，形成“志愿＋考核”的学生选择专业方向的激励机制。通过实践证明，这项改革有力地提升了学校人才培养的质量，得到了同类院校的普遍好评。改革形成的成果“面向学生选择、适应社会需求、推动学校教学资源优化的人才培养机制探索与实践”，还获得了 2009 年浙江省教学成果一等奖、国家教学成果二等奖。

“作为一名教育管理者，开展研究型工作、服务型管理是干好事业的基础。”贾教授说。贾教授和他的团队在省部级课题研究的基础上，借鉴国内外先进高校的经验，利用现代激励机制设计理论，设计了宏观、中观、微观逐层传递，环环相扣的教学质量责任体系。该体系在宁波大学进行了系统的实践，并卓有成效，研究理论与实践形成的成果“构建本科高校教学质量责任体系的探索与实践”，在 2009 年获得了浙江省教学成果一等奖、国家教学成果二等奖。可贾让成教授认为：“获得国家级奖励只表示社会对教育工作者观念和行动的认可，而这并不是终结点，是激励教育工作者继续奋斗、不断创新的新起点。”

2009 年，贾让成教授被上级调到宁波卫生职业技术学院工作，担任副院长职务。他根据学校“卫生技术和健康服务双领域服务”的办学定位，构建了“适应行业发展、面向学生选择、校企一体化育人”的培养模式。该项目在 2013 年获得了宁波市教学成果一等奖，并得到了教育部高职院校评估专家组的高度肯定。

在贾让成教授的眼中，中国梦是个与时俱进的概念。它会随着时代的不同而发生变化。他认为，从教育的角度来说，第一应尽快实现教育公平。教育公平是公平、正义的基石。教育公平能够让不同禀赋的人有相同的学习机会，真正做到不以贫富论英雄，为国家将来的发展提供坚实的人才后盾。第二应加强素质教育。应试教育容易影响学生的价值观念。各级各类院校应该加强学生的素质教育，让教育真正成为“立德树人”的过程。第三是因材施教。现代教育体系要让不同特点、禀性的学生找到能够适合自身成长发展的接入点。大学不应是一个将学生锻造成同样模板的工作机器，而应是一所能保持同学们有血有肉个性的神圣殿堂。

文/图：彭从梦　林莉莉

指导老师：邬雨帆

钱国英 / 踏踏实实，做新时代的成功女性 /

人物名片

钱国英，女，1961年生，教授，博士，硕士生导师，浙江省"151人才工程"第一层次培养人员，研究方向为海洋生物学。现任浙江万里学院副校长，主管教学与国际交流工作。兼任宁波市政协第十二届、第十三届常委会委员、全国高等学校教育研究会常务理事、浙江省重大科技项目咨询专家，宁波市女科技家协会副主席、宁波市渔文化研究会副主席等职。曾获浙江省农业科技先进工作者、浙江省高校中青年学科带头人、宁波市农业科技先进工作者、宁波市青年科技奖、宁波市高校名师及宁波市首届教育服务经济特别贡献奖，宁波市劳动模范等荣誉称号。领衔国家教育创新团队与国家特色专业的建设和教育部21世纪教育改革项目，主持多项浙江省重大科技专项，拥有多项专利和成果，多项成果获浙江省和宁波市科学技术成果奖。积极进行教育改革，"创新办学体制、探索和建立保障教育质量的长效机制"获国家教育教学成果二等奖，省教学成果一等奖。

努力做好一件事

在笔者的固有印象中，从事高科技研究、身兼数职的钱国英副校长应该是不苟言笑、十分严肃的。但当笔者如约来到她的办公室时，她给笔者的第一印象却是优雅、温和而大气。她停下手头的繁忙工作，欣然接受了采访。

她微笑着给笔者泡了一杯龙井茶，在询问了相关的情况之后，我们的采访就在馨香的茶香中开始了。

她在科研方面的建树是大家有目共睹的，这一路走过来，她也获得了诸多荣誉。但是，在如此光鲜亮丽的光环之下，一定有过人的努力和辛勤的汗水。钱校长正是通过自己的努力一步一步走到现在。

钱国英呷了一口茶，缓缓地说道："说到我个人的奋斗经历，其实我觉得我只是在一个位置上比较好地完成了事情。我这个人对所有的工作做起来都比较认真，只要有工作任务，就要主动地去完成它，把它做到最好的展示状态，而不是每天去应付它，从应付到做好，这中间的付出肯定是不一样的。就我自己而言，只是单纯地想把这个事情做好而已，没有想到可以去做某件事情来达到个人的某一种目标，这是做人的一个出发点。然后在努力做好事情的过程中善待自己、善待别人。这是一种态度，没有要求自己去追求什么高的目标，就是努力做好一件事情。"

她是活跃在高科技领域的众多女性之一，但是在当今社会上，却出现了"女博士很可怕"诸如此类的观点，而对于这个观点，长期从事高科技研究的钱国英，却有她自己独到的见解。

她说："据我了解，其实在研究领域，现在女性占的比例越来越高；我觉得博士，或者说所有的职业和工作，跟性别都有分不开的关系。从现在这个时代来看，一直在呼吁的男女同工同酬，或者说女性在社会中的作用与地位，理论上来讲应该是和男性一样的，所以妇联一直在呼吁这个事情。因此我觉得所谓的觉得'女博士'很可怕、很厉害的观点应该转变了，从现在的趋势来看，可能女博士的数量还会超过男博士。说到女孩子自强自立这一方面，从80后、90后来看，可能女孩子比男孩子成熟得早，因此女性进入职场以后短期内的发展比男性要好。而在全国的高校中，目前本科的性别比已经是女生超过男生了，硕士生更高，博士生现在女性也已经超过男性了。所以按照目前这个发展趋势来说，男孩子自己要加把劲了，男生的生理成熟提前了，心理成熟比较晚。对男生女生来说，由于独生子女的关系造成这样那样的影响，不论是男生还是女生，都应该在社会责任感上进一步加强。"

我是一个老师

钱国英管理着一所上万人的大学，身兼数职，繁忙程度可想而知。但是在会不会因为事务过于繁杂而放弃教学科研这个问题上，钱校长微微一笑："再怎么着，我都是一名教师。"

她说："再多的工作，怎么也离不开教师这个角色，我是一名老师。从老师的角度出发,去平衡一切工作,我搞研究很重要的一个目的是去培养人。实际上,教学是培养人的一种直接的途径,而搞研究则是培养人的一种间接的载体,搞管理也是为了学生的发展,一切都是为了学生。一个学校如果离开了教学,离开了人才培养,这个学校就没有存在的意义了,它就不能称之为学校。所以,学校的一切工作,都是以教学工作为中心、为重点的,教学的中心地位是永远不能动摇的。如果它的中心地位动摇了,它就不能称之为学校,以学生的成长、成人、成才为本,是任何一所学校工作的核心。"

在钱国英看来,她从来没有离开过教学一线,而在管理方面,钱校长也很有一套,在她看来,她的管理方法能够让老师得到更好的发展。

"很多人可能觉得我从一个普通教师转为一个管理者,就离开教学一线了,但是,我其实一直都待在教学一线,从教师到二级学院管理者,到现在管教学工作,其实从来没有离开过教学一线,整个管理其实也是指教学工作。所以我说现在这个想法跟观点其实是完全和教育部的要求保持一致的,任何一所地方院校的教学中心地位是不能动摇的。所以我尽管好像是从一个普通老师转成了一个管理者,但我还是个老师。"她呷了一口茶,继续说道:"我从管理的角度出发,也就是怎样让老师有更大的积极性,能够以更好的工作状态,投入到培养人这件事情上来,这就是我作为管理者所要做的事情,就是能让老师放心、大胆,然后以他们的积极性投入到日常的工作中来,这就是我在管理层面上的一个差异。原来是我怎样去做好这件事情,现在是在管理上要求老师这样做,同时为老师提供这样的条件,让他们做得更好,这个也就包括后勤保障、建设的投入、政策的支持,让老师能够有积极性去做这个事情,包括老师的个人发展,也就是说,教师在做好教学工作的同时,自己也得到了发展,他自己个人也要成长,也要发展,即为老师的这些做好准备。我们以前总说老师是蜡烛,我们现在则是希望老师不要说什么都没留下来,而是得到了成长。老师也需要成长,而老师的成长也是为了更好地工作。所以我们现在关注的重点首先是学生的成长。其次,学生成长的条件是老师的成长,我们现在的教师发展中心就是在做这个事情,就是让老师在整个职业生涯中的职业能力能够提升,然后能够不断地接受继续教育,获得现代的教学方法、研究手段和发展能力的培养。"

好老师,很重要

万里学院向来提倡"以师为本"的办学理念,在师资力量方面可谓不遗余力,在采访过程中,钱国英向笔者阐释了老师的重要作用。

她说:"所谓大学,大师也。我们有两句话,一句话是'以生为本',一切围绕着学生的成长。但是要学生有成长,一个学校要有影响力,要有它的知名度,要能培养出好学生,这就必须要有好老师,所以就要'以师立校',这就是我们为什么说'大学,大师也。'一个大学如果没有大师,就不能称之为大学,也算不了大学,也算不了好大学,所以这是办大学的一个基本条件。这也就回到了以培养学生为中心，没有好老师就培养不了好学生。”

而在老师与学生这个问题上，钱国英停顿了一下，说道：“培养好的学生首先要有好的老师来引导，好老师一定会有好学生，这就是严师出高徒。老师是非常重要的，所谓‘以师立校’，一个学校要有高度，必须要有好的老师，没有好的老师，学生要想出众则必须非常努力；有了好的老师，学生在前进的路上就能少走很多歪路。”

钱国英同时认为，老师的积极性是一个相当重要的问题，如何激发老师的积极性，投入到教学工作中，成为钱校长管理工作的重点，她说：“优评优奖优酬这个方面，是对老师的一种科学合理的引导，这是对老师工作的一种肯定，这是第一。第二，深入地来讲，这些工作必须是前期有计划，后期有检查、有评价、有考核，这是对工作而言。这两块要齐头并进，既要老师做事情、做好事情，又要有定期检查、有压力，同时要给老师一个方向。你做好了，有什么样的一个推动力，就是我们所说的优评，然后再给予优奖，然后再与人事制度即岗位职称等相关联，就能够把事情做好，按原来的既定的方向去做，保证运转具有效率。”

她接着说：“可以这么说，大学提供了你个人学习无法提供的学习研究的氛围、条件与指导。学校的学习是让学生具备批判性思维能力的专业教育，这是高等教育的定位，指的是通过学习知识并通过反思知识、提升知识，得到更好的答案，这就是我们来到大学学习的目的，大学的学习就是要让学生学会学习，学会学习比学习知识本身更重要。”

我们需要“研究性教学”

万里学院在2005年的时候开始了研究性教学改革，而这项改革，恰恰是由钱国英领导的。几年下来，万里学院的研究性教学改革不断推进深化，备受瞩目，而万里学院也成了全国的佼佼者。那么，关于研究性教学改革，钱国英会有什么见解呢？

谈到这个问题，钱国英稍微思索了一下，然后打开了话匣子：“关于研究性教学改革，其实我认为，任何一个层次的教学都可以采用研究型教学的方法，包括小学、中学，包括基础教育，也包括高等教育，所以这并不具有类型差异。所谓研究型教学方法，它跟非研究型教学方法的差异在于以下几点：非研究型教学是教师自己讲问题然后自己讲答案，自己阐述这个定义，然后让学生背这个定义，只是让学生拷贝这些知识，被动地接受知识、背诵知识，然后去答题；但研究型教学不是这样，它是启发式的，是一种问题引导的，它先给你一个问题，然后让你自己去寻找这个问题的答案，把它解决掉。事实上，在寻找问题、解决问题的过程中，老师给的引导实际上就是发现问题、产生学术知识，在原有知识的基础上更新知识的一个过程。所以这并不是一个应用型大学不行，只有研究型大学、学科性大学才行的问题。中学可以，小学也可以，在小学之前，小孩子总在问‘十万个为什么’，‘为什么’是他在问，而很多家长是直接给出答案，很多时候应让小孩子自己直接感受自然事物,让他接受自然事物,引导他自己去发现结论。譬如,小孩子有时候会问:‘太阳为什么会在每天这个时候升起来?’很多家长会给小孩子看一些书让他看,让他直接感受每天日出日落的快乐,感受每天的天气,直接引导他认识一些有关天气的知识;有的家长在孩子不认字的时候则会采取介绍的方法,用讲故事的形式告诉他,这都是不同的形式。但是,在这些教学中,糅合的是一种研究型教学的方法。在国外,有很多学校会给学生开展做手工活动,不论做了什么,不论他想做什么,只要能做出他想做的东西,就是好的,这没有一个统一的答案,只是引导大家去观察事物,去研究事物,然后在研究过程中寻找研究的快乐,然后达到终生进行研究工作的目的,这就是我们研究型教学的根本核心。研究型教学并不是教你一定要学会多少知识,知识很多时候是会被淘汰的,我们很希望去学习知识的人能够去更新知识,这才是最重要的。因为只有更新知识,自己才会发展、才会前进,否则你只学老的知识、只学前辈的知识,就永远不能发展。这个我很有感触,我不知道是否合适,我建议你们有空去看看美剧。我发现很多美剧都十分超前,最近有一部《疑犯追踪》,讲的就是我们现在称之为‘云计算’的东西,就是一个大的数据库,它能把社会各阶层的一些数据通过计算来判断这个人的行为是正常的还是非正常的,是不是会出问题。‘云计算’这个新兴的信息技术事实上引导着信息的使用,意味着通过我们人的各种信息的综合,就可以判断所有的情况。像这样的东西就是超前的,也就是说,尽管可能没有达到什么目的,但这并不意味着什么,它提供的是一种科技发展的方向。我想我们的学生,只有不断追逐科技发展的方向,然后解决科技发展中的问题,我们的国家才有希望,我们的世界才有希望,而不是天天去背诵老的知识。所以研究型教学打开的是一个可供探索的世界,来引导我们的学生对这个可供探索的世界感兴趣,然后维持投入,做成这个事。但是要真真正正地做,我们需要有很好的老师,当然老师也要有很强的学习能力,这就回到了教师“教”与“研”的问题上来,其实这两者是分不开的。我在这个工作岗位上把事情做好,但是后续需要前进,就是把后面的人带起来,在你的研究团队里继续发展,这就是教与研的关系。教不能老停留在老的东西上,而要教新的、前沿性的东西,这个就是研究,所以研究与教学结合,教学的同时又带着学生帮你一起研究,把这部分学生带起来,所以“教”与“研”是分不开的。作为一名老师,你只谈教学,空谈理论,教学水平是不高的,你必须有研究。”

她表示,研究性教学改革的成果现在还是很难量化计算的,但不可否认的是,这项改革是卓有成效的,特别是对于学生来说。

她表示:“这种改革的重要成果要从以下几个角度出发:第一,从学生的角度出发,他们是受益最大的,因为这完全改变了他们的学习方式,从被动地接受知识转变成主动地去想、去学知识,去研究知识,然后去发现知识,而这种学习方法是对学生终生有利的。因为当你走出校门以后,必须去学知识,然后通过学习来解决问题,所以在学校中学会的这种学习方法将使得学生可以终生学习,终身受益,这是这种研究型教学改革的最大益处。但是有关这种获益的定量计算还比较困难,因为这项改革始于2006年,目前只有几届学生,这需要通过他们几年的努力才会有一个定量的计算结果，来反映研究型教学改革的成果。第二，对于教师来讲，这项改革完全转变了他们的教学方式，在理念、教学方法上都要做相应的改变。就我校而言，教师的理念得到很大程度的更新，教学方法上也在进行逐步地调整。我们每年都有八九十门的课程可以推出来公开观摩，对周边学校、全市甚至全省、全国开放，欢迎各地老师进行观摩，即每周都有两三门课程欢迎大家来讨论，这样的一种氛围在全国产生了影响，也就是这种模式已经扩散到全国了。我们每年都会接收本省或者外省的高校教师团队来我校进行为期一周或者10天的教师培训，由老师讲课来展示，而这个影响是很大的。因此，从我们这个点出发逐步向全国推广推进教学改革，其实这也是教育部多年来一直要求推进的一项改革措施。”

国际化，我们还要继续努力

宁波诺丁汉大学成立于2004年，是继诺丁汉大学马来西亚校区后，英国教育部批准认证的英国诺丁汉大学的又一国际校区，同时报教育部批准的中国第一所中外合作大学。在其他方面，万里学院的国际化水平也是名列前茅的，是国内同类院校中的佼佼者，那么，作为万里学院的管理者，钱校长是怎样看待国际化问题的呢？

钱国英副校长笑着说：“在21世纪，整个世界已经成为地球村，信息化的推进将全球的距离拉近了。现在随着信息技术的发展，我们可以随时随地地收到来自全球各地的各种各样的信息，因此在这样的一种前提下，我们21世纪的学生，必须是以全球化的视野去看待他们的作为和他们的发展，因此必须给予他们全球化的视野。国际化教育当然可以通过信息来进行远程的交流，但是更为重要的是本身的感受。具备国际语言的交流能力，感受国际氛围，这两点是非常重要的。第一，没有语言基础，你就无法与别人进行交流；第二，要感受国际氛围，体验生活、工作、思维方式，只有这样你才能与别人进行交流。还有就是要了解国际化学术研究前沿，只有这样才能站在前沿去进行学术研究。因此我认为现在的90后的学生应该去进行国际交流，这是最基本的，也是我们一直在推进的事情。国际化无非有几个，首先是语言基础，我们第一年特别重视强化语言教学，而一年级的语言通过率已经达到百分之五六十，这是相当高的。我们还有一个创新班，一年级学生通过几个月的强化训练，在12月份的考试中通过率达到98%、99%，相当高。但是就目前而言，并不是所有学生都能达到这个要求，因为有部分的学生的基础是比较差的。其次是国际交流，在交流项目上，我们一直在推进。第一个是海外学习，我们已经与海外十几个国家建立了学习交流关系；第二个是‘2+2’项目，我们目前有两个专业签了‘2+2’的项目协议，我们希望在这个项目上做得更大一些，有更多的高校能与我们合作开展‘2+2’项目。国际化有两块，一块是出去，另一块是进来，2012年共有202名留学生在我校学习，达到学生总数的1%，这个比例在国内院校中算是比较高的，但是要达到2%，我们还有很长的路要走。国际化还有一个重要方面是国际化教师的教学水平,这几年我们一直在通过几个渠道来推进这一块,只有教师达到国际化,学生才能达到国际化。所以我们专业教师的对外交流这一方面还在加强,还想请教师团队到国外进行国际化交流,这一块是一个持续的过程,很多教师的语言水平并不高,这是交流的局限。"

正如大家有目共睹的,万里学院在国际化建设方面取得了瞩目成就,但是,钱国英副校长却对万里学院的国际化建设提出了更高的要求。

她说:"我们现在很希望通过国外合作专业,类似于'2+2'这样的项目来推进,因为只有这样的项目才能推进学校的国际化建设。一方面,因为我们有了这样的项目,意味着我们的教师必须是国际化的教师。我们现在已经有了一个纯英语教学专业——国际商务,教师必须是纯英语教学,这样才能推进教师队伍建设,就是国际化教师队伍建设。在这一块,我们的教师有两类,一类是外聘的外籍教师,而另外一类是本校有国外留学经历的教师。所以我们逐步通过这个载体把国际学院做大,国际学院变成一个实体,就是一个有本科生的实体,有自己固定的国际化的教师来推进国际化的水平,这一方面近几年要做大做强,通过这个学院把学校的国际化水平提高。另一方面则是强化与宁波诺丁汉大学的交流,要强化教师之间的交流。宁波诺丁汉大学基本上是英国的教学体制,英国的教学体制的确值得我们学习和借鉴,包括教学语言和教学方法,所以我们定期地举行交流活动,以便更好地进行国际化建设。"

教育改革是实实在在的东西

教育改革在当今教育界可谓十分热门,教育部也在努力推进教育改革,而对于这个问题,钱国英副校长认为这是一个实实在在的东西,要扎扎实实地推进。

她告诉笔者:"教育改革的落点有以下几个方面:第一个方面是教学方法的改革。从传统的传授式、讲授式的教学方法转变为能够推进学生自主学习和自主研究的方法。第二个方面是教学手段的改革,即从传统的半板书的形式走向信息化的形式。当然,信息化的教学方式除了现在的 PPT 和一些直观的教具、展示以外,应该逐步走向全球性的教学,就是逐步将国际上一些优质的教学资源引入到课堂上来。教学手段的信息化是一个很大的走向,包括微型的课件、虚拟的实验等等,是在一种程序设计之下的学生自主学习。教学手段的信息化也是教育部推进高校建设的重点。我们目前在建的精品课程的公开课、精品课程视频课,这些课程很重要的评价手段和引导手段就是通过简述课程来改变教学方法。第三个方面是教学内容的改革。从传统的经典的知识转变为新的、前沿领域的知识,把这些知识引入到课程中来。但是,改革离不开课程教学,这一切无论是方法、手段还是内容,都离不开课堂教学。教学改革不是虚的,而是实实在在的,是每一堂课的教学过程。"

谈学生:“先做人,再做事”

在钱国英看来,只会做事、做学问而不会做人的学生是不行的,而她觉得,作为一名学生,最为重要的是阳光向上的人生观。

她对笔者娓娓说道:“我觉得学生拥有一种阳光向上的人生观比一切都重要,然后学生要具备一种服务社会的意识,也就是社会责任感。可以这么说,学生学会做人是最重要的,先学做人,再学做事,然后再有比较好的学业背景使他能够为社会做贡献。于学生而言,就有上面提到的三个词:做人、做事、做学问,这三个词是有次序的,事情做得再好,做人这个前提出了问题,都是不行的。关于做人,我觉得当下的学生要拥有阳光的心态,过好每一天的生活,对生活充满憧憬。最后我希望我们的学生都能够具有这样的做人、做事、做学问的能力。”

文/图:梁　翀

指导老师:邵　静

章才根 / 唱好“实践与知识”的大合唱 /

人物名片

章才根，男，1960 年生，浙江宁波人。曾就读于温州师专物理系与杭州大学教育系，中学高级教师。曾任宁波慈湖中学校长，宁波四中校长，宁波市效实中学校长，现为宁波市教研室主任。曾获得“宁波市优秀共产党员”、“浙江省春蚕奖”、“宁波市首批名校长”等荣誉称号。在教育生涯中，时刻秉承着“实践与知识要高度结合”的教育理念，重视对学生实践能力的培养；同时，又长期践行着“尊重知识，尊重知识分子，尊重知识专家”的办学思路。对很多问题的看法上，都有着自己独特的视角与眼光。

经历“文革”，谈教育实践

章老师很幸运，1977 年参加了恢复高考后的第一届高考，并且作为应届毕业生考上了温州师专的物理系，由此走上了教育事业。当时中国有 500 多万考生，最后只录取了 20 多万，对于很多年轻人来说这是人生的重大转折点，对国家来说也是中国教育梦的开始。章老师说：“‘文革’这十年的中小学生并不是‘垮掉的一代’。社会总是眷顾有志者，顶尖的人才并没有在‘文革’十年被耽误，他们的社会实践能力反而在当时得到了提升。”

从小学开始直到高中，章老师的少年时代都是处在整整十年的“文革”中。他回忆道：“我是经历了整个‘文革’时期的，那时候各种政治运动比较多，学校教育也就和政治比较合拍。那时教育的大方向就是教育为生产劳动服务。”

然后他顿了顿，给了我们一个意想不到的答案。“当时学校的做法还是有很多东西值得我们现在的教育借鉴的。你看，那时的学生有比较多的时间在工厂、部队和农村，这对学生实践能力的培养、对学生了解社会的确是非常有利的。而且就知识青年上山下乡来说，也并非意味着人才的浪费。知识青年在那里得到了锻炼，是有价值的历练。你看，现在还有很多知青在相隔二三十年后仍一直怀念曾经服务过的农村、边疆，因为他们的情感纽带在那里，他们的青春在那里闪光过。你问问他们，这一段经历完全不堪回首吗?”

“‘文革’时期的办学方式带着很多社会实践性，这有助于青年去思考去理解社会问题，所以那时的年轻人社会阅历更为丰富，解决社会问题的能力也强得多。教育如果强调‘读万卷书，行万里路’的话，‘文革’时期就是‘行万里路’多一些，而现今教育忽视实践、脱离实践，只剩下‘读万卷书’了。所以高中新课程改革就提出了学生选修课程有四大类(知识拓展、职业技能、兴趣特长、社会实践)，就是为了弥补目前中学教育理论多，实践少的问题，并强调教育要与生产实际相结合。”

“‘文革’时期，两年初中两年高中，加之大量的生产劳动与学工学农学军，对于系统知识的学习肯定是有欠缺的，但现在系统性学习往往局限在应付高考、应付升学，忽视了实践能力的培养。客观地比较，‘文革’那时候的教育，有些仍然值得我们借鉴。”

“立德树人”与“教书育人”比较，前者更科学，更有现实的针对性。教书是职责，但立德是根本任务，两者不能分离。现在主张“德智体美劳全面发展”，正确树立世界观、人生观，这都属于“立德”的范畴。“育人”，往往站在教育者的角度，突出有计划、有组织地对学生施加影响；而“树人”，则站在学生的角度，强调要给学生适宜的土壤、水分和气候，尊重学生的主体和个性，给予学生因人而异的教育方式和方法。“树人”要学校、家庭、社会结合起来。

求索正道，谈实践能力如何培养

15 年的校长经历，使章老师对实践“教育梦”有自己的理解和做法。我们对他的谦逊表示钦佩之时，他俏皮地说：“我可不谦虚啊，况且我也到了谦虚不会进步，骄傲也不会落后的年龄了。”

当谈及他所关注的当代青少年实践能力如何培养时，章老师侃侃而谈。他说，实践是多样的，对学生来说更是分层次的。对于理科生来说，做实验是学科实践；对于文科生来说，扮演的角色是体验式实践。

校园里的各种社团活动与实践性较强的选修课也都是宝贵的实践机会。而到社会中进行专题调研和研究性学习，则是深入社会实践。这些实践活动侧重于专题研究，例如探究问题、设计问卷、验证思考……这最终都是达到人的思维能力的培养，更重要的是创新能力的培养。

在做校长的15年中,章老师喜爱学生,欣赏学生,为了学生的进步和发展,他愿意带领教师付出更多的辛苦。当他发现英才时,总会眼睛一亮,兴奋不已。

当然,他也有十分无奈的时候。有一年,一位象山的初三学生用文言文给他写自荐信,各方面能力很强,希望学校破格录取,他非常希望能给这位"英才"开绿灯,但由于当时对于特长学生并没有专门的招收渠道,而教育向来又秉持公正公平的原则,所以最后未能如愿。这是对制度门槛的无奈。

他深有体会地说:"这件事你想做却做不了,因为你明白,你要是去做的话就必定会头破血流,结果最后还是不得已停止,这就是无奈。"但无论是做老师还是当校长,其自由度相对还是比较大的。特别是老师在自己的教育天地里有较大的自主权,现在的言论氛围又较为宽松自由。校长比起教师来自由度少一些,那是因为校长要对更多人负责,就像戴着镣铐在跳舞一样。但章老师也阐明了,随着教育个性化培养的普及、办学的多样化发展,以后这些问题解决起来会更容易。

做好"四个尊重",知识奏响教育

章老师是位针砭时弊、虚怀若谷的教育家。他说,要实践宁波的教育梦想,不仅需要有强大的实践能力,还要有过硬的知识本钱。为此他说道:"在教育界,我们要尊重知识,尊重知识分子,尊重知识专家,这是一个层层发展、层层递进的关系。"

钱钟书曾在《围城》里说过:"对人影响就广度而言,莫过于办报纸;就深度而言,莫过于办教育。"尊重知识,就会尊重办学价值。教育的功能,一是延续文明和科学;二是与科研结合,转化成生产力;三是传播,做到深度传播。所以说,尊重知识就是尊重文明的继承、传播与发展。

尊重知识分子。有知识的人不一定是知识分子,因为知识分子第一要有思想,第二要有责任、有担当,第三要有批判精神,要有推动社会发展的道义。现在的社会太过于急功近利,太明哲保身,太讲"潜规则",其结果是有思想的人不轻易站出来说话。所以在当前教育背景下,要尊重知识分子,由此来促进教育的良性发展,我们有这种责任。

尊重知识专家。所谓知识专家,是在任何时代都会出现的极其卓越的一批人才,他们在自己从事的领域内是顶尖的。"效实中学的姜水根老师就是个教育知识专家。学校里的知识专家对学校势必会产生重大的影响,他们的教学方式、方法与细节都会给学生留下痕迹,会对学生的专业选择、为人、科学的追求乃至一生都产生影响;同时,也会对同事产生影响,主要通过独特的人格魅力和高屋建瓴的学术观点、教学经验来影响周围的人。这种影响力往往会超越制度上的管理,也会超越明文规定的条条框框的影响。这些知识专家往往出现在底蕴深厚的学校。"

另外,教育还要做好继承这篇文章,要尊重历史,尊重传统。"有长远目标的校长可能都会考虑学校本身的历史积淀，不会轻易去改变原来办学中的好做法，不会简单地追求创新而否定继承。”

其实，继承比创新更难，继承是需要勇气的，因为社会总是青睐创新的人。于是，一般校长都会考虑求“变”，“变”似乎是衡量一个校长水平的标准。

当然，对校长来说，还要持之以恒地学习，“校长去听课就是学习，博采众长，请教教学经验。学习以后则需要服务，校长就是通过管理来服务教师、服务一线的。当然，大前提还是尊重。现在的学校管理越来越行政化，校长成为一个行政职位，社会上也把校长看成是行政管理者，这样一来，校长的教育家角色就淡化了。”

大学毕业以后，章老师就被分配到学校去当教师，但不教物理而是教语文。不管是担任慈湖中学校长的八年中，还是在宁波四中担任校长的两年中，他都坚持在上语文课。在担任效实中学校长期间，因为需要管理三所学校，工作繁忙，所以才暂时放下了语文教学，但他在效实中学依然开了门选修课。在他看来，校长与教师的岗位虽然是有区别的，但校长管理学校依然要保留其专业思考。“选修课能使校长与学生定期做课程上的交流，这有助于学校工作的开展。在宁波，有很多校长一直都没有放弃教学，并且很乐意与教师谈教学上的问题。”

说到这儿，章老师的脸上就写满了对宁波未来教育的憧憬与期望。

任重道远，看宁波教育发展二十年

在谈完实践与知识对教育的影响之后，章老师突然开始严肃起来，他语重心长地说道：“纵观我们宁波教育发展的二十年，要实现我们的教育梦，总体上说还是任重而道远的。”

章老师说，中国的高等教育大发展是从20世纪90年代开始的，高校扩招经历了从精英化到大众化再到普及化的过程。“近20年，宁波教育的前10年很好地解决了高等教育的量的问题，至少是解决了瓶颈问题，15所高校相继成立，标志着宁波真正成为浙江省高等教育的副中心，在这一过程中有些人起了较大的作用。”

量变是质变的基础，量的发展以后才是质的提高。教育绝不是一蹴而就的，需要积累。现在，创办仅30年的宁波大学就进入了中国高校百强的行列；浙江大学宁波理工学院依托著名高校，采取地方政府与总校双线管理的模式，打下了良好基础；宁波诺丁汉大学引进外国名牌大学的管理模式，成为中国高校的一个创举。随着各校基础的逐渐扎实，宁波高校办学水平将会逐步提高。

相对于普通高校的循序发展，目前要实践宁波教育梦，必须更加关注中小学生才行。说到这里，章老师的神色多了几分凝重。“目前的基础教育不是很乐观，学生累，教师苦，应试没有得到很好的控制。社会对教育、学校提出了非理性的需求，家长只对自己的情绪负责，在这样的办学环境下，不少学校说一套做一套。孩子没有欢乐，也缺乏兴趣爱好，这都是因为他们承载了家庭、学校、社会的多重功利的压力。”

“其实，现实教育要提倡‘适度的放’，让孩子的天性得到充分的发展。如果把低年级孩子比作是花朵的话，那么教育主要应该做的只是浇浇水除除草，要让孩子秉持天性，任其自由成长，不要施加过多的强力影响。我们如果在教育中进行随意改造的话，会使小孩没有主张，孩子的诉求也会得不到满足。”

至于“减负”，章老师又提高了几分音量。“学生负担重可不是教育自身能解决的。学生负担主要来自于哪里？首先，源于高考体制不变。中国是竞争淘汰式的教育，每个家庭都希望孩子多读一点、读好一点。其次，用人制度只看学历，不看本事。现在进好单位更是需要硕士、博士学历，找工作很困难。再次，独生子女政策。以前的孩子，兄弟姐妹好几个，读得好读不好，做父母的没有那么放在心上，因为想放也没有精力。现在都是独生子女，六个大人的期望都放在一个孩子身上，不得了。最后，中国的文化骨子里是‘面子’文化，读书是光耀祖宗的事，每个家庭都希望自己的孩子进清华、北大。这些都是学生负担的社会原因。教育自身能解决得了吗？”

当今社会对教育的现实影响极为巨大，教育梦的实现还为时尚早，所以纵观宁波教育发展的20年，我们还需要稳定我们的根基，改良我们的根基，这样上头的树枝才能越长越密，整棵树才会越长越茁壮。

海纳百川　畅想宁波教育未来

人们总是会思考能在短时间内改变现状的举措，可社会发展还是会依其惯性前行，这就好像个人力量放进大海里，虽然不会干涸，但也是微不足道的。但章老师说，这从另一个角度看，不也表明了希望从未消失吗？于是在最后，他对于未来的宁波教育梦谈了自己的理解。

“第一，在我们经历的过程中，我们已经意识到问题的存在，许多教育界的人士也清醒地看到了教育的问题。能看到问题就等于有了攻克的目标，有了目标就有了明确的方向。随着社会发展，教育必定会做到实践与知识的完美结合，并在中国实现真正的全民素质教育！”

“第二，在中国有一支非常优秀的教师队伍，这是毋庸置疑的。尽管目前社会对教师这支队伍的评价在滑坡，教师队伍中也确实出现了不良的个体，但教师这个整体仍然是当今中国所有群体中最优秀的群体之一。因为长期浸润在知识长河中使人不易变质；一直和没有被污染过的未成年人打交道，有利于保持内心纯真的情怀。况且老师是站在讲台上的人，站在上面的人就要对自己高要求，注意保持形象，宁波就有一支优秀教师队伍在！这是宁波教育美好未来的基础。”

两个小时的时间很快过去，在这段时光中我们获益匪浅。直到临走前，章老师还在反复告诫我们："个人的力量始终是渺小的，问题错综复杂交织在一起，要改变的确比较困难，这需要更多的人共同努力，而且还需要过程，要慢慢来，一步步来。"

文/图：王麒程　姚国琴　洪亦婷

指导老师：王　啸

葛明霞／每一朵花都有盛开的理由／

人物名片

葛明霞，女，1962 年生，1981 年参加工作，2000 年入党，现为宁海县跃龙中学高级教师。她 19 岁登上讲台，至今从教 30 余年。30 余年里，她一心扑在教学上，把自己绝大多数的时间都奉献给了她所热爱的事业和学生。她“重义轻利”，她“有教无类”，她热爱学生，她以身作则。她用自己的实际行动捍卫了“教师”这个美丽字眼的纯净、神圣与尊严。

她曾获得“浙江省师德楷模”、“浙江骄傲——2011 年度最具影响力人物”、“宁波市优秀班主任”、“第二届感动甬城学子十大优秀教师”、“宁波市首届最美教师”、“宁海县十佳爱心教师”等荣誉，2011 年被授予“浙江省优秀共产党员”荣誉称号。

“说实话，很多老师都像我这样，还有的老师比我付出得更多。只是时下社会对老师的误解，掩盖了他们的付出。”笔者刚见到葛老师时，她就这么谦虚地说道。

在葛老师的教师生涯中，有着许许多多可以提升职务的机会，但她每一次都放弃了，这个问题的答案，就在于她对于自己工作的认知。

“小女人就是要安分一点，做一项工作就要认认真真，一定要做好。我可能不是最好的老师，但要努力做一名最认真的老师。一步一步走到今天，我从未想过当领导。讲台，促使着我每天都努力工作，而我每天也可以从孩子身上得到收获。”

三个“认认真真”

30 多年前，葛明霞从师范学校毕业，分配到宁海柔石中学。第一天报到，心怀满志的她见到了当时柔石中学的校长——葛友富，坐在非常简陋的办公室里。当葛老师把介绍信交到校长的手里时，校长语重心长地对她说：“明霞，你刚走上工作岗位，今后一定要认认真真学习，认认真真教书，认认真真做人。”

就是这几个“认认真真”，深深地影响了葛老师的教师生涯。自此以后，葛老师认认真真备课，认认真真改作业，认认真真做好每一件事。

“葛老师，你有没有曾经遇到过印象很深刻的学生？”当我问到这个问题时，葛老师微微一笑，她告诉我们，有这样一群学生，曾经让她不知所措，但是，最后却为那些学生自豪。

那一年，她所在的班级新转来了一位学生，这个学生第一堂课就伏在桌上呼呼大睡。他的父母亲也表示对他完全失去了信心。

“真不忍心看着这么一个孩子就这样沉沦下去。”于是，葛老师暗暗下决心要教好他。

下课后，葛老师把那个学生带到办公室询问上次语文考试的成绩，令人没想到的是学生面不改色心不跳地吐出两个字——6 分。

6 分！葛老师愕然了，她一面注意着他的神情，一面对他说：“像你这样的孩子，只考这么几分不可能吧？”

试探几次后，看到他不耐烦了，葛老师便不与他谈学习，转而谈他喜欢的内容。聊到游戏时，他来劲了。葛老师一看找到了突破口，于是不失时机地恭维：“打游戏你一定打得很好吧？”

“打游戏，谁都不是我的对手！”学生眉飞色舞地回应道。

葛老师又说：“你很聪明，其实读书与游戏都是一样的，你打游戏时不是很专注吗？如果将这种专注用来读书，那就没有读不好的书。”

看到他似有所悟，葛老师把自己精心准备的备课笔记给他，让他知道，老师为了备一节课，需要找多少资料，要写多少字，同时还圈出几个问题，对他说：“我的这几个问题就是为你这样的孩子设计的，从明天开始，你试着听老

葛老师在上课

师讲课,你认真读书了,你会觉得你自己很棒的。”

第二天,他开始认真听课,葛老师还向他提了一个很简单的问题,让他回答。他一个字一个字地读出来了,葛老师不断给予鼓励,又让全班同学为他鼓掌,他的眼眶湿润了。当时的欣慰感葛老师至今都深深牢记在心中,“当这个所谓的学困生从板凳上站起来的那一瞬间,有可能是实现了他人生道路上的一次飞跃。”葛老师看着窗外的天空,慢慢地说道。

“一位教师,付出真情,可以改变一个人,甚至可以改变一个人的命运!”葛老师告诉笔者,如果想当一位好老师,要学会对学生付出自己的真情,要学会包容每一个孩子的错误,要学会找到每个孩子的闪光点,要用对待自己孩子的态度去对待每一位学生。

义务补课几十载

了解葛老师的人都知道,她很少有休息日。平时她辛勤工作,到了周末,又忙着为需要补习的学生义务补课,或辅导他们写作业。从曾经执教过的柔石中学到现在执教的跃龙中学,葛老师自己也记不清,她到底为自己的学生义务补过多少次课,又有多少学生在她这里补过课。她唯一能说清楚的是,她从来没有收过学生一分钱(有两回实在退不回去的,最终还是用回到了学生身上)。

想一想啊,这么多年,当周末别人在清闲着,潇洒着的时候,我们的葛老师却关起门来,在家里心无旁骛、心甘情愿地为她的学生(有的也不是她的学生)静静地义务补课。这一补就是几十载,就是一个完整的青春年华!

葛老师为学生辅导功课,每次家长给她送钱,她总是说:“我不是为了钱,为钱,我绝对不会带你的孩子,把钱拿回去。”有些成绩进步快的学生,葛老师就对家长说:拿这些钱你给孩子当奖学金吧。

如果说她接受过什么物质上的报酬,那么她家客厅里挂着的那个大大的十字绣“福”字就是对她最好的回报。

这是 2007 届初三(4)班的家长送的。葛老师接手这个班级时,意外地发现班级里竟有 24 个学生的父母都在外地打工。这些学生平时缺人管,很容易出问题,为此,葛老师忧心忡忡。在教学中,葛老师一发现这些学生成绩下跌,或者家长特别忙,孩子又特别调皮时,就领着他们周末到自己家里写作业,义务给他们辅导功课。中考结束后,好多家长这样对葛明霞说:“葛老师,我们孩子在你这里读书时你不让我们上门来,现在我们来看看你,你总不能拒绝吧。”那个“福”就是这届学生家长送的。

在葛老师这里,学生从不分你的还是我的,只要有需要,她就会义务辅导。

2008 年,葛老师担任初一(8)班班主任。有个年轻教师任教另两个班级的语文,由于缺乏经验,到初二时,班级之间的距离就渐渐拉开了。班主任老师心急如焚地找到葛老

葛老师在给学生辅导

师，她帮着想了一些办法，但是起色不大。葛老师主动提出说，哪些孩子语文成绩比较差，我利用节假日，帮他们补补。班主任老师很感动，也有些不好意思，葛老师却说："没事，作为段长，我有义务帮助大家。我希望我们每个班级都蒸蒸日上。"

于是一个特殊的补习班在葛老师家的客厅诞生了。葛老师帮他们夯实基础，培养他们对语文的学习兴趣。一年过去了，家长们怀着感激之情，纷纷给葛老师送来了补课费，葛老师能退的全都找了理由退回去，实在退不回去的，怎么办？她就用这笔钱设立了一个小小的奖学基金，奖励学习进步的学生，资助贫困生，为他们买书、买衣服……

爱的教育

教育是需要技巧的，但是葛老师说，教育更需要的是用"心"，用心去疼你的学生，爱你的学生。

作为老师，爱学生并不难，难的是不分彼此，不论优差，爱你所教的每一个学生，甚至爱你已不教了的学生。这是一种大爱。这种爱的背后是博大宽广的胸怀。

教育，其实更多时候就是一门"爱"的艺术。

有一年，葛老师所教的一个班级里有五朵"金花"，她们一个个面容姣好，身材窈窕，但性格叛逆、不思进取，在学校里颇有"知名度"。一次上语文课，内容是宗璞的《西湖的绿》，课堂上，葛老师从大自然的美讲到人生的美，大家都听得很认真，葛老师从这群女孩的眼中读出了她们对美的渴求。她灵机一动，走到一位头上夹着花发夹的女生身边，取下她的发夹，对同学说："老师也有一枚非常漂亮的发夹，很想把它夹在头发上，请大家给我参谋参谋，夹在哪一边好呢？"大家几乎异口同声地说："不行，不好看。""不好看，不会吧？"葛老师故意把头转向身穿吊带背心、头梳另类发型的被称为"五朵金花大姐大"的张同学一边，说："老师相信你的眼光，你帮老师设计一下。"张同学直截了当地说："老师，您用这只夹子夹在头上，人家会说您白痴，叫您神经病的。您的年纪和我们的妈妈一样大，怎么能用这小姑娘的玩意儿？""哦，是这样！老师年纪是大了点，可葛老师心里还是很喜欢，现在，一想到这种美丽不适合我，葛老师只能忍着心痛把这份美丽藏在心底了。我们学生有学生的美，这种美，美在自然，美在纯真，美在年轻，美在活泼，美在可爱。老师的青春已不再，我的心中是多么惆怅,今天的我哪怕是抓一抓青春的尾巴,也成了一种奢望,一种梦想。可现在有些女孩子,却不懂得珍惜,衣着打扮,过早地跨入了成年人的行列,不管合适不合适,也不管漂亮不漂亮……"葛老师一边说,一边观察,这时她发现:张同学低下了头,另外几个女孩子的头也都低下去了……第二天,葛老师发现吊带衫不见了,披肩发也梳成了马尾辫。

张同学的性格有点像男生,非常倔强,对于老师,她一直是采用冷眼旁观的态度,虽然半学期下来变化不小,但成绩依旧毫无起色。其他"金花"的学习热情、学习成绩都提高了,她却一个人远远地落在后面,期末只考了37分。第二个学期,葛老师试着从母亲式的关怀转向朋友式的关心,拉近与她的距离。平时与她多交流,上课多提问她,课间多表扬她。那天考试后,葛老师把她叫到自己身旁,替她面批,结果仍然只有40分,葛老师却最后给她打了60分。葛老师对她说,这20分是老师借给你的,相信你下次一定能考及格。张同学感动了,当即表示了要好好读书、好好做人的愿望和决心。借20分,葛老师或许想不到,她这一借,对于一个学困生而言,给的哪里只是分数,还有巨大的信任、鼓励和无私的爱啊!从那以后,张同学就像换了一个人,她开始主动学习,开始收敛自己原本放肆的言行……中考时,虽然考了69分,进步很大她却十分惭愧地对葛老师说:"老师,没有达到您的要求,我真难为情。"

葛老师的班级里有六位单亲学生。家庭的变故使这群孩子变得异常脆弱。这些孩子闭塞、敏感,自尊心特别强,有的甚至自暴自弃,玩世不恭。一学期来,葛老师小心翼翼地呵护着他们。

其中一个生长在特殊家庭的学生,性格内向,不喜言辞,不轻易表达自己的感情。尽管在平时,葛老师都是寻找机会与这个孩子交流,但他的学习态度忽冷忽热,成绩起起伏伏,令人担忧。几番提醒,也无济于事。她从孩子的妈妈那里了解到,他每天在家里嚷着要爸爸,如果爸爸不回来,他也不想读书了。葛老师知道这个情况后,每个双休日都把这个学生带回自己家里,与她自己的孩子一起写作业,一起学习,还让大家主动与他交谈,和他玩耍。慢慢地,他开始融入孩子们中间;慢慢地,他的脸上有了笑容……一天晚上,葛老师接到了孩子妈妈的电话,母亲在电话那头哽咽:"老师,您这样尽心尽力,我这个亲生母亲也自愧不如,我本来是想和他爸爸离婚的,现在为了孩子,我再也不提离婚了。"葛老师很欣慰,自己的一片诚心感化了一个母亲,也挽救了一个家庭。

在每一届学生中考前,葛老师都会给他们写一封情真意切的书信,其情殷殷,其心拳拳。她在信中回忆这一年大家相处时的一幕幕动人情景,细述他们成长路上发生的点点滴滴,祝贺他们取得的每一点进步,激励他们"人,只要活着,就要奋斗"……这一言一语都化作浓浓柔情,敦促他们用青春之笔去绘就绚丽多姿的人生。

葛老师教育之路上的点点细节,汇集起来,就是一本厚重的"爱的教育",一条深邃绵长的爱的河流。

我就是喜欢教书

“聊了这么多，我一直有个疑问，就是葛老师您当初为何要选教师这门职业呢？是因为喜欢孩子，还是喜欢教育，还是有别的原因？”听完葛老师谈到这么多学生的故事，笔者不禁问道。

“其实，一开始我并不想当教师，也没有想过以后会成为一名教师，当初我也是高考失利，没能上一所很好的大学。毕业后的我给自己定的选择不多，但其中之一就是教师。我想了想，做一名教师，虽然可能累了点，但是却是最具有成就感的职业。”

葛老师的这一选择，坚持了30年。

“我19岁登上讲台，至今已有30个年头，假如让我再选择一次，我还是会选教师这个职业。我不是没有转行的机会，也不是没有另调工作、担任学校领导的机会。但我是实实在在喜欢做老师，实实在在喜欢与学生在一起。每一天是忙碌的，每一天是充实的，每一天也是美丽的。”这是葛老师博客里的一段话，质朴，却令人感动。

同事经常这样好奇地问：“葛老师，每堂课后总看见你笑眯眯地回来，每一次上课你都像是去赴喜宴一般，怎么这么高兴？”葛老师这样回答：“你想啊，我们已经选择了这个职业，为什么要与自己过不去呢？更何况我们面对的都是十分可爱的孩子，看到他们一张张鲜活的脸，就像看到自己的昨天一样。在我眼里，给学生每上一堂课，就是一次爱的享受，一次美的旅行。怎么能不高兴？”

一个热爱自己所从事的工作的人是幸福的。葛老师无疑是幸福的，因为教书育人对她而言就是一件最幸福的事，与学生在一起的每一天是幸福的，充实的每一天是幸福的。她这样形容自己走过的30年教育之路：“我是在教育这块黑土地上快乐地耕耘，在语文教学这块芳草地上愉快而诗意地行走。”

“成为教师的一刻，我就觉得自己是与责任与爱心同行，哪里有学生，哪里就有老师。我不为名，不为利，因为我认为，一旦选择了职业，就要用心把它做好。”

葛明霞荣获“2011年度浙江骄傲”人物

在几十年的教育里，葛老师总结出了八个教育方法：重点摘记法，表扬感化法，情感投入法，比较激将法，宣传鼓励法，化解矛盾法，分层教育法，心理观察法，这些无不彰显着葛老师对教育的热爱和为之付出的心血。

“情在左,爱在右,走在生命的两旁,随时撒种,随时开花。”冰心说过这么一句话,我认为葛老师就是这句话的真实写照,给多少人指引了前进的方向,给多少人带来了他们所缺失的“希望”。

教育是一项慢的艺术,是不能急于求成的。葛明霞老师用自己的经历,证明了这一句话。相信葛老师的一生都将是一个充满希望的引路人,给一时迷失方向的人指点出属于他们自己的道路。

文/图:赵东辰

指导老师:薛丛川

裘建浩 / 坚持教育的理想　坚守理想的教育 /

人物名片

裘建浩，男，享受教授级待遇的中学高级教师，浙江省化学特级教师。1986年8月参加工作，曾任宁波效实中学政教处主任、教务处主任、副校长，宁波外国语学校常务副校长、校长、党总支书记等职，现任宁波市第二中学校长、党总支副书记。曾获“宁波市教坛新秀”、“宁波市教坛中坚”、“宁波市首届名教师”、“全国优秀教师”等荣誉称号，是浙江省中小学“5522”名师名校长计划培养人选，“浙江省中小学骨干教师高级访问学者项目”培养对象，宁波市“4321人才工程”第一层次培养人选。中国化学会会员，浙江省教育学会中学化学教学研究分会理事，宁波市教育学会中学化学教学研究分会副理事长，宁波市中学化学中心组组长，宁波大学兼职教授。

从1986年进入教师岗位至今，裘建浩已经走过了27年多的从教生涯。在课堂上，他是激情洋溢、妙语不断，能点石成金的优秀化学特级教师；在学校管理上，他又是一名运筹帷幄、非常出色的专家型校长。作为一名长期坚持在一线辛勤奉献的教育工作者，裘校长对教育也有着自己独特的思考和见解。为了更好地了解裘校长的教育理念与教育梦想，我们来到了宁波市第二中学，就“我的中国梦之筑梦宁波教育”这一话题对裘校长进行了采访。

我们比事先约定好的时间提前了半个多小时到达宁波市第二中学，由于高中已经开始放暑假，此时的校园显得更为宁静。本来以为把见面地点约在学校办公室会劳烦校长特意跑一趟，可是在采访过程中我们了解到，即使是放假时，裘校长也会经常到学校里来,“因为在学校里,可以让我静下心来仔细思考关于学生,关于学校,关于教育的事。”也许正是这样一种尽职尽责的精神,让裘校长走过了他辉煌的教学之路,也让我们对裘校长产生发自内心的敬佩。戴着眼镜,随和斯文的裘校长与我们想象中严厉刻板的校长形象相差甚远,一开始紧张的心情也渐渐变得轻松愉悦。与其说这是一次采访活动,我们更愿意把它定义为一次愉快的交谈,一场温暖的对话。

回忆过去,做好优秀教师

走上教师岗位的原因多半是因为当年高考时填报的志愿,我进入了宁波师范学院,1983 年开始读师范,1986 年毕业,当时国家刚开始实行九年制义务教育,所有的师范学生都必须进入教育系统,我就这样被分配到了效实中学。小时候,我想过要从事教师工作,那是因为我的初中数学老师上课特别精彩,对我们学生又很关心,在我当时看来,觉着当老师是一件非常崇高的事情。就是因为他的影响,中学阶段的我数学成绩在班上是最好的,可高考时,让我没想到的是我的化学却考得最好,最终被化学专业录取。从此我也就走上了化学老师的道路。

在我毕业时,学校实行包分配,当年的我是浙江省的优秀毕业生,面对就业,可以由我自行选择一所学校任教,我选择留在了宁波市区。当时,宁波市教委安排我到效实中学,那时候效实是非常有名气的一所学校,在全国的知名度非常大。而我是一个三年制的专科毕业生,在效实,专科毕业的老师几乎是没有的,要想在效实生存下去,那就必须非常努力,努力地把书教好。在效实教书,是我人生的第一份职业,也是效实影响了我,在效实,要做一个老师,就必须做一个优秀的教师。从最初走上教师行业,我就开始以一个优秀教师的标准来要求着自己。也正是因为给自己制定的这个标准,让我慢慢进步。即使我现在成了一个学校的领导,但对我来说,我的身份始终是不变的。我只把自己定位为一个教师,只有把自己定位为一个教师,才会热爱所从事的教师行业,才会热爱学生,热爱学校,这一点是最基本,也是最重要的。其实,校长和其他老师无非是称呼或是头衔的不同,而校长是可以随时更换的,明天有可能不在这个学校,明天也可能当不了校长,但是教师的身份是永远不会改变的。只有把教师这个身份定位准了,才是对自己事业梦想的长期坚持。我到效实的时候,一开始想到的就是要教好书,从没想过要去当领导。只有教好书,肯坚持、肯投入、肯吃苦,才能成为优秀的自己。一直到现在,我都还是坚持着最开始的想法,那就是坚持把书教好,把自己的这个教师职业做好,把我自己做好。

立足现在，浅谈教育理想

能教好一个班级的好老师，能管理好一所学校的好校长，在对自己子女的教育方面，是否又有自己独特的一套教育方法呢？出于对裘校长作为老师、校长，更是一位父亲身份的考虑，我们进一步了解了裘校长在对于学生和子女教育方法方面的想法。

在我孩子的心中，我永远只是他们的父亲，如果我以教育学生的要求去要求我的孩子，它的效果就不一样了。我的孩子在宁波外国语学校、效实中学就读，在我看来，一直以来他们都比较优秀，可就因为我是一名老师，平时接触到的学生又偏偏非常出色，这样一来，我常常潜移默化地用优秀学生的标准去衡量我自己的孩子，偶尔还是会有些心理落差。

对我自己孩子的教育和我的教学理念也有相当大的联系，我对孩子的培养和对学生的培养，是要求他们把身心健康放在第一位，告诉他们只有身体健康、心理健康，才是他一生幸福的基础。在此基础上，才能有条件地去学好，去学更多的知识。第二我关心的是他的学习态度和学习习惯，只要他尽心尽力地去付出、去学习，我就很满足了。第三是关注他的品德，我只要求他做一个正直、诚实的人。虽然现在中国的教育体制影响到了整个中国的基础教学和高等教学，但不管中考、高考，还是说今后事业单位招聘公务员，都必须考试，所以中国的小孩很苦很累。可能在某些方面，孩子的能力和知识面都受到了很大的约束，但我只希望我的孩子做好他自己。

在做老师、做校长的这些年，我对教育的一个比较通俗的观念就是，没有成绩过不了今天，只有成绩过不了明天。追求成绩是现行的选拔制度、社会对学校评价、家长的期望以及普通高中所承担的任务所决定的。教学质量是学校的生命线，是学校的立校之本、发展之基，是学校所有工作的重中之重。有成绩学校才有地位，有成绩教师才有地位，有成绩学生才有好的发展平台。但我们还要有一点理想教育，要坚守教育的理想。不能片面追求升学率，教育不仅要关注学生的现在，也应该关注学生的将来，为学生可持续发展打好坚实的基础。要积极培育办学特色，积极开展学生自主选科学习和学生自主活动，使学生全面而富有个性地发展。

作为一位教师，要尊重学生的成长规律和个性化发展需求，不仅要向学生传授知识、培养能力，也要从学生身心发展的角度，完善其心智、塑造其人格，使之全面发展。

结合学生分数的问题，我也想到，现在社会上都有很多提倡关于怎样快速取得成功的方法，有很多关于怎样走成功捷径的书。但我个人觉得，其实单单有技巧是不够的，实际上人最重要的成功，在于品德的强大，很多东西强调个人魅力，个人成长和沟通技巧方面的训练,而这些很多都是强调短期效应,肯定显示不出一个人的功底。底子不厚,取得的成功也只能说是暂时的,所以要多看一些文学方面的书,注重一点一滴的积累,久而久之,就有厚度了。如果只看很多成功学的书也只能有一时的跳跃,没有基础,即使是跳过去了,也不扎实、不牢靠。注重学生的人文修养是很重要的。就像衡量一所学校的好与坏,我首先去了解图书馆,看这里的图书馆有多少书,看每天有多少人来阅读书籍。可能,很多图书馆只是作为一种摆设,一年都不添新书或者很少有人去看书。在宁波外国语学校工作期间,我在学校的每个教学楼、每一层的每一个角落都设计了流动图书架,就是为了鼓励学生多看书,多积累知识。

展望未来,坚守理想教育

裘校长先后任职于效实中学、宁波外国语中学、宁波市第二中学,他的整个从教生涯是在宁波开始,也是在宁波发展,结合自身这么多年的教学经验,裘校长为我们讲述了教育的发展变化。

教育其实是经历了一个波动的时期。我刚到效实任教的时候,是20世纪90年代末到20世纪初的时候,那时属于教育发展较好的时期,比较尊重学生的天性,尊重教学规律,也是跟整个社会的结构相符的。那一代的学生都不是独生子女,家长对学业的关注度也不是很高,所以在1986年到1996年这10年间,家长们比较少关注孩子回家作业的多少,更不会另外再布置一些课外作业让他们去承担,我觉得那时的孩子是幸福的。而那时的教育是自由的,家长对学校的教学干涉也比较小,教师可以在尊重孩子天性的前提下进行教学,教师也能在教学中展示自己的个性,按照教育规律来做。

从1996年至今,多半家庭的孩子都是独生子女,家长对小孩学习的关注也开始慢慢地增大,社会评价体系也开始有了变化,考试成为一个进好大学、进机关、进事业单位非常重要的衡量标准,所以在这个背景下,家长对学校的教学干涉也增多了,这个因素也可能是直接导致孩子幸不幸福的转折点。以前的暑假,物质贫乏但孩子却过得丰富;现在的暑假,物质虽丰富孩子却过得贫乏。现在的孩子每天奔波于各种培训补习班,没有自己自由支配的时间,没有自己的兴趣爱好,加上家长对学校的干涉很多,家长和教师也都很重视学生的成绩。在这种情况下,课堂教学的结构也发生了改变,比如新课习题化。所谓新课习题化,就是说教师在上课时对知识的形成过程淡化了,把知识的结果一下子提出来,然后通过反复的练习来强化知识。可知识的形成过程实际上是思维培养的过程,可以很好地体现教育的情感和价值观,所以从课堂教学来看,与原来的课堂教学完全不一样了,原来的课堂教学是尊重规律的,强调知识形成过程;而现在的课堂上,老师的心思不在于怎样生动地引出知识,而在于怎么快速地提高学生分数,这样就使教学变得功利性了。

对于这样的教育体制与教育方针，我就常在想自己能够做些什么去改进它，推动它朝着一个好的趋势发展。现在的我在二中，经常去听老师们讲课，而且注重课后与教师的交流探讨，去改进教师的一些不良的教学习惯。现实的情况是：现在的学生学习能力与学习习惯都没有得到很好的培养，他们自主学习能力很弱，常常被家长压着走，被老师牵着走。可孩子到了大学之后，进入社会之后，他终身学习的能力会很弱。但我知道，这个教学理念是要慢慢引导的，是一个长期的过程，而我作为校长，必须要坚持教育的理想，坚守理想的教学，一定要将这个理念渗透到教师中去，这样才能为学生今后长期持续地发展打好基础。

一直以来，我都定位自己要做一个好老师，要不断要求自己，不断地丰富充实自己的专业知识，一步步从教坛新秀到教坛中坚，到宁波市名师，到浙江省特级教师，到教授级中学高级教师，后来成为一个全国优秀教师，这是我自己一步步走过留下的脚印，沿着自己做老师就要做一个优秀教师的梦想成长。现在，我要去学习如何影响一批学生、一所学校，而这个角度是有所转变的，我只想用我的努力，去提升学校里每一个老师的教学素养；考虑如何给学生搭建一个更好的平台，使学生能全面而富有个性地发展。而对于未来的教育，我希望能够回归教育本真，尊重天性、涵养德行、发展个性。我想通过我的转变，让这个理念能在今后的教育中不断地渗透。一所好学校和一个好校长不仅仅要看眼前，还应该看将来。现在的我也肩负着更大的责任，是做一个对学生有长远影响的校长，还是做只有一时影响的校长。这么多年的教育生涯促使我一直按照坚持教育的理想和坚守理想的教育来进行。未来，应该是走向既是优秀教师又是好校长的过程。

在和校长将近一个半小时的聊天里，裘校长还风趣地谈到了自己小时候调皮的经历，他指出："学生的本质其实都不坏，只是比较顽皮罢了，我小时候也犯过很多错误，甚至还和老师打过架，但不犯错误的人不算是完人，人生难免会出现差错，知错能改就好，老师应当用正确的方式去引导学生、教导学生。"

从 1986 年参加工作到现在的 27 年时间里，裘校长从来没有离开过讲台，他说，走进课堂时，心情是美好的，可以在课堂上展示自己想展示给学生的东西，这让他感到放松与愉悦。现在由于刚刚调到宁波二中，这学期学校并没有给裘校长安排课程，但是只要有老师因故无法上课，他都很乐意去上课。"这种思想可能是我从小养成的。"校长笑着说道，"老师和校长之间都是平等的关系，你帮助人家的时候，自己也会快乐幸福，所以我多做点也没关系。"

也正是这种对教育的态度和奉献精神才成就了今天的裘建浩。裘校长的话中曾多次出现"坚持教育的理想，坚守理想的教育"这句话，这也就是他对于教育事业的梦想与追求。在过去，他坚持着自己的教育理想，通过自己的努力，从一个不起眼的小教师变为今天颇有成就的全国优秀教师；现在，他仍然坚持着自己的教育理念,严格要求自己,也带领着宁波二中的师生在教育道路上齐心协力地迈向一流水平;未来的裘校长,更会坚守着自己理想的教育方式,践行自己的教育理想,让这个发自内心的教育梦深深地扎根于中国梦之中,让教育之树长青,让自己的梦想与时代同行。

采访结束后,我们与裘校长合影留念并且交换了联系方式,校长说自己很喜欢与学生交流,很享受和学生在一起的过程,也很愿意和学生一起分担各种酸甜苦辣。因为时间的缘故,我们不得不和校长告别,裘校长一直把我们送到了楼道上,并贴心地叮嘱我们回去的路上注意防晒,注意安全。这短短一个半小时的时间,让我们认识了一位好老师,一位好校长,我们受益匪浅。

文/图:刘　晨　罗婷婷

指导老师:邬雨帆

褚树荣 / 质朴而又精彩的存在 /

人物名片

褚树荣，男，浙江宁海人。现为宁波市教育局教研室语文教研员，兼任宁波市特级教师协会秘书长。除此之外，他还是教育部“国培计划”专家库成员，浙江省基础教育课程改革语文学科专家组成员，浙江大学“浙派名师”实践导师，浙江省首批教授级中学教师，宁波市政府“有突出贡献专家”，宁波市政府兼职督学，宁波大学兼职教授。作为一名教师，早年曾获浙江省教坛新秀，在省首届高中优质课评比中荣获一等奖。作为一名教学研究者，在《语文学习》、《中学语文教学通讯》等刊物发表文章50余篇，并出版了《品味课堂》、《人生课堂》、《褚树荣讲语文》、《高中语文阅读教学案例剖析和教案编制》等著作，还参加了上海教育出版社实验教材《语文》(必修)的编写。作为一位文学爱好者，出版了散文随笔集《何处是家园》。

最喜读书的年龄，却无书可读；书籍最多的时代，却无时可读

“我的少年时代踩着‘文革’的尾巴，最喜欢读书的时候却无书可读。对我来说，文字的世界是非常奇妙的，我对未知的世界充满了好奇。记得在读中学的时候，每当看见地上有字的纸片，都会拿起来看看。对于文字的喜欢是我的一种天性吧！后来成为语文老师大概也是这种天性、兴趣的驱使。”

褚老师饶有兴致地给我们讲起了他的求学经历。他的中学时代正直"文革"后期，当时读的是宁海县东岙公社五七高中。"这是一所半工半读的学校，没有招生考试，初中毕业就可以去读。读的是'三机一泵'，劳动项目就是烧砖瓦、采茶叶、侍候庄稼。现在想起来，这个就是综合实践课程。一个人的生活能力、生存能力就在这种课程当中得到了锻炼。"

1978年，那是国家恢复高考的第二年。"我高考的语文成绩并不理想，好像是57分，但数学成绩却是我们班里第一，当然也只有60分多点。1978年高考升学率不是很高，浙江省大概才5.6%。当时我不知道什么是专科，什么是本科，也不知道哪所学校是重点大学，哪所不是。"

"1981年大学毕业以后，我的同学大概有两种选择：一种是直接从政，主要是一些思想比较成熟的同学；另一些就是像我这样的应届生，觉得走进大学就好了，完成了'穿皮鞋'的梦想，说实话那时候我也没有什么职业梦想，教育局把我分到哪里就是哪里。"

"我很喜欢读书，我读的是宁波师范专科学校的教学点，图书馆集中了一批比较好的书，那是我第一次知道还有那么多好看的书。不管是历届生还是应届生，大家都如饥似渴。一下课图书馆阅览室就挤满了人，出去做记号，进来抢位子。那时候我比较喜欢老庄、陶渊明——自由、逍遥，保持了文人的独立性；外国的书籍也啃一些，比如《存在与虚无》《梦的解释》之类，年纪轻轻，就玩点虚无颓废之类，这两类书籍对我以后的人生态度和价值观还是起到一定作用的。现在看来，这样的影响不一定好，缺乏进取、果敢。"

我怀念的，是三尺讲台

褚老师毕业的时候是20世纪80年代初，那时百废待兴，教育也是如此。听褚老师讲，那时他被分配到宁海县沙柳中学。"那个时代的农村人，他们对教书先生、有文化的人都是很尊敬的。也许当时教书的社会地位没有现在高，但在人们心中，教师这个群体还是被人敬重的。学生、家长和教师的关系很单纯。记得刚刚参加工作的时候，学生作业没完成，背书没有背，我就会让学生留下来，偶尔还会加以体罚。不过学生也不记恨，家长也不说什么。后来就渐渐成熟了。最让我欣慰的是，分别二三十年的学生遇到我会说，他们今天的成就，是因为他们的为人处世、人生价值观受到了我的影响。"

"我很怀念那段教书的时光，至少很长一段时间会怀念。记得2003年离开学校后，很长一段时间内，我经常在晚上做梦，非常着急，上课铃已经响了，但是我人还在教室外面，无法及时赶到教室。或者在梦中突然发现下节课轮到我上了，但是课还没备好，我经常在这种惶急的情况下醒来。"

褚老师对于学校和学生的留恋，还在于他对一种纯粹的人际关系的向往。他说："无论社会如何变化，老师和学生的关系是所有人际关系中最纯的一种，尽管它也发生了一些变化。一进教室,看到学生们纯真的眼光,我就觉得很亲切。所以我很喜欢到教室里去听课,看到纯真的学生,跟他们在一起,我会找到自信,也会感到开心。”

当然,在教研岗位上,褚老师最喜欢打交道的还是老师。他认为,教师更加脚踏实地一些,更加实诚一点,他们的理想也很实际,就是学生成绩考得好一些,职称早一点解决,工资涨得快一点,如果有可能,评个骨干名师啥的。所以,只要你的工作对于他们真的有帮助,他们都会认同你,尊重你。“近年来,我在全国各地开过一些讲座,相对来说老师还是一个比较有理想的群体,虽然社会总体环境不理想,尤其是教育环境,但我总希望他们在逆境中能够保持教育情怀,永远不要对孩子失望,永远不要对自己从事的职业失望。所以我给他们讲的内容大致分为两个方面,一个方面是关于教育,是为了互相勉励千万不能丧失理想;另一方面则是教学,主要探讨语文教师专业成长问题。”

不要对孩子失去希望

对于现在的教育弊端,褚老师认为弄不好会“祸国殃民”。孩子的身心受到损害,公民素养、社会公德不尽如人意,虽然考试科目多,应试成绩好,但是孩子对于知识的渴望、对于未知的好奇、对于学习的后续动力,大不如前。创造力、好奇心、主动性这些最为重要的素质远远不如国外同龄孩子。他认为,现在浙江深化课程改革,就是让孩子有更多的选择机会。希望借选修课程的开设,学生可以走出校门,到社会上去,到大自然中去。

针对一些家长怕参加社会实践活动会影响学业的心理,褚老师认为:“第一,中学这点知识无论是哪一个学科,一个智力正常的孩子都是可以接受的,只是有些孩子过一遍就可以知道,有些孩子思维转速慢一点要过两遍,有些孩子甚至要过三遍,不过到最后他们都能达到过一遍的孩子的水准;第二,让孩子有成功的体验。有时候成功的体验能产生一种特殊的力量,他会因此相信自己。”

对于目前有些学校分快慢班的做法,褚老师没有简单地给予肯定或者否定。他认为,2500年前,孔夫子就提出了因材施教。因此,针对不同的学生施以不同的教学,这是应该的。褚老师说:“现在一些学校分实验班和普通班,实验班其实就是快班。你可以说他是分层教育,针对学生的认知水平来施行相对应的教育。但换个角度来讲,每一个孩子都有享受公平教育和优质师资的权利,这样把孩子分成三五六等,尖子班配好一点的老师,其实有违教育公正的原则。我倒是希望有这样一种分法,快班的学生自学能力比较强,慢班则更需要那些教学经验丰富、对学生特别有爱心、工作特别负责任的老师去教,这才真正体现了教育长善救失的功能。”

对于教育,最有发言权的是学生

谈到如何改善我们的教育,褚老师认为最有发言权的,就是在教育现场的人——学生。“他们不但在场,而且都在教育的历史当中,所以无论从历史发展的过程来看,还是从教育现场来看,学生对于教育是最有发言权的。可以说对于教育现在这样一种不景气的现状,老师也好、校长也好,都是深有感触的,甚至是深恶痛绝的。但最不满足于现状、最想改变现状的是谁?应该是学生。

学生自己对教育的诉求跟家长不完全一样。家长、老师、学校更多的是从社会功利的视角来衡量当今的教育。学生的诉求更符合教育的理想:我要好的老师,我要扎实的教学,同时我也要丰富多彩的课外生活。作为市政府的兼职督学,褚老师有时候会同教育局督导处同志一道去参加学校评估,在学生座谈会上,褚老师深切地体会到学生对于学校课程改革的热切期待,但同时也感觉到一些老师对选修课程的观望态度。“他们担忧选修课程太多会影响必修课的教学,会影响高考。如果学校在课程设置上不能满足学生内心的诉求,那么我们的教育还是以人为本的吗?”

如果学校的课程——必修课程、选修课程都齐全的话,对学生的教育肯定是好事。因为完整的课程设置就像一个塑料大棚,学生就像大棚里的蔬菜,在大棚里面这个蔬菜肯定会长得特别好,当这个课程结构不完整的时候,孩子受到的教育肯定不好。目前省教育厅正在力推深化课程改革,主要看孩子的学业负担是不是减下来,是不是在走班选课。检查的力度也很大,我觉得这是应该的。但是现在选修课程并没有纳入高考范围,仅仅是作为参考,因为现在社会诚信体系面临溃败,很难让高校相信中学的选修课程的成绩都是货真价实的。选修课的成绩没有纳入高考录取的标准,所以很多学校就不重视选修课程,从长远的观点来看,这是一种短视的行为,因为总有一天,选修课程无论在升学还是在学生成长方面都会发挥作用的。”

对于不同阶段的学生,褚老师还给出了诚恳的建议。“小学生记忆力好,要多读一点好书,读什么记什么,读多少记多少;初中生处在身心发展阶段,身心和学业相比,身心发展更重要,要吃好、睡好、玩好;高中生是准成人了,需要更多地走出学校,接近社会,培养社会化能力。”

我的宁波梦,我的教育情

梦是一种理想,或者说是一种愿景,宁波的教育梦也是中国梦的一部分。“我们离这个梦想还有很遥远、很曲折的一段路,梦想很美好,但远在彼岸,而现实的某些角落正处在噩梦之中,所以我们首先要走出噩梦。但中国的教育要走出现在这样乱象横生的境地,还需要外围环境的改变和政治体制的改变,这种改变不是一朝一夕的,所以,我们只好从自己身上开始,从身边的小事开始,从自己的职业改善开始。如果我们每个个体都能够脚踏实地地做好本职工作,那么,宁波的教育就能美梦成真。”对于筑梦宁波教育,褚老师如是说。

“宁波教育，基础比较扎实，它的各项指标在浙江省内都是领先的。宁波人讲究‘闷声大发’，宁波教师也一样，多做少说，或者只做不说。但跟其他地方相比，比如说跟几个副省级城市相比，北边的大连、青岛，附近的厦门，南边的深圳，我们还是有明显的差距的：我们在全国有影响力的教育品牌还不多，真正有影响力、能够引领教育潮流的名校还不多。再者，教育家型的名校长也不多，专家型的学科教师也不多，有影响力的教学模式还不多。”

如何提升宁波教育影响力，褚老师认为行政推动力和专业辐射力必须齐头并进，缺一不可。在中国，行政力量的推动是十分重要的，失去它，很多事情就没办法完成。宁波教育行政部门在这个方面出台了很多措施，搭建了一些平台。但是单单这方面还不够，无论是老师还是校长，自身也需要努力，而且这是更加重要的方面。只有不断扩大专业视野，提高专业水平，才会在业内造成一定影响。”

在浙江省教育资源网上，我们找到了褚老师的工作室，里边的教育资源很是丰富，人气也很旺，这也是一个普通老师通过自身努力所能达到的高度。在网站的“自我介绍”里，我们看到了这样一段话：

“六一年生人，出自山岙海隅，无地缘文脉可承，接受乡村教育，无名校硕师可游，故不入调不入流。最喜读书的年龄，无书可读，书籍最多的时代，却无时可读，故读书不多，底气不足。做事认真，为人低调，习惯于边缘，笨拙于人事，疏远于政治，故不进不取，无党无派。上过省内省外的讲台，发过各色各样的文章，得过大大小小的荣誉，水到渠成、瓜熟蒂落，故淡然处之，无愧无怍。游走在校园里，立足在课堂上，与人为善，于己积德，故恬然自安，无怨无悔。”

文/图：项燕娜　叶玉娇

指导老师：王　啸

颜务林 / 志在书香飘甬城 /

人物名片

颜务林，男，研究馆员，宁波大学园区图书馆首任馆长。浙江省图书馆学会学术委员会读者分委员会副主任，浙江省高校图工委信息素养教育分委员会副主任，全国林业院校图书馆工作委员会常务理事，宁波市图书馆学会副理事长。长期从事图书馆管理和文献检索课教学。研究方向是图书馆运作、数字图书馆建设和信息素养教育。已发表论文80多篇，参编著作近10部。

"我在一个美丽的城市，从事一份美丽的职业。"一个一辈子致力于图书馆工作的人——颜务林。

从启蒙老师谈教育

在我的一生中，有几个老师影响了我一辈子。第一个是在我读小学二年级时的一位数学老师。一年级的时候，我常常调皮，又不好好读书，数学考试还得过零分，语文也就考个十几分。进入二年级的时候，来了一位新老师，他非常耐心。我记得他教我们算术，强调准确、强调快，他还鼓励同学之间相互竞争。只要他出一个题目，大家都非常积极地配合，竞争训练对我们学习算术非常有效。后来我读了初中，上了高中。在我读高二的时候，那时候国家已经恢复了高考。而我的中学校长，他更是影响了我的一辈子。他在一个农村的学校里面任教，在质朴的农村，作为一名教师，他根本不会讲什么大道理，很是务实。是他一直鼓励我参加高考，虽然他那时鼓励我的话登不了大雅之堂，甚至只是一句普通的不能再普通的家乡方言。他教导我们要好好读书，他说："你们这些农村小孩，高考对你们太重要了，高考就是你们人生‘穿草鞋’和‘穿皮鞋’的分水岭。”就是这句话，深深地触及了我的内心。这句话可能会有人不认同，但是在我看来，他当年的话，对我们这些穷得叮当响、没有任何道路可走的农村小孩来讲，是真理，至少对于我这样的农村娃很是受用。我就是听了他的这句话，才逐渐走向我的另一段人生，而且每一步都走得非常踏实。

我还是幸运的，参加高考后，顺利地进入了大学，又遇上了一位好老师。那是给我们上图书馆学基础的一个老师。当年他指导我写一篇论文，我写了一篇题为《图书馆学科学性之我见》的文章。当时年轻气盛的我颇有个性，在文章中对当时的图书馆学做了批判，还指出这门学科的科学性不够。我是个主张自由个性的人，写那篇文章时用词突兀，语言犀利、不受约束，论点也完全按照我自己的想法写，跟当时的主流观点很不吻合，更没有考虑别人的感受和当时的氛围，只想突出表现自我。但没想到我的指导老师给我最后的评语是：“尽管我不同意你的观点，但是因为你说得颇有道理，我还是给了你全班最高分。”就是因为他的豁达，一条评语影响了我一辈子，让我在今后的学习中一直有勇气挑战权威，坚持自己的观点。到现在很多人，包括我的同行，他们都认为我的文章比较有个性。如果他当时不分青红皂白地批评我，给我很低的分数或是在同学中嘲笑我一番，也许我也会变得很平庸，做事缩手缩脚。所以遇见一位优秀的老师非常重要。不管是在学术上、在工作上我都有勇气挑战权威、坚持己见，我认为这是我自己能够不断发展的一个很重要的因素。

大图十年——感动伴梦想前行

记得来宁波之前，我的领导曾建议我从事行政工作，但是我不愿意放弃我所热爱的图书馆工作，那时候恰好有个机会，大学园区图书馆面向全国公开招聘，我就成功应聘了。刚到宁波的时候，宁波大学园区图书馆对我而言是一个完全意义上的新单位，在这里一切都是从零开始，任务繁多，包括基建、设备家具配置、人员队伍建设、文献资源购置等。自2003年12月开馆以来，大学园区图书馆作为社会公共服务的窗口，始终秉承“读者第一，服务至上”的宗旨，竭诚为大学园区师生及全市民众提供文化信息服务。

大学园区图书馆从无到有的这10年是一个大的变化。建馆以来，作为大学园区图书馆首任馆长的我，和全馆工作人员一切都从零做起，每日人流量从最初的2000人次，到现在平均每日五六千人次，高峰时期甚至有每天一两万人次的纪录。

创新思路，打开图书馆大门，让学生们走进来。长期以来，人们都把图书馆当成“知识宝库”，当成“知识殿堂”，似乎对图书馆崇敬有加。然而，“宝库”和“殿堂”虽好，但它们离普通百姓很远，普通百姓往往敬而远之。我认为图书馆不应是“宝库”，更不应是“殿堂”，应该是“知识公园”。然后我就决定，实施“无门”图书馆，如果没有这样一种观念，我们就永远迈不开这一步。图书馆不设门槛，不收费用，更没有门锁。我们把图书馆打造得像公园一样,普通百姓可以自由出入。读者进出无门图书馆,就像进出公园一样,自由自在,因为我们把他们当成是主人。这样一来,持证的读者也从开始的每年万把人的增长率到现在以每年五六万的速度迅速增长,如今的持证人数已经突破了30万。外借的书册量也由初期的每年二三十万册、五六十万册到现在的两百多万册。整体数量的迅速上升可以看出,大学园区图书馆的"人气"在不断地提高。我们的转变得到了回应,在宁波市民中的影响力也逐渐增强,以前大家总觉得图书馆太偏远,交通不便,不愿来此读书、借书。可变成"公园"后的图书馆,情况越来越好,大多数人都很乐意在工作之余来这里,感受书香的氛围。

我作为一馆之长,最欣慰的莫过于图书馆的工作得到市民的认可,得到广大读者的认可。每年我都会收到许多感谢信。有的人利用图书馆的资源考研、考公务员,参加事业单位考试以及司法考试等等,并取得了成功;有的人看书多了以后就开始写书,最后反过来把自己的书捐赠给图书馆;有的人读了馆藏的关于信息技术类的书籍,帮助企业研发新产品;有的医生广泛阅读了馆里的图书资源,提高了自己的医术水平;等等。信中不仅表达了对我们工作的满意,还有图书馆对他们的帮助的感谢。这些都是对我们图书馆工作的认可。

"传承老子管书业,志在书香飘甬城"就是我的梦想。具体地说,我希望大学园区图书馆的人气很旺,使用率高,市民广泛认可。在我们这个学习型的社会中发挥大作用,降低硬件成本,提高使用效率,就是要花最少的钱办最多的事。过去的10年,这个目标已经基本实现。我还希望,大学园区图书馆起到"领头羊"的作用,要立足园区、辐射全市。目前已在机关、企事业单位和大专院校、社区等地建有400多家分馆,初步实现由办好一个图书馆到办好一群图书馆的目标。在宁波学习型社会建设中发挥良好的作用,营造一个书香社会。

从图书馆谈筑梦宁波教育

我这一辈子从事图书馆行业,最大的梦想就是"书香社会"能够建成,我们大中华能够走进一个"书香社会"。习主席讲我们民族的复兴,中国梦就是中华民族的伟大复兴梦,这个实际上是方方面面的。跟我本人职业最相关的,是我梦想的"书香社会"。如果没有一个"书香社会",这个民族是不会复兴的。我认为的"书香社会"就是"人人爱读书,人人有书读",这个在我看来非常重要。古语讲:三日不读圣贤书,其面目可憎。现在很多人别说三日不读,三月不读,甚至三年不读。我作为一个图书馆从业人员,希望能够为"书香社会"的建设做一点贡献。

从我自身的工作性质来说,图书馆将继续以人气为中心来做好各项工作;加强宣传推广工作,增强市民的阅读意识;举办丰富多彩的读者活动,让图书馆不仅是一个借书、看书的地方，还是一个文化休闲的场所；以市民终身学习为中心，在图书馆内不断地更新自己的知识体系；我希望打造全新的数字图书馆，方便读者进行数字化阅读，利用数字图书馆查找资料，把我们大学园区图书馆办成一个以文化为灵魂、以人气为中心，坚持教育职能、信息职能、文化休闲职能三者并举的交流中心，让更多的市民来图书馆听讲座、参加沙龙、参观展览。

我的办馆理念是："以文化为灵魂，以人气为中心，坚持教育职能、信息职能、文化休闲职能三者并举。以人为本，走文化之路。以信息技术为依托，走数字化之路。立足园区，辐射全市，突出宁波特点，把宁波大学园区图书馆建设成园区及宁波市的知识学习中心。"大学园区图书馆以人为本，不仅为大学园区师生服务，也面向广大市民。要把图书馆打造成"知识公园"，要真正打破图书馆的围墙和门槛，让所有人享受到无处不在的知识服务的快乐和实惠。图书馆自开馆以来，一直奉行公益性服务宗旨，不仅借阅免费，而且开展的许多读者活动都不收取任何费用，像设立"天一讲堂"，邀请海内外学术界、文化界、教育界及其他各个领域的知名学者到宁波来讲学，免费对外开放，场场爆满，听众云集。

图书馆一直在发展，最后发展到最高境界，就是顶级的图书馆，我希望它能成为人类理性的精神家园。大家一想到"精神家园"首先就想到图书馆。图书馆是建立在理性、知识的基础上的，图书馆是人类智慧的结晶。

如果说我们跟西方发达国家有差距，就是在阅读上的差异。现在全国市民公共图书馆平均持证率仅为 1.26%，就是 100 个人中，只有不到两个人有图书馆的借书证。但是在发达国家以及我国港澳台地区，持证率不低于 50%。我希望越来越多的人能够走进图书馆，大家能够静下心来看看书，让阅读成为一种生活方式。所以我最大的梦想就是让大学园区图书馆成为许许多多人的精神家园。"志在书香飘甬城"，在我们的努力下，让图书馆的辐射面更大，逐渐影响更多的人走进图书馆！

后记

很荣幸让我们采访到了颜务林馆长，踏入馆长办公室，颜老师就起身与我们热情地握手。在简单的自我介绍之后，我们便开始了此次采访。当我们问到他的童年、青年的受教育经历，颜馆长坦言，高中老师质朴的"要穿皮鞋还是草鞋"的鼓励对他影响很大。当他考上大学，则又积极地调整了学习的目标，自学了很多实在有用的技能并受用终生。同时他从自身的经历来告诫我们，不要只留在纯理论的堡垒中，而要多接触现实，拓展实用的能力。

颜老师还与我们分享了他的工作经历，并借此提到当下一些大学毕业生不喜欢从基层做起，高不成低不就的心态。他说，他几乎做过图书馆的每一个岗位，从基层开始，认真务实。从兰州大学最基础的图书管理员，一步步发展到在宁波大学园区图书馆的全国招聘中脱颖而出,担任宁波大学园区图书馆馆长。颜老师一直保持这份踏实耐劳的工作作风。当我们谈到当今社会一些腐败问题时,颜老师说:虽然这世界仍然有黑暗和不美好的地方,但你们要坚持自己,仰望星空,脚踏实地。

末了,馆长从他的书架上拿出两本书送给了我们,里面收录了他的两篇文章。这次采访,不管是他谈论中的独特观点还是儒雅的举止都给我们留下了深刻的印象,让我们受益良多!

文/图:郑　燕

指导老师:邬雨帆

筑梦者之20世纪70年代

陈旦映 / 在幼教中且思且行 /

人物名片

陈旦映,女,1971 年生,现任宁波市鄞州区盛世幼儿园园长,已从事幼教工作长达 25 年,在园长的岗位上兢兢业业十几载,因在工作中拥有的良好表现,曾被评为宁波市优秀教育工作者、市教科研先进个人、市幼教学会先进个人、市第五批名校(园)长等。她任园长的盛世幼儿园,先后获得浙江省示范性幼儿园,宁波市现代化达纲学校、市优秀辅导园、市首批卫生保健示范幼儿园等荣誉称号;被评为浙江省一级幼儿园,宁波市幼儿园骨干教师培训基地,鄞州区首家多元智能国际实践基地。

当我们踏进陈旦映园长的办公室采访时,她的手上正拿着需要完成的工作文件,忙碌地填写着表格,也不断有老师前来找她,她的工作并不轻松。虽有着园长如此好听的头衔,但繁忙的工作,重大的决策都有着无形的压力。我们和陈园长聊了聊家常,她说她能够很好地顾及工作和家庭,在陪伴女儿睡着后,再起来工作。幼儿园中的老师也曾这样评价陈园长:“非常好的家长,非常好的老师,非常好的园长。”在我们采访者的眼中,她是位年轻的母亲,幼教事业的开拓者,不善言辞却很爱笑的和蔼园长。

一生只做这件事儿

“一生只做这件事儿”是盛世幼儿园园长陈旦映的工作誓言,也是她工作的动力。陈园长于1988年开始从事幼教工作,至今已超过25个年头。我们对陈老师的坚持感到敬佩,并对她为何选择成为一名幼儿园老师而非小学、初中老师充满好奇,当我们问起她从事幼教这份工作的原因时,她微笑着说:"当时考师范,选了一个幼师专业,考幼师专业也是要经过面试等考验的,然后就去做了幼儿园老师。一直在这个幼儿园工作,一步一步从老师到副园长再到园长,现在觉得做幼儿园老师真的很好,体会到了一种幸福感。至于我为什么觉得做幼儿园老师挺好的,那是因为孩子小,很可爱,而且做幼儿园老师没有特别固定的教材,有很大的发挥空间。当然,做幼儿园的老师要求也很多,要会唱歌,会画画,会弹琴……这些对幼儿园老师来说也是一个挑战。我觉得作为一名老师,如果这些都能胜任,还是觉得蛮有成就感的,所以我一直鼓励我女儿做幼儿园老师。当然繁忙的时候也是有的,小朋友会哭,会淘气,要根据不同的情况采取不同的对策。"当我们问起陈老师关于梦想的话题时,假若她没有成为一名幼儿园老师,她会去做些什么,从事何种职业?陈老师思索了一下说:"当时小,没想过关于以后的梦想,只是在当时选择了这件事,就决定是它了,我觉得我现在做这件事做得很好,我想把幼儿园教育继续做下去。"

我们能从这段话中感受到陈园长那份浓浓的幸福感和满足感,可见陈园长从这份工作中获得了快乐,也找到了实现人生价值的一种途径。同时,在与纯真的孩子们相处的过程中获得了更年轻的心态。

陈老师提及自己刚开始从事幼教工作时,其实是没有什么目标的,她只是一直很积极向上,不泄气,坚持做自己,既然选择了这份职业就要很认真地做好,从没有想过要放弃,但是并没有什么明确的目标。特别是对于当时刚刚从事这份工作的陈园长来说,这一信条显得特别重要。她面临过很多困难:担心自己的教育水平不够,遇到孩子不听话,和家长的沟通产生问题,等等,不同的时候有不同的困难,等做了园长以后,如何发动老师们的积极性,如何提高小朋友的积极性都是陈园长要思考的问题。在她曾经的述职报告中我们看到了这么一段话:"临危受命,精诚团结,开创办园30年新局面,抚平转制风波,增强幼儿园凝聚力,2001年机关幼儿园关于园所产权、并班处理、体制变化等问题引发了家长、教师群体上访的尴尬局面,幼儿园显示出人心惶惶、无所适从的工作状态。同年9月,临危受命全面负责幼儿园工作,一方面加强内部管理,做到分工合理,职责明确,另一方面不断向各级部门反映情况,恢复了财政补助,解决了经费问题。幼儿园的凝聚力加强了,各方面的工作有了起色。"正是带着一份对幼教的热爱,陈园长用她坚毅的品格,带着小朋友和老师们一同成长,一同攻克难关,更上一层楼。

在采访的时候,陈园长向我们说起了她工作至今感受最深刻的事情,她提到幼儿园老师和别的老师很不一样的地方就是:孩子毕业了,过了几年以后,可能就不认识你了。在路上碰到,你还认识他,他却已经不认识你了。所以对于老师来说,当时和这些孩子在一起非常开心,这就非常幸福了,而不是要以后谁能记住你是幼儿园老师。不过到现在为止,陈园长第一届教的小朋友,已经在小学里做老师了,彼此间也还都有联系。当我听到这段话的时候，我的内心被深深地触动了。这就是幼儿园老师，笑着看你转身，雀跃地走上人生的征途，越走越远。哪怕从此你不再记得曾经有一个人温柔地对着你笑，不再记得曾经有一个人怜爱地帮你拍去身上的灰尘，也不记得曾经有一个人轻柔地拍着你的背哄你入睡，那肌肤相触所带来的温暖，就像是妈妈的感觉。她只会笑着祝福你，拥有璀璨的人生。

从一名幼儿园教师成长为一名园长，陈旦映有着不同的感受。“其实做老师的时候更单纯，也更年轻，跟孩子打交道更多，而做园长责任更重大，有如履薄冰的感觉，而且做事情会更严谨，考虑得会更周到，因为园长的一个决策决定了幼儿园的工作质量、工作作风等。同样是做老师，不同年龄阶段，心情都是不一样的，随着岗位的不同，也就更不一样了。但不管是老师还是园长，都有一个共同点，就是认真地做好每一件事。”这是陈园长对做老师和做园长的心得。从这段话中我们可以感受到，陈园长身上所肩负的压力与责任。作为一名园长，她做事必须得深思熟虑，做的决定也必须是再三斟酌的。就像当初唐代诗人贾岛在《题李凝幽居》一诗中写下“僧敲月下门”后对“敲”字反复斟酌一样，慎而又慎。

引用陈园长所写过的文章《心向往的幸福》便可以概括出她对幼教事业的热忱以及敬畏：“教师敬业的校园一定是敬畏生命的。那里的老师明白自己的使命是既教书又育人，教师们敬畏孩子的声音，敬畏孩子的分数，敬畏孩子的错误，敬畏孩子的成长！教师们懂得教育是没有标准答案的，每一个孩子都是独特而神奇的。教师们有着发自内心的敬畏生命、自图改革的职业追求。现实中，我们不能没有‘应试’，但我们更向往“幸福”。幸福是一种态度，幸福教育也是；幸福是一份追求，幸福教育也是。”

幼教事业对于陈园长来说是幸福的，是她一生都要做的一件事儿。

“童年是一次旅行，而不是赛跑”

我们前去采访的地点就是陈旦映园长所管理的盛世幼儿园，走进幼儿园，我们就被贴在墙上特别的园训吸引住了眼球——“童年是一次旅行，而不是赛跑”。幼儿园的院子里拥有一个小型的“池塘”，在幼儿园里面的楼梯过道周围的墙上也有着充满特色的语录，生动形象的绘画和语言提醒着孩子们做人的道理，更有孩子们玩耍的瞬间定格，整个幼儿园充满着温馨而又活泼的气氛。纵观这个时代，孩子们似乎都夹在父母与父母间的比较中，张家孩子今天学素描，李家孩子今天学舞蹈，虽都是陶冶情操的活动，却在类似于赛跑的比较中失去了最纯粹的感觉。带着对幼儿园特色的疑问，我们提出了这样一个问题：“您遵循的对孩子们的教育理念应该是怎样的，是要和别人去比较培养小人才，还是追求带给孩子们快乐的宗旨？”陈园长果断地回答：“当然是按我们的园训了，童年就应该是一场旅行，让孩子们健康成长，快乐生活。”由此可见，坚持“童年是一次旅行，不是赛跑”的教育理念，已成为幼儿园组织各类活动的支撑点。让所有的孩子都有均等的机会参与幼儿园的各类活动,让所有的孩子都在幼儿园幸福生活,成为全体教师员工的自觉行为。陈园长又补充道:"求真求新"成为幼儿园组织各类活动的基本要求,"好玩和有趣"成为幼儿园设计教育教学的基本元素。

陈园长拥有的另一个特别的教育理念——敬畏孩子的哭声。她认为"爱孩子应当从敬畏他们的哭声开始。"她认为敬畏孩子的哭声是一种师德的基础。把对孩子的爱写在脸上,看到孩子哭时,请把微笑给孩子,微笑肯定比漠然的表情让孩子喜欢;把对孩子的爱挂在嘴上,听到孩子哭时,请鼓励他,告诉他老师就是他在幼儿园的妈妈,鼓励肯定比大声的呵斥让孩子喜欢;把对孩子的爱绑在手上,千万别让他一个人孤独地站在那里,请伸出激情的双手把他搂在怀里,激情的拥抱肯定比双手插在胸前的刻板让孩子喜欢;把对孩子的爱刻在心上,多花点时间,等待他的接受,等待他的倾诉,等待他的成长,孩子的哭声一定会在教师的真爱中停止。

在说到幼教理念的时候,我们发现笑起来有些腼腆,看上去并不是那么善于言辞的陈园长变成了一个带着坚毅眼神,滔滔不绝的演说家。多年的教师经验使她不断摸索出适合孩子们的教育方式。当然,教育理念不只是针对孩子,也面向家长。在我们的生活中,老师与家长的沟通产生问题这是很普遍的,当我们提出这一问题时,陈园长回答道:"这就涉及作为家长和老师的观念问题,我比较推崇的一个理念是"家园同心",即家庭和幼儿园是同一条心的,都是为了促进孩子的发展。同时也要尊重家长、理解家长、向家长学习,真诚地对待家长,不隐瞒,真心地为家长着想,这样做的话,就能和家长相处融洽。事实上,不管是做老师还是园长,都有对家长的育儿观念有一个指导、引导的责任。所以只要你把自己的教学理念跟家长说明白,那么大家都是很好沟通的。我们幼儿园和家长的关系都挺好的,比如说家长有什么不知道、不清楚的地方,只要把自己的想法真实地说出来,大家都是可以理解的。"的确,矛盾是一个普遍性的问题,它并不可怕,只要能够好好地沟通,那么问题也就不是问题了。幼儿园需要搭建与家长沟通的平台,共同探讨什么样的教育方法更有利于孩子的成长。同时也要注意引导家长树立正确的教育观念,彼此在和谐的氛围中相互沟通与相互理解。

灵感来自她善于发现的眼睛

盛世幼儿园的墙上张贴着幼儿园内有趣的活动介绍,例如"父亲行动"、"盛世渔娃"等等。这是不同于其他幼儿园的活动,在别的地方我们应该见不到一群可爱的孩子,在像池塘那样的小泳池里靠自己的小手抓鱼的场景。而这些活动都是来源于陈园长的灵感并付诸了实践。陈园长在创新这片海洋中穿梭前行,钻研出了特别的成果:《幼儿园:父亲行动的实践与研究报告》、《"超级四合院"——幼儿园动态教学的研究与实践》、《盛世渔娃》等。

在我们的采访过程中，有许多老师都对陈园长的“父亲行动”赞不绝口。针对现如今大多是母亲接送和教育孩子的现象，为了唤回父爱，盛世幼儿园早在 7 年前就开展“父亲行动”，有目的地组织全园的父亲行动起来，激发父亲参与教育的意识，呼唤父亲教育角色的回归，为父亲提供学习教育与相互支持的机会，让他们把更多的时间留给孩子。陈园长说：“有的爸爸经常出国做生意，会说好几国语言；有的热衷于运动，羽毛球、乒乓球打得所向披靡；也有善于交际，口才好得能把全班幼儿逗得哄堂大笑的。我们尊重每一位父亲的个体差异，并寻找机会充分展示每一位父亲的独特魅力。”盛世幼儿园根据全园父亲的爱好、特点、闲暇时间等内容建立了一个父亲资料库，发现每一位父亲身上的闪光点都可以成为孩子们的骄傲。幼儿园通过父亲行动，衍生出不同的趣味活动，涉猎美食、运动、演讲等诸多方面。“父亲对孩子的性别角色、性格形成、智力培养、能力发展等方面都有着很大的影响，我们幼儿园的各位父亲已经深切地感受到父亲是孩子游戏的重要伙伴。”丰富多彩的创意活动，给孩子们的童年带去了众多的欢声笑语。陈园长像一位魔术师，用手中的魔法棒，点燃了孩子们的热情，这些感染了父亲们，他们也因此变得更加积极乐观，在孩子们的身上找到了童真。

我们问起陈园长，她的这些灵感都是来源于哪里？答案是来源于她善于发现的眼睛，她善于观察幼儿园内所发生的小事，在小事上创新，迎合孩子们的口味，让教育活动变得生动富有乐趣。陈园长也有着早巡的习惯，在早巡中与孩子们更融洽地交流，同时细心观察教师的一些生活和工作情况：大声打招呼和开心地工作，了解到她昨天驾驶考试顺利通过了；不太有血色的脸和黑眼圈，询问后知道昨晚的论文写得很晚；急急忙忙正点打卡的教师会告诉我今天她的孩子身体不太舒服。细心观察会了解到班级的一些情况：中一班的很多小朋友带来了各种各样的汽车，知道这周中班的主题是“汽车”，教师对这个活动有了拓展；仔细观察孩子脸上浅浅的抓痕，知道了这个班级的幼儿中曾有过小小的插曲；观察到宝宝班的一位奶奶带来了一个很大的乌龟和蚕宝宝，仔细询问后了解到这个班级的自然角很受家长的关注。细心观察对个别幼儿有了更多的了解：小班的一个男孩子晨检插队而奶奶在旁边得意而自喜的样子，初步感受到了该孩子的家庭教养氛围，有了与班级教师、孩子父母交流的打算；看到有一个孩子衣服穿得特别多，在向家长交流后了解到家长怕捂又怕脱不知如何是好的心理；观察到爱炫耀的孩子挂着金项链来园，听医生分析后主动要求摘下来懂事的样子……

问起对于幼儿园以及对于宁波幼教的展望，她说道：“希望更多的幼儿园都能够建立轻松快乐健康的氛围，创新幼儿园的活动，更贴近孩子们的心声。”

筑梦宁波教育，愿宁波的幼教在创新中发展，在发展中完善。

文/图：陈佳媛　汤纯凤

指导教师：徐艳蕊

严志杰 / 二十多年执守大山教育 /

人物名片

严志杰，男，1971 年 2 月生，中共党员，奉化大堰镇万竹小学校长，小学高级教师。曾获“浙江省优秀共产党员”、“省农村教师突出贡献奖”、省“春蚕奖”、“感动甬城学子十大优秀教师”、“宁波市闪光言行之星”等荣誉称号。1990 年从师范毕业后，一直在奉化董李、万竹深山区工作。

大山里的山泉校长

一辆稍具年代感的银白色海马轿车停在了我们面前，901，正是严校长刚刚电话里所说的车牌号。还没等我们跑上前去，严校长已经摇下车窗，探出半个身子热情地跟我们打起招呼。呵，原来是个这么亲切的校长。先前拿到的材料里写着他现任奉化大堰镇万竹小学校长，是小学高级教师，曾获浙江省优秀共产党员、省农村教师突出贡献奖、省“春蚕奖”、感动甬城学子十大优秀教师、宁波闪光言行之星、奉城最美教师等荣誉称号，这些抽象的人物介绍，都比不过亲眼一见。

严校长工作的地点位于奉化城区近 30 公里外的大堰，开车需要半个多小时，主要是山路“十八弯”，并不是很好走，但校长却主动提出可以带我们去大山里的学校看一看。山路果然五米一小弯，十米一大弯，严校长每天就在这样蜿蜒的山路上往返于家和学校之间，他熟练地绕着每一道弯，为了照顾因弯道太多而晕车的我们，他还特意放慢了车速。

一路上，他兴致勃勃地向我们介绍着大山里的美景，如数家珍：“这里是横山水库，大是不大，但真的很长，你们看，水是很清的……”“这里有浙东第一漂流，上下落差有 100 多米呢……”偶尔，他也黯然道：“这里地方偏，孩子们要上学很不容易。”

他在大山里坚守了20多年。

过了一座小桥，眼前群山环绕的两栋三四层高的楼房就是大堰万竹小学的教学楼了，虽有6个年级，一共却只有70多个学生，9名教师，最少的班级甚至只有6个人，而下半年又有一名老教师退休，一名教师另有安排。教学楼二楼尽头有一间小小的屋子便是校长办公室。一进门，一股极其闷热的气息扑面而来，这里没有空调，只有一顶哗哗作响的吊扇。一张不大的办公桌，一个小书架，一张木沙发……这里的陈设简单而俱全。许是放假长期没有人活动，房顶上积了一些黑乎乎的灰尘，严校长自然地拿出拖把和抹布，亲自打扫了一遍。

太阳直直照进校长办公室，气温高得难以忍受，于是我们在学校最为宽敞的食堂里，听严校长讲，他行走在执守山区教育这条路上的故事。

山里山外？草鞋皮鞋？

采访最初，这位衣着朴素的校长面对我们抛出的采访问题，显得有点紧张，一边不停地揉搓手中的矿泉水瓶，一边诉说着自己的曾经。

我从小就生活在大山深处的大堰村里，和父亲住在一起，因为家里比较贫穷，条件也不好，所以那时就一心想着要早点毕业，早点挣钱。让我印象深刻的是有一回，堂叔带着我的堂兄来我家，堂叔问我们：“草鞋和皮鞋，你们要穿哪一种？”堂兄立马回答道：“皮鞋！”我当时就想着，是啊，以后一定要穿上皮鞋。

那个时候的小孩子都希望能够走出大山。因为你们可能体会不到山里的生活，每天抬头看到的，除了天空白云就是山，山的对面还是山。在那种生活状态下，我心里就想，什么时候可以去山外面的世界看看？小时候偶尔也有机会可以出去山外，在自己的印象里，山外面的世界很大很热闹，也很精彩，要比山里丰富得多。

16岁不到，我考上了奉化师范学校。和很多人一样，小时候一说到将来的职业梦想就会脱口而出：老师。但说句实在话，当时选择师范的原因也是比较简单的，我们读师范，每个月都有十几、二十几块钱的生活补贴，这对我的家庭来说，能减轻一些负担。因此在那个年代，师范也是个很抢手的专业，不是很好考。

在严志杰年轻的梦想里，确确实实记上了“当老师”这一笔，却也确确实实与梦想并未重合。真正爱上成为一名老师的感觉，真正觉得自己开始希望留在大山里，是在回乡执教之后。

毕业后第一年，我被分配到董李乡宦勘小学。虽然也想留在城里闯一闯，但这个想法是不现实的，我并不具备当时留在城区工作的条件，于是就回到了大堰。并且我想到自己毕竟是大山里成长的，回到大山里也是应该的。原本我们那个时候的想法就很简单，能留在城里就最好留在城里，如果不能留就回来，也是好的。

这样简简单单的想法让我决定回乡投入工作。

我是被分配到较偏远也并不是这里最好的小学。在被大山包围的小山村里，老师也很少，教学方式也是复式班教学，一年级和三年级一起教学，二年级和四年级一起教学，五年级人可能比较多点，是单班。有些班七八个学生，有些十几个学生，把他们合班合起来也就只有二十几个学生。当时也希望可以调去最好的大堰镇中心小学工作，毕竟那里的发展机会比较大。

但不管在哪里工作，我都要求自己认真负责，努力改变大山教育落后的状况。我刚来到董李乡宦勘小学时，也想为这个山里的教育事业做贡献，想把学生教好。其他也没什么了，教好学生就可以了（严校长讲到这里的时候，自己不好意思地朝我们笑了起来）。刚工作的时候，我也就是一个 20 来岁的毛头小伙子，非常年轻，也没有想得太多，就觉得自己要工作得积极点，把自己的工作做好，把书教好，能成为受学生欢迎的老师。

然而第一年参加工作，有些教育实践才刚刚开始，虽有心将孩子们教好，提升他们的成绩，但农村孩子的学习习惯、家庭环境与城里的孩子差距很大，即便花大力气也可能做得并不完善。因为大山里师资力量缺乏，我在毕业后第二年，就被调往董李乡校教语文及体育，第三年又来到新成立的三溪小学担任教导主任一职，还要负责管理孩子们的住宿。

让每个孩子都成才

让孩子们都成才也是每个老师心里最大的愿望，山里的孩子大多都很调皮，你不抓紧的话，他们自己就会很松懈。要让他们学习，就需要对他们严格规范。只有对他们严一点，才对他们的成长有帮助。

当时，也就是我在三溪小学担任教导主任职务时，我给学生们制定了一套准军事化管理制度，按时起床、晨跑、睡觉，违反纪律便要“惩罚”，因此他们也会听话很多。晚上也专门安排了老师辅导住宿生学生夜自修。由于抓得比较严，后来学生学习的风气改变很大。不过，在严肃风纪的同时，我也成立了很多兴趣小组，丰富学生的课余生活。在我看来，除非是安全上的问题，其他方面我大多不忍苛责，他们都很可爱。我常和孩子们一起做游戏，他们和我很亲近，在我课堂里学习也很快乐，这一点是最让我感到高兴的。

说到这里，校长像是想起了和孩子们在一起的快乐时光，他不经意地露出了温暖的微笑，指给我们看室外一排学生劳动课上种下的大向日葵，就像又看见自己和孩子们一起在阳光下挖土浇水的场景。他略微停顿了一会，理了理思绪，又重新开始往下讲。

我虽然工作积极性很高，但心里也难免会有一些想法。当时觉得自己是师范学校毕业的学生，各方面素质都比较好，却不能留在大堰镇中心小学工作。那时候一位来听我讲课的老教师了解到这个情况后，找我谈话说：“那样的心态要调整过来，是金子总会发光的，你有工作能力就会有机会。"这一番话对我影响很大，我更认真地对待自己的工作，决心把自己的工作先做好。第二年，我就如愿调到了中心小学。

从前并没有觉得老师是自己真正感兴趣的职业，可以当成一生梦想来追求的职业，但越多的付出、越多的接触孩子们，让我渐渐喜欢上了这项事业，留下来，因为根在大山，因为孩子们在大山，因为大山的教育还需要有人来坚守。

有理想，有彷徨

筑造在农村的教育梦必然是曲折坎坷、任重道远的。当我们问起在逐梦路途中的困难时，他又一次陷入了回忆中。

由于三溪小学是一所新办的学校，因此中心学校的领导考虑要派一个年轻老师去协助学校的管理，于是，我又一次被调到"下面"去了。一开始，我的心情比较复杂，也没想清楚，就希望可以通过自己的努力，把学校办出新的特色、新的面貌来。后来三溪小学各方面都在山里面得到了不错的反响，第一学年期末考的合格率和优秀率也是名列学区前茅的。

然而问题也随之而来了，农村的学生少，班级也少，每个学校配备的老师只有几个，他们都既教语文、数学，又教体育、音乐等，显然师资力量是很弱的，即便有几个优秀的老师，他们也总会找到各种各样合适的理由要求调到外面去，这几年，教育局从天台、温岭等地招聘来的老师也同样不愿扎根大山。

不知道你们知不知道，原来的很多老师都是民办教师，民办教师就是开始时各方面学历都不具备的老师教书时间长了，后经过培训之后获得中专学历，再慢慢民转公，不过这个也是有指标的。民办教师跟公办教师是很不一样的，两者待遇也差了很多。原来我们小学里师范毕业的老师也是个别的，有的话也待不久，过几年就想办法调到大山外面去了。一般留下来的老师大多都是民办转为公办的老师。

但是留下的老师总有一部分或教学能力有限，或不能适应这样的教学方式，这样一来，学校的整个面貌就难以改变。我和几个老师讨论后得出结果，主要还是因为教师待遇不够高。将来若是能有更多的优秀教师愿意留下来，山区的教育氛围一定会变得很好，也有利于农村小学的发展。

当然，我最大的愿望还是孩子们能够健康快乐地成长。和他们一样，我也是个"山里娃"，我知道他们需要什么。

我们这里有许多留守儿童，他们的家庭总有各种各样的问题，这几年来，社会的变动很大，问题也很多，比如家庭矛盾、家庭破产、爸爸妈妈不知道跑到哪里去了等，他们十分缺少家庭温暖，我们要加强对孩子们各方面的关怀。

这几年我们学校与宁波志愿者协会联系，邀请他们到这里参加一些结对助学活动，真正地关心学生,给这些孩子温暖。2008年的时候,因为一次机缘巧合,我朋友认识的一位外国朋友得知我们大堰山区的学校有困难,刚好他也有这个意向来资助贫困学生,我就通过朋友和他沟通,最终他连续两年出资30000多元资助学校的6名特困生,并帮助其中一个学生的父母治病。

最近几年,我们也结对了浙江省慈善基金会,对我们学校进行助学活动,每学期都安排学生参加一些活动,培养他们各方面的能力和兴趣。我们联系了很多家助学单位到我们这里,现在学生们的班车接送费和营养午餐费都减免了。虽然这几年,我们学校音乐舞蹈等方面比较缺失,但是由理想基金会帮我们牵头联系了奉化职教中心的学生,这些学习幼教的同学们经常来我们学校指导,学生们在艺术方面的修养也有所提高。我真的觉得,我们的学生是很快乐的,他们觉得成长在学校里每天都是高高兴兴的。

小孩子快乐、健康地成长,就是我们每个教师的愿望。

未来,我们只渴望平稳

20多年来,严老师将自己的学识、热情和青春都献给了大山的教育。而他只是在一个普通岗位上奋斗的普通人,尽管竭尽全力,但有些事实依旧悬在高空无法改变。在谈话快要结束的时候,我们请严校长向我们描绘一下,他所希望的未来山区学校的发展。严校长看着窗外的远山,思考了许久深呼一口气之后,看着我们缓缓地道来。

如果你们说的是梦想,我希望在未来的一天,我们山区学校教育的步伐能够追赶上城区的教育,教育状况也能被城区里的教师所羡慕。希望农村的教育能够真正发展起来,教师的待遇能更好一些,一大批优秀教师愿意走进山村课堂,人人都愿意来山村的教室里学习……但是,考虑到实际情况,我只渴望山区学校的生源能够稳定下来。

2007年,我刚到万竹小学的时候,全校一共还有200名学生,现在只剩70多名,到2014年下半年可能还不到70名。不只是我们万竹小学有这种情况,其他山区小学也有。孩子们的父母都陆陆续续走出山村去打拼,继而也越来越多地带走了学校的生源。大堰镇中心小学和大堰中学已将合并为九年一贯制学校提上日程,如果生源一直下降下去,也许未来万竹小学也会不可避免地面临撤并的问题。就像原本我们大堰山区一共有30多个学校,后来渐渐撤并,就剩下几所了。

虽然现在万竹小学的老师人数,按学生的比例来说已经不低了,但是按实际教学质量来讲依旧是很缺乏的。比如,我们学校是没有音乐、体育、美术和舞蹈等这类专业的老师,要是有一批这样专长的老师来任教多好啊!我也就希望领导能给我们调配一些好的老师过来,其他的也不能太过要求,毕竟我们学生太少。

没有学生,再怎么想搞好教育也是无能为力的。

在严校长驱车送我们出大山的时候,热情地邀请我们去大堰镇上逛了一圈,在路上他说："这么好的地方，这么凉快的地方，山也好，水也好……"严校长的话没有说完就沉默了。其实我们都懂，这么美的地方，应该要有出色的教育，培育更好的人，希望是不应该被蜿蜒绵长的山路所阻隔的。而我们也从与严校长的谈话中看出，他是个重于行动而不善言辞的朴实的山区好校长。

一方水土养育一方人，他是大山深处的"山里娃"，他也是"山里娃"敬爱着的好老师、好朋友。20 多年来，严校长在山区的执教生涯中，坚定了自己要坚守山区教育的信心。为了孩子们能够开心、健康地成长，他一直不曾离开。

背后蜿蜒的山路，渐渐远去。我们也即将与严校长分别，看着这位衣着朴素、面容硬朗的山区青年，我们只能深深地佩服与赞叹。

动车上，车窗外渐渐深沉的暮色，远处的天空中浮现出的大片晚霞，与朦胧的山色相互映衬着，将这一片水土渲染得十分宁静怡人。奉化大堰那重重叠叠、绵延不尽的绿野终于完全消失在我们的视线里。

文/图：陈诗棋　董舒婷

指导老师：王仁忠

林 娅 / 教育的真谛就是"爱" /

人物名片

林娅，女，象山职业高级中学德育处主任。全国职业学校德育先进个人、浙江省师德楷模、宁波市首届模范主任、感动甬城十大优秀教师、宁波职业教育德育研究委员会委员、象山县劳动模范、县十大杰出青年、感动象山十大人物、县第十七届人大代表、县名班主任、县优秀德育工作者。2012 年入选全国教书育人楷模先进事迹报告团，在北京人民大会堂受到中央领导亲切接见。2013 年在广州举行的全国中小学班集体建设主题演讲中荣获全国特等奖。《象山报》、象山电视台、《东南商报》、《浙江教育报》、《中国青年报》、《光明日报》、《职业技术教育通讯》等多次报道了她的先进事迹。是象山县、宁波市级各类讲师团成员。在国家级德育培训中应邀宣讲，也 30 余次被省内外邀请进行讲座，听众累计达 2 万余人次。

"那是她应得的"

当记者来到象山教育园区的时候，园内一片静寂。学生们早就回家过暑假了，炎炎烈日炙烤大地，整个园子只有知了在不停地喧哗，而象山高级职业中学就在园门的左手边。在记者参观校园时，遇到了三个象山职业高级中学 2009 级毕业生。当记者向他们询问林娅老师的情况时，已经毕业两年、2009 级经管专业的张云海说："林娅老师啊？我知道，她是我们的 319 寝室导师……也是我们的政治老师……"面对记者，他侃侃而谈："林娅老师是我们的寝室导师，我们班有几个寝室，每个都有老师负责的，而我们的负责老师，是林娅。她人很好，圣诞节还给我们发礼物，其他寝室都没有的！”张云海一脸的自豪与骄傲。问及对林老师深刻的印象时，他说：“她有自己独立的思想。我还记得以前我们班有一个人，他不好好读书，其他老师都说这个人不行，可是林老师不一样，她就觉得他行，后来，那个人还当上了政治课代表，还帮忙管纪律。他就听林老师的课，其他老师的课表现就远远没有这么好了……其实这种同学有很多，主要是因为林老师上课好，人也很好。在这个学校里，我对林娅老师印象最好。你们来采访她是因为她获得了很多奖吧？那是她应得的。”

“她是一位孩子的妈妈，却常常为一群孩子而顾不上自己的孩子。她是我们的老师，更是我们的朋友、我们的知己。”这是学生们在问卷调查中评价他们班主任林娅老师的话。同事说，林娅就是这样的一个班主任，她以爱走进学生的心灵，赢得了很多别人眼中不懂“爱”、不会“爱”的职高生的衷心爱戴。

因为喜爱，所以信任

1995年，我遇到一位原本成绩优秀但中考失利的邻家男孩，在即将前往职高报到的日子里，他无法承受家人的无形压力，自卑、失落的情绪在稚嫩的心底快速滋长，患上了严重的抑郁症，那双清澈的眼睛变得空洞、无神，当他用直直的眼神看着我时，我内心涌出一个强烈的愿望：我要当一名职校教师，用我的爱，给学生以温暖和自信，为学生的家庭找回希望！1996年，我终于如愿调入象山县职业高级中学，从此与中职教育结下不解之缘。

走进课堂没几天，我就发现很多学生眼神迷茫、缺乏学习动力。我想起了邻家男孩那忧郁的眼神，心里默默许下承诺，要全力帮他们！于是半年后，在我的孩子只有3个月大时，我做好家人的工作，主动要求承担班主任工作，我要为学生点燃希望之火，兑现爱的承诺！

我常常给同学们发礼物，和他们一起过圣诞节或其他的节日。当然，这种方式可以大大地拉近我和学生之间的距离。班上每一位同学的生日，我都记得；班上有同学参加的每一次比赛，我都会到场；在校的每一次传统节日，我也会来到学生中间，吃月饼、登高，和学生一起度过。到了冬至，我会带领全班同学一起包汤圆。和学生们分享每一天的美好时刻，拉近我和他们之间的距离，这是件多么美好的事情！

作为师生，我要先让他来喜欢我，不要抗拒我，先接受了我这个人，接着就会喜欢我的课。他从心里面接受我了，然后他才能接受我的教育，听我的课，若是他不接受我这个人，从心里排斥我，那他又能如何接受我的教育？接受我的一些思想呢？除此以外，他心里也应该有对周围的同学、周围环境的一种归属感，这种归属感会让他安心，帮助他更好地学习与生活。职高的学生往往内心缺乏爱，却又渴望爱。为此，学生入校之初，我不是用冰冷的制度去规范,而是努力营造爱的氛围、家的感觉,走入学生的心灵。予人幸福的教育才是真正有效的教育,让学生接受的方式才是真正爱的方式!我让班级如家,从家的情感开始,慢慢地,学生就自然会有所改变,不少学生最后还得到了出众的成绩:有的走上了技能大赛领奖的红地毯,有的成为省级三好学生,有的未毕业就被企业正式招聘……

我印象最深的是2012年上半年,我带高三。那是4月11日晚上,高考专业成绩下来的第一时间,全班一阵混乱。有为自己考得不理想而偷偷哭泣的;有考得不理想而伤心和不知所措的。我走到班里本打算说几句,可一看见他们忧伤的脸,一想起他们的十年寒窗,想起自己和他们努力走过的这三年,当时我的眼泪就止不住地流了下来。我说不出话来,于是转身在黑板上写下四个字"永不言败",随即就离开了。几分钟后,我收到了许多来自同学们的短信,说"林老师,不要伤心,我们没这么容易被击倒。""林老师,我会努力去创业,如果再让你哭,我就不是人。""林老师,永不言败。"高考后我做胆结石手术开刀那天,许多学生都跑来送我进手术室,他们握着我的手说:"老师,永不言败。"那份爱的传递让人感动。

孩子是家庭的百分之一百

职高的学生往往内心缺乏爱,却又渴望爱。别人可能会觉得,职高学生性格自卑,纪律散漫,厌学严重,自感前途渺茫,有的甚至惹是生非。但是无论出于哪种原因,我们都不能放弃任何一个人。因为一个孩子嘛,对老师来说,是几十分之一,但是对一个家庭来说是百分之一百!对于老师,就是要有这么一份责任。就算所有的人都说不喜欢他抑或有那么多人排斥他,而你却去接受他的时候,反过来说,他就会给你一份信任,一份来自他内心的感情。不要放弃任何一个人,尤其对我来说更为关注的,就是一直以来被忽视的孩子,我愿意去关注,他们也需要被关注,正如我刚才说的,一个孩子对一个家庭来说,是百分之一百。

一个孩子对一个家庭来说就是一份希望,所以当你去接受他的时候,他们能更强烈地感受到你对他们的接纳和关爱。可是这并不是说,我是苦口婆心,或者是什么说教之类的能够起到注意的。我有着许多的学生,他们来自各县、各个地区,而我会走遍每一位家庭,走进每个学生的家里了解他们的情况,为什么要走进每个同学的家里呢?我认为教育是一种辐射,与家长联动的教育才更有效、更长远。职高学生来自于单亲留守家庭的较多,受到家长和老师的批评较多,容易把自己封闭起来。我见过许多因缺少家人关爱而误入歧途的孩子,因此,我把家长会开成学生内心世界的展示会。我让学生把内心很想跟爸妈讲的点点滴滴写在信上,放进自己的课桌,每次开家长会我会让家长坐在自己孩子的课桌旁,请他们读孩子的心声。

虽然不知道他们写了些什么,但是从学生们精心选择的信纸上知道他们对此事的重视，也从家长的神情中感受到心灵的触动。同时，还根据专业特点，让每位学生将自己想要表达的内容设计成一张个人档案，并装订成册，与父母多角度的沟通。其中我记得有位女生在心愿栏上写道：年二十爸妈都能回来，一家人一起吃顿团圆的年夜饭。这对许多孩子来说是何等普通的一件事，但这孩子却把它慎重地写在个人档案上，孩子的妈妈看了非常感叹。在家长与老师、学生互动环节上，孩子的妈妈动情地说："我的孩子从小成绩就不好，为此我一直失望，也一直把她放在奶奶身边，没好好带过她。上海工地的事多，我跟她爸年三十很少回家。今天看了那么多的东西，很感动。谁说我们的孩子不如别人，是我们自己没好好发现哩！这里我要感谢林老师，我也要回家好好想想自己的不足，今年过年，我肯定回家。"妈妈和孩子都噙着泪，母女的心贴近了。我就是想要通过这种方式告诉所有的家长：你的孩子是多么爱你！告诉所有的同学：你的爸爸妈妈是多么疼你！我也想用自己的行动告诉所有的学生："我心里是多么牵挂你！"

曾经我班上有一个男生小凯，讲义气，但目无纪律，还因聚众打架换了两个班级，老师谈虎色变，最终到了我的班里。从他父亲口中得知，他有位开花草店的好朋友。为了增加他对班级的归属感，在班团课时，我故意问谁能为班级选既经济又漂亮的花草，并期待地问他："你有办法吗？"他的英雄主义马上呈现，爽快地回应："我来吧。"全班报以热烈的掌声，当然有些掌声是我预先设计好的。第二天中午，他叫了几位朋友，搬来几盆特别漂亮的花草，满头大汗。许多学生陆续来到教室，看到那么多好看的花，都啧啧称赞，还有女生拿出餐巾纸让他们擦汗，他的神情特满足。之后是广播操比赛，我又想到了他，找来几个亲信，精心策划的一场好戏上演了。在班团课时，我提议推选一个领操训操人，不仅提名，而且要说出理由，在我的安排下，他的票数最高，理由很多，篮球打得好、有威慑力、人长得帅等。他一开始很惊讶，后来听了那么多好话，有点不好意思，最后看到票数最高时，便爽气得站起来说："我初来乍到，承蒙大家信赖，我尽力！"不经历过，你就不相信他会如此的认真，一下课他便向我请教如何训练，还物色了四位排长。他爸爸看到训练计划，看到在操场上孩子的一板一眼，一直失望的他高兴地跟我说："老师，这一训练计划我复印一下，让他妈也高兴高兴。"全校广播操比赛时，他精神抖擞地带着全班夺得第一。高二拍毕业照时，他刚好脚扭伤，爸爸又没空送他，但他坚持让朋友送过来，说："按林老师的话说，我们是一家人，家里人拍照，哪有不来之理，请大家等我一下。"他来的时候，全班掌声欢迎！只有让幸福流淌在每一位学生心间，才能建立其乐融融的家园！学生的心灵之门就这样悄然敞开！他们亲切地叫我林妈妈，在我生日的时候，他们用蜡烛在教室点燃了一个大大的"爱心"，说："妈妈，您辛苦了！"后来，我生病，医生建议我马上开刀，但我坚持等到他们毕业，在我又一次疼痛后回校时，教室里挂起了一千个纸鹤，里面打开有学生亲笔写的一千个祝福，当我捧着这一千个纸鹤回家时，一直反对我辛苦上班，坚持让我马上去开刀的妈妈，总算说了一句："你想迟点开刀就迟点吧，好人会有好报的！"想起这感人的一幕幕，我想说："最是那一瞬间的幸福，我会永远存在心田。"在教育的路途中，我可能无法很出色,无法给出厚重的诺言,但我举手说:“我,不放弃;我,很幸福。”

大智若愚的工作方法

“看透而不说透,知根而不亮底,大智在内,若愚在外,此谓智者也!”这是我一直推崇的班主任工作法——大智若愚。

还记得在2006学年,学校开始实施德育导师制,在这样一个背景下,我接管了一个连续三个月都为全校最差的寝室之一,8位学生中有6人受到过处分,更何况我还不是他们的任课老师。我还记得,在接管的第一天,学生就集体请假,说拉肚子,不想上课。我明白他们的目的,这是他们对我的一个下马威,我也知道他们的这种想法是不成熟不理智的表现,我知道我不能贸贸然地拆穿他们的谎言,严声厉词地批评他们说你们这样是不对的之类的话,那些只能为他们叛逆的情绪火上浇油,那我们的师生关系必然也将跌入谷底。所以我反其道而行之,我煲了一锅粥,还买了黄连素、咸鸭蛋之类的东西给他们送过去。在我端粥进学生寝室门的一刹那,我看到他们充满了惊讶与感叹,哪里会有老师对学生的故意旷课行为做出这种反应呢?之后我一直对他们运用了这种看似糊涂的宽容与尊重。有人早自修迟到,就罚他第二天早起一起晨跑;旷课了,就罚他们星期六不能回家,我带着他们一起买菜烧饭。跟他们相处的时间久了,感情也逐渐地深厚了,他们碰到问题经常来找我聊天交流,面对他们的信任,我很开心。这些同学也常常让我感动,在圣诞节时我收到了一张圣诞卡,这些男孩虽然英语词汇量不多,但是他们用自己不多的英语词汇为我做了一张圣诞卡,这张卡片,很温暖,从这张小小的卡片中我可以看到,这些在许多老师眼里认为是不可理喻的学生,他们同样有着对美的追求,他们的内心同样怀着一份感恩!我很欣慰,也很高兴地看到这个曾经的最差寝室在这近一个半学期里,很少扣分,要知道这在学校寝室掉一根发丝都要扣分的情况下,几乎很少有寝室能做到,而这些学生却做到了。该寝室一跃从全校最差变为全校最好的寝室之一。

教育——唤起学生的幸福感

让人幸福的教育才是真正有效的教育,让学生接受的方式才是真正爱的方式!高尔基说过:“爱孩子那是连母鸡都会做的事情,怎么爱才是大事!”爱的方式决定学生接受教育的程度。每位老师都想让学生尽快掌握专业技能,尽早融入工作岗位,但这更重要的是如何以学生喜欢的方式焕发他们的激情,激发他们的动力,让学生尽快适应从学校人到社会人、从个体人到单位人、从自然人到职业人的角色转变。

教育不应该仅仅是职业技能的传授,我觉得,就像许多学校在做的,不仅仅是职业技术的传授,更重要的是要在学习的过程中,唤起学生内心对职业的幸福感,这是非常重要的，有了这种对职业、专业的追求感和幸福感，他才会有那种冲劲，有那种动力，更好地去学习他自己的那种职业技能、掌握他的那种学习技能。我觉得职业幸福感对一个孩子、对他的一生来说是能够有极大的帮助作用，让学生一生受益。这是我的一个观念，他们内心有了那种职业幸福感、归属感了之后，他对学习就有了一种冲劲，和他在工作岗位当中的冲劲，有了这种干劲，不用说，他自然走得远，老师不可能陪伴他一辈子，可能有时候有些学生会想说：哎呀，我就是不想读书、不想学习，我就是不能掌握这个技能吧，老师你能拿我怎么样？所以我就觉得技能未必就是教育事业的全部，我们老师主要的一种责任就是要唤醒学生对职业的一种幸福感和归属感，我让我的学生明白，我来到这里，我坐在这里，我掌握这个职业，我掌握这个专业对我的未来，都是非常有用的，这些就是我要的、我追求的、我不能放弃的。所以说，教育除了教授知识，还要能够帮助学生们自己清楚地感受到了解到，当你掌握这个专业之后，你将是最棒的，你的未来、你的明天将是光明的、充满希冀的。

作为一名职业教育者，不应只停留于技能的传授、关爱的传递、就业的解决，同时应让学生体会掌握技能带来的好处，得到精神上的快乐，从而唤醒学生的职业幸福感，激发学生学习、生活以及未来的工作的激情与动力，这样的教育才是真正为学生终身发展服务的教育。

文/图：应婕妤　赵琳妍

指导老师：郭　晶

胡剑红 / 温柔中绽放的力量 /

人物名片

胡剑红，女，现任宁波市第二幼儿园园长。1989年开始幼教工作。从教二十四载，热爱幼儿教育事业，始终站在幼儿教育第一线。在教育中追求“以儿童为本”的理念，努力打造“幸福教育乐园”服务幼儿与家长，先后获得“浙江省教坛新秀”、“宁波市学科骨干”、“宁波市第三批名教师”、“宁波市优秀教师”、“宁波市王宽诚育才奖”和“浙江省春蚕奖”等荣誉称号，又被列为“宁波市领军和拔尖人才培养工程（第二层次）培养人员”，在宁波市乃至浙江省幼教界拥有颇高知名度。

最初的梦想：成为一名幼师

7月的阳光格外炙热，笔者来到了宁波市第二幼儿园青林校区，胡剑红老师还依然工作在岗位上。一见笔者，胡老师很亲切地邀请笔者坐下，并沏上热茶。作为一名幼教名师，她带给笔者的是浓郁的亲和感，于是采访就在这种气氛中开始。

笔者了解到，胡剑红老师在1989年就开始参加幼师工作，那时她也不过19岁。“那时您的梦想就是成为一名幼师吗？”胡老师毫不犹豫地回答：“对啊，而且要成为一名比较好的老师。”胡剑红老师笑着说：“我的想法源于我的小学班主任，当时就想成为像她一样的好老师，我的班主任对我的影响太大了。”

走上幼师这条路，家庭对胡老师的支持也是很重要的：“初中快毕业的时候幼师是提前招生的，他们就来介绍课程，我的爸爸妈妈也是满开明的，说‘就选择你自己喜欢的吧’。

因为当时也是有机会去上高中的，但我毫不犹豫地填了幼师这个志愿。”透过胡剑红坚定的神情，能感受到那时她迈向这个职业、这个梦想的决心。

走向成功的终点，总有一个向梦想追逐的过程。胡剑红毕业后是从宁波市第一幼儿园的带班老师做起，到教研组长、保教主任，最后成为第二幼儿园的园长。

作为一名教师，对于自己第一个接手的班级总是印象深刻的，胡剑红也不例外，在工作之初，总是会遇到这样那样的难题，胡剑红告诉了笔者关于她第一年工作时印象深刻的故事。

“我从宁波中等专业学校幼师分校毕业后，在第一幼儿园工作，和何静老师（现宁波第二幼儿园副园长）搭一个班，我当时也没有什么压力，这毕竟是一个新的开始。作为一个幼儿园老师，在幼儿园工作当中，安全上有着很大的压力。有一个男孩子，比较活泼，人也很聪明。他的爸爸妈妈离婚了，他跟了爸爸。他爸爸在上海工作，平常由奶奶带，爷爷很早就去世了。奶奶对小孙子很宠爱。有一天我们从教室走到户外去，门打开，走出到门坎的时候，他被绊了一下，把头磕破了。我当时就吓坏了，第一次碰到小朋友发生事故。但是当时我们的保育老师很有经验，马上把伤口压住，送到医院，缝了两针。我觉得在我手上的孩子摔了，就觉得很心疼。当天晚上，我带着水果到奶奶家里去看望孩子，也向奶奶表示一下歉意。我当时就一个想法，不管奶奶的态度怎么样，我都要接纳她的批评。第二天，我陪着这个孩子去医院换药，那时只有自行车，我就载着孩子去医院。一个星期后拆线，幸好留下的疤也很小，也没有什么后遗症，奶奶也就没有继续说什么了。后来，奶奶对我们的工作反而很支持。我觉得无论是跟孩子相处也好、跟家长相处也好，是真的需要爱心和真诚的。”胡剑红就是用行动展示了这个道理，这些经验的积累也为后来工作提供了很大帮助。

在办公室中，笔者发现胡剑红的物品以及办公设施的摆放都井井有条。胡剑红告诉笔者，在她工作之初，一个关于细节的问题，对她之后的教学以及生活产生了很大的影响。

当时胡剑红刚开始她的教学生涯不久，准备了一次区级的公开课，上完之后觉得无论是小朋友的配合还是老师的反应，总体都很好。课后有个比较有经验的老教师，在私底下向胡剑红提了一个小小的细节。当时在课上有个环节，是向小朋友展示一幅画；为了达到一个新奇的效果，胡剑红老师当时用一块布遮着，在揭开之后，她当时没有注意就随手一丢。那位观察较为仔细的老师就指出，这样做以后小朋友在整理物品这方面好习惯的养成可能就有问题了。胡剑红老师从那以后，就非常注意她工作中的细节了。在以后的教学活动中，上课的教具要怎么拿怎么放，都会事先想好，给小朋友们树立一个榜样，因为教育其实就是一个潜移默化的过程。

梦想的起飞：创新与实践

2003 年，胡剑红老师从宁波市第一幼儿园调到了宁波市第二幼儿园并成为园长，她在自己的专业领域上不断吸收经验并付诸实践,进行了许多尝试,也有了不错的成绩。2009年前,第二幼儿园只是一个有着六个班的小规模优质幼儿园,但如今现在它已经是拥有了三个园区的六星模范幼儿园了,那是什么力量支持着她迈出这一大步的呢?

胡剑红老师很喜欢和孩子们"打交道",在快餐店或者是超市时,碰到那些牙牙学语的婴儿,她总喜欢和他们的眼神对视,而且常常会发现小婴儿就开始笑了。在这一点上她个人认为这是一种天赋,包括到省里去上课,胡老师们事先没有和这些小朋友见面,就靠短暂的二三十分钟的上课时间跟他们交流,在上完课之后总有那么一两个小朋友会过来找她玩。胡剑红老师真挚地说,当孩子们在说老师你的裙子很漂亮,你的耳环很好看时,并不不仅仅只是在说外表,其实他们的内心真正想要表达的是这个老师对我很好,我觉得很可亲近,我很喜欢这位老师。说到这里,胡老师显得温柔又幸福,她说:"所以有时候很大一方面支持着我走下去的就是这个原因,来自孩子、家长、老师给我的回馈,让我能体会所得到的幸福感和成就感。"

园区运行中的革新

当然,在三个园区运行的过程中肯定会出现问题,特别是在两个新的园区——江厦以及青林湾园区的建设过程中。江厦区的前身是天封幼儿园,在第二幼儿园接管之前,它是由街道主办的,教学与活动的环境比较落后,师资力量也不强,存在着诸多的安全隐患,家长对其保教质量不是很认可,且由于月湖区的招生压力十分大,不像青林湾这边一个小区配一个幼儿园,周边都是老小区,所承受的招生的范畴十分大,教育局决定停办此幼儿园让第二幼儿园接管。胡剑红老师的团队接手这第二个园区比较突然,一下子身上的担子也重了。胡剑红通过招收新园区的老师,增加教师队伍的活力,让老教师能够为新教师做出榜样。另外,从园区调度老师,考虑到这么做会影响到所在班级的小朋友们,所以胡剑红老师需要与他们进行沟通,例如江厦区原来的老师需要全部更新,这就必须让家长了解新来的一批老师的素质以及教授一段时间后小朋友的反映才能看得出,并且通过举办各种园区互动活动,例如,元宵节活动、智慧节活动,"六一"艺术节的活动等等,增强了小朋友与家长的互动,使得家长真切地感受到江厦区的的确确是与月湖园区一样,是一个大集体,并不存在总园与分园之差。

事实证明,努力是没有白费的。当时有一位曾经在天封幼儿园工作的阿姨在解聘后又通过面试途径进入园区食堂工作,当她在看到食堂"菜篮子"所采购的食材后,非常激动。原来,曾经的幼儿园采购的都是翅尖,却被叫作红烧鸡翅,由于以前是民办的幼儿园,能省的地方则省,小朋友吃得都不是特别好,而现在食堂的饭菜好了许多后,让小朋友胃口大开。第二幼儿园成功、及时的入驻,设施环境的更新、布置,师资力量的提升以及收费的下降,使得这里读书的家长们都赞不绝口。

园区的运行，带来的不仅仅是环境的变化，更需要胡剑红的工作团队迅速地做出合理的调度方案，确保每一个园区都有骨干老师、新教师、保育员老师以及医务人员和食堂工作人员的合理安排，平衡师资力量。所以在短短的时间内就达到了让家长满意、小朋友开心、教师队伍更具活力的状态。2010年下半年到2011年左右，由于青林湾此处小区的大量交付，住户对幼儿园配套的需求量增加，以及考虑到园区的发展、资源的优化，第二幼儿园决定再次接管一片园区，就需要调配人员、安抚家长，再次进行新一轮进行分层会议的召开等等。

不同模式下的园区运行

三个园区有着不同的特色，需要归功于胡剑红老师团队的策划；从2009年接手幼儿园后，胡剑红老师一直有着园区化办学模式的一种课程管理的想法，中心的理念则是“同质异格”：即三个园区既有共同点，又要有不同的特色。她大胆采用了“1＋X”的课程模式：“1”是指大部分教授内容以浙江省教育厅省编课程作为基础，“X”则是指每个园区依据自己所处的地理位置以及家长、小朋友、老师的特点与需要来充实、设定他们的课程。

在月湖园区，人文自然和谐，环境优美，周边都是老宁波时期留下的历史建筑以及民俗文化的痕迹，例如月湖盛园、城隍庙、天封塔，等等，融合了古典建筑与现代商业的特点。胡剑红老师随即有了灵感，她借用第二幼儿园的吉祥物“涂涂妮妮”来命名，即“涂涂妮妮逛月湖”的实践性课程，在每周的“1＋1”考察活动中作为课程的主要载体，让老师们不定期地带小朋友去参观周边的现存中药房、餐饮区以及茶馆，做一些弄堂的游戏，还会请熟知周边历史故事、宁波老话的爷爷奶奶来为小朋友们做讲座，让小朋友对宁波传统、风俗习惯有较多的了解。

而江厦区附近则更多的是诸如灵桥市场、原本的大世界水产市场等的各种市场，这个园区的小朋友的父母多是来自全国各地，小朋友有着不同地方方言的语言特色，人际交往能力比较强，相对的阅读能力等方面较为弱一些。所以在这个园区，胡剑红老师又开发出了一个新的语言能力实践性课程“涂涂妮妮爱说话”，使孩子们开始早期的绘本阅读、亲子阅读，还进行了“书香家庭”的评比，促进了家庭之间的交流。胡剑红老师还专门辟出了道具间作为孩子们放置服装的地方，让他们通过“人偶剧场”以皮影戏、手偶、大型服装的形式更好地表现自己，提高了语言表达能力。

青林湾是集时尚、环保为一体的小区，80后家长的思想普遍崇尚自由，所以在对它的定位中更多的是显现现代化、国际化。因此，这个园区班级的名字也应该体现出这一点。与另两个区以动物班命名不同，它的小班是水果班，中班是花朵班，而随着孩子的成长，大班是以树来命名的。胡剑红在这里设置了“涂涂妮妮爱玩耍”项目，例如“美食节”期间，推出了“舌尖上的世界”，每个班级都会有自己相对应的国家布置以及展示的各国风情美食，各个园区都可以进行“游园”,让不同地区的小朋友领略其中的不同与趣味。

“青蓝作坊”——幼师的培养

把第二幼儿园建设好,是胡剑红的目标,培育出一批好的幼儿老师,同样也是她现在所努力的方向。2011年,她开设了“幼教”这个学科为主题的“青蓝作坊”。自喻“青蓝作坊”,意取“青出于蓝胜于蓝,蓝基于青以致远”。胡剑红说:“我希望他们最后是能超越我的。”在对第二幼儿园老师的培养上,她也很重视,培养的不仅仅是已经有了编制的老师,对于外聘老师,胡剑红也给她们提供了一个平台,在每年事业编制公开招考时,胡剑红都亲自为外聘老师提供培训。面对身边老师的不理解,她这样说道:“考进编制对这些小姑娘来说,无论是以后事业的发展还是人生改变,都是一个很好的转折点,为她们一生考虑,有机会就帮她们做些准备吧。”就是抱着这样一种心态,从2009—2013年,胡剑红已经帮助20多名外聘老师考到了编制。在圆那些老师的梦的同时,也是在圆自己的教育梦。

展望未来:健康与心态最重要

与年轻时候的梦想有些不同,胡剑红现在的梦想就显得很生活化,有自己的定位:“我的梦是帮助更多人去实现他们的梦,在我的幼儿园里有三个群体。”

第一个就是孩子。帮孩子圆他们幸福童年的梦,人生是一趟单程火车,一去不复返,我给童年的定义是一趟快乐的、有意义的旅行,即使是长大后他们对幼儿园这段记忆是模糊的,但也希望他们在以后回忆起来,觉得自己小时候是真的是很快乐的,在潜意识里,他对童年的这段记忆还是很美好的。希望孩子能在幼儿园的三年中是平安快乐的。

第二个群体就是家长。希望通过与孩子的交流沟通,帮助家长重温童年的梦。而且家长们都是初为人父人母,在与孩子平时的相处中得到的经验也不多,那么这个时候,胡剑红老师就希望在教育方面能够对他们有一定的引领。

第三个群体就是老师。这方面,她希望圆他们一个专业发展的梦。她说:“来我这边的老师,第一次我都会问,你为什么要做一名幼儿园老师,你是不是认定了你要做一名幼儿园老师?如果还没有明确目标,你就需要做一个选择,既然选择了它就要把它做好,胡老师会给你帮助,幼儿园会给你平台。所以我刚才说,人生是有目标的。这个目标就是梦想,我的目标就是圆他们的梦,也是圆自己的梦。”

随后在谈到对自己家庭的规划时,胡老师表现出的是对父母的关怀,对丈夫的支持理解,对儿子的期待,期望他们健健康康平平安安。她是这样告诉我们的:“对我自己来说,就是父母要健康。希望有多一点时间陪陪父母。照顾老人的感受。对于爱人、孩子,我也是希望他们要平安健康,缓解面临中考的孩子的压力,同时也能缓解老公的压力。对自己一个想法，要多关注自己的身体，力图调节自己的心态。不管是微博还是微信，该宣泄的还是要宣泄。”

在最后笔者也了解到，其实胡剑红老师的身体状况不是特别好，为教育事业奋斗了这么多年，常常忘记关心自己的身体。我们只能在这里祝福胡老师，希望她能够在未来的日子里仍能有如此好的心态，并且绽放得更美丽。

文/图：陈　晨　钟　意

指导老师：吴　彦

高峰 / 陪伴学生一起成长 /

人物名片

高峰，男，浙江大学软件学院研究生工作办公室主任、团委书记、研究生辅导员，浙江大学计算机学院和软件学院党委宁波总支部委员，2012年度全国优秀共青团干部。国家二级心理咨询师、国际生涯教练(BCC)、全球职业规划师(GCDF)。他将教育重任担负在肩毫不松懈，为了教育，他不停歇地奔波于城市之间；为了工作，办公室成了他另一个起居室。他用他的行动将师德弘扬发展，将平凡书写成不平凡的颂章。

善于发掘学生的潜能

从甘肃兰州出差回来的高峰老师，在他的办公室里接受了我们的采访。高老师是个很平和的人，当我们问起他何时开始踏上教师之路时，他进入了身心愉悦的回忆，看得出来他很热爱自己的职业，之前的疲惫之感似乎也因此一扫而光。

我开始教师之路，是2000年大学本科毕业之后，到一所大学附中教书。到现在回头想想，那几年的经历对我影响非常大，而且至今仍然受用。学校很注重对青年教师的超常规培养，所以我每年都进行跨初高中的3个年级教学，这让我在很短的年限内，将从初一到高三的学生都教了一遍。正是这段经历，让我深深体会到了不同阶段学生的特点和他们各自的优秀之处，强化了我一直以来积极正向的思维方式，第一时间发现学生的优点，放大学生的优点，用中医"扶阳抑阴"(把学生们的优点也就是"阳"的部分放大，而优点放大后，缺点的那部分就会慢慢淡化)的方法，所谓"人无完人"，我们不可能让每个学生都做到百分之百的优秀，但是，我们要重视学生的闪光点，发掘他们的潜能，引领他们的学习生活与人生成长。

记得当时我带的初三班里有个学生，上课经常不安静听课，老是找旁边同学说话，同学们也都被他逗得很开心，课堂纪律却因此受到影响。任课老师开始对他比较有看法，甚至比较反感。但我觉得他很聪明，反应特别快。于是，我找他谈心，了解到他上课喜欢讲话的原因(这位同学自小父母离异，从此受到妈妈严厉的管束，缺乏爱和关怀的成长经历让他更加追求存在感，才会在上课时不自觉的和同学说话。又知道他家庭经济条件比较拮据和困窘，如果在国内读大学，独自抚养他的妈妈经济压力会很大，而他的英语和数学非常好，参加美国高考非常有利。

于是，我和他一起探索和坚定了拿全额奖学金去美国念大学，减轻妈妈经济负担的目标，并开始制订行动计划。我们落实的第一步行动是迅速提高英语水平。记得当时他刚刚参加完中考没几天，便放弃休息，投入到紧张的学习中。我每天带着他听说读写，布置各种任务，第二天查漏补缺，提升薄弱环节。经过一整个暑假的学习，到高一开学前，他做大学英语六级考试的模拟题，已经能够稳定在 75 分左右(当时是百分制)，但是作为社会考生的身份参加考试，他必须从三级开始考起。在进入高三之前，他先后以接近满分的成绩，通过了英语三级、四级、六级和托福考试，高三时，他专心参加了美国高考 SAT，顺利申请到全额奖学金赴美国读本科。读书期间，他还打了几份工，不仅没有让妈妈负担他读大学的任何费用，每年还给妈妈寄回许多生活费。就这样，他拿到了数学和金融学的双学士学位，还考上了辛辛那提大学的商科继续深造，攻读博士学位。

这样的学生，我培养了许多。其实每个学生都有自己的优点和无穷的潜能，我们要关注他们积极向上的一面，并通过一系列的方法和流程，加以放大和强化。在我的教育观念里，一直注重开发学生身上不易察觉的隐形潜能，这些潜能一旦被激发，就可以让他们超水平发挥。运用人自身所具有的内在优势潜能来发展自我，是一种积极的成长模式，会让当事人被自己的力量惊讶，自信感油然而生，从而激发更多的无限潜能。教师不应该忽视学生的潜能，而是要去主动激发他们的潜能。或许学生自己

饿了，简单的充饥；工作，是慎重地对待；教育，走在前面

并没有发觉自己有任何的潜力,这时候就需要教师的引导和发掘,去真正地了解学生的潜力在何处,从而启发他们。

现在,积极心理学在西方很流行,主旨就是要重视对现在人们常说的正能量的挖掘,人们身上的正能量被无限放大了以后,他身上存在的那些不健康的负能量就会慢慢消减下去。教育学生也是同理,不能一味否定,要学会发现学生们的优点,每个学生都有自己的特点,有的善于理论学习、有的动手能力强、有的沟通协调能力突出……所以,教师要学会观察他们,用心去感知,然后根据学生们不同的特点,采用不同的方法去对待他们。后来,我脱产到浙江大学读研究生,又留校工作,这个积极正向的思维方式,一直指引着我的工作,学生们收获了成长,我收获了满满的喜悦。

追寻中的理想主义者

高峰老师很忙,在采访的过程中一直有电话打入。但他很尊重我们,每个电话都因为我们的采访被耽搁,每次接电话的时候总会连声对我们说抱歉,怕耽误我们的时间。虽然只是个小小的举动,但还是令我们感动,高老师完全没有老师的架子,与我们的谈话就像朋友聊天一样随和。

作为一个理想主义者,我是一个外放型的人,总是思考着自己对他人、对社会的意义,有时会让其他人觉得很傻。而我,就是这么一个不折不扣的理想主义者。也正是因为理想主义者的情怀,让我踏上了异地工作的征程,校内调动到软件学院,走上了学生工作岗位。

2008 年,软件学院双证研究生从浙江大学玉泉校区整体搬迁到宁波校区,由于需要异地工作,而且宁波校区相对浙大本部,各方面工作条件都比较艰苦,因此面向全校公开招聘软件学院学生工作部门负责人时,始终无人应聘,学院多方动员,也没有成功。

一天,我接到一个德高望重的老师的电话,希望我能到软件学院锻炼两年。那一刻,我的理想主义情怀被激发了,二话不说就答应了下来,但我有一个条件,那就是实地去一趟宁波校区,如果的确是特别艰苦,我就去;如果比想象中的好,那我就不去了,当时我正有个机会,调动到校外一个大家认为很有前途的岗位。

去宁波校区实地考察,我搭了一位长者的便车。时值冬天的周末,校园显得更加空旷,大家说看到条件这么艰苦,高峰一定不愿意来了。其实恰恰相反,我设身处地地站在学生的角度想了很久,我的理想主义者情怀和专业知识告诉我,我要与这里的研究生共同成长。于是,我来到了宁波。

软件学院的学生工作主要存在几个困难:一是异地办学,远离浙江大学本部,无法共享和依托学校的庞大资源,而且周围环境偏僻,生活条件艰苦;二是人才培养类型特殊、复杂，学生管理与服务难度较大；三是学院在校生数量相对较少，校园文化氛围较难形成，校园文化活动不好开展；四是学生有一年实习期，分布在全国各地甚至境外公司实习，增加了安全管理的难度。这些困难乍一看让人无所适从，但却激发了我的挑战欲，决心通过努力将它们一一克服。

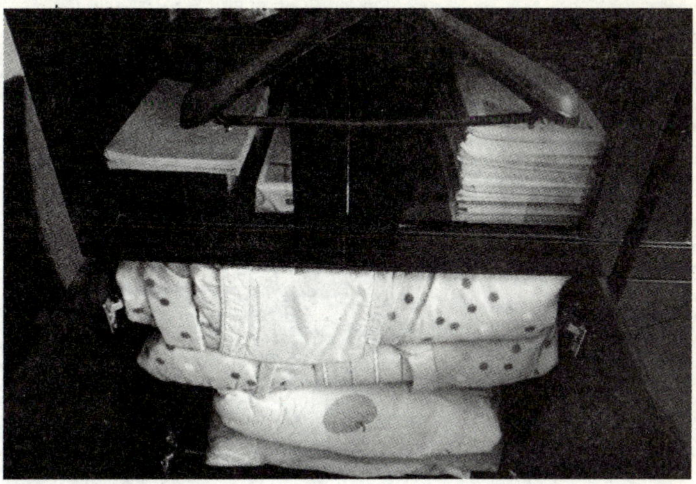

繁忙而简单的生活，追求却是如此的不简单

在软件学院，我几乎扮演了学生工作的所有角色——研究生辅导员，研究生德育导师，二级学院研工办负责人。同时软件学院在宁波视同高校归口市教育局管理，我又承担了校学工部长和团委书记的职责，这让我的工作非常忙碌。但是，想到与同学们一起成长，总让我有一种成就感，这是一件让我觉得很有意义的事。

环视高老师的办公室，办公椅后的折叠床，书柜下面塞得满满的被子、洗漱用品，以及墙上贴的他带班的学生合照和办公桌上那张他爱人的照片。看着小小办公室里“五脏俱全”的这一切，仿佛可以看到高老师每天在这里忙碌的身影。当我们问及从杭州远迁宁波最大的不舍时，他摘下眼镜，揉了揉眼睛，陷入了沉思。

我刚来软件学院时，连女朋友也没有。父母愿意随我到宁波来生活，当时最大的不舍是杭州的朋友圈，另外就是放弃了一个朋友们看来很好的发展机会，感受到了他们的不解带来的压力。但这些都不算是困难。

后来，我认识了我妻子。结婚后，妻子在杭州工作，我在宁波工作，我们分居两地，有时学生有需要，或者处理突发事件，还要连夜从杭州赶回宁波，所以，没办法时常陪伴家人，这点我一直感到非常愧疚，但是也很感谢家人对我这份工作的理解与支持。

记得我和爱人领结婚证那天，特意安排在了在杭州浙江大学本部开会的日子。在民政局办完手续后，我想安排双方家人一起吃晚饭。很不凑巧，刚领完结婚证走出办事大厅，我就接到电话，让我马上赶到宁波，晚上因事需要值班。那一刻，我多想说，今天我和爱人领证，晚上有双方的长辈一起吃饭，能不能吃完晚饭再回宁波？但我的性格让我不好意思说出口，妻子也支持我马上回学校。多年来，这件事一直让我很惭愧，领结婚证是人

在每个走过的地方留下自己的微笑,保持着一颗年轻的心,去接受去尝试新事物

生中最重要的事情之一,这一天我爱人的家人将她交给了我,我却不能在这天同他们吃顿饭。所以,只要在杭州,我都会在家里陪陪爱人,到父母那去吃吃饭,和他们多聊聊天。但是这样一来,我仅剩的那点时间都给了家人,朋友就被忽略了,朋友聚餐都很少参加,但是我会通过微信的朋友圈与他们互动,只要他们发的微信,我都会点个“赞”,或者评论一下,自己也经常转一些我认为有用的内容与他们分享。

“在和高峰老师同事的这段时间,发现他真的是一个十分有自己想法的人,很愿意主动去接受新事物。我感觉他永远保持着一颗年轻的心。在平时的合作中,他对我们这些同事也是照顾有加,能够从他人的角度去考虑问题,对待工作也是一丝不苟。”同事陈颖老师这么评价高峰。

用专业知识陪伴学生成长

我理解的陪伴学生成长,并不是一般定义上的陪伴,而是包含了精神和物质上的双重陪伴。我给予的陪伴,是建立在我了解他们的兴趣、能力、价值观和各方面特点的基础上。这个角色不容易扮演,必须要下大力气,花时间去挖掘学生各个方面的潜力。每个学生都是具有个性的独立个体,应该用平等的方式去对待他们,用最合适的角度去陪伴他们。只有走进他们的内心,才能让他们乐意接受并认可你的陪伴。

陪伴学生的成长是教师的愿望,在学生身边,我亦师亦友,与他们互相促进,彼此共同进步。很多时候,我发现学生身上有很多优点是我不具备的,值得我学习。如今的学生,学习能力和自身独立生活能力都很强,知识面很广,这就是我要向他们虚心学习的地方。对于学生来说,他们说我的人格魅力和气场是最吸引他们的,我能用我的精神感召力去带领他们,用我的心去悦纳他人,这是他们最敬佩我的地方。

除了教师自身领域的学识之外,我觉得心理咨询、职业规划、生涯发展等领域的专业知识和技术是最适合帮助学生成长的(高峰老师是国家二级心理咨询师、国际生涯教练、全球职业规划师)。当学生遇上一些难以解决的问题时,教师及时、专业的支持是引领学生成长的关键。所以,为了给予学生专业的支撑,教师应该不断地丰富自己,不断地去学习和发展，用自身的专业知识和技术水平成为学生遇困时的坚实依靠。

在党员的光辉背后，默默地将岁月奉献，把教育留在身边

教师不断寻求新的学习机会是丰富自身知识水平、开阔眼界的好方法，应该摒弃那种以为自己一切都懂的想法，抱有着对知识的渴求和好奇心，用好奇的眼光去看待世界，你会发现原来还有很多值得自己去深入学习的知识。

随着学生群体不断地更新，教师也要与时俱进，跟上学生的步伐，和他们一起寻找共同的话题和兴趣。即使人生观、价值观、世界观存在一定的差异，也能够求同存异。教师要学会倾听学生的心声，这是了解学生的重要途径，只有用心倾听，才会知道学生到底要的是什么。这样的方式才能打通与新时期的学生的阻隔，才能更快地缩短与他们"由生到熟"的过程，才能与他们更好地相处，更好地教育他们。所谓的更好是建立在教师是否真正做到了去倾听学生心声的基础上，这很重要。而倾听不仅仅是一门艺术，更是人格魅力的修炼，只有当学生悦纳了你，他们才会让你走进他们的心灵世界。

"教育梦"平实而朴素

我所认为的教育梦，就是陪伴学生，除了自己的学识之外，还有专门的知识和技术，能够帮助他们，激发他们的潜能，让他们达到一个新高度，和他们相互促进，共同成长。也许这并不是那么壮怀激烈，慷慨激昂，也没有气势磅礴的语言表现出来的伟大的志向，但我想，陪伴、帮助、成长，这一步一步、一点一滴积累起来的小小的实际教育行动，也是弥足珍贵的。

学生韩旭的点评，正是对高峰教育梦最直接生动的诠释："在我的印象中，高峰老师开朗豁达，善于与同学们沟通。他从不以'严师'自居，平时有空就和我们交流，了解我们的近况，没有一点老师的架子，同我们相处就像朋友一样。他很信任我们，放心地把工作交给学生，鼓励我们实践。他虽然是德育导师，但也很关心我们的学习。他带头帮助我们成立学习小组，提高了我们的学习积极性。现在，我们都已经毕业了，同学们也都在各地发展。但我们经常会找机会回学校找他相聚、谈心。这就是我们之间亦师亦友的关系。"

后记

简单平实的教育梦不需要多少花哨的修饰来衬托它的伟大。繁华落尽,洗去铅华,始终不变的是平实的我们。拥有平实教育梦的高峰老师,带着他平实却又非凡的梦想,继续走在他的教育旅途之中。漫漫教育路,点点师生情。在众多心怀教育梦的教育工作者中,高峰老师虽然一贯地朴实平和,但也足够闪耀在他的星河。

文/图:黄诗卉　梁　红

指导老师:周　浩

潘燕 / 让格桑花开在宁波大地上 /

人物名片

潘燕，女，宁波鄞州职业高级中学的一名普通老师。但是，自从2010年接手鄞州职高西藏班以来，她的生活就变得不普通了起来。学业上她是孩子们求知海上的“灯塔”，生活中她是孩子们在甬城最亲的“妈妈”。十几年如一日的辛勤付出，让她无愧于“2012年浙江教育十大年度影响力人物”、浙江省中小学师德楷模、鄞州区文明之星等诸多荣誉。

“我的第一志愿其实是警察”

“我的第一志愿其实是警察，第二志愿才是师范。因为我本身的性格就很像男孩子，体育也好。可当时收到的通知书是师范，还是有点失落。”坐在我们对面的潘燕老师眼带笑意地坦言道。挽着发髻，一袭江南布衣风格的蓝裙，自始至终脸上都挂着柔柔的笑，正如她的西藏学生送给她的藏语名字“格桑梅朵”一样，美丽却不娇艳，柔弱却不失挺拔，让人倍感亲切。潘燕老师是宁波鄞州职业高级中学的一名老师，从1999年参加工作至今，她已经在教师这条道路上前行了14个年头了。曾经获评诸多荣誉的她，仍然保持着当时进入教师行业的那份初心——教好每一个孩子。

当被问及为何当初选择了教师这条道路时，潘燕是这样告诉我们：“当初是妈妈觉得女孩子读个师范挺合适，教师这个行业适合我。”问及对自己影响最深的人，她坦言：“我觉得我妈对我的影响很大，她是一个特别伟大的人。而且特别善良。和邻里之间的关系处得‘交关’好。别人有什么事情也特别愿意帮忙，而且是很真诚的那种，也不图什么回报。”

也许正是受母亲性格的影响，在她这 10 多年的教师路上，也都真真切切地反映了母亲的这种品格：对待自己学生们视如己出，用一颗真诚的心去关心孩子们的点滴。孩子们亲切地叫她“潘妈妈”，正是高尔基的那句“谁爱孩子，孩子就爱谁。只有爱孩子的人，他才可以教育孩子”最好的诠释。

“西藏孩子们的到来是意外的礼物”

鄞州职业高级中学的“西藏班”是宁波市首个受教育部委托而开办的西藏班，全浙江省就两个，其意义可想而知。从一开始，潘燕就没想过担任西藏班的班主任。“刚开始根本没想到。说实话，学校里其他更优秀、比我更合适的老师也有很多，而且自己对西藏一点都不了解。后来学校的领导找我做思想工作，跟我说了一点就把我打动了——这些孩子们不远万里来到宁波求学，需要的不仅仅是学业上的精进，更需要一个妈妈一样的人来给他们生活上的关爱。”

也许这就是上天对她的特别厚爱，让她拥有了那么多个从雪域高原来的孩子。

2010 年 9 月，第一批“西藏班”的同学顺利抵达宁波。潘燕站在学校的门口忐忑地等待着，倒是这些孩子们让她大吃一惊。“我刚看到的时候也惊呆了，怎么这么热的天还穿着特别厚的藏袍，我自己穿一件裙子都觉得很热！一个个的皮肤特别黑而且味道也很重。我们给孩子们在活动教室简单地集合了下，结果我和另外一个老师都受不了跑了出来。”潘燕笑着摆了摆手，“最要命的还是语言不通，班里还有不少这样的同学，讲话还要靠翻译。”她认真地回忆道，“刚开始的时候，什么都要教。也因为从小生活、教育的环境都不一样，孩子们根本没办法安静下来，上课都毛毛躁躁的跟小学生没两样。而且像我们专业学的是汽修，要制图，可孩子们真的一点立体感也没有。汉语又听不懂，吃也吃不惯，生活上不适应。班级里事情特别多，三天两头就会有打架的事情，任课老师有时候都不敢去上课。还有很重要的一点就是想家，每天都要像防贼一样防着他们提着行李打包回家。班级建设怎么都搞不好，心里也特别焦躁。后来真的有一段时间，我都想放弃了。”她对我们直言道。

“带一个西藏班真的是免费减肥”

虽然心里会想过要放弃，可心底里涌动的母爱还是促使她坚持了下来。潘燕坚定地说：“我每次想到放弃的时候，就觉得孩子们穿越大半个中国来宁波读书，背井离乡，就觉得不忍心，教不好他们就觉得对不起他们和他们的家人。既然他们来了，那我们一定要尽力帮助他们，让他们能真正学到些什么，才不辜负他们和家人长久的分离。”

说起来容易，做起来谈何容易。要知道，潘燕面对的是一个全校底子最差、年龄跨度大、语言不通、难管理的班级，困难重重。她告诉我们，孩子们汉语不好，他们就每天晚上都带着同学们看新闻联播，锻炼他们的汉语能力，还跟年级组的语文老师一起，找其他班的同学跟他们结对学习汉语，帮助他们。制图的立体感差，就买橡皮泥给他们，让他们玩橡皮泥的时候加强空间感。“在班级事务的管理上，我们也操了很多心。刚开始我们班有拉帮结派的现象，所以我们就想着选一个班长。可光班长就观察了一个月才确定了人选，但工作能力各方面也还是有欠缺的地方，还是要我们反复地教、不停地教。”潘燕说。

没人能了解潘燕当时是怎样的一种心情，也许就像孤独漂流在海上的船，始终惴惴不安，生怕孩子们学不好或者又生了什么事端。很长的一段时间里，潘燕经常睡不好，顶着巨大的压力，体重疯狂下降。

直到开学后的一个多月，西藏班的教学才算踏上了轨道：汉语教学卓有成效，上课纪律有显著的提高，重要的是她作为班主任得到了同学们的信任。

当话题转到孩子们的生活上时候，潘燕就觉得要从细微处做起，真诚地对待。初来宁波时，许多同学都很想家，有的甚至打包行李准备回家。为此她也下了不少工夫，比如增加下寝室的时间，多和孩子们聊聊天谈谈心，抚慰他们；培养良好的生活习惯；过集体生日，让孩子们感觉到这 38 个人的西藏班不仅仅是一个班级，更是一个家庭；常常带着孩子们去宁波及周边地区玩。“你都不知道，宁波周围像奉化、绍兴、上海都去过了，真的不知道下次应该带他们去哪里玩了。”除了这些，潘燕甚至为孩子们学会了淘宝。“刚开始会在夜市买东西，后来也觉得不方便，就慢慢地用淘宝。刚开始的时候用的还是我老公的账号。孩子们长大了也知道爱漂亮了，一到周末我都不敢开 QQ，全是他们发的淘宝网的链接地址，大到衣服裤子小到项链之类的饰品都想买。你别看，我们西藏孩子一个个都可潮了。”

经过一年的努力，西藏班的情况大有改善。不仅仅是学业的进步，成了全校考试过关率最好的班级，在为人处世上，跟刚来的时候比更是有了明显的改善，得到了全校的认可。“有一次晚上我去看孩子们晚自习，我们任课老师悄悄把我拉到边上对我说：‘潘老师这还是我们班级吗，怎么夜自修这么安静？’”潘燕说到这儿自己也爽朗地笑了，“而且我感觉西藏班的孩子们是全校师生里最有礼貌的，和老师打招呼还会向你鞠躬，你能看见他们眼睛里的真诚。”

等到高三毕业实习时，西藏班的同学已经成了各大企业争先抢夺的优秀人才。更让人感到欣喜的是孩子们对她一句从心底叫出来的“潘妈妈”。

先时挨一些苦，栽种绝处的花，幸得艰辛引路甜蜜不致太寡。好在她的付出都收到了回报。

“潘妈妈也很舍不得你们”

即使是这样，潘燕仍然对自己的工作有不满意的地方，她总觉得对孩子们放手还不够

潘燕和西藏班孩子在一起包饺子

多,总希望他们还能再独立一点。毕竟以后是要到社会上打拼的。

西藏班的学生与潘燕非亲非故,可却把他们当成自己的孩子来看,她说:“从小的方面说,这些孩子们家人都不在身边,我就是他们的家长,要代替他们的父母给予他们关爱。其实我根本就没考虑过荣誉之类的事,单纯的就想对孩子们好一点。孩子们也很淳朴,知恩图报;往大了说,西藏班能落户我们宁波是一件好事,能促进民族的团结,加强两地的交流,这些孩子以后回去能为西藏的建设尽自己的一份力,我就很开心。”

2012 年,西藏班的同学们终于顺利毕业了,并且全部回到西藏工作。

“我也知道在西藏工作,对他们来说会比留在宁波好一点。可孩子们毕业的时候我还是很舍不得,躲起来偷偷哭了好几次。我老公就会说我,学生走了还是会有下一批来的,可我心里就是舍不得他们。”

潘燕真诚的付出也得到了孩子们的回报,打开她的 QQ 空间留言板,就可以看见孩子们满满的关心:“妈,您要多注意身体!儿子一直想念你,祝妈妈永远年轻。好想你!”“妈妈来看你了。记得开心哦,有时间一定要西藏来,到时候我请客,妈妈注意身体哦。”“老师最近过的怎样?孩儿想念你”……太多太多的留言,承载了两地相距千里的思念。每条留言,潘燕都及时回复。其中一条令我们印象很深刻:“分开后,思念就成了我们的必修课。”

“我的女儿是真的吃醋了”

当问起空闲下来会做些什么时,潘燕笑着告诉我们:“我特别喜欢运动,有时间会打打排球、羽毛球和乒乓球。”虽然警察的梦想未能延续,可运动的爱好却一直保持着,但是这种空闲的时间却是不可多得的。“接手西藏班之后,我的生活发生了翻天覆地的变化,好像好久都没体会到放假的感觉了。不仅学习上需要关心,生活上更得操心:担心他们会不会打架,会不会想家。”潘燕说,她一有空就去寝室看望他们。有的孩子晚上想家睡不着,会爬起来傻傻地望着窗外,仿佛这样就可以看到家中的亲人,以及思念的大草原。有的还会偷偷躲在被窝哭泣。潘燕需要利用自己的节假日陪伴他们,让他们感受到家的温暖。

潘燕也有自己的孩子，当她一门心思地扑在西藏班的孩子身上时，对家庭的关注变得少了很多。“老公和孩子难道不会有怨言吗?”当我们这样问时，潘燕笑得很甜蜜：“说起来，我是真的要感谢老公一直以来的支持与帮助。当我一度想放弃的时候，是他鼓励我坚持下来。”潘燕的身后有着坚强的后盾，当她陪女儿和看望父母的时间少了，丈夫早已为她打点好了一切。当她接西藏班的孩子们回家吃饭时，老公还会和她一起买菜做饭，也把这些孩子当成自己的宝贝了。因为寒假太短，孩子们便留下来过春节。尤其是第一年，整个学校就剩下来自西藏的38个孩子了，这让潘燕实在放心不下，于是她就决定把孩子们全都接回家过年。虽然不能和亲人在一起过年，可是还有这么多同学，有妈妈一样的潘老师，相信孩子们也不会留下太多遗憾。

“可是，我的女儿是真的吃醋了。”潘燕说。才接手西藏班时，潘燕的女儿才刚刚上小学，可身为母亲的她却一直不在身边。小孩子心里开始有一点小小的疙瘩，尤其是看到妈妈给西藏班的哥哥姐姐们买很多东西时却没有帮她买，她会更加难过。“女儿曾经板着一张小脸问我，她是不是我亲生的。”说到这里时，潘老师脸上露出了无奈与心疼，家庭与事业总不能兼顾，不能经常陪伴女儿也成了潘燕心中的一种缺憾。好在潘燕的丈夫会在她偶尔闲暇时带着一家人出去野炊踏青，也算是对家人的一点弥补。

当谈到对女儿的教育时，她坦言并不希望女儿以后能出人头地，只要健康成长就好。同时，潘燕特别尊重女儿，女儿没有兴趣的事不会逼着她做，更不会盲目地报一些培训班。她只希望孩子能够快快乐乐的，拥有一个孩子应该有的童年。对于女儿的未来，她说，只要孩子顺心幸福，那就一切都不重要。

对于自己以后的职业生涯，潘燕表示并没有去特别规划：“只是希望我能带好西藏班，让孩子们学到知识的同时，感受到家的温暖。”

“给西藏孩子插上宁波教育梦的翅膀”

在当今社会整体的大环境之下，类似于西藏这样的经济相对落后的地区的孩子选择到东部经济相对发达的地区来接受教育的情况，已普遍了起来。而宁波作为东部经济较为发达的城市之一，更应该思考其中的意义所在。类似西藏班的存在使宁波教育有了一份异族特色，为宁波教育注入了一份新鲜而又独特的血液。我们了解了他们的文化，他们学习了我们的技能，这是一件双赢的好事。而且内地西藏班的成立是一种“智援”西藏的体现，和传统的援藏志愿者早晚会离开不同，土生土长的西藏孩子来到宁波学习了技能，带着一生所学回到生养自己的地方，从此在那落地生根，蔓延枝丫。可以说，他们是承载了宁波教育人的梦想，回到了故乡建设更美好的藏区。

潘燕觉得西藏班的孩子都不差，经过三年的学习，大部分人都做得很不错。比如去工厂里实习，西藏班的孩子总是很抢手。孩子才是民族的未来，而教育却是实现梦想的地基。西藏的未来要靠这一代的孩子们，他们越有能力，西藏的未来便越精彩。建设西藏的重担就交到了他们的肩上，只有肩膀更厚实、更有力，才能挑得更高更稳。这些也更离不开类似宁波这样的城市的帮助。

针对西藏班孩子的教育问题，潘燕也有自己的看法："在教育这些孩子的方式上，要尊重他们特有的习俗以及文化，在学习汉语和内地一些先进的文化理念的同时也不忘本民族文化的精华。右手能用在宁波学的一技之长建设现代化的西藏，左手能紧握住历史的西藏，让它永远像珠峰的雪那样纯粹。"

西藏地区的孩子来宁波学习科学知识和城市文化，学习宁波诚信、务实、开放、创新的城市精神，承载着宁波教育人的希望，回去扎根边疆，描绘出一幅更灿烂的图景；宁波通过建立"西藏班"，为本地教育注入新鲜血液，两地通过交流促进沟通和发展。

也许，在潘燕的心中怀揣着的是，希望能有更多的格桑梅朵花盛开在甬城的土地上，而她，能够亲手浇灌、修剪、陪他们成长，这样一个朴实而又不普通的宁波教育梦。

文/图：胡　敏　胡凡利
指导老师：吴　彦

后 记

2013 年 7 月至 10 月，由宁波市教育局组织，浙江大学宁波理工学院传媒与设计学院 2013 级新闻学专业 80 余位学生走近教师身边，在专业老师的指导下，完成了对宁波市教育系统 50 位先进典型人物的访谈，作为新闻学专业实践教学的一项成果。《东南商报》教育周刊编辑部编辑吴彦、薛丛川、周浩，宁波市教育局新闻中心邬雨帆、王啸等同志参加了采访和编辑工作，特此表示衷心感谢！

编 者

2013 年 11 月

图书在版编目(CIP)数据

行走的新闻：我的中国梦：筑梦宁波教育：走进宁波教育新闻报告．2013卷/刘建民，何倩主编．—杭州：浙江大学出版社，2014.8

ISBN 978-7-308-13234-3

Ⅰ．①行… Ⅱ．①刘…②何… Ⅲ．①新闻报道—作品集—中国—当代 Ⅳ ①I253

中国版本图书馆CIP数据核字（2014）第096808号

行走的新闻：我的中国梦——筑梦宁波教育

——走进宁波教育新闻报告2013卷

刘建民
何　倩　主编

责任编辑　朱　玲

封面设计　续设计

出版发行　浙江大学出版社

（杭州市天目山路148号　邮政编码310007）

（网址：http://www.zjupress.com）

排　　版　杭州林智广告有限公司

印　　刷　德清县第二印刷厂

开　　本　787mm×1092mm　1/16

印　　张　19.75

字　　数　420千

版 印 次　2014年8月第1版　2014年8月第1次印刷

书　　号　ISBN 978-7-308-13234-3

定　　价　58.00元

浙江大学出版社发行部联系方式：(0571) 88925591；http://zjdxcbs.tmall.com